「十三五」国家重点图书出版规划项目

「中国近代日记文献叙录、整理与研究」

（项目编号：18ZDA259）阶段性研究成果

中国近现代稀见史料丛刊 【第七辑】

张剑 徐雁平 彭国忠 主编

刘延玲 整理

杨没累 著

杨没累集

本辑执行主编 张剑

凤凰出版社

图书在版编目（ＣＩＰ）数据

杨没累集 / 杨没累著 ；刘延玲整理. -- 南京 ： 凤
凰出版社，2020.9
（中国近现代稀见史料丛刊. 第七辑）
ISBN 978-7-5506-3241-7

Ⅰ．①杨… Ⅱ．①杨… ②刘… Ⅲ．①中国文学－近
代文学－作品综合集 Ⅳ．①I215.02

中国版本图书馆CIP数据核字(2020)第150878号

书 名	杨没累集	
著 者	杨没累 著 刘延玲 整理	
责 任 编 辑	张 燕	
装 帧 设 计	姜 嵩	
出 版 发 行	凤凰出版社(原江苏古籍出版社) 发行部电话025-83223462	
出 版 社 地 址	江苏省南京市中央路165号,邮编:210009	
出 版 社 网 址	http://www.fhcbs.com	
照 排	南京凯建文化发展有限公司	
印 刷	苏州市越洋印刷有限公司 江苏省苏州市吴中区南官渡路20号,邮编:215104	
开 本	880毫米×1230毫米 1/32	
印 张	11.75	
字 数	305千字	
版 次	2020年9月第1版	
印 次	2020年9月第1次印刷	
标 准 书 号	ISBN 978-7-5506-3241-7	
定 价	98.00元	

(本书凡印装错误可向承印厂调换,电话:0512-68180788)

存史鑑今

袁行霈題

袁行霈先生題辭

「音实难知，知实难逢，逢其知音，千载其一乎！」（《文心雕龙·知音》）今读新编稀见史料丛刊，真有治学知音之感矣。

傅璇琮谨书
二〇一三年

傅璇琮先生题辞

殫精竭慮旁搜遠紹

重新打造中華文史資

料庫

王水照 二〇一三年一月

王水照先生题辞

杨没累（1898–1928）

朱谦之手扶杨没累墓碑站立

《没累文存》书影

《中国近现代稀见史料丛刊》总序

在世界所有的文明中,中华文明也许可说是"唯一从古代存留至今的文明"(罗素《中国问题》)。她绵延不绝、永葆生机的秘诀何在?袁行霈先生做过很好的总结:"和平、和谐、包容、开明、革新、开放,就是回顾中华文明史所得到的主要启示。凡是大体上处于这种状况的时候,文明就繁荣发展,而当与之背离的时候,文明就会减慢发展的速度甚至停滞不前。"(《中华文明的历史启示》,《北京大学学报》2007 年第 1 期)

但我们也要清醒看到,数千年的中华文明带给我们的并不全是积极遗产,其长时段积累而成的生活方式与价值观具有强大的稳定性,使她在应对挑战时所做的必要革新与转变,相比他者往往显得迟缓和沉重。即使是面对佛教这种柔性的文化进入,也是历经数百年之久才使之彻底完成中国化,成为中华文明的一部分;更不用说遭逢"数千年来未有之变局"、"数千年未有之强敌"(李鸿章《筹议海防折》),"数千年未有之巨劫奇变"(陈寅恪《王观堂先生挽词序》)的中国近现代。晚清至今虽历一百六十余年,但是,足以应对当今世界全方位挑战的新型中华文明还没能最终形成,变动和融合仍在进行。1998 年 6 月 17 日,美国三位前总统(布什、卡特、福特)和二十四位前国务卿、前财政部长、前国防部长、前国家安全顾问致信国会称:"中国注定要在 21 世纪中成为一个伟大的经济和政治强国。"(徐中约著《中国近代史》上册第六版英文版序,香港中文大学 2002 年版)即便如此,我们也不能盲目乐观,认为中华文明已经转型成功,相反,中华文明今天面对的挑战更为复杂和严峻。新型的中华文明到底会怎样呈现,又怎样具体表现或作用于政治、经济、文化等层面,人们还在不断探索。这个问题,我们这一代恐怕无法给出答案。但我们坚信,在历史上曾经灿烂辉煌的中华文明必将凤凰浴火,涅槃重生。这既是数千年已经存在的中华文明发展史告诉我们的经验事实,也是所有为中国文化所化之人应有的信念和责任。

不过,对于近现代这一涉及当代中国合法性的重要历史阶段,我们了解得还过于粗线条。她所遗存下来的史料范围广阔,内容复杂,且有数量庞大且富有价值的稀见史料未被发掘和利用,这不仅会影响到我们对这段历史的全面了解和规律性认识,也会影响到今天中国新型文明和现代化建设对它的科学借鉴。有一则印度谚语如是说:"骑在树枝上锯树枝的时候,千万不要锯自己骑着的那一根。"那么,就让我们用自己的专业知识与能力,为承载和养育我们的中华文明做一点有益的事情——这是我们编纂这套《中国近现代稀见史料丛刊》的初衷。

书名中的"近现代",主要指 1840—1949 年这一时段,但上限并非以一标志性的事件一刀切割,可以适当向前延展,然与所指较为宽泛的包含整个清朝的"近代中国"、"晚期中华帝国"又有所区分。将近现代连为一体,并有意淡化起始的界限,是想表达一种历史的整体观。我们观看社会发展变革的波澜,当然要回看波澜如何生,风从何处来;也要看波澜如何扩散,或为涟漪,或为浪涛。个人的生活记录,与大历史相比,更多地显现出生活的连续。变局中的个体,经历的可能是渐变。《丛刊》期望通过整合多种稀见史料,以个体陈述的方式,从生活、文化、风习、人情等多个层面,重现具有连续性的近现代中国社会。

书名中的"稀见",只是相对而言。因为随着时代与科技的进步,越来越多的珍本秘籍经影印或数字化方式处理后,真身虽仍"稀见",化身却成为"可见"。但是,高昂的定价、难辨的字迹、未经标点的文本,仍使其处于专业研究的小众阅读状态。况且尚有大量未被影印或数字化的文献，或流传较少，或未被整合，也造成阅读和利用的不便。因此，《丛刊》侧重选择未被纳入电子数据库的文献，尤欢迎整理那些辨识困难、断句费力、裒合不易或是其他具有难度和挑战性的文献，也欢迎整理那些确有价值但被人们习见思维与眼光所遮蔽的文献，在我们看来，这些文献都可属于"稀见"。

书名中的"史料"，不局限于严格意义上的历史学范畴，举凡日记、书信、奏牍、笔记、诗文集、诗话、词话乃至序跋汇编等，只要是某方面能够反映时代政治、经济、文化特色以及人物生平、思想、性情的文献，都在考虑之列。我们的目的，是想以切实的工作，促进处于秘藏、边缘、零散等状态的史料转化为新型的文献，通过一辑、二辑、三辑……这样的累积性整理，自然地呈现出一种规模与气象，与其他已经整理出版的文献相互关联，形成一个丰茂的文献群，从而揭示在宏大的中国近现代叙事背后，还有很多未被打量过的局部、日常与细节；在主流周边或更远处，还有富于变化的细小溪流；甚至在主流中，还有漩涡，在边缘，还有静止之水。近现代中国是大变革、大痛苦的时代，身处变局中的个体接物处事的伸屈、所思所想的起落，藉纸墨得以留存，这是一个时代的个人记录。此中有文学、文化、生活；也时有动乱、战争、革命。我们整理史料，是提供一种俯首细看的方式，或者一种贴近近现代社会和文化的文本。当然，对这些个人印记明显的史料，也要客观地看待其价值，需要与其他史料联系和比照阅读，减少因个人视角、立场或叙述体裁带来的偏差。

知识皆有其价值和魅力，知识分子也应具有价值关怀和理想追求。清人舒位诗云"名士十年无赖贼"（《金谷园故址》），我们警惕袖手空谈，傲慢指点江山；鲁迅先生诗云"我以我血荐轩辕"（《自题小像》），我们愿意埋头苦干，逐步趋近理想。我们没有奢望这套《丛刊》产生宏大的效果，只是盼望所做的一切，能融合于前贤时彦所做的贡献之中，共同为中华文明的成功转型，适当"缩短和减轻分娩的痛苦"（马克思《资本论》第一卷第一版序言）。

《丛刊》的编纂,得到了诸多前辈、时贤和出版社的大力扶植。袁行霈先生、傅璇琮先生、王水照先生题辞勖勉,周勋初先生来信鼓励,凤凰出版社姜小青总编辑赋予信任,刘跃进先生还慷慨同意将其列入"中华文学史史料学会"重大规划项目,学界其他友好也多有不同形式的帮助……这些,都增添了我们做好这套《丛刊》的信心。必须一提的是,《丛刊》原拟主编四人(张剑、张晖、徐雁平、彭国忠),每位主编负责一辑,周而复始,滚动发展,原计划由张晖负责第四辑,但他尚未正式投入工作即于 2013 年 3 月 15 日赍志而殁,令人抱恨终天,我们将以兢兢业业的工作表达对他的怀念。

《丛刊》的基本整理方式为简体横排和标点(鼓励必要的校释),以期更广泛地传播知识、更好地服务社会。希望我们的工作,得到更多朋友的理解和支持。

2013 年 4 月 15 日

目　录

导　言

　　1928 年 2 月 10 日,《莎菲女士的日记》刊载于《小说月报》19 卷
2 号,受到强烈关注,引发热烈反响。"莎菲"独特的形象引人瞩目,
这个颇具新女性姿态的"Morden Girl"①,一度引发"莎菲热",丁玲
"一鸣惊人"②,成了一颗耀眼的文学新星。随着时间推移,丁玲这部
成名之作却由赞誉转为贬毁,伴随了她风风雨雨的大半生。1930 年
代的赞者如茅盾、冯雪峰,肯定她抒写的是"五四"青年女性的心灵创
伤和苦闷,莎菲发出的是时代叛逆者的绝唱和呼喊,表现的是恋爱至
上者的空虚和绝望③。1950 年代的毁者如张天翼、周扬,断定沙菲就
是丁玲的代言人,是颓废的没落资产阶级的化身,莎菲女士是个自我
中心主义者,厌世虚无的个人主义者④。1980 年代,熟悉丁玲的老友

---

①　钱谦吾(钱杏邨,笔名阿英、方英等):《丁玲》(原载《现代中国女作家》,北
新书局 1931 年)、方英:《丁玲论》(原载《文艺新闻》第 22、24、26 号,1931 年 8 月 10
日、24 日、31 日),参见袁良骏编《丁玲研究资料》,天津人民出版社 1982 年版。

②　毅真:《丁玲女士》(节选自《当代中国女作家论》一文,原载《妇女杂志》
1930 年第 16 卷第 7 期),参见袁良骏编《丁玲研究资料》,天津人民出版社 1982
年版。

③　茅盾:《女作家丁玲》(原载《文艺月报》1933 年第 2 号)、冯雪峰:《从〈梦
珂〉到〈夜〉》(原载《中国作家》1948 年第 1 卷第 2 期),参见袁良骏编《丁玲研究
资料》,天津人民出版社 1982 年版。

④　张天翼:《关于莎菲女士》(原载《人民日报》1957 年 10 月 15 日)、周扬:
《文艺战线上的一场大辩论》(原载《活页文选》新 31 号,人民日报出版社 1953
年版),参见袁良骏编《丁玲研究资料》,天津人民出版社 1982 年版。

徐霞村认为，莎菲绝不是丁玲，莎菲的原型另有其人，她应该是丁玲的同学杨没累①。他写信向丁玲求证，丁玲用三页纸回复了他，"狠狠"回想了这个"很有特色的、有个性的女性"，她承认："也许有杨没累，但又不是杨没累。"②

　　杨没累是何许人？2017 年的某个春日，笔者从图书馆借来一本《朱谦之文集》（第一卷）③，想了解他的"唯情哲学"。没想到，打开正文第一页就吃了一惊。书的开头是一首题为《荷心》的清婉小诗，署名"没累"④。接下来的文字，显然是名为"没累""情牵""谦之"的情

---

　　①　徐元度：《关于莎菲的艺术形象及其原型》（《厦门大学学报〔哲学社会科学版〕》1984 年第 3 期）、徐霞村：《关于莎菲的原型问题》（《新文学史料》1984 年第 4 期）。

　　②　丁玲：《致徐霞村》，《丁玲全集》第十二卷，张炯主编，河北人民出版社 2001 年版，第 227 页。

　　③　朱谦之：《朱谦之文集》第一卷，福建教育出版社 2002 年版。朱谦之（1899—1972），字情牵，福建福州人，哲学家、历史学家和东方学家。1916 年入读北京大学哲学系。1921 年在杭州兜率寺修佛学。1924 年任厦门大学讲师。1925—1928 年隐居杭州西湖。1929 年东赴日本研究哲学。1932—1951 年，先后任广州中山大学哲学系、历史系、文学院教授。1952 年任北京大学哲学系教授。1964 年任中国科学院哲学社会科学部研究员。1972 年病逝于北京。

　　④　对于"没累"之名的读音，是"méi lěi"还是"méi lěi"，曾一度使笔者困惑。因其出身官宦人家，臆度其名应有所出，大概取"存没无累"之意，读其音为"mò lěi"。随着阅读的深入，笔者发现，她曾用 M. R. 的笔名发表过诗文，英文名 Mary，无疑依"没累"的谐音而取；又读戏剧《孤山梅雨》，正是其梅妻鹤子理想生活之写照，女主人公秦梅蕊，显然亦谐己名之音，故将"没累"读为"méi lěi"。后来看到徐霞村写给丁玲、陈明的信："关于《莎菲女士的日记》，有一个问题半个世纪来聚讼纷纭，即莎菲的原型问题。据我不完全的记忆，莎菲的原型是丁玲同志的一个朋友，名叫杨 Mo-lei，凌吉士的原型是一个华侨青年，后来做了茶商。"（《丁玲全集》第十二卷，张炯主编，河北人民出版社 2001 年版，第 230 页）杨 Mo-lei，显然朋友们就是这么称呼她的，自此可确定，"没累"的读音是"mò lěi"。

笺。原来，"情牵"是"谦之"的字，"没累"是他的恋人。读完这些书简，不止惊叹于他们自由奔放、大胆直率的情感交流方式，更让人惊讶的，还有她执着于"纯洁的爱"(pure love)的信念，为了实现"爱"的长生，要永远免除那"恋爱的坟墓——性欲的婚媾"。

令人惋惜的是，正当"莎菲"以惊世骇俗的新女性形象震惊文坛之际，现实中的杨没累已进入肺结核三期，缠绵病榻，不久人世。两个多月后，1928 年 4 月 24 日，她在西子湖畔的杭州肺病疗养院悄然离世，刚满 30 岁。其时，她的中学同学丁玲及恋人胡也频也住在那里，与他们山上山下，比邻而居，并协助朱谦之料理了杨没累的丧事①。一年后，朱谦之编辑的《没累文存》②出版，他在"编者引言"中，简要记述了"革命青年"杨没累的一生，其间穿插了她的创作和研究。他提示说，她的小说《青青女郎》"类似自传"。笔者翻寻残存的文字，串联、拼接，大致勾勒出了杨没累新锐又守旧、激进又保守、幸又不幸的人生轨迹。紧跟杨没累冲出家庭牢笼、追寻新知的脚步，一路从长沙奔向上海、广州、北京，遭逢了"五四"前后那个风云变幻的时代，感受到了 20 世纪初扑面而来的新文化气息，知晓了周南女子中学、南洋女子师范学校、圣希里达女校、少年中国学会、北京大学音乐传习所、第一次爱情大讨论，《少年中国》《新潮》《自由录》《改造与解放》……并邂逅了朱谦之、丁玲、王光祈、左舜生、易君左、冯沅君、萧友梅、张竞生、周敦祜、谭惕吾等一个个鲜活的名字，熟识了一张张风华正茂的年轻面容。

---

①　朱谦之：《世界观的转变——七十自述》，《朱谦之文集》（第一卷），第135 页。

②　杨没累著，朱谦之编辑：《没累文存》，上海泰东图书局 1929 年版。

一、求学:独身以救己

　　杨没累,祖籍湖南湘乡[①],1898 年 1 月 22 日(光绪二十四年农历正月初一)出生于长沙的一个世宦之家,应是清末名臣杨昌濬的曾孙女[②]。在杨没累的童年、少年时代,父亲在外做官,她是在母亲的陪伴中长大的。十岁左右,母亲送她进了当地的周南女校[③]读书。

_____

　　① 朱谦之:《世界观的转变——七十自述》,参见《朱谦之文集》(第一卷),第 130 页。

　　② 据朱谦之《没累文存》之"编者引言",《青青女郎》是杨没累"类似自传"的小说。其中有虚构,但大致吻合她的个人经历。小说中称其远祖"原也是些老实的农民。自从她曾祖父作过十余年的陕甘总督,一直到她父亲。三代为官,没有歇息"。做过陕甘总督,查湖南人居此位者,唯晚清重臣杨昌濬。杨昌濬(1825—1897),湖南湘乡人,字石泉,号镜涵,又名官保,别号壶天老人,历经咸丰、同治、光绪三朝。本为农家子弟,自幼聪颖,早年师从儒学大师罗泽南。1862 年,经曾国藩引荐,投身左宗棠麾下,由知县逐步升至浙江巡抚。造福当地,曾领下属广植杨柳,并赋诗一首:"手植垂杨三万株,春来新绿满西湖。他年若过双堤路,漫道棠阴继白苏。"1875 年因"杨乃武与小白菜"一案督办不力被革职。1877 年,左宗棠挂帅平定新疆,向朝廷保举杨昌濬出任甘肃布政使。经过两年艰苦战斗,收复了新疆地区。杨昌濬赋诗《恭颂左公西行甘棠》:"上将筹边未肯还,湖湘子弟遍天山。新栽杨柳三千里,引得春风度玉关。"该诗在清代广为传诵。杨昌濬一生与"柳"有不解之缘,至今家乡仍有一棵"杨公柳",传说是他当年在家耕读时所栽。杨没累祖籍湘乡,1898 年生于长沙,在杨昌濬殁后一年。《青青女郎》里的"青青"姓柳,更能说明杨没累与杨昌濬之间的关系,显然她对曾祖父的生平事迹是有所了解的。

　　③ 此时名称应为周南女子师范学堂,教育家朱剑凡创办。朱剑凡,湖南宁乡人,1905 年自日本留学归国,不顾清廷禁止女校明令,献出泰安里私宅,变卖宁乡全部田产,办"周氏家塾",最初只收本族亲属,后扩大招收外姓女生。1907 年,禁令放松,朱剑凡取《诗经》"得圣人之化者,谓之周南"之义,于 1910 年正式定校名为周南女子师范学堂。1916 年改为湖南私立周南女子中学,是湖南第一所正规女校。

据易君左①回忆，他们家族兄弟姐妹 11 人也是坐船从汉寿县到长沙读小学，"她们进的学堂是古稻田女子师范的附属小学和周南女子中学的附属小学，我们进的学堂是明德中学的小学部。古稻田、周南和明德，是长沙最有名的几间男女学校，造就了许多男女人才"②。杨没累是幸运的，不仅因为周南女校在教育史上赫赫有名，而且在当时也是全国为数不多的女子学校之一。杨没累结识丁玲、周敦祜等同学，与这所学校密不可分。杨没累入学时为初小三年级。可惜自小体质羸弱的她，只上了一学期。暑假的一场大病，竟让她未能如期返校。从此，她只能跟随母亲，在家里学习简单的写写算算。

六年后，在一个细雨蒙蒙的春天，在外做官的父亲终于来信说即将返乡探亲。母亲欣喜异常，她让佣人打扫庭院，收拾房间，准备迎接。没想到父亲却迟迟未归。原来他径自先回自己的母亲、兄长那儿，并在他们的撺掇下娶妾，又来信要求妻子先辞掉心腹女佣，之后才肯带妾回家。这个消息，对母亲而言，无疑是晴空霹雳。出于对母亲身体的担忧，杨没累自告奋勇去接父亲回家③。

杨没累原本想替母亲抱不平，前去指责父亲的薄情寡义，没想到却遭到母亲的强烈反对。"无后为大"，作为妻子，她不但不能指责丈夫，反倒怪自己没有主动替他纳妾。杨没累虽听从母亲的教导，懂事地接回了父亲和他新娶的妾，内心却深受刺激。那一年她大概十六岁。在后来创作的剧本《三个时期的女子》中，那个大姐顺贞的旧式婚姻，无疑正是父母情形的写照。受此打击，母亲决定支持女儿通过

---

①　易君左(1899—1972)，湖南汉寿人，早年名易家钺，北京大学文学士、日本早稻田大学硕士。留学回国后，长年从事报业及文化工作，积极参加抗日活动。1949 年底去台湾，嗣后，辗转香港、台湾地区，在大学任教。易君左家学渊源，才高资绝，精于文、诗、书、画，为文坛奇人。

②　易君左：《大湖的儿女》，台湾三民出版社 1969 年版，第 203 页。

③　《青青女郎》，《没累文存》，第 250 页。

读书来自立自强。杨没累重返周南女校。当初她虽只上了一学期，但学业优秀，给老师们留下了良好印象。"教员都记念她从前的成绩，而深惜她病后几年的废学"①。于是，让她插班到高小二年级。杨没累没有让母亲和老师失望，她勤奋学习，一年后，由"贴壁"的倒数一二名而名列前茅。无论是作文、日记，还是演说、朗诵、写大字，皆出类拔萃，受到老师的青睐和同学的喜爱。后来，其父赴粤为官，拟携母女同行。杨没累自知反驳无用，以回校看同学为由，擅自作主在学校住下，不肯回家。父母无奈，只好派人送来行李。直到一年后的暑假，高小毕业的她，才独自赴粤省亲。

杨没累没有停止求学的脚步。随父母在广东住了半年，大约在1917年春，她又前往上海，进入南洋女子师范学校②读书，"五四"前夕，获得南洋女师的毕业文凭。杨没累在南洋女师读书期间，敏于接受新思想，给一位国文老师留下了深刻印象。她毕业后，跟随父母在广东闲居。"五四"运动爆发，新文化运动迅猛发展，各类新式报刊如雨后春笋般涌现。杨没累的那位国文老师本着传播新思想的热诚，继续关心她的成长。他不断从上海给她寄进步杂志，她最爱读的有《新青年》《新潮》《新中国》《少年中国》《星期评论》《解放与改造》《自由录》③等。

---

① 杨没累:《青青女郎》,《没累文存》,第 245 页。

② 1912 年,民族资本家凌铭之倾家兴学,与徐一冰等沪上注重教育的人士首创。由独资负担经费的凌铭之任校长,直至其 1937 年病故。南洋女师坚持延聘学界名师,学风自由活泼,引起社会各界瞩目,有志女生争相入学。

③ 《自由录》即《实社自由录》。1917 年 5 月,黄凌霜、华林、区声白、袁振英等人在北京大学成立无政府主义社团"实社",研究各种社会主义思潮,尤其注意研究克鲁泡特金与古尔德曼的思想。《实社自由录》是实社发行的不定期刊物,由太俦、袁振英(震瀛)、超海(黄凌霜)、竞成、区声白、华林等为编辑及主要撰稿人,封面题签人为无政府主义者李石曾、吴稚晖。《实社自由录》总共出版了两集,第一集于 1917 年 7 月出版,第二集于 1918 年 5 月出版,均由郑佩刚(刘师复的妹夫)在上海代为印刷。《实社自由录》虽只出了两期,但影响深远。

这些新文化刊物,呼唤科学与民主,宣扬爱国与反帝反封建,为积贫积弱的中国把脉求方,寻找出路。其中,《少年中国》深深影响了杨没累。

从上海南洋女师毕业后,杨没累回到广东。大概也是趋新所致,她很在意自己的英文水平。因为那时的新报刊中,随处可见夹带的英文单词。比如《新青年》的文章,不但有译文附带原文的,还有纯英文的。杨没累因自感英文的薄弱,到广州后,就去圣希里达教会学校专习英文①。《青青女郎》里说,青青要求父亲替她聘请了一名美国太太,教了她四个月英文,指的大概就是这件事②。她跟英文老师结下了友情,其后,杨没累随父移官迁居他处,两人频繁用英文书信往来。杨没累不但藉此提高了英文水平,还领略了西方人亲密的书信交流方式③。

1920 年秋,杨没累随父母回到长沙,以九年级旁听生的身份再进周南女校学习。1921 年 10 月,该校发生学潮,校长朱剑凡"原是向着新的道路走的,但这时他又回过头来"④,反对学生参加学潮,要求中学部全体退学。那时的杨没累,不过是代作了些文字,有时往校董或报馆等处跑了些脚步⑤,却被当作学生代表开除。据当时长沙《大公报》报道,学潮结果是把"执迷,不悟"的"鼓动"者、"劣生"予以

---

①　"东山呢?离我那圣希里达学校很近,那邻近本有一个牛奶厂,这个风景也似曾相见过的。"杨没累:《没累文存》之"西湖通讯(寄广州)",第 308 页。在自传体小说《青青女郎》中,杨没累不愿提及圣希里达,大概因为这是一所英国圣公会创办的教会女校,撰写此文的 1924 年前后,正当全国教会学校学潮汹涌、收回教育权运动兴盛之时(参见胡佳虹《在华美国教会教育与 20 年代收回教育权运动》,《理论界》2010 年第 7 期)。

②　杨没累:《青青女郎》,《没累文存》,第 257 页。

③　《没累文存》,第 257 页。

④　丁玲:《我的中学生活的片断——给孙女的信》,收入《我的童年》,新蕾出版社 1980 年版,第 82 页。

⑤　杨没累:《青青女郎》,《没累文存》,第 259 页。

开除,唯有两名:周敦祜、杨没累①。之后,杨没累转入岳云中学。丁玲在回忆中学生活时谈到,岳云中学②本是一所男校,招收女生在湖南是创举,和她一道去的许文煊、周毓明、王佩琼、杨开慧、杨没累、徐潜等人,是第一批入校的女学生③。较之周南女中,岳云中学的学习更有挑战性。特别是英文课,课本不是教材,而是文法复杂的英文书《人类如何战胜自然》④。对于杨没累来说,转学岳云,显然是件因祸得福的好事。

从杨没累早年的学习生涯来看,她是一个倔强、有主见的女孩,尽管求学的路途有波折,但始终坚定不移。在学校,她勤学敏思,但也不时显露锋芒,表现出桀骜不驯、叛逆的一面,确是"革命青年"。

---

① "该校昨悬牌开除周敦祜一名,又旁听生杨没累亦不许再行旁听"(《周南女校风潮之转机》,长沙《大公报》1921 年 10 月 21 日第 6 版)。"现除三年生周敦祜,四年生杨没累,始终执迷,不悟,早已开除学籍,不复收教焉,其余各生皆渐次悔悟,于二十七日一律回校上课"(《朱校长呈报周南风潮因果》,长沙《大公报》1921 年 11 月 2 日第 6 版)。

② 1909 年 2 月,留日归国的何炳麟邀集湘南人士刘光前、陈为锅、欧阳蒸等 15 人筹资创办中学,最初定名为"湖南南路公学堂",1912 年更名为"湖南第二公学校",1914 年 2 月改名为"湖南私立岳云中学"。何炳麟认为,女子应与男子享有同等教育的权利。1921 年 9 月,岳云中学修正旁听生章程,招收女旁听生。这一年,杨开慧、丁玲(原学名蒋玮)、王佩琼、周毓明、许文煊等女生转入岳云中学(参阅陈鸿飞、朱章安、朱丽娜、罗燕《百年衡岳钟灵秀 璀璨云霞映桃李——写在湖南岳云中学诞辰一百周年之际》,《湖南日报》2009 年 4 月 21 日 4 版)。

③ "暑假班结束之后,一部分人又都转读岳云中学。岳云是男子中学,这次接受女生在湖南是革命创举。我也进入岳云中学。一道去的有许文煊、周毓明、王佩琼、杨开慧、杨没累、徐潜等。"见丁玲《我的中学生活的片断——给孙女的信》,《我的童年》,第 82—83 页。

④ "我那时忙于功课,因为岳云的功课要比周南紧些,特别是英文课完全用英语教授,课本是《人类如何战胜自然》,是书,而不是普通课本。文法也较深。"丁玲:《我的中学生活的片断——给孙女的信》,《我的童年》,第 83 页。

在周南读书时,即因冲撞师长被记过,尽管她自认为无辜,大多数老师、同学亦深表同情①。作为旁听生再入周南女中时,更是以学潮鼓动者、学生领袖的身份被开除,尽管她并没觉得自己有什么出格举动,"法外行动"②。其时,她已经意识到柔顺对于中国女性的伤害,女性若不刚强,很难做到人格独立。她借剧中人之口说:

> 我看她多半还是吃了这柔性的亏。我们女子的性情,是要刚强点才好。何况像中国这一类的野蛮民族中的女子,那简直非具刚性,不能做个人格完全的人。③

"五四"运动后,杨没累已从南洋女师毕业,大学女禁未开,无学可上,闲在家里修习英文。大概从那时起,她就在新思潮的激荡下,拿起笔来抒写自己作为女性的苦闷和追求。1919 年 8 月,《少年中国》杂志第 1 卷第 2 期论及家庭生活和妇女问题,触发杨没累作为女性的痛点,她那时已有了女子要想摆脱奴隶命运唯有独身的想法。独身与结婚相对而言,独身思潮体现了女性意识的觉醒。正如波伏瓦所言,"女人不是天生的,而是后天形成的"④。她是创造出来的产物,女性生来就是附属的,她的存在是第二性的,她们千百年来唯一的职业就是"婚姻",繁重的孕育、琐碎的家务,单调重复,这就是她们人生的全部。杨没累母亲的遭遇,使她对旧式婚姻深恶痛绝,断定"贤妻良母"(当时的倡导)乃是愚惑妇孺,教育出的仍是为奴隶的妇女。所以,当她看到《少年中国》该文作者"似乎把恋爱当作夫妇间的

---

① 杨没累:《青青女郎》,《没累文存》,第 245 页。
② 杨没累:《青青女郎》,《没累文存》,第 259 页。
③ 杨没累:《三个时期的女子》,《没累文存》,第 168 页。
④ [法]西蒙娜·德·波伏瓦:《第二性》Ⅱ,郑克鲁译,上海译文出版社 2011 年版,第 9 页。

专利品一样，又好像要把那些新家庭模范同合意婚模范，都看作是能积极援助现在妇女的东西"①。出于对自身命运的关心和思索，冲动之下，她便给"少年中国学会"②写信，参与讨论。她认为女子最"赶急设法"是接受教育，可怜当时的社会竟没有一所女子大学。至于婚姻，即使是成功的幸福小家庭也只会妨碍社会公团体事业，与其"做一辈子的繁殖动物"，还不如"群策群力做人类理性上的共同事业"③。她认为："她们所尽的职务，总不过为妻为母的禽兽工作，奉承男性的奴隶工作，贵妇人或零卖娼妓的皮肉生涯。"④男人在娶妻这件事上，只是好色，寻求性欲的满足，早年妻子漂亮尚有情。日久生厌，便可以继续娶妾。她认定："婚姻的目的便是生育同好色，那些恋爱的好名词，不过是男子骗女子的口头禅罢了。到了色衰而无生殖的时候，那就不难现出他那大丈夫的真面孔，将那老妇人弃如土芥

---

　　①　杨没累（署名"M. R. 女士"）:《论妇女问题书一》,《少年中国》1919 年第 1 卷第 4 期。

　　②　少年中国学会:1918 年由王光祈、曾琦、陈淯、周太玄、张尚龄、雷宝菁等人筹建,1919 年正式成立。李大钊被邀请参与活动并列为发起人之一,总会在北京,执行部主任王光祈。以"本科学的精神,为社会的活动,以创造少年中国"为宗旨,以"奋斗、实践、坚忍、俭朴"为信条,全国各地及巴黎、东京、纽约等地设有分会。出版《少年中国学会丛书》32 种,《少年中国月刊》《少年世界》和《星期日周刊》。影响较大的是北京总会编辑的《少年中国月刊》,创刊于 1919 年 7 月,李大钊曾任编辑主任,刊登有关自然科学、文学、社会学和哲学的论著和译文,1924 年 5 月停刊。少年中国学会在中国现代史上影响深远,不但孕育了中国共产党、青年党,还有一大批不愿接触政治,而主张本科学精神,求社会实践,用"专门学术"和"社会事业"来救国的科学家、教育家、实业家。《少年中国》1919 年 10 月第 4 期"妇女号"是最早的讨论妇女问题专栏之一。

　　③　杨没累（署名"M. R. 女士"）:《论妇女问题书一》。

　　④　杨没累:《妇女革命宣言》,上海泰东图书局 1929 年版,第 333 页。

了。"①可见,她对男子的自私自利,已是深恶痛绝,充满敌意。由此,她认为"男女相恋爱,不必结婚""那些彼此相恋爱到了极点时,还不要结婚的,那才算得是纯洁的真恋爱"②。她甚至激烈地认为,即使大家都抱独身主义,不要后代也没什么,"人类绝灭是新陈代谢的道理,毫不足怪。我们应拿出全副精神来,谋已有生命的幸福"③。她清楚地认识到,妇女只有获得经济支配权才能摆脱奴隶的身份,争取应有的"人格和人权"④。

杨没累的信虽偏激,却没有激怒收信者,"少年中国学会"的发起者和灵魂人物王光祈⑤此时正负责编辑《少年中国》,他不但给了杨没累理智、坦率、诚挚的回复,表达了他作为男性对女性不幸命运的深切同情,还给予她热情的鼓励和期盼⑥。他纠正她说,"两性相爱本出于天然,因相爱而有夫妻事实,亦是天然的趋势",故他赞成"减育",但不赞成"独身"⑦。杨没累的两封信及王光祈的回复刊载于《少年中国》1919 年第 1 卷第 4 期、第 6 期。受了这些新思想的洗礼,杨没累改变了对于男子的偏激认识,不再仇视一切男子,转而认

---

①　杨没累(署名"A. Y. G. 女士"):《论妇女问题书二》,《少年中国》1919 年第 1 卷第 6 期。

②　杨没累(署名"M. R. 女士"):《论妇女问题书一》。

③　杨没累(署名"A. Y. G. 女士"):《论妇女问题书二》。

④　杨没累:《妇女革命宣言》,《没累文存》,第 328 页。

⑤　王光祈(1892—1936),字润玙,笔名若愚,成都人,音乐教育家和社会活动家。1920 年 4 月以前,王光祈是少年中国学会的发起人和主要负责者。1920 年赴德国留学,研习政治经济学,1922 年转习音乐。1927 年入柏林大学专攻音乐学,1934 年以《论中国古典歌剧》一文获波恩大学博士学位。代表作有《东方民族之音乐》《欧洲音乐进化论》《中国音乐史》等。

⑥　王光祈:《"通信"回复 M. R. 》,《少年中国》1919 年第 1 卷第 4 期。

⑦　王光祈:《答 A. Y. G 女士》,《少年中国》1919 年第 1 卷第 6 期。

为欺侮女子的,只是一部分礼学先生[1]。

其时,《少年中国》除了大力宣扬工读互助,鼓吹社会改造、关注妇女问题外,对文学也很重视,对诗歌尤为钟爱[2]。杨没累很快加入到"创造新文学"的队伍中,开始创作新诗、新剧,成了新文学运动中最早的一批"女学生"作者。1920 年 8 月,杨没累在《少年中国》发表了她的第一首自由体新诗《看海》[3]。其中,"好像那凉净的轻风,正在我那染着尘埃的躯体上徐徐地拂扫"的诗句,细腻、清新,她自己颇为得意,还将其引用到《青青女郎》中。

之后,杨没累又陆续创作了一些新诗,尽情抒发一个觉醒了的"五四"青年追求自由、民主的心声。如《自由的颂歌》,热情地讴歌"自由",意欲唤醒沉睡的民众:

> 自由的鲜花,只向着人们轻微的说笑!
>
> 自由的晨钟,也对着人们高奏起破晓的仙调!
>
> 自由的清露,涤净了人们心底里的尘苗!
>
> 自由的薰风,拂净了人们的轻衫薄袄!
>
> 自由的灵光,照透了人间世一切情感的神奇;宇宙间一切玄而又玄的奥妙!
>
> 好个花的笑容,露的甘冷,风的微寒,钟声的清亮,灵光的神妙。
>
> 这其间的快感,无奈那迷梦里的人们,一些儿也不曾觉到。

---

① 杨没累:《青青女郎》,《没累文存》,第 25 页。

② 在国外的曾琦致信王光祈:"《妇女号》既为国内杂志界开一新纪元,《新诗号》尤切合时势之需要。似此进行敏活,想见吾兄与诸会员奋斗之精神。海外同志为之色喜矣。"(1920 年 5 月《少年中国》第 1 卷第 11 期)参见周月峰编《〈少年中国〉通信集》,福建教育出版社 2015 年版,第 146 页。

③ 杨没累(署名"M. R."):《看海》,《少年中国》1920 年第 2 卷第 2 期。

多管这边儿嚷得恁般热闹，那些人呵！究竟一些儿也不曾知晓，还是那般睡得静悄！静悄！

再如《威权（为黄爱①事）》，表达了对专制的强烈不满：

白刃掠，谁与抗；
横断英雄咽颃。
只丹心铁样，不畏身亡命丧。
血如潮涨；
头如石降。
正欲藉波兴浪，抛将前向，涤尽蛮烟毒瘴。

从诗中可以看出，她不只是一个感情细腻、敏感的女子，还是一个烈性女子，不畏强权，高赞为涤荡社会黑暗和污浊，不惜抛头颅、洒热血的英雄。

1918 年 6 月以倡导"文学革命"著称的《新青年》第四卷第六号发表"易卜生专号"，第一次有系统地介绍西方现代戏剧和剧作家。同年 10 月的第五卷第四号，又推出了一期"戏剧改良号"，几乎一面倒地批判了落后保守的"中国旧戏"，提倡西洋的新剧，明确指向易卜生以来的写实话剧，即"纯粹戏剧"，"组成纯粹戏剧的分子，总不外动作和言语，动作是人生通常的动作，言语是通常人生的言语"②。受家庭的刺激和社会事件的影响，杨没累亦创作了戏剧剧本《三个时期的女子》。剧中李姓三姐妹家境富裕，但在重男轻女的社会里，她们

---

①　黄爱（1897—1922），湖南第一纱厂工人。1922 年 1 月 13 日，湖南第一纱厂工人发动大罢工。赵恒惕派军警包围劳工会，将黄爱、庞人铨等逮捕。1922 年 1 月 17 日清晨，将黄爱杀害于浏阳门外。

②　傅斯年：《戏剧改良各面观》，《新青年》1918 年第五卷第四号。

却不受待见,父亲的财产由侄子继承,她们甚至不能入学读书。在旧家庭中,唯一的出路是嫁人,结婚后就变成了生育机器。在旧式婚姻中,若无儿子,丈夫就可以有理由明目张胆地娶妾。大姐顺贞是个能读诗书小说的旧式女子,逆来顺受,奉哥嫂之命嫁人。哥嫂满口仁义道德,实则唯利是图。丈夫在新婚一年半之后离家,走后来信渐疏。最终在她病死之际,正是丈夫归来娶妾之时。于是,"大姐姐做了时代的牺牲品";在新式婚姻中,丈夫可以爱情死亡为由,正大光明地宣告离婚。二姐姐婉贞"迷信新家庭为改良社会的中心",为"极端的恋爱而结婚",结果旅游结婚未归,即来信说"结婚是恋爱的葬礼",可见她的婚恋理想已破灭。杨没累认为,女子若不能经济上独立,即便是自由恋爱婚,也难免遭受身败名裂的命运。可以看出,无论是旧式还是新式婚姻,杨没累都不抱希望。所以,她的未来理想是工读互助,独身自救,如三妹端贞。即使有博士头衔的富家子弟,她也不会轻许迫嫁。"不自由,毋宁死"。端贞的出路是如娜拉一样,离家出走,跟封建旧家庭断绝关系。但她仅凭个人力量还是难以做到,必须依赖社会开明人士的帮助。从新文学的角度来看,杨没累创作的这个戏剧,因有切肤的痛感,相较于当时《新青年》发表的社会问题剧,无论是思想、结构还是语言表达,并不逊色。当然,在今天看来,如果把人生等同于要不要男女之情,最终寄希望于他人的拯救,其实三姊妹都是没有出路的。旧女性被教唆,把婚姻当成人生的全部,固然是悲剧。但如果新女性认为,选择自由恋爱婚,或是独身、同伴互助的生活方式,就会一劳永逸,也只是幻想。独立、自由的含义并不只是寻求解放,还要能承担责任并面对不断改变的生活。

杨没累创作的这个新剧,一是受到家庭刺激,大姐的遭际暗合她父母婚姻的情形,一是又影射了"五四"后沸沸扬扬的"李超事件"。李超家正是因女儿非"后",家产由侄子继承,才导致学费无着落,贫病交迫而死。而杨没累对新女性自由恋爱婚的不信任,除了身为女性的生活经验(母亲的遭遇,对于生育的恐惧,对于爱情不能长久的不安)外,显然是受到当时无政府主义思潮①,以及女子解放问题讨论的影响。

　　杨没累在上海读书期间,通过阅读报刊、书籍,接受无政府主义思想,抱持独身主义态度,对未来社会的理想是互助、灭绝人类。当时流行克鲁泡特金的《互助论》②认为,动物的天性是互助,如鹤、鹦鹉等,互助亦是人类的道德基础。在杨没累的小说《理想村》中,福音的传播者恰是一只鹦鹉。戏剧《孤山梅雨》中林和靖与梅妻则各有一只灵鹤。对当时影响很大的,还有美国无政府主义女性代表戈德曼(Amma Gerdman),她在《结婚与恋爱》③中认为,婚姻是人类之陋习,家庭是女性的监狱,而爱情则是神圣、高尚,唯自由恋爱为人生最可宝贵。新文化运动伊始,最初讨论妇女解放、男女平等接受教育,目的还在于培养"贤母良妻"④。女人一旦生育,就没法经济独立,必须依赖男子,这个难题无解。在当时,因为没有简便的避孕方法,不育、减育实行起来也不易。到了1918年,胡适开始主张"易卜生主义",强调个人的独立和自由。⑤ 独身似乎更成了服务社会、追求事

---

　　①　旧译为"安那其主义",是一系列政治哲学思想,英语中的无政府"Anarchism"源于希腊语单词"avapxia",直译为"没有统治人"。"无政府"一词并不代表混乱、虚无或道德沦丧的状态,而是一种由自由的个体们自愿结合,互助、自治、反独裁主义的和谐社会。无政府主义的基本原则是平等、民主、自由集合、互助与多样性。无政府主义者把个人自由看得高于一切,反对包括政府在内的一切统治和权威,提倡个体之间的自由与互助。

　　②　[俄]克鲁泡特金:《互助论——进化的一个要素》,李平沤译,商务印书馆1963年版。

　　③　[美]高曼女士著,震瀛译:《结婚与恋爱》,《新青年》1917年7月第三卷第五号。

　　④　刘慧英:《从〈新青年〉到〈妇女杂志〉——五四时期男性知识分子所关注的妇女问题》,《中国文化研究》2008年第1期。

　　⑤　胡适:《美国的妇人》,《新青年》1918年9月第五卷第三号。

业的女性的最佳选择。杨没累也是"易卜生主义"的追随者,1925 年在厦门闲居期间,她甚至翻译了易卜生的戏剧《海达·高布乐》。[①]那时杨没累对婚姻的认识是,结婚就是为了生育,生育是女人的死刑,家庭是女人的坟墓。如前所述,"她讲独身主义很热烈,同时主张人类绝灭,并谓造物主是玩弄人们的罪魁"[②]。因为从小缺乏父爱,所见又只是女子被奴役的男权中心主义的社会,以致她对男子并无好感。她偏激地认定男人皆"薄幸无良心",立志成为"独身队的一位健儿"。她的理想是找一个"温良情重"的女伴,终身互助相守。[③] 杨没累是被时代洪流裹挟的青年,"五四"的新思潮、新理念在杨没累的精神世界里留下了深深的印迹。

二、恋爱:无性以救爱

1920 年北京大学开始招收女生,开国立大学男女同校之先河。1922 年,在萧友梅[④]的建议下,北京大学附设音乐传习所[⑤]成立,蔡

①　朱谦之:《没累文存》之《编者引言》,上海泰东图书局 1929 年版。
②　朱谦之:《没累文存》之《编者引言》,上海泰东图书局 1929 年版。
③　杨没累:《青青女郎》,收入《没累文存》,上海泰东图书局 1929 年版,第 253 页。
④　萧友梅(1884—1940),字思鹤,又字雪明,广东香山人,作曲家、教育家、音乐理论家。1901—1920 年,他先后留学日本和德国,学习了钢琴、声乐、理论、作曲、指挥等几乎所有的西方音乐专业学科,回国后创建了中国第一所音乐大学——上海音乐学院。萧友梅是中国现代音乐史、现代音乐教育的开拓者与奠基者,被称为"中国现代音乐之父"。
⑤　北京大学附设音乐传习所是在北京大学音乐研究会的基础上改组而成,1922 年 8 月发布招生简章,10 月开学。它由一个学生课外活动组织变成了"纳入北京大学统一管理 ,由学校拨款,教育部门招生、分配,课程独立,实行学分制,组织健全的一个高等音乐教育机构""北京大学附设音乐传习所是我国近代最早的专业音乐教育机构"(李静:《我国最早的专业（转下页）

元培兼任所长,萧友梅任教务主任并实际主持工作,正式开启了中国大学的音乐教育。10 月,杨没累北上入学,成为音乐传习所招收的第一届音乐专业学生。

音乐传习所设本科、师范科和专科(选科),实行学分制,并设有由萧友梅担任指挥的小型管弦乐队,在校内外进行了一系列音乐会演出。杨没累入的是师范科①(以培养中小学音乐教员为目的),她选学的乐器是钢琴,指导老师杨仲子。②音乐传习所在新成立的几年中,特别是 1923 年、1924 年频频举办音乐会。在"北京大学音乐传习所第一次学生演奏会(传习所成立一周年纪念)秩序单"上有杨没累的演出曲目,合唱开场之后的第一个节目:师范科杨没累的钢琴独奏:Bayer〔拜耳〕的 2 Valses 旋转舞二曲。③她还学习谱曲,在给恋人朱谦之的信中,杨没累曾提到萧先生(友梅)的"应用和声"课程,布置作业,仿作一歌,别人都不敢做,她却勇于尝试,还为朱谦之创作的诗

(续上页注)音乐教育机构——北京大学附设音乐传习所》,《中央音乐学院院报(季刊)》2000 年第 4 期)。北京大学音乐传习所的成立标志着我国高等学校钢琴教育的开端,它是中国第一所专门的音乐教育机构,办所近五年,为中国培养了一批早期的专门音乐人才。

①　"甲种师范入学资格:身体健全,品行端正,年龄在 18 岁以上,中学或初级师范毕业,或经入学试验证明有同等学历者"(参见《北京大学附设音乐传习所简章——北京大学日刊》1922 年第 1069 期)。

②　杨仲子(1885—1962),号粟翁,音乐教育家、篆刻艺术家。

③　《北京大学音乐传习所第一次学生演奏会(传习所成立一周年纪念)秩序单》:"日期:十二年十二月十二日晚七时半　地点:北河沿本校第三院大礼堂　1. 合歌　2. 钢琴独奏:2 Valses 旋转舞二曲　a)师范科杨没累女士　Bayer〔拜耳〕(杨先生组)　b)选科 汤树人女士(杨先生组)。"参见黄旭东编《萧友梅书信暨办学文档选》,中央音乐学院出版社 2016 年版,第 74 页。

歌谱曲。①

可见，作为北大音乐专业的学生，杨没累在学业上也是很出色的。可惜，杨没累在舞台上只是昙花一现，在此后学生演出的节目单中，曾同台的同学汤树人、余子惠等仍出现，杨没累的名字则销声匿迹。估计与她很快陷入热恋有关，一度渴望自由、立志独身的她，一旦卷入情感旋涡，似乎依然逃脱不了女性的传统宿命：依赖情感，自我放弃。

1922年入读北大的女生杨没累，在外人眼里，"赋性乖僻，虽在豆蔻之年，喜读庄老之书"②。在《没累文存》中，留下了杨没累的两张照片，其中一张的人像较大，湖南女孩圆圆的娃娃脸，剪一头新式短发，穿着旧式旗袍，坐在石墙下，大概是阳光太强，她微缩眉头，嘴角紧闭，显得有些严肃。另一张头戴白色洋帽，面部柔和，像一位公主。可惜照片是黑白的，印在黑白的书上，因年代久远，已模糊不清。

杨没累来到北大时，早就在北大读书的朱谦之，这时已著书立

---

① "我近来得了一个秘诀，知道歌的第一重音Soprano，可以依着一个标准拍数Motive做的，萧先生上次要上应用和声那班的人，照《春之花》的Motive仿作一歌，他们都不敢作。我今天作了一个交去了，又知道Motive是可由自意创作的，所以我还把我爱的那首'也逍遥'谱入了我的新声，一并交给萧先生去了。歌的好坏，我都不管，怕的是辱没了我爱人的诗啊。你另一首诗照你意改为'天上三五明星，山也青，水也清，农歌三两声……'之下，并替你加一句'阿侬忙着上归程'，没有加错否？还有前一信上，我最喜欢那句'拣溪山好处，携手闲游'，那句'渴时饮，醉时歌，一声长啸，恣意傲王侯'，音节最好，只可惜'……恣意傲王侯'的意思太不好，我们从来轻视厌恶一切王侯，然则王侯何足傲咧！"（1924年"北京—济南通信"《没累文存》，上海泰东图书局1929年版，第300页。）

② 枕育：《左舜生不忘杨没累　恨不相逢未嫁时》，《秋海棠》1946年第12期第4页。

说,颇有名气。① 在朋友们的眼中,朱谦之亦是一个怪人,读书破万卷,一会儿革命,一会儿闹自杀,一会儿要出家。同学易君左在其回忆录《火烧赵家楼》里专门以"一个怪同学""向老师开炮"为题记述朱谦之②,并说"当时的朱谦之代表各种新思潮中最激烈最澈底的一部门。他坚决的倡导虚无主义,口号是'虚空破碎,大地平沉!'"③其后书中还继续以"煤油灯倒了"为题,忆及朱谦之与主张社会主义的费觉天的论战,最凶的时候,各人把桌子一推,煤油灯倒了,险些引发火灾。但是,"他们当激烈争辩以后,仍然恢复一团和气,在学术上是老对头,在情义上是好朋友"。这与 1948 年署名"客河"的中山校友写朱谦之的一段文字如出一辙。④ 他还曾与一位亦信仰无政府主义的学生黄凌霜,为着"主义"的思想分歧,在《北京大学学生周刊》上论战,最终成为好友。⑤ 20 世纪三四十年代,在朱谦之任教的中山大学

---

①　朱谦之 1917 年入北京大学法学系,1920 年 1 月出版《现代思潮批评》(北京新中国杂志社),批判实验主义、布尔什维克主义、新庶民主义等流行思潮。他与郭梦良、易君左等组织"奋斗社",创办《奋斗》旬刊,宣传克鲁泡特金的学说和巴枯宁的虚无主义,并出版《实社自由录》和《奋斗》等小册子,鼓吹无政府主义。他还在《新中国》杂志发表《虚无主义与老子》。他的《革命哲学》一书很畅销,颇受青年人欢迎。1920 年 3 月间,朱谦之反对考试,不要文凭,一时沸沸扬扬。《北京大学学生周刊》第 13 期发表《废除考试宣言》,为北大的"废考运动"推波助澜。10 月,参与无政府主义团体散发传单被捕入狱,在狱中喜看《传习录》《周易》和革命家的传记。

②　易君左:《火烧赵家楼》,台湾三民书局 1969 年版,第 35—41 页。

③　易君左:《火烧赵家楼》,台湾三民书局 1969 年版,第 48 页。

④　客河:《学者朱谦之——本校"五四"人物散记之一》,原载《中大人文报》1948 年第 26 期,参见《朱谦之文集》(第二卷),福建教育出版社 2002 年版,第 246 页。

⑤　朱谦之:《回忆》,《朱谦之文集》(第一卷),福建教育出版社 2002 年版,第 46 页。

学生笔下，他"身材是矮小的，眼睛却非常的敏锐"①，"朱先生的身躯是矮小的，但眼睛却非常精明"②。在北大读书时，朱谦之"经常剃光头，近视眼，却穿着一件蓝布大褂，绝似一个小和尚"，而他当时差点读完北大图书馆藏书的事情，早已成了掌故。③

　　杨没累、朱谦之，两个"五四"革命青年和无政府主义者，一个坚持独身主义，一个信奉厌女、厌婚主义，似乎互不相干，却并非没有交集。杨没累北上时，在周南女中的同学周敦祜，已在北大读英文系④。她跟朱谦之的朋友陈德荣⑤谈恋爱。因一对恋人同学的缘故，杨没累与朱谦之对于彼此的性情和身世，"当然老早就互相深知的

---

　　① 黄庆华：《春风草——记朱谦之师的休假》，原载1942年《现代史学》第5卷第2期，参见《朱谦之文集》（第二卷），福建教育出版社2002年版，第240页。

　　② 客河：《学者朱谦之——本校"五四"人物散记之一》，原载1948年《中大人文报》第26期，参见《朱谦之文集》（第二卷），福建教育出版社2002年版，第246页。

　　③ "朱先生的读书本领更令人惊佩，他个子很矮，在北大时，经常剃光头，近视眼，却穿着一件蓝布大褂，绝似一个小和尚，北大的图书馆，几乎成了他个人的藏书室，有一次北大图书馆馆长李大钊曾对人说：'北大图书馆的书，被朱谦之看过三分之二了，再过一两个月，将被他看完，他若再来借书，用什么办法应付呢？'这种了不起的读书本领，令人听之，不禁为之咋舌。"（客河：《学者朱谦之——本校"五四"人物散记之一》，原载1948年《中大人文报》第26期，参见《朱谦之文集》（第二卷），福建教育出版社2002年版，第246页。）

　　④ 西夷（许君远）：《北大的初期女生》，原载《人人周报》1947年第1卷第4期，参见许君远：《读书与怀人》，长安出版社2010年版，第185—186页。许君远1922年入学时，周敦祜在英文系旁听，他对她的新潮发型有极深刻印象。文中还提到杨没累的朋友徐闿瑞、谭惕吾。

　　⑤ 陈德荣，又名陈颖，广东文昌（今属海南）人，归国华侨，中国共产党早期的53名成员之一。1918年入北大哲学系旁听，1919年参加五四运动。

了"①！直到后来，对佛学失望的朱谦之，受到梁漱溟的影响，转向"唯情哲学"，言论思想"大变而又特变"。这时，杨没累读了他的文章而变得"心绪不宁"，好友周敦祜自然心知肚明。②

　　1923 年 1 月，现代史上第一场"爱情大讨论"③展开。就在这一年，鲁迅与许广平、张竞生与褚松雪的人生开始相交、胡适与曹佩声在杭州烟霞洞幽会、蔡元培与周峻、郭梦良与庐隐成婚……也正是在这年春天，远在福州养病的朱谦之给杨没累写信示好，杨没累痛快地回复了他，两人迅速成为恋人，展开了一段热烈、张扬的恋情。朱谦之在福州养病，他俩开始通信。因为共同的志趣，两人情投意合，感情迅速升温。不久，杨没累就接到了朱谦之述说自己身世和心路历程的长信，她深深被打动了，看得"时哭时笑的"，接到书信的当天（5月18日），她立刻回复了他一封痛快的信，表示愿意成为他的"同情

①　《回忆》，《朱谦之文集》第一卷，福建教育出版社 2002 年版，第 55 页。
②　《青青女郎》，《没累文存》，上海泰东图书局 1929 年版，第 261 页。
③　1922 年 12 月 12 日，北京大学附设音乐传习所举行开幕典礼。这一天蔡元培因有别的会议，未能出席，北大教授谭鸿熙代表他出席并致辞，谈了他对音乐与人生之关系的认识（《北大附设音乐传习所开幕礼演说词》，《晨报副刊》1922 年 12 月 23 日"论坛"）。这一年，谭鸿熙正经历人生之大不幸，爱妻陈纬君因生育突逝，留下嗷嗷待哺的两个孩子（见《北京大学日刊》1922 年 6 月 24 日、6 月 25 日）。此时，妻妹陈淑君来京读书，拟与他成婚，协助抚养姐姐的遗孤，他混乱的生活稍现曙光。没想到，一场更大的风波正在袭来，让他成为漩涡中的焦点。1923 年 1 月，在孙伏园的组织下，以《晨报副刊》为园地，就一位北大教授新娶小姨子事件，展开了一系列讨论。北大教授、社会名人、青年学生纷纷加入论战。就在舆论一边倒、谴责教授之际，与谭鸿熙同是法国留学归来的张竞生站出来替两人辩护，发表《爱情定则与陈淑君女士事的研究》（《晨报副刊》1923年 4 月 29 日），提出了四个爱情定则，于是舆论的矛头又纷纷转向了他。参阅张竞生、鲁迅等著，张培忠编《爱情定则：现代中国第一次爱情大讨论》，三联书店 2011 年版。

同调"之友,于是这一天成为他俩的定情日。① 他们凭着狂醉的热情,自乐自进而为终身伴侣,很快发表《虚无主义者的再生》②,向世人宣布他俩恋爱。

随后,朱谦之从福建返回北京,两人在学校附近租房,开始了"最甜美最神秘"的同居生活。③ 此时,两人的亲密关系已不能容许第三者,包括朋友、书、思想、琴的间入。丁玲与杨没累曾同在周南女中读书,转学岳云中学后又是室友,1924 年两人在北大重逢。对于杨没累、朱谦之当时恋爱的情况,丁玲在晚年回忆,朋友在那儿坐上十分钟,杨没累就要下逐客令。当杨没累与朱谦之第一次见面时,她二话不说,先带他去理发和洗牙。④ 杨没累对朱谦之的"改造",很是满意。他全然改变了固有的生活习惯,由原来的邋遢、不修边幅,变得卫生整洁起来。⑤

跟同时代那些追求自由恋爱的青年男女相比,杨没累、朱谦之无疑是幸运的,他们都是自由人,使君无妇,罗敷无夫。他们各自都没有父母之命、媒妁之言的婚约。朱谦之是个孤儿,自由自在。杨没累是个独生女,在婚姻问题上,父母似无意干涉。他们想爱就爱,面前没有任何阻隔和障碍。然而,在这甜蜜的爱情中,亦暗藏隐忧,那就是杨没累的独身信念。正如杨没累的母亲所担心的:"你若是讲独身,就不要同人家恋爱,莫害别人,也不要牺牲别人同你来讲独身。你若定要讲恋爱,你就赶快回家,你们的婚姻,总要回家有个正式的办法。(我断不能反对你,你这事你父亲晓得,他也未说什么。)"⑥

---

① 《回忆》,《朱谦之文集》第一卷,福建教育出版社 2002 年版,第 55 页。

② 《民铎杂志》1923 年第 4 卷第 4 号。

③ 《回忆》,《朱谦之文集》第一卷,福建教育出版社 2002 年版,第 55 页。

④ 《致徐霞村》,《丁玲全集》第十二卷,河北人民出版社 2001 年版,第 227 页。

⑤ 《青青女郎》,《没累文存》,上海泰东图书局 1929 年版,第 261—262 页。

⑥ 《我俩母亲的信》,收入朱谦之、杨没累:《荷心》,新中国丛书社 1924 年版,第 80 页。

面对爱情，朱谦之愿意放弃厌婚主义，接受"自由恋爱的自由结婚"①。对于他"恳切"的求婚，杨没累却拒绝了。为了"爱"的长生，她不但不要形式上的婚姻，还不要性欲的婚媾。

> 谦之，我们还要想想我们如果愿望我俩的"爱"的长生，就当永远努力避开那些"恋爱的葬礼"②，和那种"恋爱之坟墓"。性欲的婚媾，这件事于男子方面害处还少，于女子简直是一种杀人之利剑了！所以要维持我俩的"爱"的长生，便当永远免除那性欲的婚媾！我们当白天里（除了上课）必在一块，晚上睡眠时候，必定要分室而寝的。所以你来了顶好住与我同一个公寓，房子不妨相隔稍远一点。③

虽然王光祈提醒过她，结婚是一种生理需求，不能认为非纯洁非高尚④。杨没累显然并不接受。她依然故我，即使同居亦保持"纯洁的爱"。这对朱谦之虽是一个意外，但他还是勉强接受了，表示"你要怎样生活，我们便怎样生活"，情愿"为爱牺牲自我"⑤。他们的同居，似乎还是她的同伴互助理想的延续，尽管这个同伴是个异性。

不久，暑假到来，杨没累还是在母亲的催促下离京回长沙了。从两人的通信来看，朱谦之对同居生活的感受并不总是"欢畅"，他承认自己是"多欲的人"。在分别期间，他借小说《坟墓》，试图劝说杨没累放弃柏拉图式的精神恋爱，而接受当时流行的灵与肉统一的爱情观。

---

① 《荷心》，新中国丛书社 1924 年版，第 43 页。
② "恋爱的葬礼"之"礼"字，《荷心》作"裏"，据《没累文存》改为"礼"。另，杨没累的戏剧《三个时期的女子》中亦有"结婚是恋爱的葬礼"之句。
③ 《荷心》，新中国丛书社 1924 年版，第 43 页。
④ 王光祈：《"通信"回复 M. R.》，《少年中国》1919 年第 1 卷第 4 期。
⑤ 《荷心》，新中国丛书社 1924 年版，第 43 页。

他在信中提及的小说《坟墓》，男主人公仲生很害怕婚姻和性交，以为结婚就是步入坟墓。朋友宗伯则认为，婚姻若是以自由恋爱而不是礼教为前提，那就是灵与肉合一的，结婚当然不是进坟墓。小说里的仲生在无力抗拒中结婚后，不但幡然省悟，"人家以前说恋爱者结了婚便是入了坟墓，这是绝对的错误；结婚后的爱，更真挚了，因为超脱了理论而到实现的了！"而且，他甚至迷恋婚姻生活带来的快乐，认为"人生只有恋爱是生活，而性交却占住恋爱最大的地方"①。

然而，作为女性的杨没累在读过《坟墓》之后，显然不能同作为男性的作者张季鸾、读者朱谦之发生共鸣。下面这封发自长沙的信，没有收入《荷心》，保留在《没累文存》中。

　　现在三封信统看了，那篇《坟墓》小说也如命看了。你能时时记念我，我不得不深感你的多情。只是为什么必定那样看重那个结婚哩？两心相系，纯靠在彼此的真情及信仰，并和始终如一的天良，那里在乎那些自欺欺人的婚姻仪式？如果认结婚为爱之极至，岂非把恋爱当为结婚的手续，而婚姻为恋爱的结果了么？并且你要我对于《坟墓》小说给个批评，就是那所谓的坟墓，本来专就女子而言的，那里会是男子的坟墓？那专为妇女们设的坟墓，是何等的可怕！只见那一个个活泼泼的女青年，淹埋入了坟墓去，截时间黄土把他封闭了，野草丛生在上面了，那坟墓里的人再也翻身不过了。详细说来，那些黄土和丛生于上的野草是什么啊？不就是那些生育的惨刑和抚育儿童的苦人的琐事吗？你若是真个爱我极至，就必需体谅我这点苦衷！我现在万分虔诚的哀求于吾爱之前的，就是这三年内务必保持那"欲淡心清"的心境，从此便需实践那 Pure Love 的态度，你知道我是何

---

① 张友鸾:《坟墓》,《创造季刊》1923 年第 4 期。

等的感谢你啊！①

　　杨没累不悦并仍坚持 Pure Love，保持"欲淡心清"。从女性的立场出发，她坚持认为，对于男性而言，婚姻当然不是坟墓，那"生育的惨刑和抚育儿童的苦人的琐事"，确实只是妇女的专属。事实上，在21世纪的中国，女性的这种困境依然存在。杨没累的理由无可辩驳，朱谦之只好作罢。他表示自己不需要后代，在三年内，应该有办法克制性欲，实行"性爱的奋斗主义"，并还想借此证明，这才是"圣神的、单一的、永续的"的爱情。热恋的此时，他大有为爱牺牲的勇气和意志。

　　热恋中的朱谦之不只是信誓旦旦，他还将信念上升到理性层面，在回复杨没累5月18日定情信中，将爱情的本质定义为"圣神、单一、永久"②，在8月8日的信中有更详细的论述，提出"爱情的铁则"："神圣、单一、永续"，为实现这样的爱，还要做到"节欲、牺牲、贞操"③。而就在4月29日，张竞生在《晨报副镌》发表"爱情定则"④，恰是"有条件、可比较、可变迁"的。显然，朱谦之的"爱情铁则"，正是对张竞生"爱情定则"的隔空回应和潜在对话。朱谦之、杨没累无疑也在关注这场"爱情"大讨论。

　　"真正的爱情渴望的仅仅是来自心爱的人的爱抚"⑤，"倒在 My Sweet 的怀里，承受那无限温甜麻醉的 Kisses"⑥。杨没累的浪漫激

---

　　①　《没累文存》，第282页。

　　②　《荷心》，新中国丛书社1924年版，第40页。

　　③　《荷心》，第68页。

　　④　张竞生：《爱情的定则与陈淑君女士事的研究》，原载《晨报副刊》1923年4月29日，参见张竞生、鲁迅等著，张培忠编《爱情定则：现代中国第一次爱情大讨论》，生活·读书·新知三联书店2011年版，第36页。

　　⑤　［法］司汤达著，刘阳译：《十九世纪的爱情》，江苏人民出版社2005年版，第302—304页。

　　⑥　《荷心》，第48页。

情,并不排斥用拥抱、接吻等身体接触、热烈表白等方式来表达彼此间的爱慕和情意,建立亲密关系。这在传统的中国恋人,如贾宝玉、林黛玉之间是不可能发生的。表面看来,杨没累似乎很前卫。她受到西方爱情的熏陶,接受了自由恋爱的新观念,甚至勇于选择不婚而同居。但骨子里,她其实深受传统贞洁观念的钳制,对"性"有"不洁"的偏见,把拒绝性生活当成"高尚",并不接受"灵肉合一"的爱情观。正如庐隐①(其恋人郭梦良与朱谦之是同学、同乡兼好友)的小说主人公所言:"云自幼即受礼教之熏染,及长已成习惯。纵新文化之狂浪,汩没吾顶,亦难洗前此之遗毒。"②杨没累与朱谦之的"纯洁之爱",在同时代的"五四"青年男女那儿,并非高蹈出世,空谷足音。在他们的眼里,性就是兽性、肉欲,是不洁、肮脏的代名词,是高尚、纯洁的反义词。这种贞洁观,也可从冯沅君当时发表的一系列自传体小说中得到印证③。同样,丁玲的反应也是佐证。在她听了朱谦之与

---

①　庐隐(1898—1934),原名黄淑仪,又名黄英,福建闽侯人。1923年夏,与有夫人的郭梦良南下在上海一品香旅社举行了婚礼。婚后,庐隐发现她理想的婚姻生活和婚后的生活实际完全相反,在不佳的情绪和家庭琐事中沉浮了半年之后,庐隐又继续她的著作生涯,写出了《胜利以后》《父亲》《秦教授的失败》等短篇小说。

②　庐隐:《海滨故人》,原载《小说月报》1923年第14卷10、12期,参见肖凤编《庐隐》,人民文学出版社1984年版,第51页。

③　"怎的爱情在我们看来是神圣的,高尚的,纯洁的,而他们却看得这样卑鄙污浊"。"试想以两个爱到生命可以为他们的爱情牺牲的男女青年,相处十几天而除了拥抱和接吻密谈外,没有丝毫其他的关系,算不算古今中外爱史中所仅见的?"(淦女士《隔绝》,《创造》季刊1924年2月28日第2卷第2期)"我们的爱情肉体方面的表现,也只是限于相偎依时的微笑,唧唧的细语,甜蜜热烈的接吻吧。我知道别的人,无论如何是谁都不会相信。饮食男女原是人类的本能,大家都称柳下惠坐怀不乱为难能,但坐怀比较夜夜同衾共枕,拥抱睡眠怎样? 不过我以为不信我的话的人并不是有意轻蔑我们,是他不曾和纯洁的爱情接触过,他不知道爱情能使人不做他爱人不同意的事,无论这事是他怎样企慕的。"(淦女士《旅行》,《创造周报》1924年3月24日第45号)

杨没累同居五年，并无夫妻之实的抱怨后，并不以为怪，反以为常①。

　　杨没累的爱情想象，与五四时代"恋爱至上"的浪漫爱情观有关，又带有个人色彩。她之所以把爱情和性欲截然分开，除了惧怕生育，还希望爱情保鲜。杨没累注意到，在性关系方面，男人总是喜新厌旧，便误以为若没有"相对待的贞操"，便不会使恋爱"永久不变"②。保持"纯洁"，意味着爱情永恒。同时，"失身"意味着失去自我，失去独立自由，甚至失去与男性平等相待的地位。此外，杨没累不但读过女性解放的书刊，喜欢易卜生的戏剧，而且也读过当时流行的鸳鸯蝴蝶派言情小说。③ 那些流行的言情小说（不止徐枕亚、周瘦鹃等名家）的主人公们，恰恰高举的也是"恋爱至上"的旗帜，主张灵与肉分开、色伪情真，褒赞"精神上的情种"，鄙薄"肉体上的淫人"④。杨没累跟当时许多"新思想旧道德的新女子"一样，剪着新式短发却穿着

---

　　① "有天朱谦之激动地对我说：'没累太怪了，我们同居四五年，到现在我们之间还只是朋友、恋人，却从来也没有过夫妇关系。我们之间不发生关系是反乎人性的，可没累就这样坚持，就这样怪。'也许旁人不相信他这话，可是我是相信的，还认为这很平常。因为那个时代的女性太讲究精神恋爱了，对爱情太理想。我遇见一些女性几乎大半或多或少都有这样的情形。"（《致徐霞村》，《丁玲全集》第十二卷，河北人民出版社 2001 年版，第 227 页）

　　② A. Y. G. 女士：《与本月刊记者论妇女问题书》，《少年中国》1919 年第 1 卷第 6 期。

　　③ 《青青女郎》，《没累文存》，第 258—259 页。

　　④ 如："彼所写（司马相如）肉体上的爱情，我所为精神上的爱情。精神上的爱情一任地老天荒，永历不磨；肉体上的爱情，则如过眼云烟，霎时顿灭。"（休宁华魂：《可怜侬》，原载《礼拜六》第十一、十二期，1914 年 8 月）

旧式旗袍,读着新潮文章却裹过旧时小脚①,传统文人的谈"情",更能拨动她们的心弦。她们更易认同"多情人""有情人"的传统,逃不脱女性自身的束缚:对情感生活抱有不切实际的幻想。原本为了自由、选择独身的杨没累,一旦遇到爱情便缴械。自古以来,婚姻就是女人的桎梏,男人就是女人唯一的出路。杨没累与朱谦之的这段爱情,轰轰烈烈,算是她短暂一生中的绚烂篇章了。

那时,恋人们的每一次别离,书信都成了彼此沟通、交流情感的唯一方式。杨没累和朱谦之也不例外,无论是杨没累回长沙探亲,还是朱谦之到南京、济南等地讲学,他们都会用纸笔抚慰彼此孤寂的心灵,他们交流对爱情、死亡、读书的看法,对美好生活的向往,字里行间满溢着文学的想像和幻想。1923 年底,杨没累、朱谦之为避免书信因凌乱而遗失,将北京—福州、北京—长沙、北京—南京之间二人往来的通信,编成《荷心》。1924 年 5 月由上海新中国书局出版《荷心——爱情书信集》,共收书简 35 封。

杨没累之所以能以书信方式和朱谦之尽情交流,谈情说爱,大胆、热烈地表白,与她先前与美国妇人的英文通信不无关系,也与"五四"时代,书信表现形式的现代化变革有直接关系。千百年来,"礼"教早已由实趋伪,不合时宜,撕下书信中虚礼客套的假面具,披胆沥肝,肝胆相照,正是现代青年的标识和表征。《新青年》《少年中国》

---

① 那时的女性即使从未裹脚,但思想上的小脚却是不易放开的,如张幼仪(1900—1988)说:"我生在变动的时代,所以我有两副面孔,一副听从旧言论。一副聆听新言论。我有一部分停留在东方,另一部分眺望着西方。我具备女性的内在气质,也拥有男性的气概。"参见[美]张邦梅著,谭家瑜译:《小脚与西服:张幼仪与徐志摩》,中信出版集团 2017 年版,第 12 页。

《晨报副刊》等新报刊都设有通信栏目,便于开诚布公地交流思想①。

因为朱谦之的大名,朱、杨的恋爱故事在北大学生中一时被"艳称"。《荷心》一出,自然引人瞩目,成了短命的新中国书局唯一重版过的书。② 1924 年 5 月,就在《荷心》面世之际,一位北大女生在南去的列车上,一口气读完了这本小册子③,她就是冯沅君④(庐隐的同班

---

① "他们都是人格公开,没有丝毫的客气,我见得一扫从前敷衍的积习,大家披心相见,这是觉悟后的青年一个顶有价值的成绩。假如一个人不真切,还有什么会可结,什么学可讲呢?"(《左舜生致曾琦、周太玄、李璜》,《少年中国》第 1 卷第 7 期,1920 年 1 月。参见周月峰编《〈少年中国〉通信集》,第 121—122 页)

② "1923 年的春天,正是枝头新绿萌发的季节。谭正璧由邵力子先生介绍进入上海大学二年级读书。那时,他的朋友朱枕薪刚从俄国留学归来,在这个学校里当英文教授。……一天,朱枕薪碰到谭正璧,提出要组织一个发行社,印行社中个人的原作,叫他合作;那时谭正璧已多年写作投稿,能把自己的作品印成书籍出版不正是所有文学青年求之不得的事吗? ……二种丛书出版后不久,朱枕薪以《民国日报》驻京记者的身份,到北京去工作了。他在北京除了工作外,还在北京大学做旁听生,因此他又认识了李小峰、朱谦之等人,便邀请他们也加入了新中国丛书社。……不久,朱枕薪从北京寄来了丛书三种的稿子:一是朱谦之和杨没累的通讯集《荷心》;二是朱枕薪和李小峰共同笔记的俄国盲诗人爱罗先珂讲演集《过去的幽灵及其它》;三是朱枕薪编译的英国某作家的剧本《恋爱之果》。……这五种丛书,除了《荷心》以外,后来都没有重印过。谭正璧个人给出的那笔小小的款子,始终没有收回过分文,不过却拿回了许多书,可惜大都已毁于战火,侥幸留存的皆成极难寻获的珍本。"(谭篪:《父亲谭正璧二三事》,《嘉定报》2011 年 12 月 19 日)

③ 淦女士(冯沅君)《淘沙》之《三,朱谦之、杨没累两君的〈荷心〉》,《晨报副镌》1924 年 7 月 29 日第 146 期。

④ 冯沅君(1900—1974),原名冯恭兰,改名淑兰,字德馥,笔名淦女士、沅君、易安、大琦、吴仪等,现代著名女作家,中国古典文学史家。1922 年毕业于北京女子高等师范学校,考取北京大学研究生,研习中国古典文学。1923 年开始,冯沅君开始小说创作,以淦女士为笔名,在《创造季刊》和《创造周报》上发表了《旅行》《隔绝》《隔绝之后》等,她的小说充满了反抗旧礼教的精神。

同学,比杨没累小两岁)。其时,她刚以"淦女士"之笔名发表了自己的处女作——自传体婚恋小说《隔绝》。[①]

相较于冯沅君、庐隐等还在父母之命中苦苦挣扎的新女性,杨没累与朱谦之的恋爱在当时确实令人羡慕。《荷心》与冯沅君的《隔绝》《旅行》等小说的写作几乎同时,对爱情的追求有很多相似之处。冯沅君与才子王品青相恋,但二人皆有包办婚姻,一直担心有被强制"隔绝"的危险。杨没累创作的剧本《王娇》,表达了爱情至上、宁死不屈的决心。显然,她也担忧自己的恋情得不到父母支持。

因杨没累之籍籍无名,朱谦之鼎鼎大名,冯沅君读过之后,竟不相信这些书信是杨没累亲笔所写。因此有了一个小插曲:杨没累与淦女士(冯沅君)在《晨报副镌》上的笔墨交锋(《没累文存》未收)。冯沅君认为,《荷心》里的书信看不出是两个人所写,作品的个性磨灭、消失了,除非"二人中有一个将其他一个的加以润色和修改";再是情书应该用艺术语言,而不该使用"枯燥的难解的哲学上的术语";三是两人性格缺乏修养,不是相互劝勉,而是"以过分的谀辞相称道"[②]。冯沅君的批评,显然有点不够厚道,因为不只是针对书信艺术,还怀疑作者的写作能力。难怪杨没累的回应带有气愤、嘲讽的情绪色彩。[③] 杨没累虽对冯沅君的质疑做了针锋相对的反击,尤其不满于"加以修改和润色"的怀疑,但对最后一点却并未辩驳。其实,这些书信并非他俩通信的全部。对比《没累文存》,至少杨没累的书简在《荷心》中抽掉了 4 封,而且还有意删除了一些文字。被删的文字,大概

---

①　《隔绝》发表于《创造》季刊 1924 第 2 卷第 2 期(1924 年 2 月 28 日);《旅行》发表于《创造周报》第四十五号(1924 年 3 月 24 日);《慈母》发表于《创造周报》第四十六号(1924 年 3 月 28 日);《隔绝之后》发表于《创造周报》第四十九号(1924 年 4 月 19 日)。

②　淦女士《淘沙》之《三,朱谦之、杨没累两君的〈荷心〉》。

③　杨没累:《看了淦女士的〈淘沙〉之后》,《晨报副镌》1924 年 8 月 3 日第 180 期。

是杨没累顾及他人的目光,不愿公开坦露隐私和内心的真实想法。比如:

> 我对你说这些话,谦之! 决不是我敢用客气的妄语恭维你的! 我看与其说你是个东方的少年哲学家,毋宁谓你是个神秘派的诗人,富于诗趣的哲学家。……我们几次的通讯,便这样老实不客气对你说话。原也是深知你有那真诚恻恻的天性,决不以为怪的,断乎用不着待寻常人的那些话,还望你此后也很不客气的劝勉我! 在未相见时,彼此尽可凭着兴致来了便写信,不必要等接了信才写信。①

> 我若得个同情同调的良友,做终身伴侣,一块研究诗歌和音乐,那就是极难揣测的。……谦之! 人生几何啊? 试看园里的群花,还不曾开谢,那情重的春光也忙着将做那远行人了! 可是这千金一刻的春光,谁知爱惜? 我心爱的远方知心人儿,几时才得相见? 再得迟些儿,真个要"错教人留恨碧桃"了。②

杨没累自知心高气傲,自视和视恋人甚高,不愿别人看到自己的骄傲,毕竟传统观念历来以"谦逊"为美德。即便如此,居然还被淦女士指责"以过分的谀辞相称道"。可见在"寻常人"眼中,这两人确是有些孤高傲世。

两个桀骜不驯的青年,一对极度孤独、极度渴求爱的孤魂野鬼,两股汹涌的"真情之流",激荡起爱的波澜。他俩都拜倒在爱神的羽翼下,成为唯情主义的信奉者。恋爱至上,正是爱情诞生时期的特点。徐枕亚、周瘦鹃等男作家强调贞洁与欲望分开,高歌精神恋爱和

---

① 杨没累:《没累文存》,第 273 页。
② 杨没累:《没累文存》,第 276 页。

无欲,只是文字上的。"五四"时期的女作家则不然,冯沅君、丁玲等都是洁身自好,虽同居而无性关系。但她们的坚持毕竟都是短暂的,而杨没累却是与朱谦之同居几年而无性。她还在作品中一再表示,为情而死是很值得很唯美的。杨没累在戏剧《孤山梅雨》中用优美的诗词和"魔术或电光射影"营造了一个典雅唯美的浪漫爱情世界,一对青白相映、仙风道骨的男女:林和靖、秦梅蕊,布景是朦胧的月光、缤纷的落梅,两只洁白的仙鹤……她写的是梦境,而这也只能是一个梦幻。两人只有相拥相吻的接触,短暂的对饮美酒、分食葡萄,下棋、抚琴,然后就是悄然亡逝,渺不可见。这样的爱情,世间并不存在,这样的爱情追求,必定会令追逐者失望。正如周瘦鹃笔下的"纯洁高尚"的爱情,完全变成了一个抽象名词,一种狭隘的激情,被彻底审美化、虚幻化,成了镜里花,水中月①。

在现实中,杨没累到底还是失望了。即使没有交媾,激情也会过去,"婚姻是恋爱的葬礼",不仅指婚姻的形式,没有实质的结婚也是一样。恋爱的激情呈现一种病态的狂热,是无法持久也是不宜持久的。即便接吻、拥抱,也只能持续有限的时间和程度,否则就会产生不适。激情一定会归于平静,但这并不意味着爱的减弱,而是爱的不断生长和升华。生活总是在变化中,两个个体要在变化中,通过不断交流,合二为一,"同心异体"并不是由"爱的激情"固定下来的。凝固在巅峰那一刻的情感是不存在的,只能出现在虚幻的《孤山梅雨》中,瞬时即逝。

"爱情不会增进就会削弱"②。随着时间推移,那种理想的"精神是绝对融洽的"男女情侣关系,在冯沅君与王品青之间不复存在。冯

---

① 刘延玲:《论周瘦鹃言情小说中的爱情意识》,《兰州学刊》2016 年第 5 期。

② [法]司汤达:《十九世纪的爱情》之"12 世纪的爱情准则",第 302—304 页。

沉君因为无法忍受王品青的"不求上进"，开始移情别恋于江南才子陆侃如①。杨没累与朱谦之的恋人关系也时好时坏，杨没累对于自己的婚恋并不满意，常发牢骚。同样，朱谦之面对持续四五年的无性婚姻，大概亦达到忍耐的极限了吧。丁玲这样回忆：

> 我们在周南女中同学，她（杨没累）是高班生，我们几乎没有说过话，在岳云中学又同学，不同班次，但同宿舍，也还说得来，不亲密。1924 年在北京，她已有爱人了。她原同国家主义派的几个才子易君左、左舜生相熟，后来认识了朱谦之。……一九二八年，我在杭州西湖时，我住在葛岭山上十四号，他们住山下十四号，我常去看他们。他们还是像一对初恋的人那么住着，有时很好，有时吵架，没累常对我发牢骚。他们虽然有时很好，但我也看出没累的理想没实现。她这时病了，病人的心情有时也会引起一些变化，几个月后，她逝世了。我们都很难过。有天，朱谦之激动地对我说：'没累太怪了，我们同居四五年，到现在我们都还只是朋友、恋人，却从来也没有过夫妇关系。我们之间不发生关系是反乎人性的，可是没累就这样坚持，就这样怪。'也许旁人不相信他这话，可是我是相信的，还认为很平常。因为那个时代的女性太讲究精神恋爱了。对爱情太理想。我遇见一些女性，几乎大半或多或少都有这样的情形。看样子极须恋爱，但又不满意一般的恋爱。即使很幸福，也还感到空虚。②

徐霞村之所以断定莎菲的原型是杨没累，并写信询问丁玲，事出有因。1932 年他在北京结识了周敦祜——杨、朱恋的红娘和见证

---

① 　参阅赵海菱、张汉东、岳鹏《冯沉君传》，学苑出版社 2012 年版。
② 　《致徐霞村》，《丁玲全集》第十二卷，第 227 页。

人，她直截了当地跟徐霞村说"《莎菲》写的就是杨没累"①。病中的杨没累，正如《莎菲女士的日记》中所传达的情绪状态。她们是执着于情感的"新女性"，接受了"新思想"，却背负着"旧道德"，新旧价值观的冲突令她们身心紧张，"'苦闷'的精神状态反而成了'新女性'的标志"。"对'苦闷'的质疑昭示着令人沮丧的逻辑：'新女性'并不存在；现实中的女性没有摆脱依附意识"②。丁玲看出，"没累的理想没实现"。她也听到了朱谦之抱怨，他对于没有性关系的婚姻生活隐忍已久，热恋时的信誓早已灰飞烟灭，他无法理解没累的做法，以至于"激动"地说"没累太怪了""反乎人性"。想到从前他们本是别人眼中的一对"怪"人，如今却在对方眼里"怪"起来，不能不让人感到悲哀。杨没累"纯洁""高尚"的爱情，显然试图保护自己的独立人格，以免丧失自我。只有属于自己，才能与对方平等。丁玲早年跟胡也频在北京同居时，情况也是如此。③

　　从《没累文存》留下的爱情书简可以看出，两人由热恋中小别，"每天彼此各有信寄，各有信收"，"除了形骸相隔，精神是绝无阻碍的"④。到后来，朱谦之离开生病的杨没累独自去广州谋生，四个多

---

①　"一九二八年底或一九二九年初，我在上海胡也频和丁玲的住所见到了朱谦之。朱走后，丁玲大略向我提到了她和杨没累的关系。一九三二年，我在北京认识了丁玲在湖南的老同学周敦祜，周敦祜说：'《莎菲》写的就是杨没累。'并向我介绍了杨没累的一些情况。""自然，杨没累并不是塑造莎菲这一形象的唯一的模特儿。譬如，现实生活中的杨没累，是一个追求精神恋爱的人，并不像莎菲那样，追求'灵与肉的统一'。在莎菲身上，除了杨没累之外，还有着其他人的影子，包括丁玲所接触的其他众多'五四'时期的觉醒的女青年。"（徐霞村《关于莎菲的原型问题》，《新文学史料》1984 年第 4 期）

②　海青：《"自杀时代"的来临？——二十世纪早期中国知识分子群体的激烈行为和价值选择》，中国人民大学出版社 2010 年版，第 115 页。

③　李美皆：《丁玲与胡也频、冯雪峰、沈从文》，《作品》2017 年第 5 期。

④　杨没累：《看了淦女士的〈淘沙〉之后》。

月,《没累文存》只留下了 7 封书信,开头还有一段小插曲,没累迟迟未见谦之报平安抵达的来信。可见,两人关系既没有了先前的那种缠绵、热烈,又没能达成某种默契与信任。杨没累在书信里提及,朱谦之平时对她的话总是"置若罔闻",还有些"以学问去骄傲旁人"的轻狂。[①] 他则怀疑杨没累因"嫌贫"而不爱他,她只好再次言白,她当初选择时,当然知道他的"贫穷",她爱他,甚至不是因为他的"学问",唯爱他那"单一永续的真情之流"[②]。

　　杨没累只想成为朱谦之现代意义上的"女朋友",而不是传统观念里的妻。她想要的是志同道合、平等互助、相互切磋的精神伴侣,而不是生儿育女的物质夫妻。事实上,自由恋爱的婚姻确实难逃沦为家庭妇女的宿命。庐隐自传体小说《海滨故人》里,即使好友宗莹敢于反抗,毅然拒绝父亲包办的婚姻,和师旭自由恋爱。在宗莹婚礼上,面对从前那个"活泼清爽"的"水上沙鸥"变成了今天"笼里的鹦鹉,毫无生气",露沙不禁心酸落泪。凌叔华的小说《小刘》[③],当年那个"伶俐活泼"的女学生小刘,十一二年后已变成一个拖着四五个孩子、毫无生气的邋遢妇女,再不见当年"小鸟般的轻灵举止""言辞的俏皮风致"。现实中的庐隐大胆地去爱,勇敢地去承受,努力不放弃写作,却终因生育而早亡;杨没累逃脱了"生育的酷刑",却亦未能逃脱早亡的不幸命运。在她去世 7 年后,朱谦之"快活"地结婚了,对象是倾慕自己的学生何绛云,有了"职业和妻子",他对人生很满足。二人无子女,"互助合作",相偕以老。朱谦之坚持了当初的革命理想,破除"无后为大"的"孝"观念,但他所追求的幸福伴侣,也不过是贤内助罢了[④]。那个时代的智识阶层对于女性解放的认知,仅止于此而已。

---

① 《西湖通讯(寄广州)》,《没累文存》第 309 页。

② 《西湖通讯(寄广州)》,《没累文存》第 310 页。

③ 《新月》第 1 卷第 12 号,1929 年 2 月 10 日。

④ 朱谦之:《世界观的转变——七十自述》,《朱谦之文集》第一卷,第 149 页。

　　面对触目无边的黑暗社会,杨没累无疑是绝望的。她选择栖身于爱情,对于人生而言,这本来只是一个迷人的小角落,但对于她来说,却成了生活的全部。她可以与腐朽的家庭决裂,可以与黑暗的社会隔绝,却无法容忍爱情有一天会逝去。情感变淡,爱意渐衰,是她的生命不能承受之重。但热烈的爱情只能维持一时,却不能持续一世。他们同居了四五年之久,面对一天又一天接踵而至的日子,即使有性,都不能仅靠情感来填满和延续,何况只有单纯的拥抱和接吻!爱情的冷淡,恋爱的空虚和绝望,总会如期而至。杨没累弃世时,情景就像她盼望和想像的,如《涡底孩》里的那个骑士一样,死在爱人的怀抱里[①]。可惜到了四年后的此时,显然早已没有彼时的感受:在汪洋的蜜甜中随风而化。

　　在杨没累读书时期,现代文学史上第一批女作家陈衡哲、凌叔华、冯沅君、谢冰心、袁昌英、苏雪林、黄庐隐、石评梅等正在涌现。作为同一个时代精神孕育、熏染出来的女性书写者或者说女学生作者[②],杨没累无疑亦属于柯灵所言"五四"新文学运动中的"先知、先驱、战士"之一,她出生于"世宦之家","作家而兼学者格调高雅清婉,上承古典闺秀余绪而别具'五四'新姿"[③]。

---

　　①　《没累文存》,第 285 页。

　　②　参阅张莉《浮出历史地表之前——中国现代女性写作的发生》,南开大学出版社 2010 年版。

　　③　"女性文学世界的真正形成,是在'五四'新文学运动中。……发起和参与这场启蒙运动的,可以当之无愧地称之为先知、先驱、战士,而其中有不少女性,如陈衡哲、谢冰心、凌叔华、冯沅君、黄庐隐、苏雪林等等,就在这先进的行列中","文学是作家人格、个性与心灵的感应,女性文学自有女性的特点,大而化之,按时间流程划分,第一代如陈、谢、凌等以及稍后的林徽因(可惜她留下的作品不多),大都出生于世宦之家,还是清末的遗民,有的留学海外,浥欧风,沐美雨,或多才多艺,或作家而兼学者,格调高雅清婉,上承古典闺秀余绪而别具'五四'新姿。"(柯灵:《冯沅君小说·春痕》之《序言》,上海古籍出版社 1997 年版,第 2、3 页)

1919 年，杨没累从南洋女师毕业后，开始创作和发表作品，到 1928 年初离世，差不多有七八年的创作时间。据朱谦之说，她的许多诗歌、戏剧，都是在恋爱时期做成的。她的作品大都收录于《荷心》《没累文存》。杨没累共留下诗歌 15 首、小说 2 篇、戏剧 3 部、杂文 6 篇（含 2 篇佚文）、乐律论文 3 篇、爱情书简若干，总计 10 余万字。无论是诗歌、戏剧，还是书信、自传小说、杂感，杨没累很早就与新文学发生关系，她的创作无疑是新文学的范畴。另有戏剧译作易卜生的《黑玳加不勒》（Hedda Gabler，今译《海达·高布乐》）1 部，概已遗失。

从杨没累留下的诗歌、戏剧来看，她前期的创作受到新文化运动的影响。但在 1922 年学习音乐以及跟朱谦之相恋之后，1923 年冬天，两人有一次关于音乐文学的通信。他们对于胡适"废曲用白"的主张，对于白话诗一变为散文，以及没有音乐的话剧产生了异议。

　　第二次的别离，是我往南京建业大学讲学，我那深心热爱的人，她每次总给我含着诗意的信。……在那个时候，有一件事应该纪念的，就是我有一回给她一封论文学的信，以为白话诗应该注重韵律，必得歌唱奏演，方尽了诗的能事。这个意思，很得她极端的同意。她给我的复信说："我向来以纸上诗文，只算得僵了的诗体，可以谱入弦管动人情感者，才算是能动能言灵肉完具的活诗，你既知道《楚辞》《诗经》可以歌，那末何不再进一步研究这些歌法？"①这大概就是我近来讲"音乐的文学"的起因罢！②

稍后的 1924 年，朱谦之携杨没累前往厦门大学应聘，途经长沙，在长沙第一师范演讲"中国文学与音乐之关系"、在长沙平民大学演讲"平民文学与音乐文学"，之后出版《音乐的文学小史》，大胆宣布

---

① 　此信未见于《荷心》《没累文存》。
② 　《回忆》，《朱谦之文集》第一卷，第 61 页。

"我们"的文学见解："用现代的白话，建设比昆曲更进一层的'诗剧'，并且这种'诗剧'是可歌唱的，并且平民都可以歌唱的。'"①

从杨没累留下的诗歌、剧本来看，尤其是后期的作品，自觉实践着他们的音乐文学主张。一些诗歌作品追求典雅、韵律，而不是一味追求形式上的自由。如上文提及的情诗《荷心》：

> 荷自清芬，
> 露自晶莹，
> 素心还比月华明。
> 经得飘零，
> 耐得清冷，
> 青梅凝就腊梅心。
> 风又薰薰，
> 水也萦萦，
> 吹来情笛更殷勤。
> 荷也温存，
> 露也销魂。
> 愿生生世世一往情深！②

在这首自由体韵诗中，她将两人关系比作荷、露，荷虽温存，可惜花心的朝露，日出而晞。一缕香魂，顷刻间，化作白云一片。荷花、露珠的爱恋，一如他们的恋情，清丽、纯洁却又短暂、凄美。

在杨没累留下的三个剧本中，除了《三个时期的女子》《王娇》（根

① 朱谦之讲演：《音乐的文学小史》，上海泰东图书局 1924 年印行，第 68 页。
② 杨没累：《没累文存》，第 148—149 页。

据古代十大悲剧之一——明代孟称舜的《娇红记》①改编),《孤山梅
雨》显然是晚期的作品,是他们"诗剧"(类似歌剧)文学主张的实践。
在杨没累身后朱谦之编辑的《没累文存》中,使用的名称不是"戏剧
卷",而是"戏曲卷",显然是有意为之。朱谦之后来仍爱好音乐与文
艺,自认为年轻时的幸福就是音乐、文学和恋爱②。与杨没累的相识
相恋,无疑给朱谦之枯寂的学者生涯增添了诗意,使他的人生变得温
润灵动起来。

三、隐居:音乐以救国

　　朱谦之与杨没累深感痛苦的是别离,"我觉得相爱而远离是人生
最苦的事! 只要能在一块住着,就立刻死了也甘心","今后我要坚守
'莫要分离'一语为约,困难时也不顾,总之贫病、乞丐同死都可以,唯
有离别不可再经了"③。朱谦之后来回忆两人三次离别之苦也说:
"她一天天的爱我愈深,她的心境一天天愈窄小,也就愈觉憔悴了!"
"我们即决计相依相恋,永远不要分离,因为如果再经别离一次,恐怕
已不能经了!"④于是,两人决定长相厮守,不再分离,萌生退隐之意。
1924 年,郑振铎翻译的《灰色马》在《小说月报》上连载⑤,这部无政府
主义的文学大作,对于昔日的两个无政府主义革命青年,已然没有吸
引力了。他们似乎不但对政治革命,连带对文学都无兴趣了,一心营
造属于自己的"爱的小世界"。有个朋友在文章里谈到他两:

---

　　① 　参见王季思主编《中国十大古典悲剧集(上)》(齐鲁书社 1991 年版)。
男女主人公申纯、王娇为表兄妹,故得以相识、相爱并私通,后因女父两违婚约,
将女许配豪家,于是双双绝望而逝,终被合葬。
　　② 　《诗歌朗诵大会盛况》,原刊《中山日报》1944 年 5 月 11 日,参见《朱谦
之文集》第二卷,第 150 页。
　　③ 　《没累文存》,上海泰东图书局 1929 年版,第 292 页、第 303 页。
　　④ 　《回忆》,《朱谦之文集》第一卷,第 61、62 页。
　　⑤ 　[俄]路卜洵著,郑振铎译:《灰色马》,俄国无政府主义革命者的故事。

郑振铎先生的好友，最赞美血与泪的文学的朱谦之兄，他今年来北大学文学，亲对我说，"想休息"！青年的不懒；杨没累女士亲对我说，"文学是玩艺儿"。青年之慰安的理想！——我不敢以一例众而说青年人懒，我只问问为什么单有些袭取的恋爱，悲哀，葡萄，藤萝……？我更不敢渺视了青年的理想，只问：为什么对现实如此忍让？①

1924 年 10 月，杨没累放弃未竟的学业，跟随朱谦之南下，经长沙到厦门大学任教。她时常给《民钟报》投稿，"五卅"惨案发生，发表《告同胞书》一文。不到一年，朱谦之即因自己的大同共产主义理想与校方的"国家主义之精神"办校理念相冲突，于 1925 年 5 月辞去厦门大学的教职②，与杨没累隐居杭州西湖葛岭山下，门对宋代诗人林和靖的故居，实践恋爱至上的唯情生活。1926 年 6 月，当北京大学音乐传习所师范科第一届学生举办毕业演出会时③，杨没累已在杭州了。令老师萧友梅"十分痛心"的是，一些女学生结婚后就"把音乐当作装饰品，没有发挥他所期望的改造旧乐、创造新乐的作用"④。可是，杨没累却并非如此，她不但未曾放弃音乐，而且走上了偏僻、艰深的乐史研究之路，潜心研讨乐律学史。她对自己从事的乐律研究极其自信并怀抱远大志向，断定可以取得"极难揣测的造就"⑤。此

①　增恺:《〈灰色马〉的运气》,《文学旬刊》1924 年 3 月 21 日。

②　《世界观的转变——七十自述》,《朱谦之文集》第一卷,第 132 页。

③　《本校附设音乐传习所师范科毕业音乐会》(1926 年 6 月 8 日),参见黄旭东编《萧友梅书信暨办学文档选》,中央音乐学院出版社 2016 年版,第 92 页。

④　钱仁康:《萧友梅先生的办学精神(代序)》,参见黄旭东编《萧友梅书信暨办学文档选》,第 3 页。

⑤　《北京通讯(寄福州)》,《没累文存》,第 276 页。

时，朱谦之也致力于音乐与文学关系的研究[①]。两人常同往浙江图书馆查阅资料，撰写论文，著书立说。可以想见，在山水明媚的西子湖畔，等待他们的并不是之前想象的"吟风弄月，傍花随柳"的浪漫生活，而是清贫、艰苦的学者生涯。迫于生计，他们不得不努力写作。尽管杨没累心甘情愿，满怀热情，废寝忘食地撰述，可惜自幼羸弱的她，根本承当不起这种重担，身体很快就不支了。于是，杨没累开始学习古琴，涵养性灵。多年之后，朱谦之在回忆中表达了悔意，不该带杨没累去西湖隐居。因为"贫困并没有因隐居而退避三舍"，而是接踵而至，杨没累正是因贫病交加才早逝的[②]。

朱谦之在《没累文存》"引言"中不无心痛地写到，杨没累是被她所撰写的艰深乐律学书累病的，而她一生最大的贡献，也是她那本"有志未成""体大思精"的"中国乐律学史"，那是她"终生的遗憾"，也是"学术界的一个大损失"。因此，在《没累文存》中，朱谦之将"乐律漫谈"置为首卷。无论是杨没累对自己的期许，还是朱谦之的评价，这应该都不是大话。读了杨没累留下的《淮南子的乐律学》《评王光祈论中国乐律并质田边尚雄》两篇论文，即使外行如我，也能做出如此判断，因之不能不佩服她的聪慧、勤奋，不能不惋惜她的早逝。在儒家六经中，唯缺乐经。古乐重口耳相传，笔写的乐律书之难阅读，不言而喻。如杨没累所说，即使古代那些写乐书的"专家"，有时也难免不明所以，胡说八道。乐律学之"艰深"绝非常人能涉足，难得的是，杨没累能运用自己所学的西方乐理知识，来明白地辨析古代乐书中那些天书般的乐律学术语，还做出一个个一目了然的图表。唯其如此，她能对乐史上那些乐说的来龙去脉、源流支派，如数家珍般描述得清清楚楚，并对音乐理论家的成就、得失做出准确的判断。在洋

---

① 1925 年上海泰东图书局出版了《音乐的文学小史》，大概就在此时将其扩充为《中国音乐文学史》。

② 朱谦之：《世界观的转变——七十自述》，《朱谦之文集》第一卷，第 132 页。

洋洒洒两万多字的淮南子论文中,她评价了淮南子的贡献和不足,总结、肯定了淮南子在乐律史上是一个继往开来的人物。

　　　　他虽是个无所不谈的杂家,但他对于我国乐律方面的贡献尤其重大! 他在中国乐律史上,简直是个继往开来的中心人物! 因为周秦以来的乐书,都是空谈妙理,真个论道乐律的文章,总不过寥寥数语。一直到淮南子才肯在他《天文训》上说了一大篇论乐律的话。他把从前那些片段的,零星的,暧昧不详的各种乐律学,都整理清楚,使得后来论乐律的人,不得不和他有直接或间接的关系。[①]

　　杨没累的乐律学研究至今仍有借鉴意义,《一篇首创"乐律学"专名的论文》[②]一文,评介了杨没累所著《淮南子的乐律学》。作者指出,古代的"乐学""律学"在现代音乐学中被合称为"乐律学",始见于此文。杨没累是"最早提出'乐律学'这一学科名称的人,同时,她对迄今乐律学家仍有争论的问题也早有了自己的看法。"作者还认为,此文"不仅介绍了《淮南子》的乐律学和整个古代的乐律,而且还对乐律史上的一些疑问进行了分析研究,也可以说这是一篇中国古代乐律简史。"

　　杨没累在北大音乐传习所学习时的老师萧友梅、杨仲子,皆留德归来,响应和赞同蔡元培"以美育代宗教"的主张,希望用音乐的美感来改造社会、改造人生。蔡元培曾说,德、中皆自古好乐之民族,他所认识的留德习乐的学生只有萧友梅和王光祈。萧先生注重音乐的技术,以学校为传播音乐的机关;王先生注重乐史研究,以著作为传播

---

　　①　《民铎》1927 年第 8 卷第 1 期。

　　②　徐海涛:《一篇首创"乐律学"专名的论文》,《音乐艺术(上海音乐学院学报)》1994 年第 4 期。

音乐的工具,目的皆为创制民族新乐,以乐教化民众。^① 杨没累对音乐的理解,显然受到老师们的影响。然而她并没有追随萧友梅从事音乐教育事业,反倒追随王光祈致力于曲高和寡的音乐史研究。之前也许是因为王光祈的影响,杨没累才选择音乐作为专业。一方面,杨没累与《少年中国》的继任主编左舜生的交游,可能使她不断了解到王光祈在国外的动向。另一方面,她还持续关注王光祈去国之后发表的文章,从中知晓了他转习音乐的动机。

据丁玲回忆,在认识朱谦之之前,杨没累"原同国家主义派的几个才子易君左、左舜生相熟"^②。这话只说对了一半。丁玲与杨没累同学,虽谈得来却并非闺蜜,交往不算密切。直到 1928 年,处在与胡也频、冯雪峰的情感纠葛之中的丁玲,去杭州西湖居住,遇到了正同朱谦之偕隐此地的杨没累,她们山下、山上住着。两个女人各怀心事,都处在情感的苦闷之中,他乡遇旧知,丁玲常去看杨没累,这大概是她们两人私下交谈最多的时期。两人难免谈及左舜生和易君左,因为他们也是湖南人。其实,易君左与杨没累素未谋面。^③ 但是,易君左跟朱谦之是北大同学、室友,彼此十分熟悉。如前所述,易君左在晚年的回忆录^④中,追忆了自己在大陆 60 年的生活经历。在《火

① 蔡元培:《王光祈先生追悼会致词》,《王光祈先生纪念册(附〈王光祈与中国少年学会〉)》,沈云五主编:《近代中国史料丛刊》第 19 辑,文海出版社 1936 年印行,第 108 页。

② 丁玲:《致徐霞村》,《丁玲全集》第十二卷,第 227 页。

③ 杨没累 1922 年去北大读书,易君左则于"苏梅事件"后的 1921 年离开北京,前往上海泰东图书局工作。在上海,易君左常去左舜生家,左舜生亦常有学生出入,却未见他忆及杨没累。很可能其时杨没累已离开上海,重返长沙周南女中读书。1924 年,易君左回湖南工作,曾在岳云中学任教,但此时杨没累已于 1922 年秋离开长沙,前往北京求学。

④ 易君左:《大湖的儿女》《火烧赵家楼》《卢沟桥号角》,台湾三民出版社 1969 年版。

烧赵家楼》中他详细描写了记忆中的朱谦之,易君左说朱谦之不自杀了就要去杭州出家,"就在杭州有一个一百八十度的转变而大谈其恋爱,与一位湖南小姐音乐家的杨没累同居湖滨,以前他著了'革命哲学',后来就改写了'音乐哲学'和'恋爱哲学'等书,他确是我们北大同学中一个'怪杰'。"① 其实,此次(1921年)朱谦之去杭州,因不满佛家生活,并未久留,很快便回北京。与杨没累相恋、在杭州偕隐已分别是1923年、1925年的事情。易君左所言不确②。

在认识朱谦之前,杨没累与左舜生③相熟,缘起于王光祈和《少年中国》,三人神交于文字。杨没累寄信往《少年中国》,探讨妇女与婚恋问题。从信的内容看,她受触动的文章应该是王光祈的《少年中国之创造》和左学训(舜生)《优美愉快的家庭》二文(载于《少年中国》1919年1卷2期)。前文谈到愉快的社会生活,后文则引用《诗经》的三首诗,谈到夫妻之间理想、幸福的家庭生活,呼吁婚姻、家庭的改革。④ 而当时大学女禁未开,杨没累正苦闷于无学可上。她以为,妇女的解救不在于婚姻,而在于接受教育、经济独立。1920年2月,王光祈从北京经南京前往上海,拟赴欧洲留学。在南京的左舜生刚好

---

① 易君左:《火烧赵家楼》,第39页。

② 易君左了解朱、杨两人的恋爱事迹,大概是1921年在上海、1949年以后在香港,来自从甚密的左舜生。

③ 左舜生(1893—1969),字舜山,别号仲平,湖南长沙人。上海震旦大学法文系毕业。1919年加入少年中国学会,后任该会执行部主任。1920年任中华书局编译所新书部主任。1924年任中国青年党《醒狮周报》总经理,并加入青年党。"九一八"事变后,再创《民声周刊》,鼓吹抗战。后在中央政治学校任教,主持《国论月刊》,并当选青年党中央执行委员会委员长。1947年任行政院农林部长。1949年赴台。后移居香港,任教于新亚书院。1969年返台,促成青年党团结后返港。旋病逝于台湾,终年76岁。

④ 左学训(舜生):《优美愉快的家庭》,《少年中国》1919年1卷2期。

要去中华书局就任编辑,两人相约同往上海。① 王光祈于 1920 年 4 月 1 日动身出国,在上海停留两个月。1919 年"五四"前夕,杨没累从南洋女子师范毕业后本已离开上海,大概正是 1920 年 2—4 月间,重返上海。经王光祈介绍,她与左舜生相识。② 此时,左舜生正陷入家庭生活的苦恼中③。其妻嗜麻将,常为输钱与他发生争执;两人又苦于无节育良法,每年生产,子女绕膝。④ 有段时间,杨没累时赴左宅,与左夫人亦相熟。1925—1928 年,杨没累、朱谦之隐居杭州时,左舜生仍在上海,彼此却不再有交往,我以为主要在于思想观念的差异。朱谦之在谈及离开厦门大学的缘由时说:"最恨的是当时醒狮派所提倡国家主义教育。"⑤而此时,左舜生已在上海主办《醒狮周报》。杨没累逝后,左舜生曾去杭州扫墓并留诗⑥。

　　1920 年 4 月 1 日,当王光祈踏上留学之路时,怀揣的不单是读书救国的理想,还有对爱情的憧憬。可惜抵欧不久,他的爱情幻想就迅速破灭了,他的恋人在稍后赴法的船上移情别恋⑦。王光祈在马

---

　　① 左舜生:《记少年中国学会(一个与现代中国政治有密切关系的青年团体)》,《近三十年见闻杂记》,香港自由出版社 1952 年版,第 455—456 页。

　　② 枕育:《左舜生不忘杨没累　恨不相逢未嫁时》,载于《秋海棠》1946 年第 12 期,第 4 页。

　　③ 1916 年 24 岁的左舜生"奉父母之命,返长沙与刘名璧女士成婚",参陈正茂编《左舜生年谱》,台北"国史馆"1998 年,第 33 页。

　　④ 阿海:《左舜生夫人是麻雀大将》(《国际新闻画报》1947 年第 81 期);庚辛:《左舜生夫人的生育问题》(《快活林》1947 年第 59 期)。

　　⑤ 朱谦之:《世界观的转变——七十自述》,《朱谦之文集》第一卷,第132 页。

　　⑥ 枕育:《左舜生不忘杨没累　恨不相逢未嫁时》。

　　⑦ 宫宏宇:《王光祈与吴若膺关系考》,《中央音乐学院学报》2008 年第4 期。

赛码头翘首以盼,等来的却是对方视为路人的冷漠。这让他深受刺激,在郁闷中返回德国转习音乐,排遣失恋的痛苦。1922年2月,王光祈到达柏林,正式放弃法律、经济,转而学习音乐①。王光祈初以音乐疗伤,后来却敏锐地观察到,德国人几乎无人不懂音乐,音乐涵养很深。② 这时,他又接触到德国汉学研究的"东方文化热""辜鸿铭热"③。受此影响,这个早年参与"打倒孔家店"的"五四"青年,在赴德几年后的1924年,就提出了"民族文化复兴主义",树立并践行改良社会,恢复礼乐之邦的救国理想,决心以西洋治学方法来整理中国音乐史④,以乐为学而不以乐为技。不到十年,他便以十余种音乐论著的成就,令友人刮目相看⑤。

　　1924年,朱谦之在长沙演讲提出"诗剧",主张创建"音乐文学"

---

　　① "从1922年起攻读音乐学,并在柏林随一位德国私人音乐教师学习小提琴和音乐理论。1927年4月28日入柏林大学,并以音乐学作为主课攻读达七个学期之久。其间,我为中国的出版社撰写或翻译了近三十册书,其中十四册为音乐学著作。"王光祈德文原著,金经言译:《论中国古典歌剧(1530—1860)》之附录二《我的简历》,参阅冯文慈、俞玉滋选译《王光祈音乐论著选集》,人民音乐出版社2009年版,第122页。

　　② "世人至称德国为'听的民族',盖以其听觉较之他种民族特为灵敏也。"《德国人之音乐生活》,《少年中国》第4卷第8期,1923年12月。

　　③ 宫宏宇:《王光祈初到德国》,《黄钟(武汉音乐学院学报)》2002年第3期;宫宏宇《王光祈与德国汉学界》,《中国音乐学》2005年第2期。

　　④ 《王光祈与魏时珍论音乐》,《科学特刊》之"通讯",1926年9月21日。

　　⑤ "光祈不顾一切,孜孜不倦,曾未十年,乐书成者,凡十余种,海内外习音乐者,争称道之。士隔三日,刮目相看,今光祈成就如此,岂余当时所及料哉!"魏嗣銮(时珍):《我所能记忆之光祈生平》,《王光祈先生纪念册(附〈王光祈与中国少年学会〉)》,参沈云五主编《近代中国史料丛刊》第19辑,文海出版社1936年版,第37页。

时，其前提有二：创造新律；创造中国国乐①。结尾处谈及王光祈的
《欧洲音乐进化论》，响应他所提倡的"代表中华民族性国乐"②。朱
谦之、杨没累所主张的"诗剧"，形式类似西方的歌剧，这大概也与王
光祈先前发表介绍德国人音乐生活的文章有关③。而杨没累在文中
也说："现在有志学音乐的人们，大都是醉心西乐去了，对于中国乐
律，好像不屑研究似的。不料王光祈先生远在音乐最盛的德国，尤能
眷念祖国的音乐，专门研究了西乐之余，还要常到柏林图书馆去参看
些中国音乐书，这种精神，实在使我钦佩。"④曲高和寡，王光祈常在
文中期盼国内同志一道去做的乐史研究，响应者似乎唯有杨没累，而
她用的方法也与王光祈相同，即以西洋治学方法来整理中国音乐史。
她仔细研读了王光祈的《东西乐制之研究》，又查看浙江图书馆收藏
的两种版本的《乐律全书》，写出了《评王光祈论中国乐律并质田边尚
雄》，质疑王光祈与田边尚雄"朱载堉的十二均律等同于近代西洋通
行的十二均律"的说法。

　　其实，除了前文中提及《少年中国》的两封通信，王光祈并没有留

----

　　①　朱谦之：《音乐的文学小史》，上海泰东图书局 2014 年版，河南人民出版
社 2016 年影印，第 68 页。
　　②　"就我所知道的，中国现在已经是没有音乐的国了。一样也成了没有
文学的国了。所以有志文学的，第一要来帮助提倡国乐，提倡一种可以代表中
华民族性的国乐，其实就无异乎提倡中国特有的音乐主义的文学。关于国乐这
层，最近王光祈先生的《欧洲音乐进化论》很能注意及此，请大家自己参看好
了。"朱谦之：《音乐的文学小史》，第 70 页。
　　③　王光祈：《德国人之音乐生活续》（《少年中国》1924 年第 4 卷第 9 期），
专门介绍了德国的"诗歌音乐"（按：歌曲）和歌剧及其"吟诵"。
　　④　杨没累：《评王光祈论中国乐律并质田边尚雄》，《民铎》1927 年第 8 卷
第 4 期。

下任何跟杨没累相关的文字。对于杨没累与朱谦之很高调的恋
爱①,王光祈也许能知晓。杨没累之死,他或许也能听说。而可以肯
定的是,杨没累对其论文的质疑,王光祈一定是读过的。在之后出版
的《中国音乐史》(1934 年上海中华书局印行)中,王光祈对杨没累的
质疑做出了回应(虽未提及她的名字)。一是接受杨没累的指正,修
订错误,明确表示"余在拙著《东西乐制之研究》中,曾误以为郑康成
氏所创,兹特为更正"②。对于朱载堉"十二均分律",他则做了深入
解说,根据的是西方声学专家马绒(M. V. Mahillon)的报告③,他坚
持认为,十二平均律是经得起科学考验的真理,得出的结论是:"吾国
十二平均律理论,虽自朱载堉以后即已完全确立,约比西洋早一百
年,但在实际上却似未见诸实行。"④此外,在书中谈及乐谱进化时,
王光祈还引用了朱谦之的《凌廷堪燕乐考》⑤,"对于朱君主张字谱中
本于管谱一层,极为赞成。惟此管即系筚篥,则不能无疑"⑥。如前
文所述,朱谦之亦赞同王光祈的"国乐"主张。他研究音乐与文学的
关系缘于杨没累,《凌廷堪燕乐考》正是两人隐居西湖、过同情同调生
活的学术成果之一。朱谦之与王光祈的相互关注以及学术对话,无
疑中介于杨没累。

王光祈在《东西乐制之研究》"序言"中说:"吾将登昆仑之巅,吹
黄钟之律,使中国人固有之音乐血液,重新沸腾。吾将使吾日夜梦想

---

① 朱谦之、杨没累 1923 年发表《虚无主义者的再生》(《民铎》第 4 卷第 4
期),1924 年 5 月又出版《荷心》。

② 王光祈:《中国音乐史》(上海中华书局 1934 年版),参见冯文慈、俞玉滋
选注《王光祈音乐论著选集》,人民音乐出版社 2009 年版,第 270 页。

③ 参见《王光祈音乐论著选集》,第 307 页。

④ 参见《王光祈音乐论著选集》,第 308 页。

⑤ 《民铎》1927 年第 8 卷第四号。

⑥ 参见《王光祈音乐论著选集》,第 375 页。

之'少年中国',灿然涌现于吾人之前。"①读之令人动容。他研究音乐显然不是为学问而学问,而是以音乐唤起民族种性来复兴民族精神,这与他早年致力的少年中国之救国理想一脉相承。② 他研究音乐史的最终目的在于,创制"代表民族特性""发挥民族美德""舒畅民族情感"的"国乐"③。杨没累不但在音乐研究史方面紧随王光祈的脚步,在音乐救国理想方面,亦与之鸣和相应。杨没累在评述《淮南子》的乐律学时,专列一章总结他的音乐观,"静、和、易"的音乐美学思想。杨没累还曾作《乐教运动》一文,希望用音乐净化心灵,去除杀伐之心,与世相争的庸俗,憧憬用音乐创造理想的社会④。

1927 年秋,朱谦之为了谋生,离开病中的杨没累南下,前往广州黄埔军校任教。杨没累则由母亲陪伴,留在杭州。1927 年 12 月,当朱谦之返浙时,杨没累已卧病不起了,她因撰写乐律学的著作,积劳

---

① "昔少年意大利之兴也,实由该国之人,既闻诗人但丁之歌,复睹古都罗马之美,乃油然而生其建国之念。此无他,意大利人能自觉其为意大利民族之故也。著者不揣愚昧,以为吾党若欲创造'少年中国',亦惟有先使中国人能自觉其为中华民族之一途。欲使中国人能自觉其为中华民族,则宜以音乐为前导。何则?现在中国人虽堕落昏愦,不知音乐为何物,然中国人之血管中,固尚有先民以音乐为性命之遗痕也。吾将登昆仑之巅,吹黄钟之律,使中国人固有之音乐血液,重新沸腾。吾将使吾日夜梦想之'少年中国',灿然涌现于吾人之前。因此之故,慨然有志于中国音乐之业,盖亦犹昔日少年意大利党人之歌但丁之诗,壮罗马之美而已。"(1924 年底所写《东西乐制之研究》下册,上海中华书局 1926 年版)之"自序",参见《王光祈音乐论著选集》,第 484—485 页)

② 王光祈:《德国人之音乐生活》(1923、1924)、《欧洲文化进化论》自序(1924)、《东西乐制之研究》(1926)、《音乐与时代精神》(1931)、《中国音乐史》(1934)、《音乐与人生》(1936)等,参见《王光祈音乐论著选集》。

③ 王光祈:《欧洲文化进化论》"自序",《少年中国》第 4 卷第 10 期,1924 年 3 月,参见《王光祈音乐论著选集》。

④ 《乐教运动》,原载《崇庆县教育局月刊》1926 年第 1 卷第 7 期。

成疾,转成肺病。1928年春,不幸又发温疹①,已入肺病三期,医治无效,于4月24日弃世。因杨没累生前有诗"出入烟霞水石间,相依默识两心闲。却除俗世人来往,踏遍千山与万山"(《孤山梅雨》),于是朱谦之将她葬在烟霞洞师复墓旁。②如今她的坟墓早已荡然无存。

　　杨没累是一位生活于19世纪末、20世纪初的中国女性。在那个世纪之交,中国经历了史上最黑暗、腐朽的晚清,然后是天翻地覆的辛亥革命,之后是民初此休彼起的军阀混战。作为一名女性,生逢那样的时代,是不幸又幸的。一方面,千百年来因袭的父权制封建势力仍是强大的主流,社会并没有因政权的更迭、制度的变革而脱胎换骨,女性地位并没有改变,她们要受到良好教育,在社会上谋求职业生存,仍然困难重重、举步维艰。另一方面,维新派、革命派的仁人志士们,已经意识到了妇女教育、妇女解放的意义,为了唤醒女性,他们已在努力兴办女学,大学女禁逐渐解除。杨没累无疑是得风气之先者。风起云涌的"五四"爱国运动,如火如荼的新文化运动,在思想观念上给正在求学的杨没累带来巨大冲击,也给她的人生带来了生机和希望。杨没累是"五四"的女儿,她是时代浪潮激起的一朵浪花,虽微小,却是涤荡污浊和黑暗的清流。她在家庭刺激和新文化运动的惊雷中觉醒了,她要自立自强自救,年青的她以无畏、叛逆的姿态,力求寻找属于自己的道路,主宰和书写自己的人生。然而,她也是传统的背负者,是老庄思想浸润出的一朵清荷,或如她所说是荷心上的一滴露珠,虽清香莹彻,却不待日出而晞;又像她爱的一树洁白的梅花,在严寒中绽放,瞬间又落英缤纷,美好却短暂易逝。尽管杨没累被时代风雷唤醒,但醒来后无路可走的悲哀时时提醒她,并沉重地折磨着

---

　　①　温疹,即猩红热。

　　②　朱谦之:《世界观的转变——七十自述》,《朱谦之文集》第一卷,第135页。师复(1884—1915),原名刘思复,广东香山(今中山)人,无政府主义者,杭州西湖烟霞洞附近至今留有"师复墓"的摩崖石刻。

她。她看到的光明是黯淡的,希望是渺茫的。她张扬个性,我行我素,奋不顾身地追求新生。最初想以独身来救己,后又躲进永恒的爱情中寻求庇护,她害怕"结婚是恋爱的葬礼",想用"纯洁"来保鲜爱情。她痛恨旧社会,接受新思潮,却又崇尚恢复礼乐,用音乐来改造社会,拯救中国。在新旧文化的夹缝里,她追求的"纯洁爱情""理想村",只不过是一个幻梦和世外桃源,但她义无反顾选择了去践行,最终以失望告终。她的人生观、爱情观以及她的乐史研究都有待于成长、成熟。可惜,她逃去了西湖,却没有逃离贫困;她逃掉了生育的"酷刑",却依然没有逃脱早逝的命运。尽管她追求的可能是幻象,实践的可能是空想。但她却以微弱的力量为人生抗争过,这种抗争的姿态很美好,她收获了一段热烈的爱情,写下了一些真挚的文字,并在中国音乐史上留下了自己的名字。当然,杨没累绝不是莎菲。

2019 年 5 月 20 日

整 理 说 明

　　《杨没累集》共分七卷：诗歌、小说、戏剧、爱情书简、杂文、乐律漫谈、研究资料。书中汇集《荷心》《没累文存》以及杨没累的两篇佚文。此外，书中还附录了小说《坟墓》《海角哀鸿》等，因杨没累、朱谦之曾在信中有过讨论，与其恋情相关，且不像信中提到的冰心、许地山、徐志摩等的作品那么容易读到。"研究资料"收录了朱谦之、丁玲相关的回忆录，以及长沙《大公报》周南女中学潮报道等与杨没累相关的报刊文章。具体校录、编排情况说明如下：

　　一、为了便于阅读，转录为通行简化字。如"個""箇"统一成"个"。为保留原文风貌，"那"未改作"哪"；"理知"未改作"理智"等。

　　二、以《没累文存》（下简称《文存》）为底本，校以已发表的诗歌、散文、书信。或订正错误，或择善而从。如"恋爱的葬礼"，《荷心》为"葬裏"，据《文存》改作"葬（禮）礼"；《文存》"麼木"据《荷心》改作"麻木"等；《文存》"触日""古今律历试""纔故""两瑞"，据《民铎》分别改作"触目""古今律历考""缘故""两端"等；《文存》"拖头缩颈"，据《少年中国》改作"抱头缩颈"等。《文存》"孤影零丁"，据《少年中国》改作"孤影伶仃"等。

　　三、只《文存》独存，无法对刊的文字，作如下处理：

　　1. 明显的错字，直接修改。比如"再接再励"改作"再接再厉"，"我的活"改作"我的话"，"津吕臆说"改作"律吕臆说"，"锦秀"改作"锦绣"，"扫（掃）女"改作"妇（婦）女"，"皮气"改作"脾气"，等等。

　　2. 脱文、衍文加（）标识。比如"最（优）秀分子"，"口蜜腹剑（走）"等。

3. 疑似错字，用〔〕标注出正确的字。如肩塔〔搭〕肩、自出心才〔裁〕、考券〔卷〕等。

4. 个别字迹模糊难辨，其后用〔?〕表存疑，如〔进?〕〔树?〕。

四、书信卷，据《文存》补录《荷心》未收入信件或删除文字，并在文中作了标识。所有书简按时间排列，并重新为书简编号。

五、同一文类，尽量按已知写作或发表的时间顺序来编排。如《告同胞们——为五卅事 》(1925)在前，《妇女革命宣言》(1927)在后。戏剧《孤山梅雨》为"诗剧"，显然是后期作品，置末。不明写作时间的，如自传体小说《青青女郎》比《理想村》重要，置前。杨没累两篇佚文，置于"杂文"之首，因与"爱情书简"在内容上有连贯性，故接续在其后。

卷一　诗　歌

月　夜

看呵！
好一片皎洁四射的浮光，滔天浩荡！
这光辉比积雪比梨花还洁白；
只怕比闪电比 X 光镜，还要晶莹哟！
煞是绿舟荡银舟，碧幕托晶球！
这可不是大自然之母亲底盈盈美笑，
她手中舞着的万道芒光？

看呵！
果然她冲开了昏朦的黑海，濯净了污垢的尘寰！
这澄清雪亮的遥空，忽地里卷起一层烟浪，
轻敲着树梢的绿叶，不住的凄凄切切地短叹长吟，
感应了檐前宿鸟，平展着双翅地斜翔波面；
更有那池中映射的月影，也蠕蠕地颤着，
恰似露滴荷心；
令人留恋，也教人凄清。

看　海

好像那明眸的春光，正对我微微地说笑。
好像那凉净的轻风，正在我那染着尘埃的躯体上徐徐地拂扫。

我莫非是小虫背上一丝毛孔,随她背着在一个覆着盖的玻璃碗的底上行跑?

我莫非是落叶身上的一点斑痕,和她一道在空间飞扬舞蹈?

啊!慢跑!慢跑!

让我来瞧清楚,这一堆堆白亮亮的,蔚蓝色的,菜绿色的,淡黄色的透明东西:是水晶?是银子?是碧玉?是雪泡?

唉!真正的水晶么?银子么?碧玉么?雪泡么?

他们都是贵族的臣民,惨杀无辜的贼盗!

他们的面孔,那有这样博爱和平?

他们的胸襟,那有这样仁慈公道?

哦!知道了!知道了!这些通通是自然界的爱神,赐给我们共同享受的至宝。

(原载《少年中国》1920 年第 2 卷第 2 期,署名 M. R.)

秋 声

狂风猛扑树梢头,那管危枝宿鸟愁。

正黄花初瘦,人在孤舟险渡,倚槛无语,把个魂儿消透。

听一片飔飔的风鸣,鸟噪,虫吟,叶吼;

看一阵阵的深红浅碧随风飞走;

和一团团的软絮轻烟,拂起谁家尘垢;

更一缕缕的溪水,轻把清波绿绉。

花也知羞,鸟也悲秋,溪水也悠悠如诉。

休诉!休诉!且请阳春久逗!

偶 晴(浪淘沙)

金色透重檐,

四面天蓝,

晴天久蔽暗云间,

今得顿开千里幕。
毋怪颜欢！

春浪定绵绵，
点缀青山，
喜迎诗客共周旋。
只怕黄鹂娇不语，
错过春关。

感　旧（凤凰台上忆吹箫）

—— 与学友梁建德谈及旧时情景故填此词

六载萦怀，一期相晤，那堪旧事重提。
只强为欢笑，总怕回思。
想到那时去也，正西园芳草凄迷。
薰风下，扶肩慢步，苦问归期。
噫噫！

游魂似梦，虽历遍江湖，也则难忆。
奈依然故我，更愧迟回。
且喜旧情才展，从今后，莫又分离。
分离后，恐难再遇，枉自嘘唏。

鸟　飞

遥望素衣子，喃喃何所语，
惊谓"汝何至？又将去何处？
既劳翩翩来，何如稍踟蹰？"

奄忽旋风起,物蔽黄尘里。
远听鸟悲吟,不见鸟踪迹。
伫立空阶下,倩风以传意。
相约后会期,并言长相忆!
不期一去后,犹水辞源路。
初音犹可闻,今则杳无续。

伤彼素衣子,抑郁一何深,
俯仰月华间,涕泪沾衣襟。
人生本无恨,多由自所寻。
百年曾几何,且抚高山琴。

自　慰

茫茫尘海谁为伴?
除却琴诗不足慰此活跃的真情!
倘能身化蠹鱼游书内,
并为弦线结丝桐;
任凭我遍游乐国偕诗侣,
并与仙音起共鸣!
全不问年华几度,
也不管风雨晦明!
这便是苍生戏我,
我戏苍生!

威　权（为黄爱事）

白刃掠,谁与抗;
横断英雄咽颃。
只丹心铁样,不畏身亡命丧。

血如潮涨；

头如石降。

正欲藉波兴浪，抛将前向，涤尽蛮烟毒瘴。

自由的颂歌

自由的鲜花，只向着人们轻微的说笑！

自由的晨钟，也对着人们高奏起破晓的仙调！

自由的清露，涤净了人们心底里的尘苗！

自由的薰风，拂净了人们的轻衫薄袄！

自由的灵光，照透了人间世一切情感的神奇；宇宙间一切玄而又玄的奥妙！

好个花的笑容，露的甘冷，风的微寒，钟声的清亮，灵光的神妙。

这其间的快感，无奈那迷梦里的人们，一些儿也不曾觉到。

多管这边儿嚷得恁般热闹，那些人呵！究竟一些儿也不曾知晓，还是那般睡得静悄！静悄！

译古诗十九首之第四首

畅快！畅快！好个形容难尽的良会！

听清妙的鸣筝，唱至德之高调，

默然无语，惟可想象于冥冥之弦外。

畅快呵畅快！吾人寄居此泡影尘痕也似的大千世界，本应该恣意的谋吾所快。何必自寻烦恼，把流光空懈怠！

附：

今日良宴会

今日良宴会，欢乐难具陈。弹筝奋逸响，新声妙入神。令德唱高言，识曲听其真。齐心同所愿，含意俱未申。人生寄一世，奄忽若飙尘。何不策高足，先据要路津。无为守穷贱，轗轲长苦辛。

荷　心

荷自清芬，
露自晶莹，
素心还比月华明。
经得飘零，
耐得清冷，
青梅凝就腊梅心。
风又薰薰，
水也萦萦，
吹来情笛更殷勤。
荷也温存，
露也销魂。
愿生生世世一往情深！

鸟歌之片断（果篮中鸟）

甜蜜蜜，蜜甜心；
篮儿清艳，果儿鲜；
窝巢儿软似绵。
歌流水，舞翩跹，沐月魄，醉清泉；
在花枝影里捉迷藏，碎叶梢上打秋千。
风纤纤，月圆圆，
夜色将眠，梦魂摇漾软丝烟。
催侬双扑翼上青天，
胜人间多少流年。

湘 君

（情牵去宁，盼他归来之情甚切，译《湘君》以寄意）

我虽然很急切地想去迎她，
可是我又要去不去地留在中洲。
只怕我纯美的丰姿整了还须整，
又怕我澄净的心灵修了还欠修。
再将些兰露来薰沐我底灵魂和肉体，
再佩些清淡的梅英显耀我雅洁的衣屦。
散了好些雪样的梨花铺在我小舟篷上，
折了好些金桂枝儿作我摇舟的小桨，
串好了些紫丁香沿结在我轻舟的两旁，
我才荡着那飞燕一样的轻舟在无波的江上，缓缓地闲游。

唉！亏我等候了许多时不见她来，
我是何等地心焦！
我拿出支洞箫来恣意地吹奏，
吹成了相思的情调，无限的离忧；
吹成了一天云气尽成秋；
吹来满湖的烟水也含羞。
茫茫恨，浩浩愁！
呀！不提防早被那惊飞的小艇，将我送过了瀛洲。
我痴望绝那渺茫的江水，猛摇着狂倒的轻舟；
风飘摇，水萧飕，
尽随那无边的天海向前流。
可是那浩浩江涯无止境，
这颠狂的波浪又没停休。

这没奈何的情火呀,
将我全部魂儿都焦烧透。
我底心呀,血呀,我急雨一样的泪花呀。
不住地急泻横流,洒遍了一天愁。
我么? 那怕是玄冰塞住了江水,大雪迷着了前途;
我还要努力破冰沉积雪,不歇地张旗摇桨复扬舟。

谁能在水中采芍药,树末摘荷英?
她若是深情的人哟,又何忍负前约,竟使我这样焦心!
真情是清泉似的纯洁,
意气是飞鹏一样高腾。
我虽然深恨她薄幸,可是我终久不能忘情。
仍然日夜不停地荡着那鲜艳清芬的小艇,沿江北岸地游行。
　唉! 我只恨不能将我痴魂化作她笼中底鹦鹉,把我滔滔珠泪集成她堂下的清流!
　我才要狂呼我的怨恨,细数她无情!

哦! 这可珍惜的玉环,我也无心佩了,
那芳洲的花草,谁还有意流连?
倒不如拿来尽投流水,但愿流水有心一并送给我的情人。
流光去的好快呀! 唯望她恫恻多情的给我一个回音!

附:

九歌·湘君

屈　平

　君不行兮夷犹,蹇谁留兮中洲? 美要眇兮宜修,沛吾乘兮桂舟。令沅湘兮无波,使江水兮安流。望夫君兮归来,吹参差兮谁思! 驾飞龙兮北征,遭吾道兮洞庭。薜荔拍兮蕙绸,荪荛桡兮兰旌。望涔阳兮极浦,横大江兮扬灵。扬灵兮未极,女婵媛兮为余太息。横流涕兮潺湲,隐思君兮陫侧。桂棹兮兰枻,斫冰兮积雪。采薜荔兮水中,搴芙蓉兮木末。心不同兮媒劳,恩不甚兮轻绝!石濑兮浅浅,飞龙兮翩翩。交不忠兮怨长,期不信兮告余以不闲。朝骋骛兮江皋,夕弭节兮北渚。鸟次兮屋上,水周兮堂下。捐余玦兮江中,遗余佩兮澧浦。采芳洲兮杜若,将以遗兮下女。时不可兮再得,聊逍遥兮容与。

恋别词

其　一

相思久,相恋长,
依依相念莫相忘。
滔滔珠泪绵绵恨,
愁绝闲云天一方。
问梦魂今夕宿谁乡?

其　二

天清宁,气清宁!
徐风袭袭吹衣襟。
吹衣襟,拂衣襟,
窗前一片枝儿摇曳声。
枝摇曳,声戚戚,
都因要报春消息。
春消息,最愁人,离情还比海洋深。

其　三

枝条秃秃草黄黄,
送他匆匆行去好悲凉。
何计遣思量?!

枝条吐叶草青青，
是他袖中怀了好些春，
好些春意催他急急上归程。
上归程，
拂净相思，吹破愁云，
敢说往古来今惟他才是至情人。

卷二 小 说

青青女郎

一队队的归鸦过去了。蝉儿的纺织声停息了。太阳也穿着红艳的晚装,往海滨沐浴去了。这是个新秋的色界,又是个沉寂的黄昏。沥沥和罗士两个女孩子,手携着手的向 CY 公园走去。她们走过了一条马路,左边沿着一道荷池的矮垣,右边一辆空车懒洋洋地走过去。天空里那轮清亮的月光,现在又悄悄地随在她俩的脑后。那从兰汤里初沐过的荷花,都赤裸裸的歪着头儿向月光微微的喘息着。罗士姑娘笑迷迷地对沥沥姑娘说:

"好一阵的清香! 真个'在我那染着尘埃的躯体上徐徐地拂扫'似的。"

沥沥:

"哦哟! 你倒还记得我三哥的那首诗哩!"

罗士:

"真的,你三哥近来更孤癖了。我们去玩,他总做个不胜其烦的样子。他那'亲爱的青青',也只淡淡的和我们周旋几句。我看他俩一天比一天的狭小了,可惜不把全人类都逐出,将这地球都让给他俩快活去。结果还是你三哥和她要吃亏的。"

沥沥:

"他们怕什么? 他俩倒常说:'万一那嫉妒的西风,很快就要撞入这极乐的园地来,我们还求那些飞舞的落花,化一双引魂的蝴蝶。那些枯红的木叶,卷成个护体的衣棺,将两个永远抱吻着的躯体,铁练一般的紧裹着。随一阵狂风吹送到那老苍情泪的海流里去,任它飘飘浩浩地流到海天的极处,作那酿酒的葡萄,还要把一切众生都甜醉遍……'你想他们有这等的缠绵,还会顾及什么?"

此时她两人来到一条十字街口,向左转去。那轮月亮又在左边天角上瞧着她们。前面来了一辆汽车,叫着:"奔奔……奔奔……"一闪就过去了。接连就有一阵热风,扇起些似烟非烟的尘土扑将来。沥沥连忙把手卷蒙着嘴儿,眼皮迷合着。罗士左手擦着眼睛,右手挥起一方雪白的手巾,沥沥瞧着她的眼睛说:

"怎么就让它飞进你眼睛的屋子啦?万一打破了这两扇玻璃窗,这一双滴溜溜的眼球儿可就活不成了。"

罗士:

"刚才不过注意你说的话,总有这个错儿,你就来吓我了。以为我这点儿见识也没有。"

沥沥:

"原来你想着他俩的甜话儿,也就入魔了。假设你将来有了个先生,更是何等的痴迷呀!今儿是我为东邀你来逛。那些物质的糖果,我们是吃厌了,正好把青青的身世和她情史中有趣的几片段拿来当个茶点吃着,也破破这清夜的寂寥。"

罗士:

"说说有趣的故事儿,正是和吃茶点一样消遣。何曾就入魔了哩?并且我理想的 X 先生,并不是那好男儿、大丈夫。我唯一要求的,只是个温良情重的女伴。这样相守终身就满足了。"

沥沥:

"哦哟!哦哟!快莫假惺惺唱高调了罢。人家说的更澈底更激烈些。待我把那独身队一位健儿的历史说来,便知端底……"

她俩说说笑笑的,不觉来到一座峨峨突起的楼阁。它穿着朱砂色的长袍,顶起金星星的帽子,掀着两条燧[隧]道一般的鼻孔,不动不响地立在清幽的月色里。

罗士：

"哦！就到了这里。"

两人往右一拐，那里停着好几辆洋车，还有一辆马车从后面走过。她们分开手各找那些车的间缝里走去，走前几步，便进了公园的后门。沥沥买了两张票，交给门人。便和罗士一同走上那两边都有桥栏的木桥。从桥上低头一望，便见汪洋一片的新荷，含着些仿佛可闻的清香，时时对桥上喷来。沥沥握紧罗士的右手，罗士望着她的脸儿，要问话似的。她们都倚在右边的桥栏上。沥沥望了一望柳树梢头的明月，四面看看月色，又向前望那高高叠盖得宫殿似的树林。她再指着那个躲在柳树的乱发里微笑的月儿，对罗士说：

"你看她多大魔力，当她发扬微笑的时候，就使阴森可畏的树林也化为古道苍凉的仙境。更何况那些嫩的荷，弱的柳哩？然而爱神的支配人生，也正如此啊！……"

罗士：

"正是！你快把未说完的那一段'便知端底'的接上来说罢。"

沥沥：

"好！好！且说十一年前一个秋天，我姐姐那班添了一位十二三岁的学生，姓柳名青青。可是她那时程度至多也只够入初小三年级。她从前本在该校初三，读了一学期，只因大病，在家闲了几年。所以这次来考，教员都记念她从前的成绩，而深惜她病后几年的废学。凭她那篇三十个字都作不通的国文考券〔卷〕，万分勉强的将她插入高小二年级，与我莹姐同班。莹姐是那班最（优）秀分子，青青是那班最末了的无名小卒。当时谓堂里每次挂的成绩，无论是作的文，写的字，或画的画，总是我姐姐那张盖在外面，青青的贴壁。那班有三十六名学生，青青就是第三十六。有时进步些，也只和粉墙儿隔开两三层纸。当时的同学，谁也不会注意那贴壁的柳青青。我姐姐也还没和她相识。一瞬儿西风过了，木叶枯了，天上梨花一团团飞散下来了。不久学校放年假，学生们各找各的好朋友话别、分手、出校了。那无名的青青也走出了校门，上了车，只对那冷冰冰的学校招牌点着头微微一笑，就再也没个话别的人儿。随后学校门儿深闭了好些时，天爷爷扎了几扎眼睛，星辰日月丢了好些圈子，就撒去了地面那层灿烂的鹅绒，换上一铺锦绣的绿褥。学校里铛铛铛响着，学生们急攘攘跑着，一会儿到齐了，开课了，各班主任点名了。可是高二少点了一名，有人问：'那一名那儿去了？'先生说：'降班了。'同时就许多疑惑的眼光注视在青青身上，青青的心也叮叮咚咚的敲个不宁。暗自忖着：'这常在我上面一层的怎么倒降了。'便吓出了一身冷汗，然而自从她上面那层可厌的纸儿揭去了，青青也就吐气扬眉，青云直上了。这个学期的青青，先生对她说话的时候很多。上课时，也有那些来借刀、借尺、借橡皮的同学，还有些替她削铅笔的朋友。游戏时，更有些亲热的同学和她玩。自修时，又有些人来讨她的作文和日记看。当然'青青的进步快极了……快极……了。'这句话无论教师、同学都异口同声的说了。果然她的进步和地震一样由地心冒出地面了。从此她的成绩就和姐姐做了芳邻。到了三年级，姐姐竟让了她一步。选班长总是举她，开学艺会有她出场解释书、演说、朗诵、写大字，壁上挂着有她的成绩。可是当时有一点美中不足的，就因她不知做错了什么，得罪了一位不关紧要的教员，记了一次大过。同时那主任和主事两位先生，叫她去说了很多勉励话，并说：'以你的勤学，本不应就记过的。只是你反抗了师长，若不记过，就对不起某某先生。你只努力向上，那取销过的牌很快就要挂出的。'果然，不久就替青青换了一块取销过的牌儿。这个小小的错儿，竟被她胜利了。与她最表同情的，教师方面有主任和主事，同学就是那和她竞走的伴侣——我那莹姐了。青青和姐姐同一间寝室睡着，共一个书桌自修。上课、游玩，更是'影儿似不离身'了。依理青青和我三哥，当此时至少也相识了，却又不然。青青的身世，姐姐知道最详，我也听的熟了。却说青青的远祖，原也是些老实的农民。自从她曾祖父作过十余年的陕甘总督，一直到她父亲，三代为官，没有歇息。当然不比那寻常仕宦之家，果真不愧为诗礼之族！可不是，那尊妾之风，盛行至今三代而不衰吗？然而在那种诗礼的碳酸气酝酿的子弟，从来只习些耀祖荣宗的职业。谁个注意那些福禄以外的学校教育哩？女儿们尤其只该死守着先贤的'闺门之训'，作个三从四德的淑女，做一辈子奴才的奴才，就算安分有'大家之风'！何以青青能破此例？并且她又是个独生女儿，父母都极端珍爱她？可不是，当她幼时，她爸从日本回，送她入了一个幼稚园（那里也是男女同校的）。不到一月，她娘信了老妈子的话，说：'好好人家的孩子，在家里还怕没得玩的？天天送到那群野孩子窝巢去，乱跑乱嚷，一点儿规矩也没有。放了学好些时，连个人影也找不着。请人帮我找着她，又闹着不肯回家。是这样，明儿我可不去接她了。'果然，她娘就不许她去了。青青这次的扫兴就非同小可啦！却是那留恋学校的情，愈切愈苦！她每次回想着那里的校景，和那些高髻玉容的日本女人的微笑，便忍泪咽声的躲着去哭。她娘知道就骂她，老妈妈们就笑她，那时谁会安慰她咧？都说：'全家孩子们在家里安分习规矩，你就不同些。'偏是她不怕议论，还再接再厉的闹了半年。次年春间，她娘'开了天恩'，让她在姐姐那校的初小三年，读了一学期。可是不争气的青青，在那个暑假中，大病几死，从此又给她娘关在家里了。她娘说：'你体弱多病，比不得别的孩子，以后在家学些规矩，打会算盘，不许再上学校弄出病来。'青青没的说了，只好顺从。此时的青青，再不想到还有入学的希望了。看看又是四五年过去了。有一个细雨蒙蒙的春天，她娘看了一封信，异常欢喜的对青青说：'你爸爸到了省城，在我们那个老宅里住过几天就回家，快叫周妈收拾屋子。'到了那天，青青很早起来，穿个一身花衣，梳光了辫子。她娘也穿的特别齐整，满屋里都光洁无尘。周妈常到厅前去看'来了没有'。等到太阳偏西，周妈进房说'又只一封信'，便将那信交出。她娘拆看了一些时，忽然脸色大变。她左手颤着拿信，右手抚在胸前，口里呢呢喃喃的望着窗外的青天说话。青青也哭着去看那信，她当时虽然还看不懂,觉很记着前面许许多多'贤妻''贤德'的字眼,中段就是'在此聘得李氏婢为妾',末了就是'周妈为人险恶''长舌妇人''此人不去誓不回家'。她娘正在气得慌,搥胸流泪,周妈进房门,眼圈一红说:'太太怎么啦?'她娘说:'他有了宠妾,怕你多事,要你去了,他们才回来。'周妈说:'这算什么?也气得这样!现在身体多病,还要糟踏自己,反为便宜了别人,何苦来?让我去了,我还是常来看您的。'一会儿周妈去了,那失了主张的青青,很孤寂的伴着她可怜失恋的阿娘。她一朵嫩弱的心花,如刀似箭的刺的痛了。却又要哭哭不得,只忍泪咽声的劝勉她阿娘。青青自忖着:'母亲这等苦急,只怕不等父亲回来就气死了。'心里非常害怕,忽然计上心来,向她娘说:'我一定往那里接爸爸回来。'她娘说:'你这等不懂事的孩子,从没离我身边在外歇过,此去又有两晚一天的路,你怎么去哩?'青青就说:'此时正好操习健强,长大了才不吃亏。'她娘沉思半晌,长叹了一声说:'也好!由你去罢。我就请个男工送你,只是你对父亲说什么话咧?'青青想了一会说:'我只说父亲从来和母亲最亲热的。这次远去了六年,离开了几个月的旱路,还没有娶妾。忽然回到省城,三两天就可和她相见,还忙着要先娶个妾儿才回来,这是什么缘故咧?并且父亲妾都可以娶了,何以母亲就一个知心女仆都不应该有咧!母亲可怜啊!她怎么会从那几代同居的省城老宅移到个冷寂的县城来咧!也是给他们欺压得够了!才到外祖近处租屋子。每年母亲那九十石月费租,叔叔全盘吞去了,就靠父亲寄些钱过活,倒比从前天天受气平静多了。谁知这回他们又来离间我们,可巧就信了他们的话,由他们作主,发轿选姑娘了……'她娘说:'不懂事的孩子,可知道是没生儿子的人?'无后为大',我就该替他娶妾!若不然,就要被世人唾骂为'不肖的妒妇',并且'无子犯出'呀!'"……

罗士听到这里,不觉打了一个寒噤。

沥沥忙拿着罗士的手,挨近她坐下说:"你怎么了?"罗士微微笑了说:

"没要紧,刚才听你说,我就不觉的替从前那些妇女们大吃了一惊。青青的娘不也说'妇人无子就犯出,妇人妒嫉就不肖'。想来儿子是妇人自作主张生的了。所以男子可有娶妾多妻的特权,又有强迫妇人从一而终的礼法。那么,贪生畏死的妇人,若要逃避那生育的死刑,就非得受礼法的裁判不可! 这样生活的妇女们,岂不是人间地狱了? 替她们想想那得不害怕咧?"

沥沥:"可不是么? 当时青青听了她娘那样说,也就吓呆了。她默想了好一会又问:'可怎么说好?'她娘说:'可怎么说? 只说女工已去了。只说我望他回来心切。他去了六年,我是何等想念他的? 我常想替他选个人儿,只因没个合意的,总等他回来一块儿挑选。还有我过的苦日子,可告诉他些。如果还没娶成,你就劝他先回来,只说'六年不见面了,何不先与母亲相见,也和她商量了一下。'若是已经过来了,你就莫多话,莫招他生气。做个很懂事的样子,才会听你的话。'青青牢记了她的吩咐,果然把他们接回去了。从(此),她娘很觉悟了女子自立的重要,已应允青青入学的请求了。并且勉励她许多话,大略说:'你总要争气,立志不病而又勤学,这次去不要再病着回来急我。你努力求好学问,就可自强自立! 将来切莫像你娘这等可怜!'……青青受了这些大刺激,所以入了高小,便这等努力。并且给她一个最深的暗示,就是'男子都是薄幸无良心的人'。她常对姐姐说:'先圣昔贤都是替男子修戈矛,以女子为俘虏的,滔滔天下,尽是薄情男子。我们只要有些学识能力,和那情投意合的女友相助终身,就很够了。更何必自苦,再去蹈前人的覆辙哩?'"

沥沥说到这里,望了一望罗士说:

"你想当时的青青,是何等锐气! 谁料她会变成今日的样儿? 就是她自己也料想不到咧!"

罗士:

"她既坚决的信仰男子都薄情,怎样一转圜儿又相信他的多情哩? 这其间必有个缘由,还要请教!"

当时那轮高挂天空的明月,定睛望着她俩的头顶头,悄听了这篇长谈,更加痴笑得气喘吁吁。那些在她脚下的新荷,弱柳,嫩草,青松,也都随和她笑的颤起来了。

罗士搓着两手说:

"好凉风!"

沥沥"哦哈哈……"打了一个呵欠。

罗士:

"怎么你想睡了? 今儿你太谈多了话,早些回去歇歇也好。可是明儿要接续讲给我听呵。"

沥沥:

"这样的月夜,谁个睡得安稳? 我们换个地方,醒醒脑儿,又可把青青的小史接上来讲,你说好不好?"

罗士连忙点头,携了沥沥的手走向树林里,曲曲折折的穿过好些地方,才来到了一壁层层叠叠的石磴前,她们选一块幽静的石上肩塔〔搭〕肩的坐下。前面一湾小小的清溪,对岸几株迎风起舞的杨柳,左边一条小径,傍着一道山坡,都浮漾在那恬静的光波里。

沥沥四面看了一回,自己整了一整衣襟,盘着双膝坐定,便将路上顺手拈来的一朵野花合在她两掌心间,斜着眼角望定那轮月亮。

罗士:

"淘气的孩子,这会儿又装腔作势的玩了。也行,只很快就说到本题罢。"

沥沥微微的动着笑靥说:

"我实实在在的告诉你罢! 那太初的道就是'爱'呀! 爱就是神,神就是美呀! 美妙的爱神,从无极之始就与天地同在哩! 宇宙间这些形形色色,这些琴韵清歌,这一切种种的化分化合,都是她的神工妙用。所以爱神是绝对伟大的 Comforter,她是美化万有的艺术家。更何况在她手指缝里讨生活的男女人们,那得不受她的支配咧? 这就是使青青变了个性情的缘由! 现在闲话少说,言归正传……"

　　此时沥沥盘着的两条腿，不知不觉的松直下去了。她右手抹了一抹罗士的短发，左手拈了那朵野花且闻且笑的。

　　罗士咕哝着说：

　　"想来那位附在你身上的 Son of man，也就得升天了罢。"

　　沥沥笑迷迷的溜了罗士一眼，又从容不迫的接上说：

　　"且说青青从那里高小毕业后，就往粤看她父母去了。她父母比她早去了一年。当他们去时，还定要青青同去。那时她也不作无益之辩，只说往学校看看同学就回。谁料她入了校，便和莹姐一块住下不回去了。她家人莫奈何，才把她的行李送来。到了次年暑假，当然很急切的往粤去了。此后她和莹姐就分开了好几年。可是她们的通讯是从无间断的。青青此去又荒废了半年。次年春间，她在上海入了女师，读了两年半，便得了一张师范本科的毕业文凭。她上学不到五年，总算毕了两个业。她也不管得了这样便宜，有不有不祥的报应在后面，并且那时的大学，都没有开女禁，她也从无此种梦想在心头。她只觉得她那女师太不看重英文了。她毕业时的程度，连一本英格兰儿童自述的读本，都觉一知半解的。她就要求父亲请了一位 American，名叫 Mrs W. R. 的，每周三小时的教了她四个月的英文。从此她的英文很有进步，从极简短的尝试，进到写很长很长的信了。那位美国太太，为人非常可亲，待青青更是和慈爱的月光一样照临下土。可惜她父亲不久又换了地方，青青当然跟随她父母去了。她们别后的通讯，每周总有两封，彼此都是很长的英文信。外国规矩，信里尽可写亲热话儿，青青也从此更觉得友爱的 Sweet 了。她在广东，虽又闲居了一年多，她既有个仁爱的外国太太，教了她四个月的书，并且常和她写那美丽的长信；又有 N 女师的一位国文主任先生，常寄些新思想的书给她看。她最爱看的如《新青年》《新潮》《新中国》《少年中国》《星期评论》《解放与改造》，之外还看了《自由录》一类的书。所以那一年多的家居生活，还过的去。只是她受了这些新思潮的薰染，仇视男子的心，一变而为部分的了。她觉得那些为恶欺侮女子的,只是一部分礼学先生们,因此她对父亲天经地义的'后嗣主义',不免常起反感。有时她在月刊发表一些言论,有时她直接对父亲争论,从此她父女间的感情一天天淡薄,母女俩就更加浓厚了。后来她又在 ai 地方闲住一年,这一年中的经过,是无善可记的。只是她邻家有一位 Oio 女士,是我姐姐的故友,她比姐姐大了六七岁年纪,她从前待我莹姐最好的。每天总得相见,见了总笑迷迷的谈过不休。自从她 Oio 女士嫁了 N 先生,她和莹姐的往来就稀淡了。这次无意中又与青青相遇,当然是'一见如故',又回过从前的记忆了。青青和她每次谈到以前同学的友谊,她就联想人生正如大海里的孤舟一样,飘泊浮沉无定,便觉眼前一切皆空,心灰意冷。青青暗自忖道:'假如 O 女士不变成 N 太太,何尝不也是活泼泼来去无牵挂的好女子啊'。然而 O 女士为人,毕竟不寻常啊!她不但精明强干,而且是博览群书的人。何况她待人又那样多友谊哩?所以她倒作了青青的先生,常常指导她看书,并很客气的勉励她努力。原来 O 女士口里虽说'意冷心灰',决不是那无情的草木!并且她书架上有许多言情小说哩。青青从前既有那样守礼的家庭,又从来是勤学务正的人,那里看过这些闲书,此时看见了 Oio 女士有这些小说,都介绍她看,她当然要废寝忘食的领教了。每天有这些小说看,那一年的苦闷光阴,倒也亏她混过去了。后来青青又随她父母回了家乡,再入和莹姐同学的母校。不到一年,该校发生风潮,校长迫着中学部全体退学。她们出校门后,当然天天聚集,讨论那善后办法。青青依全体意思,代作了些文字,有时往校董或报馆等处跑了些脚步。除却这些事外,她也没有何等的法外行动。可是结果只开除了两人,青青就是其中的一个。不久青青由南方向个 N. China 出发了。她在那里的 P 校,又与莹姐同学了。姐姐很觉得青青的心神不宁,常常选些言情小说在看。她知道今日的青青,定与从前有些差异,就故意问她:'你现在还坚持独身主义,还那样厌恶男子么?'她却只红涨着脸的说一声:'依然故我!'"

　　此时天上浮着一片黑云,把月亮慢慢地掩没了。

沥沥沉默的望着那片黑云。

罗士也对天望了一望,便说:

"'依然故我',可惜这月儿就不'依然'了。"

一会儿那张云幕推开了,那一丝不挂的月儿更笑的甜蜜了。

沥沥:

"唔!当时爱神照顾她,也正像个月儿忽然从云衣里破露出来哩。她与三哥的性情和身世,因为莹姐的关系,当然老早就互相深知的了。从前只因青青还在坚持独身,三哥又是个 Misogynist,所以彼此虽已相知,却不想到与自己有关系。直到三哥的言论思想,与从前大变而又特变。这时青青哩,'心绪不宁',早已表过了。有一天,她在莹姐桌上看了三哥著的一篇戏剧,名为'温柔海上的三个梦'。她看那篇文时,忽然微笑,忽然面红,忽然跳起来,忽又坐下,懒洋洋的靠在椅上,闭着眼的呆想,一会儿又振作精神,接续看下去。她从此每日下了课,便捧着这篇文看了又看。姐姐深知此种情形,很想多给他俩一些面谈的机会。可巧三哥又往别地去了。姐姐知道青青的傲性始终不变的,三哥如果不写信给她,她决不会先写的。后来果然是三哥先写信给她,从此他俩就如电气一样互相吸引了。青青那 Unleavened bread 一般干粹的性情,也渐渐发酵得海绵似的温软了。他俩的通信,由友谊的增加,到 Sweet heart 的程度,是很快的。不久三哥就有向她表示'爱'的一封极优美的长信,她也毫不踌躇的覆了他一个痛快的情书。后来三哥就与青青在 P 校邻近,租了两间屋子住下,过同居的生活。三哥从前因为书迷住了,使他有那不修边幅的癖性。他不但热天要穿冬季的布袍,长袖拂清风的飘然来去,并且那一切梳洗沐浴的事,他都反对。他还有那食不尝味、嗅不闻香、声色不辨、感觉迟钝的种种佛性。朋友们无论谁人劝他,总是一丝不改。与青青同居不到一星期,就改了十分之七。到一月以后,竟把个异常人的面目全然改变了……

罗士抢着说:

"他的佛性倒也奇特,这又何必把他摧残尽咧!"

沥沥:

"以好奇的眼光看来,当然觉得可惜了。但是三哥从前多病,近来好了,安知不是那佛家的苦行有碍卫生哩?光阴过的真快,他们同居又有一年多了。如果他俩自述的记来,一定有很多可观的文字,只可惜我与他们的住处太远,并且他俩待人不比从前亲热。那天真多话的青青,也渐渐变沉默了。所以除了我几次去访他们见来,或由莹姐从学校里听来,或者他俩请我们游玩时的几件琐事外,就没有方法知道他俩的生活了。去年冬天,三哥往南京去了两个月,我在青青那儿歇了一夜。我和她从黄昏谈到深夜,煤炉中火灭了,便架些引火的木柴烧着取暖,后来柴也烧完,火也灭了。只留满屋香,烟笼着那迷离的灯色。冷风渐渐逼人,才把我们催去睡了。那一夜谈些什么?如今回想起来,实在太琐碎了,恐怕不能尽忆。何况她又是不问就不多说的咧?……"

此时沥沥低头望着自己的影儿,沉思了一会。罗士站起来,伸了一个懒腰。

沥沥:

"我也觉得坐倦了,我们踏着月影的散步一会再讲罢。"

沥沥便不待罗士的答覆,已经将她一只纤小的右手,从罗士脑后搭上她的右肩。罗士也将一只左手,照样去挽着沥沥的腰,她俩望着月影的徘徊来去。

沥沥静默了一会慢慢的走着说:

"我有一次上他们那里去,曾见他俩面对面跪在屋子,好像还互相拥抱着。我撞进房,他们一闪就起来了。这次我就问她,她却笑了一笑说:'啊哟!这一类的小风波,我们时常有的,谁个去记着咧?你讲的那一回事,我是记不清了。'总之,爱情与嫉妒是如影相随的。那些没理由的怀疑,更是些射形成影的幻光。真个是够得上嫉妒的也罢,可是那绝不想干的事也起怀疑,毫无价值的如'终日练琴'也被他嫉妒。我也免不了犯这个狭小的毛病。他喜沉思,我就觉得他不该抛却我想别的事件。我总觉得我俩心中,彼此不该有一刻相忘,所以无论是琴,是书,是思想,是朋友,稍能分开俩爱的时间都要无理由的起些怀疑和嫉妒。所以爱情是苦味,却又含有温甜。是自私的,却又有同情哩。我们这一类的风波,真起得多啊!结果总不到两点钟,就完全谅解了。因此我们都作个一些恶梦。他更是常常作梦。有一次,我在这边房正预备睡,他在那边铺上呼呼的打鼾,忽然大喊了一声,我连忙走近问他,只听他模糊的答我一句:'我的人,你在这里……'我说:'你又做了什么梦?'他搽了几下眼睛说:'明天讲罢,现在我想着都害怕咧。'我就要他同我一床睡,他因为我单独睡成了习惯,有时两人同睡便睡不着觉,他就不来。我说:'这样我总不放心,横竖睡不着。'他才走来与我同睡了。我又问他:'我就在你身边,你还怕什么?把梦境告诉我罢。'他便和我紧紧地相贴着,他说:'我的亲亲,你睡在我怀儿里了,为什么梦中的你那样可恶咧?我不愿说,只怕说出来你也要害怕了。'我定再三央求他说梦,他才说:'好像魔术一样的,我也记不清了。我仿佛从远方回来,你住在一个旷寂无人的荒凉地方。'一会儿邮差送来一信,要印你小时乳名的图章,你也给他印了。后来又涨水似的推来许多车子和物件。怎么我说了一句话招你气了,你便和箭一样,一射就跑出去了。我就很快的跟在你后面追,也像飞箭一般的快,跟着你追过很多地方。我后面又跟来许多人,帮我追了一阵。忽然有一个人从水缸里拿着一把头发,往上一提,就是你。那是个死了的身体呀!你说可怕不可怕?'他做这样的梦,是因他平日常想到生死问题。他常说:'爱的乐园里,常充满着死的歌声。我们死了有知觉没有?若是没有,我们以有限的寿命算来,相爱的时间就太短促了。如果死后有知,能不能和现在一样相爱哩?所以我常劝他不想这些事。并且表明我的心迹,总叫他莫怀疑。其实我虽则劝他,我自己却又时常发一类的玄想。总之我们的跪是和日常生活里的清茶淡饭一样平常的。'"

沥沥说到这里,恰好走近那一方青石,便和罗士松开手,各人坐下,沉静一会。

沥沥:

"我说'你们这样缠绵,亏你们也离开了两个月,怪道你就消瘦得这样哩? 莹姐告诉我说你们每天各有信接,有时还连接两三封。我想这也就够了,何必还要这般苦恋,想坏了身子,更是害爱人着急了。你想想,你那次大病,他是何等困苦哩? 你那次病将好的时候,失错吃了一口凉水,他就认真急得哭起来……'青青听我说到这句,她就眼圈红了,假装做个出房拿木柴。我因为怕她伤感,便不多提,只静候她把木柴添好,烤了一会手脚。我又问她:'我听得蜜司 C 说,有一天,是你们那蜜甜的定情纪念节,非常热闹。为什么不给我们知道?'她说:'那是在什么时候? 不是我的病还没有好完全的时候么? 不是那几天你们往华山游去了么? 这怎么怪我们哩?'我说:'这也罢了,只把你们那天的乐趣都告诉我。'她说:'那天我因为精神不好,他不要我出去,所以公园都没有去游,就在屋子里。他去叫了些很好的素菜,买了两球白芍药花,还买了些食物。蜜司 C 与她爱人同来,送了我俩一球芙蓉花,两张画片,还有一个糖做的花篮。快乐总算是快乐了。我们排好一共是九件东西,各有很特别的名字。'爱神的微笑'就是花。'温柔的海'就是牛奶。'真情之流'就是当酒吃的果子露。'慈母的爱'就是慈姑。'幸福之果'就是蜜橘。'浪漫的甜蜜'就是糖。'灵魂的美'就是香橼。'虔诚的信仰'就是素菜。'永续的缠绵'就是面。这只是我俩自出心才〔裁〕的象征名物,其余就没有特别好玩的。只不过和蜜司 C 她俩说说笑笑的吃东西。那天的乐趣,也就如是而已。'当然他俩的乐趣一定多,奈何她不肯多讲。我虽是好奇,也不好多问她。那个冬夜又非常冷。我那晚和她同睡。我是上床就酣眠的,大概四更时候,我忽然醒来,见她在枕边拿手巾搭眼泪。我说:'这个时候你还不睡着,又在做什么? 这样最不卫生的。你现在身体虚弱,还要多思虑哩!'她说:'我这种毛病自己也知道不好,却是愁来找寻人,是无可奈何的。若是由得自己作主张的节制思想,谁不知道自爱才是爱他哩。并且只有几天过去,他就回了。可是我更觉的上山走远路一样,愈近愈着急。'我说:'这怎么好,希望地球快些翻几个筋斗,将他早些送回给你,从此就永远不离开了。'这是我和青青那一晚谈话的大略。后来三哥回了,我只去得一次。那回我走近她的房门口,他俩还不知道。因为他们都是背朝着门儿。我只见青青闭眼张口的靠在三哥的怀里。他右手举起一杯水,左腕挽住她的腰,手掌里托着一包白糖。他两腮上还铺了一层薄薄的白霜。只见他低头在白糖包上印了一印,便和她口对口的说了好一会儿话。他又在右手茶杯喝了一口水。我想他又是有现成话儿要和她商量了,我便退了一步,打算回去。恰好听得三哥说:'糖也吃完了,我们来拍着手掌心的唱唱歌儿罢。'我因为好奇心驱使,我就'蹑着脚尖儿'的进了一步。果见他俩各把左掌相击一下,各自两掌相击一下,又各把右掌相击一下,又各自两掌相击一下。于是左左右右的轮流打着拍子。她唱道:'We are little friends',他唱:'We are loving friends',他俩合唱:'We are happy all day long',我见他俩唱到此,又要跳舞了似的。我怕被他们见着,又要耽搁他俩的快乐时间,便一溜烟的跑去了。以后就没有上那儿去。他们的近况,就非我所知了。"

此时天空的明月悄听完这个故事儿,早已驾起那银灰色的云车,和大地告了别。沥沥和罗士,在那寂黑的深夜里,便也唱着"Good-bye"的歌儿分手了。

(完)

自由村

地上的雾网还未收完,天边的红日已向那澄清海面梳妆打扮了。一切花儿上流动的泪珠,叶儿上乱跑的珍宝,和天上幻采的霞衣,都将被朝日取为妆台之用了。那其间,有只白鸥似的小舟,从海天交界处翼翼而来,是何种逍遥自得的景况哟!

这舟中坐着一对男女,他俩互相拥抱着谈话。那时恰好有一好事的鹦鹉,从海外飞来,见了这个情形,便尾随那叶轻舟飞了几飞,后来竟飞落在船蓬〔篷〕上窃听他俩的私话了。

男的说:"对啦! 当时谁能预料有这么大的效果?"他说完这句话,低头默想一阵。又说:"你记得那天晚上,你领她们来我们宿舍么? 当时已有这十双老同志了,经过那回商议之后,不多时,我们的《爱世日报》便刊行了。不到两年光景,全球同盟会已经成立了。精干的会员已达五千余人,当时分派千余人作言论界的鼓吹者,这四千人都是各有终身爱侣的,每双男女共同创立一个十里村并十村为一组。那回成立最早的,是我们第一组,所以我们这百里地方名为第一组。这个地方又以花为特产,那么十个自由村都以花名为别了。"

女的说:"可不是么? 村取什么花为名,便以那种花的树林为村界。记得我们这梨花村刚好告成,露清俩的寒梅村,也同时成立了。我们上那边村移植梨花,可巧他们也来移种了一柯〔棵〕寒梅。那回种完花回家来,双方在田间相遇,还唱了好些歌儿。"

男的说:"现在想来,……像眼前那一样分明呀! 不觉就是一百年前的往事了。当时我们的身体瘦弱,谁想百年以后的我俩,更比少年精壮些,这真是转老还童了。"

女的说:"对啦! 我们这组的老同志,十双男女谁个不是转老还童哩?"

男的说:"下礼拜一就是成立以来的百周纪念,我们正应该把百年前亲身的阅历追述一翻,使青年们知道些今是前非,更加热心互助。这件事,我们十兄弟已经商量定了,正要通知你多作些文章,将来刊一本名叫'追述百年前'的专号,题目议定如下:

(一) 长逝了的政府;
(二) 万恶的家族制;
(三) 非人的资本制;
(四) 野蛮的强权;

（五）恶魔的军阀；

（六）不良的教育界；

（七）农场工厂之今昔观；

（八）自由纪元前的社会制；

…… …… 还有许多不及讲述的。"

女的说："啊哟！啊哟！如今单单回想那些家族制,已经足够使人恶心作三日呕了！何况要述上许多事？你看！这里的家庭生活何等快乐！我们要什么服饰,只用转电机向分配处选取。一句话还不等说完,东西已由输运机送到家里来了。我们饭时一到,便把餐管扭开,随即就有那烹制了的菜汁,和提练〔炼〕过的米浆,热腾腾地流入杯中,任凭人随心畅饮。至如那些房屋、家具,岂不更妙？像这么一叶轻舟,却有这些巧妙机关节管,很自由的伸缩活动。我们想上天游览,只用两三个指尖儿在机关上按几按,就立刻变了飞机。若想在陆上行走,就如法以变快车。要在某地安居就如法以变房屋,并室中用具都变得很周全。清整家具,就有依时自动之机；传送物件,就有往来不断的输运器。虽然全用机械,却又静悄悄地从无半点响动。古代人物只要门前停得一辆汽车,已经闹得人头眼昏花了。你想从前那野蛮家族,在家中就多纳妻妾,养活儿孙。对外姓就争权夺利,互相杀戮。像现在这样的消闲幸福,他们那能梦想哩？你看这百年来,既没有政府、资本制、军阀、罪人、盗贼了,简直连他们的屠刀、猎器的痕迹都同归消灭。并且这里的人,都以互助为上,那不平等的阶级制,当然没有,同情心就自然扩大。于是耕田也不用牛力,载重也不用马力,开矿修路都不用人力,这些苦力都有那伟大自动机按时工作。至如近百年的教育,那进步又实在堪惊！你看那个学校当上课时不旅行咧？不是在天空飞,就在地上跑,有的潜行海中,有的漂浮水面。走向林间就讲农林；潜于海底,便谈海产。要上什么课,便向什么地方进行。你又看那些专门学校,除了拆变为舟车、飞机、潜行艇外,更有巧妙的办法。好比一个音乐学校,就可全般拆为各种乐器和乐谱;图画学校则拆为画器和标本。其他无论何种专门学校,都有此种特别的设备。你想从前学生们住着那样石洞似的死屋子,上课时那些学生就好似那静坐在泥土中的菜蔬,一行一行的栽培在教室里,他们呆呆望定那个教员,东摇西摆的唱书本,跳来跳去的画粉笔儿,仿佛他有很大的贡献似的,好骗煞人!从前备置一架钢琴,何等艰难!既费资本,又难移运。一只琴便要占粉墙四分之一。现在每家至少有五六架,这种钢琴,伸张起来也不过一个乐谱架子那么的形式,缩小起来简直成了一卷袖珍字典似的。从前人常觉艰难的,又岂只钢琴一物?每天忙忙碌碌的,时而愁这样缺乏,时而愁那样缺乏。现在的人虽然上了二十五岁,就要每天作点儿工。然而轻工也不过两小时,重工也不过数十分钟,苦工是多久给机器做去了。像我们这样年纪的大,那就更讨便宜了。人们只要是上了六十岁年纪,就在树林中和孩儿们谈谈故事,或在月光下唱一会歌,也是工作了。若是还能手创些艺术的工作品,如音乐、图画、诗歌、雕刻之类,就更是神圣的工作者了。人们几曾梦想到前代人们有那样可怕的黑影哩?”

男的说:“照你的意思,就还是不追述给他们听的好,怕他们不信哩!”

女的说:“那倒不是这个意思,他们一定相信的!这‘撒谎’二字的功用,老早伴着‘资本家’‘政府’等物长眠于地下了。此间人决不懂‘撒谎’二字作何解了。我所虑的,就只怕使她们要替前人伤感。”

男的说:“这是没有法子,你只把历代的进化史温习一回,总是有这些今昔之感的。”说至此,两人静默了一阵。

女的说:“我们已经游够了,把舵机转回去罢!我们回去休息一会,饮过餐液,我还用转电机和我们老姊妹们面商,替百周纪念扮几曲趣戏。”

男的说:“你的计划很好,就这样做罢!”

当时那个小船已被转过船身,只向他们的归途前进了。

鹦鹉坐在船篷上,把他们的话满满的记在心头,不时的暗自思量着："这些人既不残杀生命，想来那里的鸟类也很幸福，我何不也跟随他们往那方飞一遭儿来。一则去探访本家，二则去调查些好的风俗，三则学唱些优美的歌儿。如果那里的生活真如他俩说的那样和谐，如果那些鸟类也有很大的进步了，那就不虚负我这一趟旅行，实在可替我故乡的亲友发现一个安乐地啦！可是那里的人百多岁还不老，想来那里的禽鸟一定不凡的。咳呀！像我这么个俗物，可往那儿去的么？然而我想他们一定很仁慈的，我必被他们优待。"鹦鹉想到这里，就很起劲的跳了几跳，把那很软的头颈，扭来扭去，斜着星眼对天边望了一望，又把全身的羽毛梳理了一回。

那时船已到岸。

鹦鹉记取他俩的话，知道这个小船马上就当拆变为车了，于是他就扑着双翼，飞腾去了。飞过许多绿山青山，来到一所果实繁多之处，后来飞近一个葡萄架边，只见一只黄莺儿攀着一串白葡萄在打秋千，口里不断的唱着："珠粒珠粒！珠粒珠粒！"

那玲珑多话的鹦鹉，便恭恭敬敬地向黄鹂唱道："好姐姐，莫见弃！兄弟特地来拜访你！可怜我涉川渡海飞了好些时，今儿又不知栖息何方第几枝？"

黄莺儿连忙答道："有你的，有你的！"

于是两个鸟儿比着翼双飞而去。那天边的红日又披霞戴露的妆扮了好几度的黄昏清晓，鹦鹉来此村中又做了三四天的客鸟了。这几天内既有那热诚相待的黄莺领他各处游览，当然他很留心的观察了，并且都证明那舟中两老的话，没有一点虚饰。

在鹦鹉心中最称羡的，就是他们拆变屋子的巧妙，和男女学生们的服饰雅淡，琴韵悠扬。他们的衣帽都是极薄的轻纱制成，男的总喜穿洁白的轻纱，女的多蒙蔚蓝的浪纹纱或新绿的玻璃纱。这样景况，鹦鹉已在树林中见过六七次了。

有一天早上，黄莺因事不能陪他，鹦鹉便独自飞出去游玩了。当他游倦了，正要找个枝儿休息，恰好前面一辆车儿停住，忽然又变了一所房子。他想这倒"一就两便",我去坐在那屋檐上,既可以休息休息,又能多听些故事儿。当他想还未已,他就飞上了那屋檐。他摇头摆尾的坐定,四方八面的仔细看了。屋子里并无响动,他便跳到窗檐上悬着的花篮里,低头一看,可不是有一位年青女郎独自坐在那儿看书?忽听那床头处一声"叮当叮当",她连忙把书搁在桌上,走到床头一个半径口的圆洞边,按了一下,当时就有两个圆筒吊下来。她把左边一个筒套在耳上,那边一个架在眼前,她向那个洞中说:"你有什么事?"忽听那边一个声音说:"明天就要出场了,我再舞一遍给你看。有不好的地方,你就纠正我。"这边的她又说:"你那天就穿这件衣服么?我替你去选一件合式的罢!"那个声音又说:"我还没有舞完哩!你看完了再去罢。"停了一会,这边的她又说:"你舞的已经尽善尽美了。好!现在我去制造处替你选个衣料。"她说完,把那两个听筒儿往下一扯,它自然便离开她的眼耳,缩回机内去了。她又往窗槛上如法一按,又是两个筒儿吊下来。鹦鹉暗自思忖道:"原来她用这样东西,就隔开很远的人也可相见畅谈了!并且满屋子布置着这些繁星似的圆孔,就是单独一人住着,也不致寂寞。"他又忽然记起那舟中人说"转电机"三字来,大约就是现在所见的了。他正想得出神,不提防一粒葡萄子,打落在他的翼上,猛可里使他吓了一跳。他回头一看,才见那位黄莺儿嘴里夹着一枝葡萄,坐在后面笑得颤起来。

鹦鹉暗想:"我这样悄入人家私室,不知有失礼的地方没有?"他是这样暗想,却又不好意思问她,便也和她咳咳唔唔地说笑着飞去了。

他后来探着黄莺口气,才知道此间人对于禽鸟是非常优待的。他们既不防〔妨〕阻禽鸟的自由,并且特派几位鸟音专家常来接待,并教授了许多架巢觅食的好方法。鹦鹉听了,非常羡慕此间的生活,便拜辞了黄莺,即刻飞回他海外的故岛,遍处歌唱自由村的福音。

这么一来,那里的玲珑鸟类都被感化了,便纷纷的向自由村中移来。那个岛上的野蛮人民,听了这鹦鹉的歌声,才如大梦初醒。那些官吏、政客们听了,也立刻改邪归正,终身不与闻政事。那些军人盗贼们听了,忙把商品尽量归公。那房东地主们听了,都把土地房屋全数归公。一切刀、剑、枪、弹的凶器,都被熔化。那些皇帝、总统、大人、老爷的尊号,以及什么"夫人""太太"的俘虏名称,自然都被取消。于是那些富有思想,素具办事才能的人们,大家集合起来,讨论一个组织的办法。商议的结果,恰如自由村一样,十里一村,百里一组。事业分为五部,即教育部、工作部、生活部、出产部和互助部。每组必有这五大部,现在都分部的详述如下:

互助部:本部专管各组互通声气,交运各地的特产,或特殊文化和制造品。这部分为四科,每科公举干事一人。甲科的办理教育部的互助。乙科的办理工作部的互助。丙科就管出产部的互助。丁科办理生活部的互助。

教育部:分为三科,每科公举一人。甲科专管人材教育。乙科管教育上的学术。丙科办理教育用品。

生活部:分为四科。甲科的分配房屋用具。乙科的分配各人服饰。丙科的分配各人的饮食。所以,这三科可合并名为分配科。丁科又名卫生科,专管医术,防御疾病。

出产部:分为四科,每科干事三人。甲科的管农产。乙科的管矿产。丙科的管窑产。丁科管一切制造品。本部的产物都用机械工作,故此部又名机工部。

工作部:此部全用人工,分为六科。甲、造机科,干事四人。乙、司机科,干事四人。丙、艺工科,干事四人。丁、统计科,干事四人。戊、输运科干事两人。己、干事科,所有五部中诸干事都在内。

此外,自然还有许多同业分会,和同业总会之设。好比造针的就有造针同业,作曲家就有作曲同业,这当然不胜枚举了。

且说这个海岛,自从有了这样组织周密的新村,那些臭政府、恶商家、虎狼军阀,卑污习惯,早被自然淘汰,永无复活之望了。后来这些村,便名鹦鹉村,以纪念那个鹦鹉。

(完)

卷三　戏　剧

三个时期的女子

第一幕

人　物　李少爷(守训三姊妹的继兄)

　　　　李少奶奶(守训的妻)

　　　　顺　贞(李家大小姐——吴家少奶奶)

　　　　婉　贞(李家二小姐)

　　　　端　贞(李家三小姐)

　　　　陈　妈(女仆)

　　　　雪　珠(顺贞的婢)

布　景　卧室中——置铁床,镜柜,梳妆台,书案各一。案上置一碧玉瓶,瓶中插白花一球。瓶旁斜置一镜并诗书小说数种。案旁置摇椅数张,并藤床一只。

顺　贞　(仰靠藤床上,形容憔悴。时而长叹,时而以巾拭泪。)

雪　珠　(掀帘而入)小姐! 姑少爷回来了。现在正在太太房里说话咧!

顺　贞　(怀疑的态度)痴了头! 这话可哄得谁咧? 他如果可以回来,他还有不先写信通知的吗? 在平日那一天不接到他的信咧? 唉! 他若不是病了,或有意外的不幸事发生,他是决不会这……(说到这里,呜咽不能成声。)

雪　珠　是的，小姐不是已有一年多没接姑少爷的信了么？却是现
　　　　在你真可放心了，姑少爷的确在那儿和太太说话咧！小
　　　　姐，我赶快去请他就是，你莫性急罢。

顺　贞　（一手拖住雪珠的衣）这使不得，使不得！这一定要使太太
　　　　生气的。我一人受罪不要紧，累着他，那我是不忍的！

陈　妈　（进房）少奶奶，李家少爷和他家奶奶都来了。现在他们俩
　　　　都在太太房里，我家少爷和他们唧唧喳喳说得好不亲热
　　　　咧！并且少爷是只见他左一包右一包的从箱子里拿出来
　　　　送他们！

雪　珠　（争着说）可不是？我还听得咧，那送的是一百五十两银子，
　　　　并说将来事成，再要重重的谢他们，只不知姑少爷请他干甚
　　　　么事？

陈　妈　（作侧耳外听的样子）咦！这门外的脚步声，莫就他们来
　　　　了罢！

顺　贞　陈妈，你快往外瞧瞧罢！

陈　妈　（掀帘向外一看，回转头来说。）他家奶奶来了，少奶奶，我来
　　　　扶你。（急趋顺旁，扶顺坐起，把被靠着她的背。）

李少奶奶　（油头粉面，穿着灿烂的华衣，慢慢的走入。）呵呀，阿弥陀
　　　　佛，顺妹，你怎么病成这样个模样儿了？（一手拍着顺的肩，
　　　　一手挥着顺的手，转着一对亮晶晶的眼珠，将顺贞从头至脚
　　　　的瞧了一遍。）嗳哟！顺妹！你这病非同小可啦！你这几日
　　　　可是吃谁的药咧？

顺　贞　嫂嫂！请坐罢。唉！这"药"么我也就吃得难为情的了。
　　　　唉！我这病多年不能好了。但是……（说至此，呜咽不能
　　　　成声。）

李少奶奶　（坐下）是的，我辈妇女所应有的心事，我总算还想得点到的
　　　　了。何况你是个最贤德的人，谁不夸你的性儿纯良咧！不
　　　　但你最能体贴你丈夫的心，并且实在是个助夫行孝的贤妻

咧！唉！只恨天爷爷没有眼睛，不曾给你一男半女，并且可怜你还在这么小小的年纪，偏得了这种的病。然而这也是前世注定了的，莫如何的。（以巾擦眼，假作伤心状）只是你家既是这么有钱有势的，你又是个最著名的贤妻良母。你若要尽你的妇道，莫说你手中拿出整千整万的银子到外边去找，毫不费力，就你身边这许多美貌的丫头而言，又何尝不是花园里选花咧？这一层不是你极易做到的么？唉！阿弥陀佛……

顺　贞　（低头不语，偷将手巾拭泪。）

李少奶奶　（滔滔不绝的说）我是老实人，索性说句老实话罢。唉！可怜的顺妹呵，就是说的坏点，你万一有个不幸，你也只管放心不怕没有人接你的脚，帮你尽这些妇道的。至若你是怕将来续娶的不贤，不能替你行孝，这也是你贤者的用心，本也难怪。其实这件事，你做起来一点也不难，你的婆婆又好，你的丈夫又只听你的话。你若是托个媒人去外面去访时，还不知有多少贵族的名媛，只怕你家不娶咧。你何不趁早传出句话来，等你见一面，也使你放心些？

顺　贞　嫂嫂，请你们莫性急罢。唉！我病得这么个九死一生的人了，就是做了你们的眼中钉，还刺得你们多久的眼咧。何必用这种毒计施于我呵——（呜咽不能成声，低头不住的拭泪。）

李守训　（急走入，忙坐桌傍。）顺妹，又为什么不舒服，哭得这样伤心呀。唉，你为什么这样有福不会享。你有这样富贵的日子，还可安分些过。只看你今天也哭，明天也哭。试问你看我做老兄的。有半点儿对不住你妹妹的地方没有？俗语说得好，"嫁汉嫁汉，穿衣吃饭"。如今你吃的上山珍海味，穿的是锦缎绫罗。你的命又乖，你婆婆想抱孙，常替你求神送煞。你的身体多病，你丈夫常买些药给你吃。你真是生成的贱命,只想作死!像你这样的人家,你还不好些替他生几个儿子。你那年将半百的婆婆,虽然知道要抱孙,不但没因此把你出退,并且一指甲都没对你弹过。但是他不是看我老李在今日政界的权威,只怕是一万个你一类的妇人也出退了咧。你不感激我还罢,反而今天怨恨,明天也怨恨么!

李少奶奶　你快些莫说了罢。我还正在悔恨我不该说她的直话,使她气得这个样子咧。(脸向着守训,以眼睛偷看顺贞。带讥诮的声音。略略一笑。)

李守训　什么事?

李少奶奶　(趋近其丈夫身旁,将嘴斗着他的耳,如此这般的说了一会。一手遮断着嘴旁声浪,两眼圆晶晶的溜着顺贞。)

李守训　(不住的摇头吁气。将案一拍。)我家素重礼法,为什么出了这样一个不肖的女子? 亏你还生在这诗书礼义之乡,难道古圣先贤所说的妇道,一点都不知吗? 难道"不孝有三,无后为大""无子犯出"的话,你完全没听人说过吗?(说话间,雪珠进房来。)

雪　珠　二小姐、三小姐都来了。(端、婉二人携手入内。)

婉　贞　(立顺旁,眼望顺的脸色。)姐姐! 你又病了么? 妈还不知道,只望你回去咧。

顺　贞　(点头不语,闭眼苦笑。)

端　贞　(争着说)妈这次正是要我们接你回去的。哥哥和嫂嫂来了多久啦?

李守训　来了许久,却是淘气了许久! 古人说的,"女子无才便是德",诚哉不错。

端　贞　在平日哩我们就是不忠、不孝、不节、不敬的过激党,至若她(以手指顺)不是你尝赞许的良母贤妻吗? 今天怎么还对她发牢骚呀? 难道她苦到这样淹淹一息还不够,定要她杀身成仁,你才觉得心里凉快么?

李守训 你懂得什么? 孔夫子说的,"惟女子小人为难养",圣人的话,到底有些道理。你们快滚回去罢,不要瞎闹!

顺 贞 妹妹们早些回去,免得妈妈一人在家望罢!

端、婉 (二人齐说)我们不去,要等他们俩(手指兄嫂)先去了才去。

李守训 哼! 由你不去,不去也要你们去!(将婉、端向外拖。)

顺 贞 哥哥你自己也保重些,莫动气罢。妹妹们听我的话罢。雪珠! 你好些送她们回去,正好替我向太太请安。

婉、端 (二人齐说)再会,姐姐! 只望你保重些罢。

(闭幕)

第二幕

人 物 婉贞　端贞　雪珠　王鹤如女士

布 景 前面一座公园,小小一条曲折的幽径。两旁种树,路的一端有一茅亭,三面临水。路的他端,直达园门外。

(婉、端、雪三人恰行至园门外。)

端 贞 婉姊,这个公园多美呵! 我们何不进去散散心咧!

婉 贞 很好,我也是这样想。雪珠,你也和我们进去歇歇罢。(三人携手走入园门来,曲曲折折,遮遮掩掩的,从苍翠的林间,穿入茅亭。三人均侧身倚亭槛坐下。雪珠低头看水,端、婉二人对面坐着。)

端 贞 顺姊的那种环境,简直就是个人间地狱。唉! 我替她想想,都觉得非常痛心。(作怒色)况且她又不比那蠢如鹿豕的妇人,她虽无能力抵抗,气是知道气的啦。但是像她那种地位,便铁石人也会弄出病来。可怜! 亏她也过了这么几年来了。她的性儿,真要算我们姊妹中第一纯良的了。婉姊! 我看她多半还是吃了这柔性的亏。我们女子的性情,是要刚强点才好。何况像中国这一类的野蛮民族中的女子,那

简直非具刚性,不能做个人格完全的人。唉!我们女子被
这个野蛮国里的恶家庭,不是压迫到了极点了吗?只可恨
我姊妹们的迷梦不得醒呵!对付那种死不进化的顽固家
庭,简直非用猛烈的手段,痛痛快快的攻击一顿不可!

婉 贞 (微笑)对付那班野蛮人的确斯文不得……

雪 珠 (插嘴)还讲那些,像顺小姐,不独情性儿纯和,并且是个多
情的人咧!她一爱了那人啰,她就死死的信仰了他的话,
所以姑少爷背着她做了那些鬼鬼祟祟的勾当,她都绝对不
怀疑他。

婉 贞 (忙问)姑少爷可背着她干了些什么鬼鬼祟祟的勾当咧?

雪 珠 难道你们还不知道么?今天姑少爷请少爷和奶奶过去,在
太太屋子里商量那么久,不就是为件事么?

婉 贞 他干他的勾当,又用得着少爷和奶奶过去商量什么?

雪 珠 不但是用得着他们商量,并且用得着他们劳心费力。并且
姑少爷还给了他们一百五十两银票子做定钱,将来事业成
功的时候,再将那三千块钱酬谢他们。并且说,就是顺小
姐死后,还要求艳珠认少爷、奶奶为兄嫂,将来吴、李两家
比现在更加来往得亲密些。

婉 贞 我家少爷、奶奶怎样回答姑少爷咧?那一百五十两银子受
了没有?

雪 珠 (鼓着嘴的说)那还有什么?那种绝无良心、只要银子不要
脸的少爷、奶奶,还有不接那种钱的么?他们正嫌少咧!
后来姑少爷又添他们千块谢金,又再加一百五十块定金。
一共算来,是三百块定金,五千块未交的谢金。

婉 贞 这究竟是回什么事?你可仔细告诉我么?雪珠呀!(以手
搭着雪的肩坐,面对雪颊,两眼望定,等她的答覆。)

雪 珠 (沉吟了会)这话说来却长,从前姑少爷本来对小姐好极了
的。她过门虽只三年,姑少爷也和她同居过一年半。他们

俩从没吵过半句嘴，并且彼此相见，总是笑嘻嘻的。前年他预备去上任时，因为小姐要招呼太太，不能同去。

端　贞　(争着说)你那位姑少爷，完全是本着好色的兽性，和那种不自然的假爱情！我是早就为我姐姐着急，可恨她死蠢，死不觉悟那种假爱情的痛苦，她反为安心爱着那种俗不堪耐的下流东西。(气得面红耳赤，愤激不能作声。)

雪　珠　(斜坐着，低头望水，闻端说至此，乃不住的摇了几下头，长吁了一口气。)唉！——可不是自从去年正月，小姐病过那次之后，本来模样改变了许多，不及前那样标致了。当时太太定要她照了个像，寄给姑少爷。从此至今，小姐就有一年多不曾接到他一个字。我听高昇说："那张照片是由太太信内寄去的"……(微风吹落树叶，数皮[片]于雪的旁边。此时她停止说话，以手弄树叶顽。)

婉　贞　痴孩子，一味的只顾贪顽，雪珠！继续说下去罢！(望着雪说)你只说高昇怎么会知那张照片由他家太太信内寄去的，想来那信的内容他也知道的。

雪　珠　怎么不知咧？太太那封信上说的，就是说我小姐已成痨病，并且算命先生多说她命中无子，要姑少爷在外再多娶几个福命好些的媳妇。姑少爷把这个消息传出去，当时就有一位会钻狗洞的先生，因为要拍姑少爷的马屁，乘此机会，他就把他老婆的嫁装，变了一千二百块钱，买了堂子里的一个婊子，名艳珠的，请两个工人将这个宝贝抬进衙门来，恭恭敬敬的送给姑少爷。

端　贞　婉姊！你听得罢？(把眼望着婉)这简直把女子当礼物送了！难道我们女子就不是父母所生的人么？男子是人，女子也是人咧！人把人来糟踏，人把人来当物件送，当物件玩，当物件用，这不是自己糟踏了自己吗？这不是同那些野蛮生番 Savages 煮着的肉吃一样吗？唉！像我们这些蠢

得同生番一样的人民,你说那些文明国的人民怎得承认他
为人啊?唉!中国的生番,你们再不进化么!只怕马上就
要受天然的淘汰!

婉 贞 端妹!你说我国男子压制女子,就同野人吃野人一样的蠢
法,你这话一点也没说错。不过我们空发牢骚,也没有益处。
我们如今要设法对付他们,也要澈底研究他们自己杀自己的
实在情形才行。你听雪珠说罢!这正是研究家庭问题的好
材料咧!雪珠!你继续说姑少爷待艳珠的情形罢。

雪 珠 姑少爷么!非常宠爱她,并且嘱咐满衙门的人都称她做奶
奶。这次回来,她还住在旅馆里,只等着姑少爷花轿去接
她来做正式夫人咧!姑少爷这回来了,还与小姐会一面,
却只坐在太太房里,等着少爷和奶奶在小姐跟前探得的
回信。

端 贞 (争着说)这件事说来直要气死人了。世界上也有蠢得像我
爹爹一类的人么!我们三姊妹,分明是他生的,为什么他反
不承认我们为后嗣?他那么省衣节食的,经商十多年,才创
了这点产业,为什么情愿送给那常常欺诈他的钱财、损坏他
的名誉的下流侄子?反不肯多分点教育费,给他亲生的女
儿咧?唉!这不是一件极不近人情的事么?并且父母生了
儿女,又不会教育,这不是摧残儿女的本能,增加社会的劣
种的罪魁么?何况他还不尽责教我们,并且把我们不当人
的送给人家去受折磨。

雪 珠 (拿手巾不住的拭泪,作极伤心状。)

婉 贞 雪珠,你为什么听了三小姐说这些话,就这样伤感咧?

雪 珠 (起立,低头拭泪,半晌不语。)三小姐刚才说的话,我是很同
情的。我的父母就正是没有教养儿女的能力,又要生些
儿女的人。唉!他们不但是害了个人,害了社会,他们实
实在在是杀我的罪魁。(哭)他们……唉……把他们的女

儿当猪……狗……一样……卖着……随人杀着。总算我的运气好，遇着这么难得的好主人，太太不但不以婢待我，并且要我和三小姐受同等的教育。像其余的姊妹们，不是都沉沦在苦海里么？这么看来，我真是不幸中最幸的人了。然而我到底是生成的苦命，我小姐那么的仁慈可爱，她简直当我为她的知心朋友，她现在处在这种地狱里头，我毫无能力帮助她，我何能不受良心的责罚呵？（哭）并且她……病得这个样子的人了。如果将来（呜咽半晌）我怎么得了呵？我是相信"不自由，毋宁死"的！……（不住的拭泪）

婉　贞　好孩子（立起握着雪的手）你莫这么伤心！万一姐姐有个……不幸（哭声）我们总想法子接你回来。我们又可像从前一样，一块儿念书，一块儿工作。（望着雪珠的脸，表示极诚恳的态度。）好妹妹！我们只要求你莫存客气，把我们当你的亲姐姐一样看待罢。

端　贞　（对婉说）时候不早了，我们快回去罢。妈妈正在等着我们呢！（婉、端、雪三人向旧路行，尚未出园门，遇着王鹤如女士。）

王鹤如　密斯李，久违久违！

端、婉　（齐说）几时回来的？密斯王！我们不是足足阔别了四年吗？这次回来，可有多久住啦？

王鹤如　我这次是为着我们会里的事来的，大约有四五个月的耽搁。再往香港一游。

端　贞　那就你的行期还在婉姊结婚之后。并且他们俩正打算到长洲（离香港最近）去度蜜月，或者那时还会和你同船哪。

王鹤如　婉贞！你们的婚礼，大约在甚么时候，什么地方行咧？那时我必来恭贺你俩前途的幸福。

婉　贞　那时我必来请你，却是现在不能定期限。

端　贞　可惜时候不早了，不能不赶快回去。鹤姊！我们再会罢！

王鹤如　再会再会！（和端、婉握手。）

第三幕

人　物　吴太太（顺的婆婆）　吴绳祖（顺贞的夫）　李守训
　　　　李少奶奶　顺　贞　雪　珠

布　景　顺贞的卧室（照第一幕）

　　　　（顺贞睡在床上不语，雪珠坐在床边，躲着拭泪。）

顺　贞　（侧耳外听）这门外的脚步声，是谁来了？雪珠！（说话时，
　　　　吴绳祖急入室。）

吴绳祖　（笑容满面）对雪说："病人怎么样了？"

顺　贞　（假装睡）

雪　珠　这些我却不知道，姑少爷既是这样挂念她，这样性急望她
　　　　好，何不亲自拢去看护她咧？

吴绳祖　雪珠！你和你家小姐也读了这几年的书，一切圣经贤传上
　　　　的话，这是做人所必需遵守的。妇女们尤宜遵守。圣人不
　　　　是说过，"身体发肤，受之父母，不敢毁伤"。何况我又是个
　　　　男子，并且老爷又只生得我一人。我若传染了你小姐的痨
　　　　病，不幸也和她同归于尽。那时谁能替我来尽人子之道咧？
　　　　圣人不是说过"不孝有三，无后为大"的话么？我现在还没
　　　　有生儿子，如果我就是这样死了，我还有什么面目见我的先
　　　　人于九泉之下咧？并且你家小姐素来贤德的，她决不会希
　　　　望我因她毁伤我的身体，更不会愿我因她而绝了后嗣。我
　　　　家既不少她的吃，医治由他自便，仆婢随她使唤，她自知薄
　　　　命短寿，断不得糊乱怨恨我的。（说话间作忙极状）

雪　珠　忙什么？想必是你家新奶奶的迎婚期快到了。

吴绳祖　（看手表）唉！却是还有两点半钟之久。今天有许多亲戚和
　　　　本家族长都会来吃喜酒，我虽请了你家少爷和奶奶过来帮

我招待宾客,但有许多老前辈,我终以亲自招待为恭敬些。(忙走出)(雪走近顺旁。顺睁眼向雪一望,紧握雪的手,不住的拭泪。雪亦哭。)

吴太太 雪珠! 快来。(望着雪)哭什么? 蠢丫头! 你难道不知今天是我家少爷讨奶奶的喜期么? 放懂事些,不准哭啦,你小姐的首饰箱子在那里! 快拿钥匙来。

雪　珠 小姐的钥匙不在我身边。

顺　贞 雪珠! 拿去给她罢!(将钥匙交雪珠)横竖我现在看透了这些人世浮华。……(雪珠将钥匙递给吴太太,陈妈双手捧着箱,随吴太太出去。雪珠复趋顺旁。)

顺　贞 (紧握雪手)雪妹! 我们从小就在一块儿,我所处的境遇,……我的心事,……(以巾拭泪)只有你能知道的。我到吴家来,虽只三年,虽是终日里穿金戴银,物质上的虚荣,我也受够了;但是精神上的娱乐,究竟怎么样咧? 像你姑少爷刚才讲的那些话,我……我实在……(以巾拭泪)我莫有理他。也是……(以巾拭泪)唉! ……(默息一时)去年的皇历能够拿来今年用么? ……现在的社会已经到了什么时候,像他们……牢守古人的陈法……不是仍用去年的皇历么?(说至此,指着桌上的茶杯,望着雪说。)雪妹! 你去拿杯茶给我喝罢!

雪　珠 (急往端茶给顺)小姐,这茶!

顺　贞 (摇了几下头,两口饮尽。)唉! 雪妹呵! 我……我是离天日远,离……土……日近的人了! 说起来,我也是二十世纪的青年…我生的时代并没生错……只可恨……我不该……(以巾拭泪)我已病到这个样子了,我难道还有……你是一个知我最深,爱我最甚的人,总望你和一切后起的青年……(拭泪)唉! 这杀我的是谁咧? 雪妹! 你要知这……我完全是……你姑少爷原来待我怎样的好……现在呢? ……(拭泪)唉！我为什么早不觉悟！现在是生米造成熟饭了。……"一失足成千古恨"这句话……雪妹！你牢牢的……（瞑目默息半晌，外爆竹一响，音乐齐奏。雪珠含泪低声喊道，"小姐！宽心些。"顺贞惊窹，睁目视着雪珠道。）雪妹！这是他们外边迎亲的时候到了么？（作愤极挣扎状，忽又停静。）

雪　珠　小姐！宽心些。

顺　贞　唉！千磨万劫的女同胞呵！你们要……（哽咽失声）

雪　珠　（大哭喊道）小姐，斟酌些。……斟酌些。（顺贞两眼睁视着雪珠）

雪　珠　（把手摸顺胸，注看顺的面色，试试鼻息。）小姐……怎样？……小姐……小姐……（痛哭）

李守训　（同李少奶奶同进房来）雪珠，哭什么？

雪　珠　小姐……死了……死了！（哭）

李守训　唉！可怜！可怜！

李少奶奶　（假哭）忍心的妹妹呵！你真忍心离我们去么？阿弥陀佛！……希望你早……（忽收声将眼向四周一瞧）雪珠，快拿小姐的首饰箱来，雪珠！（雪珠坐着哭泣不动）

李守训　贱丫头，敢不快拿给奶奶（举棍作打式），只看你认识它不认识。

雪　珠　（哭着说）那个箱子早被太太拿去了。

李少奶奶　丫头们，快把这些箱子开了。（众争着开箱）

第四幕

人　物　李守训　端　贞　陈约翰

布　景　荒草斜阳的中间现出一冢孤坟。

端　贞　（手抱白花一大枝，从斜坡走上，坐坟旁，将花枝插坟上，痛哭。）姐姐呀！……姐姐呀！我亲爱的姐姐呵！你现在到

那里去了？唉！可怜我父母生下我们三姊妹，我的姐姐被
谁夺去了？你是被谁……杀……了呵！……陈腐恶劣的
纲常名教呵！……你……你你你……杀死了我的……
（哭）我三姊妹还剩了几个呵？大姐姐做了时代的牺牲品，
二姐姐咧？不是迷信新家庭为改良社会的中心的人吗？
他们俩夫妇还不是根据极端的恋爱而结婚的吗？唉！他
们现在怎样了呀？他们那信上不是说"结婚是恋爱的葬
礼"吗？这句话的是非，我虽不能武断，却是我可断言他们
的失败，还是在他们俩还没有各谋经济独立的实力。并且
在他们未婚之前，还欠严格的选择。第一原因，就是他们
不该拿短期间发生的爱情，就糊乱认为终身同处的良伴，
就实行结婚，这就是他们失败的原因呵！（此时守训正隐
入林间窃听）我咧！不是还算我们三人中的一个完全人
吗？但我这个贪爱金钱不知足的恶魔哥哥，他何能容我？
唉！像今天他对我说的那些话，这实在不能忍受。

李守训　（听至此，手舞足蹈的从林间走出，一手指着端贞骂。）你这
贱女子，你配有金钱被我贪么？我是个男子，只有我才能
替先人承宗接后。这先人的遗产，不应完全归我得么？分
到你们这班女子小人。也有屁放么？笑话！还不是阴阳
反常了么？俗语说得好，"男大需婚，女大需嫁"，我又随你
自由恋爱，并由你讲男女社交，你的男朋友又有这么多，难
道一个都不合你的意？就是那位夏家公子，不但他本身是
个多艺的博士先生，并且他家是个极有名的富贵人家，他
这样恭维你，这样想娶你，难道不知古人说的"士为知己者
死，女为悦己者容"吗？

端　贞　（哭着说）我一个清白无辜的女子，难道应该被这种俗不堪
耐的下流男子爱着吗？我看不起那种金光耀目的博士头
衔，更看不起那些有钱有势的贵族，难道我就看得起那种俗

物的爱情么？像那种下流东西，简直连恭维我都不配！哥哥！你要杀我，用刀杀罢！但这种事我断不得听命于你的。

李守训　你既有这样骄傲，自视得这样高，从此和我李家断绝关系，莫再用我家一个钱才行。不然"长兄当父"，这"父母之命，媒妁之言"的婚约，不但是几千年来的中国人所遵守的礼教，并且是现在民国的法律所许可的办法。我现在只给你这两条路，你快择定一条罢！俗语说得好，"女生外向"，终久是要出嫁。我再不能留你在家多吃一天空饭了。

端　贞　"不自由，毋宁死"，这件事我决不得听命于你。

李守训　哼！从此起，你若再上我的门来，（举棍）请和它（指棍）相见罢。（说罢急走去）

端　贞　（作四顾茫茫，仓皇失计状。）

陈约翰　（着西装，从林间走出，脱帽鞠躬。）密斯李，对不起！对不起！我已在林间立了许久，并冒犯了窃听之罪。请原谅罢！你的苦衷，我现在都知道了。

端　贞　久违了，陈先生！请坐。

陈约翰　密斯李！你那勇敢果决的精神，不能不令人钦佩。不过你总要想个善后的方法呵！于今我的朋友从巴黎来信，说起他们留学界的情形，我很可以去。我现在担任四个报馆通信，我若供给三四个人的用费，那简直不成问题。不过我们在青年时代的人，应该从艰难里锻炼出坚苦卓绝的精神来，我们就算有充分的费用，还是节俭些用的好。

端　贞　（起立）先生如肯帮助，非常感激！将来我一觅得工读的机会，我必偿还。但是只怕我能力薄弱，不能互助先生于万一。

陈约翰　那里话？这是应该帮忙的。我学校里还有件事须我做，大约我在这里还有半个月住。我们这次去有七个同伴，你若愿同我们一路去，你可有暂时宿膳的地方吗？如果没有，就到我家里去。不过舍下人少,只有一位年迈的家母,恐怕有时招待不周,还要望你原谅咧!

端　贞　我实在感谢你助我的诚意。既如此,我就到府上去请请令堂的安罢!(二人同去)　(闭幕)

(全剧完)

王　娇

第一幕

布　景　夏天月夜,王娇的卧房,非常高大,架在荷花池上。西(台左)、南(台前)二面都是玻璃窗,窗页都开了。窗下池水萦萦,池上长着荷花、荷叶,远远地隐着无限的蛙声。洁白的月光照遍一切。两面乌黑的木窗槛上,都有玉色空花的纱帘,向两边分开,挂在白银钩上。檐前悬着四个花篮,篮里开着白玫瑰。南窗内一张青石的圆面桌子,周围四只鼓子石礅。东南(台后右角)角上一个碧纱厨,东南有门通内室。西窗上挂着一个鹦鹉,窗前一张极宽长的紫坛〔檀〕条桌,桌上横放着一具七弦琴。桌子中间有一个古铜香炉,正喷着香烟。桌旁有几张藤椅。西北角上两个书架,堆满了书。西南角上,一张斜靠的藤床。

王　娇[①]　(穿一身纯白的夏布衣裙,白鞋,白袜。脑后梳辫,辫尾折转,用白绸结子束着。懒懒地靠在藤床上看书。)

申　纯[②]　(穿短装,一色淡黄的绸衣、绸裤,胸前佩着珍珠结和香珮等物,手拿白绫小团扇,从东南角上走来。)

王　娇　(连忙把手里的书,藏在背后。)

---

①②　底本只用"娇""纯"单字,为说明人物起见,此处用全名。

申　纯　爱惜这片刻的光阴,怎么眼睛也不顾了? 月光里看书,最坏
　　　　眼睛的。(向四周望望)你那丫头们上那儿去了? 屋子里怎
　　　　么烛也没有?

王　娇　(笑嘻嘻的歪着头望他)我最爱月光里的静趣,特意叫她们
　　　　出去洗澡纳凉,烛也是我要她们拿去的。

申　纯　(一手叉腰,一手拿着团扇,背向西窗,斜倚条桌。站定,脸
　　　　向南窗外望望,偏头斜向娇。)正是月色溶溶,花荫寂寂的时
　　　　候。(忽然想起什么似的)当真,我还有一件东西给你。(把
　　　　手里的小团扇给她)前日你病在床上,只管叫热。她们莫名
　　　　其妙的拿些貂毛扇子对你扇。殊不知多病的体子已经虚弱
　　　　了,那种毛扇子,风又最伤人的。当时舅舅在旁,我又不便
　　　　说你,却是心里十分难受,时常替你担忧。昨日赶紧替你弄
　　　　了这个扇子,你看合意不合意?

王　娇　(笑迷迷很高兴地拿看,扇了几扇,仔细看看上面,吟着。)
　　　　"花嫩不轻抽,春风卒未休"(半嗔)可恶! 你怎么把那些话
　　　　写上去,也不要求我的同意? (又翻过那面瞧瞧)你画梅真
　　　　是妙手! 给了我不可惜么?

申　纯　我画的东西,被你聪明的眼睛瞧一瞧儿,已经荣幸得了不
　　　　起! 怎么还会可惜?

王　娇　(笑盈盈地望望他,很得意地摇着扇子,用优美的腔调吟
　　　　诗。)"新裂齐纨素,皎洁如霜雪。裁〔裁〕成合欢扇,团团似
　　　　明月。"……(拿定扇子,低头默想,忽变愁容,抬头问他。)
　　　　你怎么送我这件东西,凉风一发,叫我怎样待它? 难道一
　　　　年四季拿在手里,给旁人看着,岂不笑话? (半嗔半笑的把
　　　　扇子交还他)你要我扇这扇子,除非你替我拿着给我扇。

申　纯　(皱皱眉,接着扇子,在她旁边椅子坐下,替她扇。)唔,我自
　　　　然有个意思。……(改变语调)今儿头痛可好了? (左手按
　　　　着她的头)热还没有退尽。(左手缩去,凝视她默想一回。)

唉，我不知道怎样安慰你才好。

王　娇　　（摇摇头）今儿头不痛了，只是精神总觉不好。也不知道怎的，每晚总要挨到四更天才睡觉。刚一闭眼，就做梦。不是梦见母亲来和我谈话，便是梦见和你离别。梦中从来不记得她死了，也忘记父亲已将我许给你了。……

申　纯　　（不知不觉的低下头来）唉……

王　娇　　（不注意他，继续不断的说。）醒来时，把从前的事一齐记起来了，想着我和你聚少离多的相识了四五年。这四年中，不知道经过多少的波折，才有今日。记得我们初恋的时候，偶然在母亲房里或堂屋阶、檐等处，多见得一面、两面，双方脑子里必定觉得多刻一种永难消灭的印象。间或在花前月下谈得一句、两句话儿，这几句话，至少也要耽搁十来天、半个月的瞌睡，使我们整天里一字不忘的想了又想。谁知不到两个月工夫，你家里一封信来，把你催回去。你那一去，彼此呜呜咽咽地作了一些诗词。我的诗里有"……相如千里悠悠去，不道文君泪湿衣……"你的词里也说："……相如只恐燕先归，文君替我坚心守……"的话。

申　纯　　（很悲伤地摇摇头）

王　娇　　（仍然不断的说）去了不久，你又来养病，这回我们总算践着平日熙春堂的约了。却是时常提心吊胆的，只怕飞红告发。因为那里母亲整天的在楼上烧香拜佛，不管闲事。父亲正在宠用飞红，那妮子很有些旁若无人的态度。不久你又回去，随后遣人来说媒，可恨我父亲一味的固执不许。当时我以为这一生绝望了，只想和你再见一见，便立刻死了也甘心。后来你果然来了，只因那只鞋和那一首词的缘故，我恨着飞红，骂了她几句。谁知这一得罪了她，我们那次游园，她便弄得母亲来撞见我们。你那回去了，我以为一定是永别了。不料那回在饭店里，悄悄地又会了一面。后来你因为考试及第，又来了。我母亲还记着前回的情形，待你远不及从前了。把你住到那样远的僻静地方，我们连说话的时候，也没有了。亏我费劲多少苦心，倾箱倒匣的讨好于飞红，也费了好几个月的工夫，受尽小慧的讥诮。她常说我谄媚飞红，我都不顾。毕竟慢慢地把仇人化作恩人了。那回多亏她哄着母亲，说她在窗外见鬼迷你。这才把你搬到里边来。后来母亲死了，你才回去。又劳她劝我父亲再三写信，把你请来，替他管账。只因你做事井井有条，待人宽厚。全家人都敬爱你，飞红又常常当着父亲夸赞你，父亲也说你"……才干有余，而又轻年高第……"这才要飞红来问你许婚。这件事总算很圆满的解决了。……

申　纯　（不觉低头拭泪）唉……

王　娇　（泪眼汪汪地继续说）然而每一想到我那不能复活的慈母啊！心里非常悽楚。

申　纯　（哽咽半晌，皱皱眉望着她，一手抚摩她。）今晚不许再谈伤心话了！（向前弯着腰望近她）时候有限，应该及时行乐才好。（忽然站起来，闷闷地踱来踱去。）

王　娇　（惊疑的态度）我们是终生的伴侣，来日正长，为什么说"时候有限"哩？你只不许我说伤心话，你怎么又说这种怪话。

申　纯　（走她旁边踱过，惨笑着。）这并不足怪，人生聚也有限，散也有限；长命也有限，短命也有限。所以最要紧的，就是及时行乐。这乐一行得及时，那怕是个短命人，只要一遭儿两遭儿的，在短促的时间里行乐，也比那当乐而不及时的空过了数十百年寒苦的人，合算得多！（倚着南窗，侧身站定。）

王　娇　（紧靠藤床，望申默想。）

小　慧　（愁脸走到娇身旁）小姐，我刚才听得湘娥说，去年八月里老爷已把小姐许给什么帅子了。起初，老爷本不肯的，只因那人家资很多，权势很大，再三的迫着老爷许给他了。……

王　娇　（脸色变成惨白，双目闭着，流眼泪，身儿靠在藤床上。）

申　纯　（摇摇头，眼泪汪汪地望着她，一手把团扇搁在圆面石桌上，
　　　　紧握她的手，一手拿出手帕给她揩眼泪，声音哽咽。）舅母死
　　　　去不久，你有重孝，婚期还远得很，也许还有办法。千万莫
　　　　急坏身体，慢慢地想法子罢！这个消息，我老早听得说了！
　　　　只……（很伤心的，急忙自己揩眼泪。）

王　娇　（哽咽）你怎么不……不……唉……

申　纯　因为你性子燥，又多病，不敢告诉你。（将身挨近她坐下）

小　慧　本来湘娥还瞒着我的，刚才我们在院子里乘凉，忽然老爷气
　　　　吼吼地喊人，叫飞红问话。我们吓得气都不敢喘一喘的在
　　　　窗外听着，原来绿英昨儿打破小姐一只石砚，被小姐骂了几
　　　　句，便把小姐和三爷……

王　娇　（呜呜咽咽哭出声来）

申　纯　（很慌张地注意听她说）

小　慧　（继续说）……平日的事情对老爷说了。幸得飞红姐姐会说
　　　　话，说得有条有理的，竟把老爷说得心平气静。后来老爷出
　　　　去了。我和湘娥闲谈中，不知怎么说到小姐的佳期。她才
　　　　说去年八月里，帅子送了许多礼物求婚，老爷已经许他了。
　　　　（左门外一种娇小的女儿声）
　　　　"小慧姐姐！你许我的东西，可别忘了！"

小　慧　你要的泥人儿，在我的小柜屉子里，等我来拿给你！（向左
　　　　走着说）你这急猴子似的，别抓乱我的东西。（走到门口）

申　纯　（已把手帕拭干了他自己的眼泪，抬头记起什么似的。）小
　　　　慧……

小　慧　（回头向申）三少爷叫我做什么？

申　纯　我房里凉床上枕头边，有一本书，那书第二十三页里夹着一
　　　　张纸条儿。上面有字，你给我好好拿来，别掉了。

小　慧　（点着头，走出去了。）

申　纯　（手掌托着前额，手腕撑在她的藤床栏上，面容凄楚，摇摇头。一手拿手帕，不住的揩眼泪。）

王　娇　（眼泪汪汪地望着他，哽咽半晌。）你……你……想怎样好……（说至此，呜呜咽咽哭个不休。）

申　纯　（连忙拿手帕替她揩了眼泪，哽咽不能说。）……唉……（默想一回）我看这里不能再住了！舅舅这回心里必定多疑，内外妨闲就更严了，使我俩咫尺天涯的有什么益处，并且见着舅舅很觉不便，我……（低头哽咽）……非去不可。……（揩眼泪）

王　娇　（忽然坐起来，又躺下了，很激烈的态度，哽塞的声音。）好个堂堂男子，不能保护他所爱的人！事情弄到这个地步，还想自己别嫌疑，这是什么心肠啊！（恨恨地望申）我不能再受侮辱了！既经给你，便是你的。……（呜呜咽咽地放声痛哭）

申　纯　（很着急，一手抚定她，一手紧握她的手。）我不曾仔细想想，这是我错了。你原谅我啊！你要我怎样我便怎样，为了你，便是汤里火里，我都敢去，你千万爱惜身体啊！

王　娇　（静默一回惨笑）这件事万一不能挽回，结果一定是我死。我死了，只求解脱一切烦恼，决不想牵累你，也不敢劳你记念。从来“女也不爽，士贰其行”，男子负心，本有特权的。

申　纯　（恨恨地）你莫非……（哽咽）……唉，你怎么不认得我了？我是那样负约的小人吗？大丈夫说话，为不得凭吗？我有什么罪过，你这样恨我咒我，不了解我！（走到桌前）你还不相信么？（开屉子）赤热的一颗心儿，剖开给你瞧！

王　娇　（急忙上前拦住他的手）做什么？我就说错了这句话，你也应该原谅我呀！你先说“时候有限，我们应该及时行乐”，这会子怎么又有工夫闹闲气了？

申　纯　（挨近她坐下，默想。）

小 慧	（向申走来，手里拿着一封信和一纸条，交给申，便回身走出去了。）
王 娇	（连忙把申手中纸条拿去看）这诗几时作的？
申 纯	昨晚。
王 娇	（低头默看，用手帕揩眼泪。）
申 纯	（很快的看完，插入前襟袋里。站起身，很难堪的踱来踱去。）
王 娇	（忙问）谁的信？
申 纯	（很悽凉的）唉，莫管他罢……（仍复走来走去）
王 娇	（伸手向他）给我看。
申 纯	（拿着信）不必看了。（打算折藏入衣里面）
王 娇	（赶快抢到手里，连忙看过。很悽楚绝望的态度，默想很久。）父子深情，本来很自然的。何况他在病中，并打发人来接你回去，怎么好置之不理啊！（很凄凉的拿住他的手，静默一会，堕眼泪。）
申 纯	（不断的拿手帕揩眼泪，仍然走着。）
王 娇	这回不敢留你了，从此永别罢！终身事怕没有挽回的希望了！天要绝我，这也无可如何。我曾经以死许你，从今后我好实行了。你很有性情，又常多病，回去好好调养，忘却一切烦恼罢！你的前途不可限量，你总要达观。（躺在藤床上，闭着两眼苦笑。）
申 纯	（站在她旁边）我不是贪生怕死的人，请你莫误会！你不死，我也打定了主意会死的。我二人既已同意，便当各自实行，莫忘了今天的话。老实告诉你罢，死生二字，我看来半文不值。我始终看不破的，只有一点"情"，我既为"情"而生，也当为"情"而死。一切众生都要死的，这样"情"死，比那平常的死，不但减少痛苦，而且格外觉得甜蜜。（向她惨笑）
王 娇	（眼泪汪汪地望着他）唉，"生人作死别"，总不免觉得凄楚。

小　慧　（从左门走来,站在南窗下。）刚才湘娥姐姐来说,老爷要她请三少爷即刻去谈话,并有姑老爷打发来的人,要见三少爷。

申　纯　（挨近她,拿着她的手,很悽惨的呆坐着不动。）

王　娇　（很苦的含泪望着他）

小　慧　（望他二人,很久不作声。）唉,怎么办呢? 三少爷去不去? 湘娥在外等着,要回话去了。（向门走）

申　纯　（哽咽半晌）……唔……不能不去……许多账要结清。（说了仍然不动）

王　娇　（小慧走出去了）（默想很久,哽咽。）……好……你……你……去罢! ……（指石桌上的团扇)这短命扇子好给我了。西风落叶一吹来,便是埋它埋我的时候。

申　纯　（把扇子递给她,对天仰望一回。摇摇头。）唉……

王　娇　（接着扇子,抱入怀里。）

申　纯　（把胸前佩着的珍珠结,抚摩了很久,低头吻了几吻。眼泪向珠花上流,忙把手帕揩了眼泪,慢慢地站起身来,望着娇,仍然拿着她的手。）

王　娇　你去罢。（苦笑）我不要紧的,……你……你去啊!

申　纯　（倒在她怀里,呜呜咽咽地哭。）我……恨……恨不得……立刻死在这里。

王　娇　（急忙扶着他,在旁边椅上坐下。）唉……你又是这样,……（揩了一回眼泪)唉,你去罢,我送你一首诗。（手抚着他胸前的珍珠结,仔细看了一回,用很优美的音调吟道。）"合欢带上珍珠结,个个团赏又无缺。当时把向掌中看,岂意今朝千古别?"

小　慧　（走进来）老爷又打发兰兰问三少爷,睡了没有? 假使睡了,老爷便亲自到三少爷书房里来。若还没睡,就请三少爷快去。因为姑老爷有信来,要三少爷明儿一早动身。

申　纯　（站起身，望她一望，哽咽不作声，向左门外走去。）

第二幕

布　景　蔚蓝天里，斜挂半轮银月，照出一湾澄清的流水，倒映着前
面一壁高山。（山在舞台的东北边）山上叠着危崖峭壁，长
着老树枯藤，堆着苔痕落叶。满山的苍凉夜色，都透射在
水中央。西岸一遍荆棘，纵横的旷野，岸边横着一只没顶
的轻舟。

申　纯　（着浅蓝湖绉夹袍，白鞋，蓝袜，远远地侧身站在月光里，自
言自语。）唉！白等了三天三晚，怎么还不来呀？西风扫起
一堆堆的落叶，难道仍然埋不了伊和我？（低头向地上寻
落叶，走向前拾起一片枯叶，看着，狂态。）这上面写着伊的
诗罢？（揩揩眼，仔细看了一回。）原来都是些泪痕和愁绪
呀！怎么一个字儿也不写？（又从地上野草上折了一梗
刺，在叶儿上刻了几个小字，向水里投。）我的清流呀！我
的眼泪呀！快把这封信送给伊罢！（叶儿向东流去）唉！
（追着叶儿向东跑）我这流不绝的相思呀！你尽管向东流
去，难道永没有流回来的时候了？（跑到一块青石前，跌
倒，随身斜靠青石，坐下。）（一道凉风，把流水吹皱了。）

申　纯　（望对山）凉风凉风！你何苦这般冷笑我？假使这世界本是
无情的，那孤高的明月，又何必常来照顾这片荒茫大地哩？
那苍劲的古树，也不必恋着流水高山呀？至于那些残崖和
顽石，更不必表现许多泪痕似的青苔！（向前山，东指西
指。）你看这边儿栽着梧桐，那边儿长着松柏，双方尚且枝枝
相连，叶叶相对。（又指）便是那片玩〔顽〕石，也有那温软的
枯藤，死紧的把它缠住！我是个什么呀？（一手按着前额默
想）唔，人……人！人！人原是应该孤零零的死在荒凉旷野
中，被凉风笑煞的吗！（摇摇头）那不行！我失了的情人，我

怎么不寻哩?(默想很久,四周望望,再想一想。)唔!唔!她窗下的莲花池里,不是满贮着她的眼泪吗?我去朝朝暮暮的躲在那里,怕伊不来池边落眼泪吗?好!好!好!(站起,脱了长袍,露出一色白的短衣裤,胸前挂着珍珠结和香珮。)风呀!水呀!快些方便我!(向水边跑,坐在岸上脱鞋。)(飞红和小慧从远处飞跑而来)

小　慧　(穿一身水红衣裤)三少爷,等着!小慧来了。

申　纯　(回头望一望,呆想。)只有伊身边有个丫头名小慧,那里又走个小慧来了?(飞红穿蓝衣青裙,喘吁吁的跑来了。)

小　慧　我正是伊身边的小慧!(向飞红耳语)这呆子他不认得我了!

飞　红　(向申)三少爷,我是飞红。娇小姐最亲信我的。

申　纯　(忙回头望)既是飞红,怎么不见小姐?(四周望)

飞　红　小姐百忙的准备做新娘,那有工夫来理会你?快回去罢!切莫痴思妄想!

申　纯　(苦态)嗳呀!这话我全不懂!她不来,我便去!浸死在她的眼泪池子里!(又坐下来脱鞋)这鞋上的污泥,别污了我那清澄的眼泪!

小　慧　(抢着给他穿鞋)

飞　红　(忙上前搁阻他)我详细告诉你听……

申　纯　(站起身,向飞红走来的原路跑。)(飞红、小慧两人忙捉住他。)

小　慧　这可了不得!了不得!老爷还没睡呢!

飞　红　我老实告诉你听罢!

申　纯　(勉强摆脱,仍向那边跑。)你的话,我听不懂呀!……

小　慧　(又上前用力扯住他)

飞　红　(也上前扯着他的衣)三少爷,我这回的话,你一定会懂的!小姐病得很利害,都因为想念你。

申　纯　（站定）这话不消你说，伊的心，我深知道！

飞　红　可不是吗？自从你去后，伊整天的睡在床上哭。见了别人一概不理，问她也不答覆，单独和我谈谈心事。想劝她吃点饭，也非和她讲尽人情不可。她连一点茶也不尝，只喜欢把你的诗词烧了冲水喝。她这样愁愁闷闷的过日子，自然不到几天就消瘦成病了。然则却比现在总算好得多！（望见申在揩眼泪，改变话。）你到这儿来了几久？饿不饿？

申　纯　（揩了眼泪）来了很久。（问红）伊现在怎么样？病势很重么？我要和她再见一面。

飞　红　她实在病得很利害，行动就和疯子一样。披头散发，脸也不洗。从前她虽不理别人，和我却有话说。只因我照样弄些（指申胸前的香珮、珠结。）这样的东西给她，并说你已经和别姓订婚。现在退给她，表示绝交的意思。……

小　慧　（向岸边小舟上走，坐定在船头，看各方景色。）

申　纯　（苦笑）我的心，她还不知道吗？

飞　红　（继续）她知道我骗她，从此便不和我说话了！又因把你的字纸都烧着吃完了，她便一滴水、米也不进了！并且悄悄地往各处寻，每一寻着她的妆装，不论如何打不碎、撕不碎的宝贝东西，她总想得出好法子，立刻将它毁碎，甚至于一箱箱向池子里丢。……

申　纯　唉！这池子给伊弄污了！

飞　红　（继续）不到六天，她毁了好几万两银子的东西，男家又绝对不许缓婚，催得很紧急，你看老爷苦不苦？要受两方的逼迫，他还耐着性子从新给她制过一套嫁妆，寄在别处。只因昨儿老爷劝她梳头，话说重了一点，她便拿刀子向她自己身上乱截〔戳〕，幸而许多人把刀夺去。她虽受了微伤，却不很危险。三少爷，你最懂得怜爱她的。你怎么不劝她，反为要和她相见？岂不是害她伤感，使她的病加重吗？

申	纯	（又向那方跑）伊不能来，我去罢！
飞	红	去不得！去不得！（追他）
小	慧	（也上前追他）你这害人精呀……
飞	红	（大喊）三少爷，我去扶着小姐来见你！好不好？
申	纯	（站定）唔！（回头）那就快去快来！不然我便走进去！
飞	红	（指一方青石旁的草地，对申。）你在这儿坐着，耐烦等一会 儿，她便来了！
申	纯	（点点头，沿岸徘徊来去。）
小	慧	（一手搭在飞红肩上）难道真个给她来吗？
飞	红	不来他便去。那里客又多，撞见了，怎么办？这是不得已的 啊！（小慧、飞红二人说着，远远地走去了。）
申	纯	（站着仰望山上的梧桐）唉！桐花真可怜！（又望望天）露 也降了，梧子梧子，早晚便当分散呀！（将手帕揩着眼泪，走 来走去。）（此时鲜洁的蓝天里，忽有一片稀薄的白云，轻飘 飘地飞过去，月色十分明亮。）
申	纯	（望着天，走来走去。）很无聊赖的信口吟着前人的诗句。 "白云一片去悠悠，青枫浦上不胜愁。谁家今夜扁舟子，何 处相思明月楼？……"（又静静地徘徊很久）
申	纯	好清香呀！果然来了？（回头望）唉！怎么还不来哩？（仰 头站定，望月轮问。）你这照遍人间的明月，请你告诉我，究 竟伊走了几远？快到了么？你好好地送伊来呀！（此时月 旁有一块黄色的云）
申	纯	（默默地望着月）怎么你的脸色这样愁，难道伊不能来吗？ （飞红、小慧扶王娇走来。）
王	娇	（穿一身绛色衣裙，乱发披在两边肩上，很无气力的扶着飞 红走来。）
申	纯	（回头忽见娇已走来，忙迎上去。）（娇、申二人在一青石旁草 地上坐。）

王　娇　（将头倒在申怀里，痛哭不能止。）

申　纯　（一腕〔手〕扶着她，一手抚摩她的手腕，放声大哭。）

飞　红　（面色惊慌而又凄楚，也用手帕揩了眼泪。）快别这样哭！（向申、娇骗）那边有人来，还怕老爷知道，那就连我们都没有活命！（向娇）回去罢。

王　娇　（不理她，仍然哭。）

飞　红　（一手揩着自己的眼泪，一手扯开娇。）

小　慧　（脸朝前山，站着揩眼泪。）

申　纯　（站起身，倚靠着那块青石，不住的用手帕揩眼泪。）

飞　红　（把娇扶起，勉强扯她走去。）

申　纯　（急忙上前拦住，哽塞着喉咙，眼泪水一行行流下来。）

飞　红　有话便说罢！别是这样拦着去路！

申　纯　（又哽咽很久！仍然说不出来。）

小　慧　说不出话便走罢！（扯娇走）

申　纯　（哽咽）我……我们……死后要埋在一处！

王　娇　（连忙点头，走去。）

第三幕

布　景　清趣的竹山中，一湾白石砌成的幽径，路旁有一大堆椭圆形的坟墓。坟前坐着一老人，年约五十多岁，身穿蓝湖绉夹袍，黑缎马褂。旁边飞红弯腰，在坟上插杨柳。

老　人　（很伤心的态度）一个病死！一个自杀！谁知结果糟到这步田地！（摇摇头，叹口气。）唉！……（默默地把手帕揩了眼泪）

飞　红　（穿紫红衣黑裙，仍在插杨柳。）原是我飞红不明事理，应当早些告诉你老人家，事情或者不致如此！（眼泪汪汪地望他）

老　人　（低头默想很久）我当初却了他又许他，许他了又退他。这样反覆无常,也只怪得我做父亲的不好!（站起,回身问红。）他俩合葬的时候,你亲眼见着小姐葬在那一边?

飞　红　（一手向着坟左边指一指,仍在插杨柳。）左边是小姐,右边是申三少爷。

老　人　（向左边望了很久,很惨的声音。）娇儿! 违反你生前的愿望,都因你老父不明,如今我悔恨也来不及了!（很愁惨地在坟旁把手帕揩着眼泪,走来走去,默想了一回。）死后若有知觉的,现在给你俩合葬一处,荒烟野蔓之间,总不致阴魂无伴!（低头不住的洒眼泪走着,很凄惨的摇摇头,长叹一声。）唉!

飞　红　（杨柳已经插完,又在坟前烧了纸钱。）（此时忽起狂风,纸灰随风飞扬不已。）

老　人　（打算走去,回头望望坟墓。）娇儿! 你父亲回去了,仍然屡次回头望你啊!（飞红扶着老人,远远地走去。）

（幕闭）

（全剧完）

孤山梅雨

第一幕

布　景　舞台幽暗,一道清风把蔽日的浮云吹散,现出普天的澄清月色,照着一道柴门幽径。梅影横斜,落英飘逸。居士林和靖穿一身天青的道服,月白的纶巾,手拿一枝洞箫,从柴门外走上,随后一只轻柔的白鹤。

和　靖　（倚梅树坐下,吹着洞箫。鹤与落梅随歌声,按节而舞。）
歌曰:
轻风浅笑,月华朗洁,梅雨缤纷。

遍苍苔疏影斜横。

独自徘徊树下,鸣笛,舞灵禽,共芳魂,言诉闲情。(歌罢,一层稀薄的云丝,徐徐将舞台的新月掩没,霎时月入云网。台前必稍加幻灯。)

和　靖　（仰望闲云,俯视落英。)今夜月明如许,云淡天清,真个是"疏影横斜水清浅,暗香浮动月黄昏"啊!(言罢,低徊来去,静息了一回,双手拥鹤,枕梅英,靠梅树,躺于横斜疏影之间。落梅点点,随风起落,扑于和靖胸前吻上。远远地仿佛奏着一些幽扬的仙乐,催和靖与鹤徐徐入睡。此时幻灯明灭,远处乐声悠悠渐远。和靖面上时现微笑,忽来一朵乌云,将月掩蔽,全台景色尽成暗寂。)

第二幕

(梦境一)

布　景　（仿佛在碧绿的浓雾里)景色为天高气清的新秋时候,日近西山。和靖独倚放鹤亭前,待看他的归鹤。此时风吹蚨蝶,落花,黄叶,相杂而飞。

和　靖　（低徊四顾,手弄拂尘,仰天微笑。)吟道:花纷飞,蝶纷飞,湖水萦回。寒烟淡日随风下,望长天招得鹤儿归。(吟罢,北望断桥旁,白堤上,落英阵里,仿佛一个淡装女子,掩映于枯荷残叶之间,洗着一个白鸟。她身旁还立着一个白禽,两鸟依依相抚。和靖将手中拂尘向他拂了一拂,果然那立着的白鸟扑翼长鸣。)

和　靖　（点头微笑)那白溶溶的果真是我的灵鸟啦,为何招他不至?待我前去问他个仔细缘由来。

（转幕）（梦境二）①

布　景　（西湖边，断桥下，白堤前的景色。）那花荫下坐的女子，着浅淡一色的衣裙，腰间飘着一条轻柔皎洁的白丝带，浇着湖水不住的洗着一个白鹤。她身旁立的一鹤，依近她的手，并将一翼抚慰着她手中的鹤腿上的伤痕。

和　靖　（很忙的走近。鹤延颈向他哀鸣了几声。和靖将拂尘向鹤相招，二鹤相顾而鸣。鸣声更哀，和靖面呈异色。）

和　靖　（顾此淡妆女曰）何方仙女？为什么引逗我生平钟爱的鹤儿至此？

秦梅蕊　（羞容答答，欠身起立。）我秦氏女，自幼父母见我爱梅成癖，取名梅蕊。八岁时家母死去，家贫如洗，所遗我者，仅此手中白鹤。我赖此鹤相伴而眠，所以取名梅魂。（俯顾梅）

歌曰：

梅魂！梅魂！

我孤冷的情怀要你温存！

我飘零的清影要你随行！

你逍遥来去，欲淡心清。

可曾有那些儿损及了生灵？

为甚的今朝你该当着此伤痕？

（歌罢。拥鹤胸前，手抚鹤腿上的伤痕吻了几吻。静默一会，再向和靖。）

歌曰：

家住湖心亭畔柳堤前。

席碧草，幕青天。

衿褥尽铺舒，翩跹蝶翅，绵漫花蕊，柳絮杂轻烟。

枕芳心，抱温柔白羽，细听鸣泉。

---

①　此行上有"第三幕"三字，疑误衍，已删。

静观朝霞更迭,日落,月亏圆,算来也度了二八流年。

和　靖　(凝视此女一回)原来如此,我亦身世飘零,孤芳自赏。生平最爱寒梅,最喜鸣琴清鹤。(指鹤)鹤名灵影。(回顾女)殊不料今宵遇你这样的道侣呵!(说至此,女与二鹤忽随一道清风吹去,和靖骇然呆立。)

(转幕)(梦境三)

布　景　飞来峰下,清泉白石之间,坐着和靖。静听泉声,笑向长空远望。一鹤立他身边,浇清泉自濯。忽听得半空中有扑翼的声音,鹤向天一声长鸣。居然接连有几声回响。扑翼声愈近愈急,远处朦胧月魄之中,仿佛一个白鸟落下。鸟身上骑着一个淡妆的纤影,好似徐风轻燕一样,随鹤飘来。
　　　　(和靖连忙往前迎接,深深作了一揖。)

和　靖　果然是我的梅蕊姐姐来也!
　　　　歌曰:
　　　　毕竟淡水秋容,孤芳清浅,不着些些尘性。
　　　　随心感应。
　　　　默识相依,梦魂飘逸。
　　　　究竟仙缘前定。
　　　　(言罢要往前依近,她忽退后。)

秦梅蕊　(飘然作羞怯态)
　　　　歌曰:
　　　　看今夜月淡风清,
　　　　流水高歌,甜然松语,渺茫芳讯。
　　　　饮清泉,醉月魄,正居士必来时分。
　　　　唯恐他夜深石冷,不奈枕鹤眠云。
　　　　特来伴语,消得些长夜凄零。

和　靖　我林和靖仗剑云游,十年飘泊,只求天人见怜,许我生生世

世相随清影,紧傍湘裙,烟雨残霞,随心韵和。则君之恩
惠,即碧海青天无以状其深矣。

吟道:

出入烟霞水石间,

相依默识两心开。

却除俗世人往来,

踏遍千山又万山。

秦梅蕊 原来是天然道侣,宿世仙缘。得此良宵欢遇,添来清兴不
少。梅魂何处? 快将围棋布下,待我和居士斗一胜负,以消
此清凉月夜也。

鹤——梅魂 (天外飞来。嘴含一篮棋子,和一块印着棋盘的绸布,双
足落在女的膝上。女将绸布布于一块稍高的平石,倾子巾
上。相对而坐。此时景色静寂,唯闻泉声松语相杂,最远处
仿佛有些丝桐奏出的仙乐。二鹤在半空中幽扬飘舞,低徊来
去。久之,一阵风来,吹落无数梅英,如绵漫细雨一般倾下。
全盘棋局尽被落英掩没。林、秦二人,若隐若显在梅雨中。)

秦梅蕊 (软倚山石上,一种娇怯寒风的态度。)

(二鹤从空中落下)

鹤——灵影 (嘴含一葫芦美酒,向和靖长鸣一声,葫芦随声坠入他
的怀中。)

鹤——梅魂 (嘴含一球白葡萄,依样一声长鸣,白葡萄随声坠于棋
布之上。)

和 靖 (从葫芦上解下一个大酒杯,满倾一盏,递到梅蕊唇边。
曰:)卿干此杯,聊解轻寒也。

秦梅蕊 (将手接着,饮过,又递给和靖。她自己吃着葡萄。)

和 靖 (接杯自酌,饮过又递给她。)

秦梅蕊 (接连饮两杯,十分沉醉,倚山石凝视和靖。眼睛渐入昏迷,
全身颤栗。)

和　靖　（急将梅蕊扶入怀中,手徐徐将她抚摩着。）
　　　　（此时乐声仿佛自天外吹来渐近,花蕊落得更密,二人隐若
　　　　抱吻。天上红霞层布,幻灯闪烁,作神秘的景象。）

（转幕）（醒境）

布　景　与第一幕同一所在,和靖抱鹤眠于朦胧曙色之下。鸟鸣于
　　　　树,远远数点鸡声。鹤因鸡声惊醒,自和靖怀中换〔振〕翼
　　　　飞起。
和　靖　（从梦中惊醒,欠身起坐,四顾了一回,作失望的样子。长叹
　　　　一声。）

第三幕

（此幕布饰须用魔术或电光射影）

布　景　与第一幕同一所在,只添了梅树下一处平铺白雪,腊①梅上
　　　　垂开着雪白的泪花。夜色幽寂,四处雪光如水。
和　靖　（盘坐于梅树下,一琴平搁于双膝上,抚琴而歌。）
　　　　朝吾返于故居兮,
　　　　夕往寻乎船梦。
　　　　粉皎皎其并陈兮,
　　　　重要乎天女之来顾。
　　　　（此时腊梅带雪,纷纷飘落,梅雨中渐渐现来一个纤纤飘洒
　　　　轻柔淡影。）
和　靖　（如醉如痴）俺的梅蕊姐姐！我清芬甜淡的心哟！（忙掷琴
　　　　于地,双手向前追抱,杳不可得。和靖跑下,强抱女影。）
　　　　（花蕊一团飘散,淡装女影,悠急不知去处。地上仅遗尺余
　　　　长梅枝和一个白鹤。和靖抱遗下梅枝于怀中,狂吻不已。）

_____

①　原文如此。

第四幕

布　景　所在与第一幕同。朦胧月色之下，和靖奄奄一息，全身拥着落花，席着碧草，枕着鸣琴，合目而睡。一位着青色道服的人，推开关掩柴门而入。

（此人即和靖至友李谘）

李　谘　（坐于和靖身旁）今日病势何如？（凝视和靖面容）病非小可，何不归房安睡？

和　靖　（从容启目，相视良久。）李兄来了！我林和靖得没于芳烟梅雨之中，死于明月清风之下，哈哈……哈哈……这……这是何等的汪洋蜜甜呀！

和　靖　（合目静息，一会忽张眼，景色顿变神秘。）

布景须用魔术及电光，成幻灯射影。此时李谘变成黑影，逐渐模糊，卒不可见。但见无数金星，由千万金星忽变千万蒂梅花，由各蒂梅英中又现一个淡妆纤影的女身，由千万梅花蒂中现来千万女身。那些吹箫的，吹笙的，吹笛的，弄胡笳的，弹三弦的，弹琵琶的，弹月琴的，弹箜篌的，抚瑶琴的，抚瑟的，抚银筝的，以及调弄各种古乐仙音的诸美女，万万千千绕和靖飘逸而舞。二鹤在半空中盘旋欲下。此时天上云霞发奇采，远闻管弦悠扬之声。

（幕闭）

（全剧完）

卷四　爱情书简①

《荷心》②题记

天上二只双飞小鸟的共鸣，
唤醒了人间种种虚幻的迷梦。

——枕薪③

荷　心

——没累作歌

荷自清芬，
露自晶莹，

---

①　由朱谦之、杨没累：《荷心——爱情书信集》（上海：新中国丛书社 1924年版）、杨没累著，朱谦之编《没累文存》卷四"爱情书简"（上海泰东图书局 1929年版）合编而成。下文注释中，简称《荷心》《文存》。

②　《荷心》是朱谦之、杨没累将两人北京—福州、北京—长沙的通信整理出版的。其中，杨没累的信，此次据《没累文存》作了补充，补入文字用 * 标出。北京—南京、北京—济南、西湖—广州的通信收入《没累文存》，惜唯收录杨没累一人所写。

③　枕薪：朱枕薪。留俄归来的朱枕薪时任《民国日报》驻京记者，在北京大学旁听，因而结识朱谦之、李小峰等人，他将《荷心》《过去的幽灵及其它》等三种书稿寄给上海的朋友谭正璧，由他们在自己筹创的新中国丛书社出版，民智书局印行。（谭篪：《父亲谭正璧二三事》，《嘉定报》2011 年 12 月 19 日）

素心还比月华明。

经得飘零，

耐得清冷，

青梅凝就腊梅心。

风又薰薰，

水也萦萦，

吹来情笛更殷勤。

荷也温存，

露也销魂。

愿生生世世一往情深！

民国十二年，中秋前一日，北京

《荷心》卷头语一：端午节的回忆

没　累

我的亲爱哟！还记得昨晚的情形么？你感着怎样的意味？当我俩偎坐池边的长凳上，沐着拂拂地凉风，尝着荷的清味，心灵里同感着叶的微颤，我们的神经，是何等的新鲜！我们的血液，是何等的欢跃哩！当我们真情燃灼，而不知不觉的种种交头接吻，软语温存，那薰醉的当时的灵感，又是何等的鲜美清芬呀！可是我是个极粗浅的人，只懂得理想的艺术的眼光，来看取万事万物；只懂得化身变体的游戏万事万物，所以我不能深信不疑的认识万事万物。总之，我不能信仰人生是实在的。我看人生是幻境，一切真情之流是使吾人陶醉于梦乡的催眠药罢！只是我们既来到这梦里，我们便要做个酣甜的好梦，要梦安眠，便当以真情为之陶醉。如果定要一本正经的说，这人生是如何的现实，以及这宇宙是何等可测验的实体，这些哲学家的玄理，和科学家的分晰的论调，都是我所不耐听的。并且也是引人冷

酷,引人减轻酗醉的意味的。所以一切诗人的情意,和艺术家的理
想,才是陶醉吾人的至高无上安眠药哩! 情牵我的爱! 我昨晚偶然
谈到这些话,你就那样着急,引得你那样伤心,你以为那是我的虚无
思想,你以为我那就是悲观,其实我看人生即真也不足乐,就是假也
不足悲,一个根本的办法,就是不问真假寻求乐趣。(下略)

《荷心》卷头语二:心境录

情　牵

　　(引子)"永恒之乐溢满灵台,在无限之前,在永恒的拥抱之中,我
与你永在,人之究竟唯求此永恒之乐耳。欲求此永恒之乐,则先在忘
我,忘我之方,不求之于静而求之于动,以狮子搏兔之力,以全身全灵
以谋刹那之充实,自我之扩张,以全部的精神,以倾倒于一切! 维特
自从与夏绿蒂姑娘相识后,他说:'自从那时起,日月星辰尽管静悄悄
地走他们的道儿,我也不知道昼,也不知道夜,全盘的世界在我周围
消去了。'"(录郭沫若《〈少年维特之烦恼〉序》)

　　快乐是建筑于"好像"的基础上,所谓绝对的乐是没有的。真乐
既不是系情于我,也不是系情于物,这个乐是无所系,无往而不神秘,
即无往而不在悦乐的意象上面。乐就是一种意象,非我非物,亦我亦
物,随处随时,随动随静,都是这快活的、活泼流通的意象。(一)

　　神秘的享乐主义是最高的快乐,因建筑其基础于"神"的意象上,
这时销魂大悦,真是物我浑然。可见真乐是把自我和非我和合起来
的和合的快乐,是一切神秘中的神秘。既不是我的,也不是物的,是
"神"的。神来! 神来! 把我安顿在你的怀抱当中。(二)

　　快乐是在"真情之流"中,在"美的相续"中,在调和中,是绝关系
而超对待的,也是不绝关系不超对待的,是和苦相对的,也不相对的,
然而绝对的快乐,即在那相对中。(三)

我们说"我爱"时,我们就在神秘的享乐中了! 我们高呼"我的爱"时,我们就回到那爱神的所在了! 狂醉的魂灵,是在 Sweet heart 里,找着他的故乡。(四)

快乐是性对于性的和谐,如果你不去与外面异性的呼声相应和,那末这真是烦恼的原因了! 因为你是不爱了! 我们动,我们才找到生命,找到快乐,所以快乐是在活动里,在信仰里,我们想像着快乐,我们便快乐了。(五)

我沉醉在"情"的迷妄之中,我才最有幸福;我紧紧地系缚在爱人怀里,我才真个销魂。(六)

乐是说一件东西脱恶向善的作用,所以凡善都是乐,只要是乐的,便是善的,乐外无善,善外无乐。(七)

乐是生活的目的,凡是可以给人们极大享乐的,都是好的,我们一切行为,都只是要求这个"好的"。(八)

一切行为都要由于自造,快乐要自己去求,所以唤做"创造的享乐主义"。(九)

快乐的最后真理,是在"意象"里,在过去与未来的玄想里,而永不是现在的快活,须知现在的物的享乐,这都是痛苦的出产品,只是虚无。故要快乐则不可不与当前的物质战,不可不与虚无战,快乐就是永远奋斗的自由意志,在战的节奏里,便感着无上的快乐了。(十)

我们沉醉了罢! 地狱之火,是为着清醒的人设的。我们享乐罢! 只有在快乐中,我愿活一百年。身内的一切,身外的一切,都付与心爱的情人,在现世所得的,是快乐圆满。(十一)

愚人们呀! 解脱是无处可求,我们还是尽情欢畅,求现世的悦乐罢! "今朝有酒今朝醉",且惜刹那的春光易过,管则甚未来的天国来临。(十二)

只要享受几分钟的空快活,只要几分钟的女性的爱,我便死也香甜的,因我在世上有这几分钟的和合,便想起来,也好过得多了!(十三)

人们能够澈底薰醉,醉到天空地覆,灵肉解体,便是最大的快乐了。(十四)

当我梦想着亲她的唇边时,睡她的怀里时,我便把人世的苦闷,烦恼,悲哀,衰败,都忘却了!(十五)

我愿意跟着爱情流转,就此忘却现实,迷惘了一生。(十六)

爱中是没有自我的,因为在"爱"中,爱便是自我了!这个自我是流转的、浑融的,越没有理由,便快活之所存愈深。(十七)

"死"是最大的爱,也是最后的,我欢迎它,在我心境的深处,已决定了我运命,——就是"情死"。在悲观绝望之余,和爱人拥抱着死,所以好个汪洋甜蜜的滚滚的"真情之流",就是我的葬身之地了。(十八)

男女恋爱,这才可见天地之心!凡不知赏鉴男女间美,而主张禁欲主义的人,都是懦夫,都是个伪善者。(十九)

我的亲爱哟!我要净化自己,充实自己,表现自己。那些冷酷的人,无情无趣,避去人类的感情——饮食男女——而自苦其身,这人真是蠢极,把人间所有一切的美的意味,都给"恶化"了!因为他是相信有不洁的念头了。(英诗人斯温朋说世间唯一不洁的物,便只是相信不洁的念头,这话甚是。)(二十)

没有你痴我爱的两情相悦,还成个什么世界?所以"痴"是生命主义的灵魂。(二十一)

爱情是最高的智慧,引导我去享受神的快乐。(二十二)

谁道"空无所有"的人,就不应有恋爱?什么法律,什么道德,可以阻住人们的赤热白热!如果爱情是痛苦的,我要站在痛苦中高唱着"欢乐之歌",不怕地狱之火,来燃烧我们啊!(二十三)

我痛恨道学家,因为他对他的亲人还没有爱上,却说仁惠天下了!其实不要说这样空泛,倒只是爱人的爱是真实不虚的,世界还有什么唤做"博爱"呢?(二十四)

当我没有爱人时,悲哀绝望中幻出一个"神"来,也许本没有什么"神",但是我心里愿意真有这个宇宙的爱人——神。现在我有了爱

人了！她便是神了！我只得一心一意把待神的待她。（二十五）

我著书数十万言，无非要求盼切一个人爱我，如今得到爱人了，我还要求什么呢？著什么书呢？只是爱人要我怎么样便怎么样。（二十六）

人们的自由，就基于他承认一个 Lover 是 Sweet 的。这种神秘的情感所生的眼光，是神圣不可侵犯。（二十七）

爱是有绝对的信仰的，撼也不动一动。即刻有信仰，便即刻入于销魂大悦的神秘境界了。（二十八）

爱人呀！快来安慰我，莫要使"生命之火"燃着我的心，我已经燃到这般模样了！（二十九）

爱人！你无论如何，不要气闷啊！就是人间一切事，都不能如我们的意，我们还是一任真情，寻求乐趣，因为在那里等候我们的，还有"最后的安息"。（三十）

其一　北京—福州通讯①

（1923 年春）

＊一

谦之：由你的著作，早介绍我们为神交之友了，今读来书更不能不为你真诚感动！

但是我哩，是学音乐的人，颇富诗趣。生平的唯一嗜好的，就是美妙的诗词，清幽的音乐，和一切天然雅淡的风光。这些嗜好也可说

---

① 据《没累文存》补入《荷心》未收录的四封信；《荷心》信件连续编号，今按通讯地点、时间顺序，每节重新编号，以方便检索；另《荷心》中未收入的信件及其删除文字，加＊＊号标识。

是我心中自创的宗教！总而言之，我只渴望做个美化的音波中一纤纤的微浪，诗海里的一叶浮槎。至于我的性情，也曾于我零星的数首诗里不无表示的了。

你的著作我看得虽少，却是我很喜欢看的。你的性情思想，我都知道了一些。可是我看与其说你是个东方的少年哲学家，毋宁谓你是个神秘派的诗人，富于诗趣的哲学家。我这种观察不知错了没有？望你告诉我！你爱音乐吗？也嗜好诗歌吗？北京此种机会多着哩！你何不快些来京？你不是说你要来京吗？何时可以到？望快些告诉我！

二

我是个泛神主义者啊！当我默息游神于宇宙当中时，就能看明宇宙是个顶活泼顶流通的"真情之流"，就能会得宇宙是一首滔滔不绝的美妙的诗，但是诗人呢？我无可指名，名之曰"神"，这是我心中自创的宗教，也许是爱美的人的宗教罢！看呀！

万象森罗，绿林之中，碧海之上，白雪覆盖的高山巅，开旷的空气里面，何处非神？何处非神的全体大用？神呀！你真是绝对之大，唯一之大，我们开眼便见你在我旁边。或为水暖鱼跃，或为露冷虫吟，或为蝶舞鸟飞，或为犬吠马奔，总而言之，遍一切时，遍一切处，都只有你，更无其他。神呀！神呀！你真是绝对之大，唯一之大，你一神之化而宇宙万有分之为体，所以你包含万物，包含着我，我是受你的陶冶溶化，我是不能脱了你独立而自存，如今我是在你面前献颂了。（《周易哲学》第四章）

因为宇宙就是"神"，神便是美，这么一来，宇宙便充满了美了！每一点每一部分都是神的反照了！爱美的人呀！我们试于静默中欣赏他罢！体认他罢！这是美妙的诗词，这是清幽的音乐，这是天然雅淡的风光，只要我们自家心美，便一切都美化了。

诗人的诗，但凭着我真诚恻怛的一点"情"，便是能感得诗意所在,我虽不是诗人,却正是诗人之友。——愿意承受诗人无尽藏的"真情",使我跟着他出离"虚无",而回转到这世界。

你的谦之

三

　　* 你说 * "宇宙便是一首滔滔不绝的美妙的诗,诗人便是神,神便是美",这些话简直是我音泉中的共鸣了! 我是何等的快慰哟! * 此处荒凉孤寂的生涯中,得此同情同调之友,如何不知感激哩? *

　　* 只是你,说你不是诗人, * 我看你才真是诗人啦! 因为你有那样富于活泼流通的真情感,又有那最神妙的性灵,和幽玄的哲理,来做诗的骨子;若再加上些艺术上的功夫,音节的考究,并常与自然界接近,多看古今中外真诗人的诗,那就包管你至少也不会下于郭沫若诸人的诗才。说不定将来你还是个东方最好的新诗人哩! * 我对你说这些话 *,谦之! * 决不是我敢用客气的妄语恭维你的! * 实在是怕你埋没了诗才,望你做诗人的心太切,才这样恳切的劝你。我还不独望你能做美妙的诗,并望你多做阐扬哲理的诗,也就是望你将 * 你的诗 * 来完成你伟大的哲学! 这就是我对你唯一的希望! 总之你莫辜负了诗的天才,并完成个伟大的哲学者罢!

　　* 我们几次的通讯,便这样老实不客气对你说话。原也是深知你有那真诚悱恻的天性,决不以为怪的,断乎用不着待寻常人的那些话,还望你此后也很不客气的劝勉我! 在未相见时,彼此尽可凭着兴致来了便写信,不必要等接了信才写信。 *

你的没累

四

　　没累我亲爱的:得你的信和画片,使我感激得很,我们是个同情同调之友,那么我们就是永久理想之友了。因此我便决意把我的生平和著作都告诉你。望你承受这样告诉罢!

少年时代

我呱呱堕地的又四年,母亲郑氏(讳淑贞)便弃我去了! 我这不幸的儿子,以后全靠着继母(何玉姑)抚育成人,但是我亲爱的母亲呢? 我一回读我父亲(讳文镕)的《纪录》(母卒,吾父哀恸欲绝,手录遗稿,两志平生,附以悼亡之句,凡一册),便一回泣下,《纪录》里说:

> 余家世业喉医,颇精其术,⋯⋯室人即世前九日,有一人诣舍就诊,症甚危,惟速与以退糜之至宝散,消其毒障,致可挽回万一,否则无及矣。其父伏地叩头,备言艰苦,以行方便求余,余颇有难色,盖其药甚贵重,时室人病亦四月余,症亦口糜,往来此药,所剩无多,方贮一小瓶置枕畔,时吹之,舍此唯更制耳。方商所以代之之药,室人遣人出唤余入,因指枕畔之药曰:"妾病如是,以此医妾,不过苟延时日,以之济人则可救死亡,何如以有用之药,救能生之病乎?"余因叹息从之。后此人果就痊,而室人则不起矣。

这是何等悲伤的事,使我永永难忘。我的母亲呀! 你在天之灵,当知儿子是在记念着你。读你《咏松》的一首诗啊!

> 立地参天一古松,风霜阅历独从容。
> 漫嫌密密能遮日,且喜鳞高欲化龙。

我母亲这一首诗,竟影响我的一生了! 因为不幸的我,到十二岁时,父亲又弃世,这时零丁孤苦,所可自信的只有"我"。上是天,下是地,我只坚持我所固有的去抵抗外力的引诱和侵掠,所以在我少年时,便立志要大做一个人了。

当我父亲在日,曾送我入自治明伦小学读书,后入省立第一中学校。我在小学时,即得教师叹赏,在中学考试,又常列第一名,因此甚得家庭敬爱。及父亲死后，家事由伯父（名文焕）掌理，变故甚多，我的哥哥勉之因之弃家出走好几次，却是我求学是没有变动的。我仍然发愤读书，在艰难困苦中，继续下去。

不久我的姊姊又死了！那时我方在病中，病得要死，姊姊兰忱即因看护我的病而病。因为姊弟间感情极好，所以姊死时，家人竟瞒我不给知道。悲哉！不幸的我，既丧我母，又丧我姊，于是就永永没有生人乐趣了！于是就永永没有"爱"了！没累！我是没有温过的人，谁把我温过来呢？

中学时代

我在家庭间，既受了妨害，则所成就的自然在学问方面了。我那时就力量所及，就著了一本《中国上世史》，这书很有革命思想。又时常在《民生报》《去毒钟日报》投稿，当时福州报馆只有三四家，我每日撰些杂著、小说，以后又作了许多社论，所以我的名字（那时的名，爱取离奇古怪的，如"闽狂""古愚""左海恨人"之类）竟稍稍给人知道了。

有一次，学校开展览会，我便联合几个朋友，办一种《历史杂志》，可是不成功，我便一人单独发表一小册子，名叫《英雄崇拜论》，以发挥我的"唯我主义"。（此书距今当七年矣，友人郑天挺主任一中文牍，为予检出。）这或者就是我后日革命思想的滥觞罢！

名为英雄，自不能安于平凡，天生一付铜筋铁肋，安能使之默无所作为而自朽哉！故如天马行空，不受羁勒，如一片狂热，不可炙手，英雄之事业或出于无意识者，彼唯知满足自己之情热而已，发挥自己之本我而已。等英雄也，或为恶而害世，或为善以济世，虽有善恶之判别，而有无之精神则同也。且英雄之为英雄，唯行其欲而已，而或善或恶，不过后世之谈论，于英雄又何关毁誉之有。

最后我便以英雄自命道："二十世纪中将有大英雄者出，临于世界之上，振动六洲，威夷五种，此大英雄吾将以锦绷葆迎之，重为祝曰：愿大英雄出世于今日。"可见我少年时那种轰轰烈烈的壮气，如焰如潮的热血，当时虽不知尼采主义，却已奋飞高举想做"超人"了。

　　中学毕业后,我便在格致书院半年,那时我已十七岁,在这教会学校里是个不很安分的学生,著了一篇《宗教废绝论》,又常常批评教义,因此颇不为基督教徒所喜欢。即于那年暑假应北京高等师范在闽考试,列第一,便和郭梦良诸人,同到北京。到了北京,我又自投考北京大学来了。

革命思想时代

　　我在北京大学法预科二年,著了两本书,一名《周秦诸子学统述》,一名《政微书》,现均录入《古学卮言》。原来那时我就很不注意于学校功课,只一心一意在图书室里自修,故虽在法科,而所作论文,却是对于法科的一种反动。不过因受诸子书的影响,文字稍深奥些,说理较玄妙些,于是知我者竟无人矣。其实由我自己看起来,这本书实是我讲革命的起点。如说:

　　已乎!已乎!太极之说,岂为我设乎!殆乎!殆乎!谁为真宰乎!(《太极训》)

　　又曰:

　　夫乾坤者,《易》之蕴也,《易》之门也。观于乾坤之象,何其偏至也?何其畸重轻之甚也?无乾坤则无以见《易》,然乾坤不毁,则不能无偏至之患,畸重轻之病也。则宁毁乾坤而无以见《易》,不能存《易》而任不平之气流转于世间也。是乾也,何以有统宗会元之象也?是坤也,何以有至柔顺承之象也?无非寓言而求不失其正。盖乾坤伪也,凡六十四卦三百八十四爻无往而不伪也。何以伪?凡象皆非实,实则何待象,非实且奈何?意者当远离而独绝乎?(《易象训》)

　　似此扫荡名象的思想,当时何人敢说及此!原来一个人的思想,也是由怀疑时代到信仰时代,怀疑得越澈底,便信仰得越切实。所以这时的我,为着真理的向上努力,竟敢破坏一切,否认一切,而成个空前绝后的虚无主义者了!

　　虚无主义是根本反对现代的任何制度,由着否定的方法,批评一切,打破了种种偶像,扫除了种种迷想。虚无主义的方法,可说是全从"否定"出来的。所以我那时的性格,最喜欢的是发人所不敢发的疑问,最痛恨的是人家阻止我的怀疑,对于,各种的问题,非"根本解决"不可。于是在哲学上就批评实际主义,以为杜威的思想太不澈底。在社会思想方面,就批评新庶民主义,广义派主义,无政府共产主义,把这些论文复合拢起来,于是我单行本的《现代思潮批评》(新中国杂志社出版)就出世了。

自这部书发表后,当即发生了两种影响:一是反动的,就是和一个克鲁泡特金主义者——黄凌霜——的辩论,具见《北京大学学生周刊》中,但不久我们就互相了解了!甚至于把《北京大学学生周刊》都付托我编辑了!以后赠我的诗道:"翩翩少年古闽朱,落笔万言意新奇,专注感情耻谈理,诚实态度世所希,况复知行合一体,不分宇宙与身躯,欲破太空沉大地,高怀似你我焉如!"这就可见我们的交情了!又一种的影响是共鸣的,如吾友毕瑞生和无锡三师的赵光涛、杜冰坡诸兄,都是同时提倡虚无主义之人,其后又有袁家骅兄,更把虚无主义应用到教育方面;这些朋友都和我有至密切的关系,我们差不多每数日都有论学的信来往,尤以我给瑞生的信为多,如我近数年发表的《革命哲学》《无元哲学》(泰东图书局出版)也都胚胎于此时,我破坏和狂热的精神,到此算极点了。

我同时又和易家钺、郭梦良等人,组织一种《奋斗旬刊》专以提倡革命,"破坏号""自由恋爱号""无政府革命号"出,一堂师友,为之大骇,原来我的革命思想已成熟了!我便更进而从事于革命的实际运动了!

革命实行时代

最初使我感着不快的,就是学校的考试制度,所以我那时发起一种废考运动,首先提出《反抗考试的宣言》(见《北大学生周刊》"废考号"),并立誓不要毕业文凭,给蒋梦麟先生的信说:

我是绝对不要卒业文凭,而且很讥笑那些一面要毕业的赃物,一面又主张废止考试的人,我的意思,以为废止考试应该和废止毕业制

度同时并行,像高等师范颜保良的意见书,真好笑! 因为他还抛不了文凭。(《北京大学日刊》)

　　这事以后在大学里,也算是小小风潮,其结果没考试没文凭,要文凭就要考试,这种不澈底的办法,自算是我们的失败了。

　　九年十月九夜,我和互助团的同志,出来散布传单。当时我和一个同志毕瑞生君同在正阳门一带,我没事,但他被捕去了。直到次日,我才知道,又闻我作的"中国无政府革命计划书"在他身上(这计划书我在数天前拿给他看,不料竟存在他身上),于是我着急极了! 决计和他死在一块儿了! 十月十日我又在中央公园,依然散布那种传单,十一日我忍不住了,决意到警厅申明一下,因即留下一封信给这里朋友,另一信给警察总监,信中大意说:"十月十日的传单,是我发的,革命计划书,是我做的,都和瑞生无干,请面谒总监,明他无罪。"不料总监不在,我空跑了一回,只得把信留下,将地址写明,没事回去。十二那天,我的心急坏了! 阅报载"朱宪志被捕不屈",我怎忍吾友死得不明不白去保全我呢? 因此不觉泣下,又把他的家书来看,觉着他的父母是有真情的,有真情的父母,不应该替朋友死,因此我便毅然决然再往警察厅去,适那时正在开审,就把我拿去了。

　　审问的时候,我抱定宗旨,去救瑞生,当时即将瑞生开释出去,我遂拘留那里。转瞬凡三月半,当我入狱那天,就决定要度那狱中的奋斗生活,因为我是"我",在这幽忧困苦的时候,尤不能不把"自我"看高,当时有句自勉的话:"我不要和他们一样见识。"又有一短诗曰:"我要自由,自由在什么地方? 自由呀! 我亲爱的自由魂呀! 直追你到断头台上。"又一短诗单道"我"的价值道:"超越宇宙,只唯有我。我的精神贯澈在宇宙当中。唉! 我就是宇宙,宇宙就是我,我也只得赤手担当,何须说放下时节?"又有句"我有头颅,要他干么! 我的心灵,不如早些归去!"那时我实在拼着一死,要到虚空去了。

　　那里不能说话,什么都不能自由,自然痛苦极了,但是我不把物质上的痛苦,看做痛苦,而精神上却永没有痛苦的。我一天当中两点静坐，静坐是要体认"真我"，八点看书，书如（1）《诚斋易传》，（2）《仁学》谭嗣同著，（3）《孙文学说》，（4）《革命英雄小传》，（5）《邱樊唱和集》，（6）《劫后英雄略》等等，这些都是同志们把来安慰我的。另外还看了王阳明的《传习录》。这些书中前后都看了几十遍，最得力的是王阳明的《传习录》，最喜看的是《周易》，最能坚我的志气的，就是那些革命家的著作或列传，这简直是革命家的养成所了。因此我在那里还秘密宣传我们的理想，在看守所中竟得了个同志，以后很亏这个同志，把我绝食的消息，出来报告大家。

我在狱中一百多天了！想此时不死，更待何时，因即表示激烈的态度，宣告绝食，写下《绝命书》一通道：

　　吾闻之哲人殉道，烈士殉名，吾殉名乎？殉道哉！道之衰矣焉攸避？于是吾入狱百有一日矣，念久幽畏约无穷时，则慨然有慕于伯夷首阳之行，义不食死。死吾志也，又谁能扬波啜醨，以苟全性命于乱世终其身哉？因广《采薇》微意作《明夷操》，其辞曰：明入地中兮！义不食矣！以灼热人兮，孰知其极矣！至德之代，曷来之迟兮！我不逢其适矣！于嗟归去兮！世溷浊不可居矣！

《绝命书》后又录我《到虚空去》一诗，诗的后面还有一篇极长的信，表明殉道的宗旨。不想绝食事，他早已防备了，百般苦劝，并且许我在那里完成《周易哲学》，而外间朋友闻此消息，就在北大开全体大会，谋挽救我，上海无政府主义同志社亦号召各地同志，为之声援。国内外函电交驰，迫得警察厅不能不把我释放出来，这其中情形曲折颇多，详见我给友人光涛、冰坡的信，载于《广州晨报》，现在不细说了。

厌世悲观时代

我回溯数年历史，都带有颓废的倾向，所以有时奋发踔厉，有时又想匿迹销声，有时因抱不平的缘故，高唱革命，几乎发狂，有时悲愤极了，立刻就要自杀，所以自杀和革命这两大思潮，差不多就占了我生涯的大半,于是我于 1909 年 7 月 5 日竟实行自杀了。

本来前三年十七岁的时候,我即蓄意自杀,及至北京,受了厌世哲学的洗礼,使我自杀的决心越发增加,曾给胡适之先生一首诗道:

> 人生天地间,究竟为什么?
> 这个问题解决了,难道这糊涂世间还有吗?
> 适之! 没目的底人生,还要他干么?
> 臭腐好了!
> 消灭好了!
> "死"是神的爱娘!
> 我们找娘去!
> 哦! 这不是牢笼的天地?
> 这不是苦海的人生?
> 你说:"懦夫是不敢生活的。"
> 懦夫问你:"敢生活的生来做什么?"

自发生了这个疑问,我无论何时,总想用"自杀"去换平安,直到七月,烦闷极了! 实在忍不住了! 我便决心自杀,而且实行自杀,当时有《归去》一诗:

> 我去家二十年了!
> 只为世事缠绵,早忘却我家,尽管在外边转。
> 忽地一声猛叫:
> "浪子呀! 快回头! 外边转得不耐烦了! 为什么不归家去?"
> 归去! 归去! 那是我原来的家,不归去干么?
> 我硬着心肠归去罢!
> 管则甚世间的兴和废,名和利,人造的虚荣,

　　眼泪洗不清的凄楚，早迫着我不如归去！归去，归去！

　　这时能够安慰我的只有毕瑞生兄，他是我革命上的好友，所以我要自杀时，会留下一封信，望他本创造的天才，做出惊天动地事业，并且接续去提倡"虚无主义"，在那书里最沉痛的几句话：

　　　　吾预料死后，必有反自杀论者，对我极力攻击，然吾乃无惧。吾只信自己有决定自己运命之自由，舍此以外任何伦理、社会、政治、法律……吾皆熟视若无睹，如是则持此谬说以诋我者，均何有于我？吾今自杀则自杀耳，不能自由而生，渠不可自由而死？……

　　但这次自杀因事前被人知道，竟没有成功了。现在且把我自杀的原因说一说，我固因人生观不同，而有此举，然也因不满意于北京革命团体太无能为的原故，所以我自杀的决心，虽则萦回心中，而革命思想仍然勃发而不能自已，所以我给存统的一封信说（《民国日报》"觉悟"）：

　　　　读你《奋斗》的诗，把我的心击碎了！实告吾友，我在本年七月自杀过一回，可惜没有死，要是死了，不知你又怎样说我呵！好朋友！你或者不体谅我的心，我为着这种空谈的奋斗，不知急得怎样似的。直截说，为了这个原故，我和许多的朋友都要绝交了！我现在是脱离了种种的革命团体，去干那孤独的奋斗生活了！吾友！互助不是世间能有的东西，我们要革命，就从孤独的我做起，至于社会呢？那是靠不住的。唯有孤独的我，才有革命的创造力；也唯有孤独的奋斗，才能够造成伟大的成功。

　　为了这孤独奋斗，便断送我在狱中三个多月了！经这一番挫折之后,我主张革命的热诚,愈为坌溢,往后渐渐觉得社会上一般主张革命的青年,大多数都欣羡布尔札维克政府的成功,要想利用强暴的兵力,来达到所主张的目的,我于是觉得这种办法非常危险,对于政治革命未免失望起来,曾有一封信与胡适之先生说(转载《广州晨报》):

> 我想真正的革命家,应该了解那地方的民族个性才好,即如中国从各方面看起来,都有无政府主义的倾向,有心人正应该因势利导去实行无政府革命,至于陈独秀的劳农政府呢? 真老子所谓"为者败之,执者失之"。

我因痛恨于独秀用李宁政府的金钱,来收买工人,做他野心革命的牺牲,所以对于唯物史观的革命论者非常失望! 而欲从根本上去求改造人心了! 又加以平日多看佛典,希慕禅宗的硕法,华严的广大,觉得要改造人心,唯有佛家是最澈底的路子,于是不知不觉的皈依我佛,便决定到西湖出家去了!

我于三年前本和太虚和尚(《海潮音》即他办的,著书甚多)有"三年后到师处出家"之约,一方面又巧逢我们的印度哲学的教授梁漱溟先生思想改变(梁先生研究佛学,本是很主张成唯识一派的,此时已渐渐折入孔家一路)的反面影响,所以格外决心实践前约,预备以后专门做佛学的研究和宣传。当我决心要走的时候,有些报纸说我如何厌弃红尘实属可惜的话,这自然太把我看同厌世一流去了! 其实我此次出家的目的、观念及趋向完全和别人不同,我临别时曾发表一篇《自由论》、一篇《自叙》(见《京报》),并发表此行的三大目的如下:

> (一) 用批评的精神对现行的佛法、佛法的各派教宗,以及佛教的本身加以批评。
> (二) 提倡梵文,以为提倡真正学佛之助力。
> (三) 翻译东西洋关于宗教革命的书籍,以为实行佛教革命

准备。

我那时意思，是想入到佛教里要打个大抖筋，使佛教混乱一顿，放出一道红光，我就占〔站〕在上面，照耀全世界人类上，所以我此去不仅想做宗教革命，并且在具体的事实上，还想组织一种宗教的新村。不料这个理想到西湖便完全落空了，他们的组织虚伪得了不得，聚苟且偷安的一些人，能够教他去向前勇猛作为吗？ 一个狂热奋发常为自己的真情燃烧的青年，也能在现实的僧伽制度底下过活吗？因此我便宣言："我可生可杀，决不愿在人家的面前，爬着蹲着受无条件的侮辱，就是僧界的变形的家长制度，也是根本不能承认。"因此我不久便离开西湖了！ 我便对于佛家生活也怀疑起来了！ 当时我有"反教"的一首诗，便可见我的意思：

和尚寺的钟声，唱……唱……唱……
长老的良心，Down……Down……Down……
说什么阿弥陀佛，阿弥陀佛！
再神通广大的如来，我如今也要赶他西天去了！
黑魆魆！……黑魆魆！……

把教门的黑雾窟揭穿，看那一簇簇的寄生虫，何处立足！
那皈依三宝的叩头虫呢？
更不容他不生生饿毙。
我那时再焚烧七宝伽蓝，打倒罗汉，扫荡妖氛，大踏步到那：
佛顶上，宝塔上，
高唱我大虚无的歌儿！

这时连佛法都要打破他了。即因对于佛学要根本上批评，故对于佛法的研究，也还没有间断。适我友人黄树因君，介绍我到南京欧阳竟无先生（金陵刻经处、内学院均所办①，杨仁山弟子），而我的梁漱溟先生也在欧阳先生那里，要我到彼讲学。所以我就应招往南京，和欧阳先生谈，觉着成唯识的说法，总不大合意，然而欧阳先生的真诚，却使我感动得很，没有他，也许我这一生竟打不出一个翻身了！指迷破执，我不能不敬谢于这位"诲人不倦"的老先生！

放浪时代

自我来杭州西湖后，始实感着宇宙之美，不知不觉间竟受自然的陶冶溶化了！因此我就很恋恋于江南风光，在无锡惠山住了几个月，在南京清凉山住了一个月余，又两次到西湖，住于陶社，往来于沪杭、沪宁车站之间，欣赏尽自然界的佳丽。（沫若对我说，最好的风景是在沪宁、沪杭车中所见，这话与我意相合。）于是又前后回北京数次，或浮海或游山，计两年之内，总是放浪形骸，没有一定的住处。我友吴康（敬轩）赠我一本《卢梭的生平和著作》，并附以诗道："飘零身世托轻帆，浪漫生涯亦自豪。"又浙友王平陵说我很似卢梭，或者我的性格最近于这种放浪的生活罢！

我这时有一个轶事，就是时常抛失东西，这次南归中途也把银包失掉。我这个浪漫的人呀！实在把一切身外，绝不经心，只凭着活泼流通的"真情之流"，任运流转，舍此以外，我便不知什么了。然在这时我却交了许多海内知名之士，最为我爱重的是两位文学家郭沫若和郑振铎；一个是创造社的领袖，一个是文学研究会的编辑，一个是诗人，一个是提倡"血和泪"的文学，他俩性情、思想不同，却都是我的顶好朋友。犹忆我在惠山时，沫若同郑伯奇来游，我们邀同袁家骅等同往游泳，往年的乐趣，还跃然我的心目间呢！

我因受了这些文学家的洗礼，渐渐觉得从前思想之非，而欲向"美化"的路上走，《女神》出版，沫若先把校订之本赠我，我现在的泛

---

① 此处有误，金陵刻经处为杨文会（字仁山）创办，支那内学院为欧阳竟无所办。

神宗教,安知不是受这位"女神"之赐呢? 女神呀! 我爱的女神呀! 我望你惠然降临,保佑我,亲近我,使我文学因缘,永远无替!

然我毕竟是个矛盾冲突的人啊! 在这欢悦当中,却时时感着恐怖,闻一句话也时时引起怀疑,我于是乎就时时不能自主了,甚至于不敢在街上行走了! 我友黄庆(艮庸)知我最深,说我是反动的人。我是反动的人罢! 天生就是这反动的人罢! 只为在断流绝港之中,思想没有着落罢了。然我思想改变的由来,却正在此时!

我的忏悔时代

在我过去的一年中,或者可画出一个"忏悔时代",这是我心里极不安的时代,也就是我信仰日即于完善的时代了。于我放浪生涯里,时和北京过冬,在京有几个顶好的朋友。一个梁漱溟先生,一个是我友黄庆。他们的思想都比我好,我常受了他们的益处。而尤其的是黄庆,他也是学哲学的,天性温良淳厚,和我与漱溟最相得。每天晚上,他都到我住的"光明学舍",谈论宇宙和人生问题。实告吾友,我这时处境是最困难的时候。第一件苦我的是病。我在南方得了疟疾,前后病了好几个月;第二件苦我的是贫。我最不知道节俭,以致书局寄的稿费,随手散尽,没有钱点灯的日子,便向街上跑;而(第三件)苦我的就是为朋友的事,因为那时吾友德荣、冰坡都监在狱里。我在沪闻讯即回,百计营救,终日想办法,却总没有办法。直至几位朋友出狱的时候,我才如一块石头,在心上丢下来了!

我因营救友人事,越觉得如李守常这般倡革命的,实在靠不住,实在除利用青年外,没有别的! 因此我渐渐由好乱的心理,一转而入于望治的心理。一方面浪游的结果,爱美的心,也不自觉地油然而生。没累! 你知道我这时悲观呢? 乐观呢? 我这时思想方在那里大大变动,本亦不能分别什么悲观乐观,然我可告诉人的,就是我的悲观也悲得澈底,乐观也乐得澈底,最放怀洒落也莫过于此时了! 最悲怀惨切也莫过于此时了! 代表这时的著作,就是《无元哲学》的下册,一方面把虚无主义走到尽处,一方面重现身土,开孔家思想的先河,我在"真生命的实现"页一〇三至一一〇里说：

> 因妄求解脱的缘故，而欲毁弃宇宙乃至断灭人生，那更是我一向的愚痴颠倒，对这甚深极重的解脱，只好算做一个邪见罢了。

又说：

> 我要劝告人们的，就是解脱决不可能，也可能的，如能于解脱不解脱，亦无所解脱，这就是解脱了。也就是真生命的实现了。由此可见真生命是可以实现，而且即在人间世上即可实现。我的兄弟们呀，我恳求你，不要相信那超于人间的希望的涅槃，让你真诚恻怛的大悲心，就实现这真生命在人间上。

这就可见我宇宙观的根本变换！结果对于实现真情生活的方法，也不重在打破而重实现了！我说：

> 我们要实现这真情生活，就不可不先把虚伪的知识打破，然而知识这个东西，本是无所有不可得的，所以知识不须破除。只要人们一任真情的时候，就自然而然的化知识的生活，复为真情的生活，于是知识的踪影皆无，而真生命就实现在人间了。

这是我亲切分明，可谓无障无碍、无所取著的时代了。然这种快活，恰如秋天，百物萧索命运无多的光景，所以是收缩的、凝固的，人生总不安于这种快活而止！于是有一大思想在生命的沿途上，喊着我们，这不是别的，就是我梁漱溟先生的《东西文化及其哲学》。这书初版，有我和漱溟、艮庸合照的像片，刊在书首，这就可见我们的交情，是我们的性格和思想，又差不多一个人一个件子。我于这书出版,实受极大的影响,假使没有这本书,或者我到今日还停止在"无生"的路,不过梁氏的三条路说法,旨归还在"无生"一点,这就是我和漱溟绝大不同的地方了!

我的再生时代

于是我的怀疑时代就过去了! 我就走到坦坦大道上来了! 千辛万苦得来的,原来不过这点"真情",原来不出这顶活泼顶流通的宇宙,我给李石岑兄的信里说(见《民铎》杂志):

> 人自祖先以来,本有真情的,自知道怀疑以后才变坏了! 拆散了! 所以我近来倒转下来极力主张信仰,只有信仰使人生充满了生意。互相连结着鼓舞着,不识不知完全听凭真情之流,这是何等的汪洋甜蜜呀! 而且由怀疑去求真理,真理倒被人的理知赶跑了! 怀疑的背后,有个极大的黑幕,就是"吃人的理知",而无限绝对的真理,反只启示于真情的信仰当中。没有信仰,便没有宇宙,没有人生,乃至人们亲爱的,更亲爱的都要把他捣碎成为"虚无"。可怜悯的人们呀! 怀疑的路已经走到尽头处了,为什么不反身认识你自己的神,为什么不解放你自己于宇宙当中呢?
>
> 要问我思想的下落,只有稳当快活四字,从前的宇宙是有广袤的物质充塞住,现在看起来,却是浑一的"真情之流"。浩然淬然,一个个的表示,都是活泼泼地,都是圆转流通的,但不能执为有形有体,而一切有形有体的东西,都还没于"真情之流"了! 这时宇宙哪! 人生哪! 都和我一体,我和天地同流,何等的稳当快活! 不错呀,动也快活,静也快活,自家一笑一哭都和流水一样轻快,手之舞之,足之蹈之,把大地山河作织机,可谓痛快极了! 自由极了! 反之,从前否定一切,打破一切,把自己闭在狭隘的园墙里,那也是自由吗? 痛快则痛快矣,只可惜痛而不快,可见以怀疑看世间,则充天塞地无非间断,以信仰看世间,则照天澈

地,无非"真情之流"要间断都间断不了的啊!

> 我是对着自己的神忏悔过的,神告诉我信得自己完全无缺,就眼见得宇宙完全无缺,信得自己是神,就上看下看,内看外看,宇宙都是神了! 这么一来,遂使我闭住理知之眼而大开真情之眼,我如今一变而为乐天主义者了! 人道主义者了! 和平主义者了! 很相信这个世界,便是最圆满的世界,而工作于这世间的人们,都是神之骄子,由神的真情而流出的,所以我们都是同胞,平等平等,若于此有丝毫怀疑的心,便叫做不仁。

这就是我再生的宣言了! 我的思想到此才有发展与美满的趋势,到此才有春天的景况。这时我们朋友之间——梁漱溟、黄庆、王平叔、陈亚三——相约共学,因此我便得和最敬爱的黄庆兄(我们交谊是和兄弟一般)过共同生活。但是孤独的我呀! 一向没有受过温情洗礼的,所以情感异常,好作激语,因此生活总觉着不适,并且忧心积虑,影响到身体健康上。没累! 我是少年失母的人,自然没有知道"爱"的意味,并且没有老老实实地做一日的"人",妄自尊大,行与心违,若没有我的庆哥时常规劝我,慰勉我,我至今还不知怎样堕落呢? 我至今还不知道"爱人"呢!

我在这时便开始著《周易哲学》,要从基本上成一个新宇宙观,内容共六章:(一)形而上学的方法,(二)宇宙生命——真情之流,(三)流行的进化,(四)泛神的宗教,(五)美及世界,(六)名象论。——这书是从"虚无"里而回转这世界,在我的著作中,是首次承认这个宇宙的宣言。可是我呀! 终竟于人生方面,不知如何是好! 平时总是多忧多惧,怔忡不宁,其中最讨厌的证象,就是疑心病,——凡患脑弱的人,有此证象——因此我没法子,只得回闽调养了! 庆哥推我的病源道:

> 吾弟之病固由以前思想过度所致,然大半亦由欠修养及自

大好名之病根为祟也。病固食药可愈,心病则非修养不成。吾
弟终日怀腾飞之志而飞不起,此乃是吾弟忧心积虑之所
由。……一月三十一日

这话甚是,所以我回家后,只一心静养,时时在自心内寻究虚静
根底,加以亲近家庭(我家继母视我如亲子,兄则所爱唯我,弟妹均有
依恋之情),屏弃琐事,所以我的病也渐渐好了!

我未来的愿望

人生的最终目的,只有爱情,我有爱情,便足以自豪,宇宙间还有
什么能间隔我们呢?诗人在唱,泉水在流,都是告诉我们以"爱"的哲
理,我们和"爱"合德的,忍辜负了我们诗的天才吗?没累!我愿意,
唯一的愿意,就是如你所云"哲学的诗人",那末,我的《周易哲学》,就
是太戈尔的"生命之实现"了!可是我呀!还没有做艺术上的功夫,
音节的考究,也须吾友帮助,你能帮助我吗?我对着良知宣誓,愿意
有一个女子的帮助,如果真个同情同调之人,共相唱和,誓结长伴于
山林之间,吟风弄月,傍花随柳,那就是我一生的愿望,我愿望和爱人
默默地和宇宙俱化啊!

你的谦之倾心

五

没累我亲爱的:没有这"爱",宇宙和气便都销铄尽了!一般无爱
的人,心气暴戾,不知于乾坤毁伤了几多,于"神"作逆了几多!只此
便是罪恶,只此便须我们把"爱"接续起来!

我们要从狭隘的自我解放下来啊!只有"爱"里,是一掬清净定
水,洗濯我们,才"爱"便一切融化,那其间也没有你,也没有我,只是
浑然天地万物一体的"真情之流",便是"神"了!

我平时多忧多虑,惟一念爱神,便觉自安。神呀!神呀!我愿意
舍我底自身,作"神"的赞美者啊!

这是我看了那爱神的画片后的几句话。

你的谦之

六

谦之我亲爱的！我细读了你的身世，引得我时哭时笑的。我的已往的声誉，虽不及你那样伟大，可是我的思想，我的"狂性"，和我这几年来思想变迁的程序，和你很相似的！谦之！你能这样知我相信我，并肯将你的人格似这般活跃跃的向我表现，真个是活跃跃的一湾真情之流，我何能不羡爱？我相信我过去的苦闷程途已走到尽处了，此刻正是我新生命的福音初来的时候。我看一切虚荣，一切学识，一切势，一切利，都是半文不值的！这人生最值得留恋，就是这一缕缕活跃跃的真情之流！当然，人生如果没有"爱"，那是不如直截了当的自杀痛快得多，但是人们就可学着飞絮一般的随风飘落吗？如果非得其所，那是很可惜的！我有时觉自己是个浅困在沙滩上的鱼儿，虽是渴望那晶莹澄澈的"真情之流"来迎接我，总不能不设想到一切深渊里面可怕的种种情形，可是我对你是深信不疑的，我的灵魂，自从与你这一万余言表出的披肝沥胆的真情接洽以来，便时时醉在那汪洋甜蜜的滚滚的狂涛里了！啊！好个汪洋甜蜜的狂涛，尽力的推罢！尽力的滚罢！只求你快把我这个醉透了的孤魂，推到我那爱神的所在去，回到我那天真的故里去，做那清幽的好梦去，受那温泉的洗礼去！去哟！去哟！汪洋甜蜜的狂涛，快把我推将前去！我的血潮沸腾了！我的泪泉涌上了！身外的一切，身内的一切，从今后再关不住我这样狂醉的魂灵了！谦之！我现在毅然决然的回答你，我愿意，我唯一的愿意，做那如你所云的"同情同调之友，共相唱和，誓结长伴于山林之间，吟风弄月，傍花随柳"，以成就你所谓"一生的愿望"，其实也就是满足我一生之愿望了。那么从今后"诗人在唱，泉水在流"，诚如你所云："我们和爱合德的"了。回想我们俩思想上经过的一切不谋而合的变迁的程序，好生奇怪！今番萍水相逢，便为知己，真可谓冥冥中有此神妙的因缘了。啊！谦之！我的爱！你看郭沫若君的《凤凰涅槃》，不就是我们俩的颂歌了么？现在我们俩更生了！我们翱翔罢！我们欢唱罢！啊！我们从今后便作那一双相依为命的，你我难分的更生之鸟罢！

我们的前途，有远大希望，诚如来书称我为你"亲爱的"，为你"倾心的"，那么你便当自爱，修养那鲜美的心灵，和健洁的躯体，我们将来一块儿研究学问，共相唱和那清妙的诗词，同奏那和谐婉脆的音乐，准备那健全伟大的羽翼，吹吁着芬芳雅洁的呼吸，永远不离的翱游四海，飞遍天际！我的爱哟，我们努力罢！只是，我望你来的心很切，此时什么也不能做；课也不能上，甚至极要紧的钢琴，也都无心练了！你若来了，也许我暑假期中不归去的，即算要回去，也得要你同去才去得了。你来了！我和你可常过些清妙的诗意的生涯，我们在那花前月下山涯水湄，和大自然一切鲜美生动的灵感融合为一！这是何等幽静恬美的温情，我们有生以来何曾经过？

谦之，我们既决计脱离虚无，便须努力趋向有生的实际的方面，切不可再如从前一般空发虚无飘渺的非人议论，架那空中楼阁的书少著些！只努力求自己实在的学问，做自己的诗，非替别人做事！努力了解社会，谙习些人情世故，免得自己上当吃亏！努力去疑心病，因此病多为疯病之媒！努力寻求精神娱快，洁净身体，讲求卫生。一路上处处谨慎！

爱你的人没累

*七

我近来因觉悟以往的主张的错误，努力把从前不自然，绝对不可能的事情丢开，避开那荆棘满道的苦境，决意要与幽谷里的清泉共相唱和。谦之！我若得个同情同调的良友，做终身伴侣，一块研究诗歌和音乐，那造就是极难揣测的。山水明媚之地，清凉幽静的海滨，不消说是我唯一的理想世界了。

谦之！人生几何啊？试看园里的群花,还不曾开谢,那情重的春光也忙着将做那远行人了！可是这千金一刻的春光,谁知爱惜？我心爱的远方知心人儿,几时才得相见？再得迟些儿,真个要"错教人留恨碧桃花"了。

祝你很平安的早些到京！

八

没累我亲爱的:望我们把无情的宇宙,翻转过身来罢！过去的我们,在"虚无"里薰醉,未来的我们让把晶莹澄澈的"真情之流",洗濯我们罢！只要我们肯自我解放;我们便能实现自身于涤纶一切的"神"中,只要我们肯相信这个世界,使一切理知都沉下寂无。我心爱的远方的同病者呀！一切由"力"而统驭抑制真情的态度,都是不必要的啊！我们应该过的,就是真情的生活,我们所能作的,就是人。虽然我是个神秘主义者,没有了解人生,不知道世间有狡诈薄情的。然即因我是个神秘主义者,所以才自己极力抛弃我的理知而自己自乐自进顺从神的智慧啊！没累！我是很知道你,信仰你的。——却是不"盲目的情感来迷信"你,因为过去的虚无主义者是很知道过去的一个虚无主义者的"纯洁"和"真诚"的,而且我们身世相同,我们都是被迫长成这种"独身主义",真令人伤心极了！没累！你的性格我是知道的了。我的性格你也知道的了。我从人类心中发出最深最恳切的祷告,就是望我们"自我解放",由恨世的、玩世的到爱世的、乐世的"真情生活"。

读你的信,好似《草虫》的一首诗(《国风》),使人心气和平,我敢不自爱身体？我敢不讲些卫生？(我过去是章太炎一样地不自爱。)到京以后,我一切都愿意听吾友的指教了！

你的谦之

九

没累我亲爱的:收到你5月18日发的那封快信,真个没有适当的字,来表白我的欢喜了。我今后的全身全灵,就完全倾倒于姐,我们俩从此决定做那一双相依为命的"更生之鸟"了! ——虽然,我俩前途是不可预测的,但我们不能顾忌那些! 我们一生的幸福,在这里;我们一生的命运,也在这里。没累! 我愿为你而粉骨碎身了! 我愿束缚在"爱神"底下,永远跟着他转,无论如何,是不想跳出来了!

那时沉醉在虚无里的两个孤魂,这时快然如脱缠缚了! 浑然是"真情之流"了! 说不出的轻松快活了! 这是我们俩精神上神秘的神秘,是不能用言语文字去推证其所以然。——但是我们呀! 宇宙的重量,不能压碎我俩的"恋爱",这是神圣的,更神圣的;单一的,更单一的;永久的,更永久的;如姐所说"人们就可学着飞絮一般随风飘荡吗? 如果非得其所,那是很可惜的。""我虽渴望那晶莹澄澈的'真情之流'来迎接我,总不能不设想到一切深渊里面可怕的种种情形!"所以我们要春回来,如今"春"回来了,便一样要悲秋,我异身同体的爱人呀! 这是我们俩的终身大事,如果一念不谨,无穷之忧,我们既愿意相依相助,偕老百年,那末"自由恋爱的自由结婚",就是我们俩结合的唯一愿望了! 没累! 我的亲爱,你若真个倾心于我,请允许我这从人类心中发出最深和最恳切的请求罢! 因为我只承认自由恋爱的婚姻,是真正婚姻,而真正婚姻以外的一切性的结合,便是罪恶。换言之,我只认一男一女的恋爱,是神的命令——爱的法则,这是人们恋爱的极秘! 这是我唯一的愿望于我称心情热的伴侣。(下略)

你爱的谦之(福州)

十

谦之我最亲爱的:你爱我的心,我若不是深信不疑了,再不会对你写那样汪洋甜蜜的信,这是我的刚强高傲的最大毛病,不知道为什么我所有的一切刚性傲性,通被你的真情之流软化了。谦之! 我是何等明心见性的爱你! 我前信不是说:"我们是一双相依为命,你我难分之更生之鸟罢!"这分明是承认做你的终身伴侣了! 我们的性

情,我们的年龄都极相当了。何况彼此都这般相恋哩?现在只祈望
那伟大的爱神祐护我俩永远的作一对并飞之鸟;现在只准备那新鲜
美妙的歌词,发我们欢唱的兴趣;只准备那清幽寥阔的长空,为我俩
共舞之场! 于是乎我们要达到第一个祈望,我们便当努力卫生,要实
行第二与第三的准备,你就当早些来京。谦之,我们还要想想我们如
果愿望我俩的“爱”的长生,就当永远努力避开那些“恋爱的葬礼”①,
和那种“恋爱之坟墓”。性欲的婚媾,这件事于男子方面害处还少,于
女子简直是一种杀人之利剑了! 所以要维持我俩的“爱”的长生,便
当永远免除那性欲的婚媾! 我们当白天里(除了上课)必在一块,晚
上睡眠时候,必定要分室而寝。所以你来了顶好住与我同一个公
寓,房子不妨相隔稍远一点。暑假我想不回家,我们每日清早便带几
本英文到北海去读,游人多了的时候,便回至一院图书室,涉猎一切
诗歌、小说、戏剧、词曲的名著,并带笔本去抄。(星期一、三、五看本
国的书,星期二、四、六看英文的书。)午后我必要练琴才好,你可坐在
我的旁边看书吹箫笙,各种事随你所喜。如果你很富于音乐兴趣,又
确实有学乐器的可能性,那么下学期买个二十元的梵哑令 Violin,每
年出五元的学费,便正式做那 Violin 的琴师,我便当努力学好钢琴,
因为 Violin 正要与钢琴合奏才更觉好听哩! 可是如果你只是长于
做诗人,我还是望你,善用自己的天才做那哲学的诗人罢! 晚上(除
却晴明的月夜)我们各人分写记本日里生涯中最甜美的一片段于日
记簿上。这是我于暑假预计的生活,你想还有更娱乐更甜美的生活,
你可说来,我们当然要改良的。

你的没累

<h1 align="center">十一</h1>

只要你“爱”我,我便心灵里老大的安慰,更何必自作什么主张

---

① 据《文存》改“裹”为“禮”。

呢？人生几何，唯有为"爱"而牺牲自我的生活，是值得过的，所以你要怎样生活，我们便怎样生活。

你爱的谦之（福州）

其二　北京—长沙通讯

（1923 年夏）

一

我今天有个感想，是关于我俩未来的新生活，——也就是天下真情人的理想生活，我一向的意思，只是要超过这个恶浊社会，去实现我理想中"山林隐逸的生活"，吟风弄月，傍花随柳，一方面和社会政治隔绝，即一方面和大宇宙默默俱化，这是何等的纯洁生活呀！虽然我们今日还不能做到，但只要我们真希望这生活，这生活将来必可做到的。不过在这里，我们要知道这种"新生活"，是基础于几个意思之上：

（A）安乐主义；

（B）完全发展个性；

（C）欣赏自然之美。

我们还要知道这生活，非你真个超出现社会生活的人，换句话说，非真个"视富贵如浮云"的人，是谈不上来的。因为这新生活，根本是一种"安命主义"。人们千思万想，只为不肯安得分耳，安分静处便草树风烟都成佳境，不累于外物，不累于耳目，不累于造次颠沛，鸢飞鱼跃，何等快活自在！你看《击壤集》的一首诗道：

何处有仙乡，仙乡不离房，眼前无冗长，心下有清凉，静处乾坤大，闲中日月长，若能安得分，都胜别思量。

人们能够寄寓尘劳,好比天马行空,没有丝毫牵到,便能到这种生活了,可见这"新生活"谈何容易!

你的爱人谦之。七月十一日(北京)

二

这样一天一天过去,都靠着"信仰"做底子,倘若我失掉"今天存在"的信仰的时候,今天就不能生活了! 所以信仰就是生活,即刻有信仰我即刻有生活,因为信仰能够使生活可能,而且到处都能引导我们到"真情"的路;所以我很看重信仰,我今天能生活,就因为有"今天信仰"的缘故了。并且信仰的本质,就是"爱",我想着"我爱的 Mary"的时候,"我爱"就存在了。我想着"我的 Mary 存在"的时候,我便获得最高的快活了! 可见彻首彻尾,都只是信仰,只有信仰给我们以安息和快活,只有信仰给我们以真安慰。那疑惑的人啊! 就像海中的波浪,被风吹动翻腾,这有什么好处呢? 亲爱的! 我是向着信仰走了。我信仰着太阳的光,月亮的光,乃至一切。——只要有"我爱存在"的信仰,我就活着! 活着! 活着! 以至最后,还不败坏自己的生命,信仰的力真伟大啊!

亲爱的! 让我们把一天一天的生活,都安顿在信仰上面罢! 一天信仰便有一天快活,这是真的爱。真的爱是从朝至暮,粘头缀尾,没有丝毫缝罅,撼也不动,赶也不去,并且这种态度,是对于一切人都可表示其自然的爱,尤其是我俩的母亲啊!

你爱的谦之。十二日

三

我愿意给你以醺醉的人生,——一切诗人和艺术家的人生。那些高谈天地万物一体的人,说什么"风云雷雨都是我胸中发出,虎豹蛇蝎都是我身上分来的"些话,其实只是空谈,人终竟是个人啊! 是宇宙间很小的一个啊! 如果我不同普遍精神——宇宙——相交通,我便没有较大的自身了。但怎么才能有较大的自身呢？这就是"爱"。诗人的"爱"把宇宙都充满了！所以宇宙就是诗人的一首歌，在他所恋爱的生命歌里，找着他的自身。风呀！月呀！天呀！海呀！何一而非诗人的心，千红万紫，可句可觞，杨柳梧桐，可怀可抱，我汪洋冲融的宇宙诗人呀（宇宙就是诗人非二）！独有在你爱的怀里，我愿活一百年。

亲爱的哟！我信仰这样说，宇宙是永久爱河所流出的温甜表记，所以我愿意陶醉在宇宙当中，无处不倾倒，便无处不和宇宙的精神交通。"四时雪月风花景，都与收来入近篇"，这便是我今后过的快活人生了，也就实现了"宇宙的人生"了。从此坦怀任意，更不愁眉，所谓游戏三昧，也不算枉了这一遭儿生在人间。

但是这一个从感觉里解放下来的人，终竟还没实感这宇宙的一幅诗中画啊！如此的美境，显现出来，都是很有诗意的，但怎样能把这诗意都一一倾入我的心上来呢？这还须我的爱人教我，因为只有爱人的"爱"，是一切爱的起点，在我醋醉的人生里，第一个的慕恋，就是和爱人合为一体，以至于与宇宙万物为一。

你爱的情牵

四

﹡今天下午同时接到你三封信，我忙得不知先看那一封是好。你第一封信的情节，第二封信的哲理，第三封信的诗兴，我通看来不忍释手，尤其是这第三封信真是与我心意共鸣的同情同调了。﹡

你现在既是承认这宇宙的是一幅诗中画了，并知你自己是初从感觉里解放下来的人，又自信有努力解放五官四肢的魄力，去领略一切诗意的风景，你既有伶俐敏切的四肢与五官，何患乎没有那源源跃跃的宇宙诗意倾上你的心来呢？

我心爱的人哟！你要努力，不但努力书本上一部的学识，并要努力赶紧解放你那麻木僵直了的五官四肢，务使返其天然的本能，复其伶俐的儿时天性,处处地方好利用你敏锐的一切感觉,轻松软活的四肢,发展你求智好奇的本能,努力去领略一切大自然的诗中图画,和画中美感。有何不可呢? 情牵,我的爱主! 你以我说的这些为然吗? 就请赶紧实行罢!

我身体如常,母亲很爱你,并且最怕你生病,她知你体弱,非常耽忧,望你保重得体力强健,磊磊大方,精明强干的人物。

你的爱人没累

五

你也太痴,我俩既能深信两情永久了,又何苦来想念得事都不能做咧? 我倒不是这样,这一路来耽搁了睡眠,所以格外的睡得熟些。当然,想像着倒在 My Sweet 的怀里,承受那无限温甜麻醉的 Kisses 时候,全身的神经纤维自然别是一般滋味了,祝你表里一致的聪明伶俐。

你每日清晨往公园(能往城南公园更好)吸新鲜空气,并随时收纳些生动清幽的诗料,至要至要!

你倾心爱你的没累

六

* 每天下午总有你的来信,惟有今天这么晚深了,还不见来信。你想如果你在京病了,我在湘一时不得到京,我是何等的耽忧啊! 你的庆哥未到,平叔又住得太远,得荣、梦良诸人都有事的,谁能天天和你聚谈咧? * 你的孤独的悲哀就是我的,你的病就是我的病哩! 你爱惜自己,安慰自己,便是爱惜我,抚慰我。你不是最富于想像的人吗? 你只设想我的灵魂时常在你旁边抚慰你亲吻你罢! 你要知道我们心灵的爱①,是没有时间与空间的关系,并且地球只有这般大,何

---

① "心灵的爱",《文存》作"灵界的相交"。

处是别离哩？你不来湘,我当然不能居家过久,可是我总希望将来与我再见的情牵,为一较前强健博学清洁而又活泼大方的潇洒人物。最怕的是爱我的人以那憔悴的病容与我相见,令我伤心!

倾全灵以爱你的没累

七

目前纵有许多劳攘,但一念你的话,也自心里宽畅,不敢不时时调摄,求精神上的平衡了!

我一生的最大病根,就是不能静,如果静便一切浮妄闹热习心,都容易销落,日间常是闲闲静静欣欣融融,这种天清地宁气象,何等快活!何等自在!不但嗜欲不能够干我,就是我的神经系病,也可好了。

你愿意我"静"吗？但我终日纷扰,心儿没个安顿处,怎样静下来呢？(从前驰骋于事业,要立门户,要取声名,种种都是诱成今日不静的原因,言之心痛。)我倒愿意你在家多涵养性情,并且把日间生活告诉我,只要我俩能够情感幽美和畅,便以后生活的意味,也格外浓厚了。

情牵十八日

八

人生几何,谁也不愿走上功名利禄的路上了。我们理想中过的生活,只有"逍遥游",换句话说,就是"隐逸生活"。我俩便是"爱的世界",在那世界里吟风弄月,饮酒赋诗,禽鸟鸣我后,麋豕游我前,这就很够高人消受,也不枉你我观化这一遭儿了。吾爱!你道我的话是随便说的么？自我数年立志以来,便有这个意思。今番你在京汉路受了惊,越发使我觉着人生如寄,非彻底自乐不可,什么社会,什么国家,什么"人是政治的动物",这些都是诱惑我们,欺骗我们,我们在这时代虽不完全出世,难道也不应该逃出他们,去过我们理想中的洁净生活吗？你又是个不愿生育的人，我也是个没有子孙必要的人，难道我们更不应该过些梅妻鹤子的诗意生活吗？吾爱！我俩就这样决定罢！孤高拔俗的你和我，再也不愿为社会、国家自寻烦恼了！"既乖经世虑，尚可全天和"，我今后一切都不望，只望和你作两双并命之鸟，永远欢唱。

你要研究诗歌和音乐，以为异日山泉增些雅趣，这也是我俩"自得其乐"的意思。三年以后我们便择地隐居，做天地间一完人，不落斗攘套中，就尽有受用了。人生乐趣，还有比这个更甜蜜的吗？

　……

我们不如及早归隐，谋一个世外的桃源，以作永远栖身之所，什么名利，固然半文不值，就是学问，——除了自己消遣的外，也是和我俩有什么相干呢？实告吾爱！我数年研究哲学的结果，是除了"饱食高眠外，没有学问"，人生总要达观，能够眼光见地都超出世间之外，能够于艺术上"立足于自然之域，而放眼于理想的境界"，这就是最大的学问了！鸟啼花落，山峙川流，饥飧渴饮，夏葛冬裘，似这般超然的、高蹈的"隐逸生活"，也就是快乐的极至了。

我没有别的愿望于你，只是愿望你能够"享乐"，能时常心里和畅，好像音乐一般。

　　　　　　　　　　　　　你并命的人谦之。十九日

九

一个诗人的心，是稳静平衡的，因他满腔子都是"快活"，所以作出诗来，也非常"温柔敦厚"，就是一首哀歌，可令人恸哭，亦是和畅也。可是我便不然了，情感总是这样激昂，如何是好？我很知道在内心里，我是必要有一番诗人的修养，这诗人修养的初步，还在于解放五官四肢，去领略一切"诗的世界"，只要我能透彻这"诗人世界"的深奥，我便自然而然的"快活"起来，我便满腔子都是美妙优雅的诗景了。

你爱的谦之。

十

没累我亲爱的：这时心境调畅得很，我真快活！就是几天来的悲哀、怠倦，也都无影无踪去了！我中虚无物，旁通无穷，好比天空，云气流行，没有止境；好比大海，鱼龙变化，没有间隔；真是当然恬然，再也没有这样快活了！再也不是这样快活了！我爱！一个大丈夫应该胸中光明特达，没有些子滞碍是不是？似我从前万缘扰扰，扭扭捏捏，也太陪奉世情了！也太照管自己了！这是我一生悲哀、怠倦的原因。今后管他则甚？只是自信"真情"，以直而发，时时都是"真情之流"，便时时都有快活气象！啊！我爱的"真情之流"呀！你不绝的生命，无间的动作，不尽的绵延，浩然淬然，何等稳当快活，动也快活，静也快活，我现在才发现快活是宇宙的本体啊！你看鸢飞鱼跃，你看万紫千红，充塞宇宙内，都入一声歌，这个宇宙，还不能快活罢！还不肯快活罢！啊！你悖道的虚无主义者！快活就在这里。本自和畅！本自洒落！本与天地相为流通！却为什么自己间隔他呢？我的爱！我知道了，再也不愿把苦闷的态度去享乐了！——手之舞之足之蹈之，彻底的享乐，即是彻底的"荡涤胸中"，心地干净，便自然宽平了！自然快活了！自然与天为一了！这便是快活的真意义，这便是我有"爱"后的最大教训。祝你快活圆满！

你的爱人情牵。七月廿四日

十一

你怕的是我不善用感觉，使五官用得其灵，我也恨责自己一向把四方八面的路头塞住，而高谈什么"顿悟"。如今才发见感觉的重要，如今才知道大地山河对我都现露出一种不可言说的微笑，我现在是不能不爱他了。但我怎样爱他呢？这自不能不用"感觉上的直觉"，上看下看，内看外看，大发爱美的心，以直接认识宇宙万有不断的美的意象,涵泳,欣赏,同化,由当境的感觉,以至与宇宙合一。这是何等格物的工夫,引导我们去寻求那到处皆有的"爱"和"美"啊!可爱的现象!我越穷得你十分透彻,越发见你的可爱!但是亲爱的 Mary,你怎样能救我已往之失呢?你能够告诉我个实下手的工夫吗?

你是完全实现灵魂的人,请拯救我的无能!宽恕我的无力!我愿由"爱"的感化修养成诗趣最浓的心境,更愿由"爱"的力,使我返其伶俐的儿时天性,却不愿高谈什么"虚无主义"了。

> 你的爱情牵。廿四日夜

十二

情牵我的亲爱①:你说你能胸中光明特达,像你那样"中虚无物,旁通无穷"的恬然快活,我当然是万分希望你能如此!并望你把这样恬然自得的心境保持恒久不变!这不独能使性情宽大安乐,并且诗人必具的心境正该如此,明镜止水一般的澈澈幽静哩!你又是患神经衰弱症的人,尤宜时常有此心灵的修养。只是我最怕的就是怕你这种的心境正如过眼的浮云,因为你是个心猿意马,喜走极端的人,你当然不难于瞬息间千变万化,时苦时乐,时爱时憎。并且你的苦也苦到极点,乐也乐得异常,是这样无定性的人,何等可怕!我希望于你的,正是要你胸中这样恬然快活,善用感觉,成个表里一致的伶俐而又清洁的人。少发空论,多求实学,这一类的话,如果还劝你少了,也就可质天日了!

母亲问关于你的话最多,她对于你敦厚真实的天性,非常喜欢。但她也说感觉愚钝也就不好。"其实做个表里一致的聪明人,也不致失其仁厚性,又何必固意钝其感觉,反失其真情?"并且她知道你现在已启发感觉,她也放心了!

> 你的爱人没累

---

① "情牵我的亲爱",《文存》作"情牵,My sweet life"。

*十三

　　现在三封信统看了,那篇《坟墓》①小说也如命看了。你能时时记念我,我不得不深感你的多情。只是为什么必定那样看重那个结婚哩? 两心相系,纯靠在彼此的真情及信仰,并和始终如一的天良,那里在乎那些自欺欺人的婚姻仪式? 如果认结婚为爱之极至,岂非把恋爱当为结婚的手续,而婚姻为恋爱的结果了么? 并且你要我对于《坟墓》小说给个批评,就是那所谓的坟墓,本来专就女子而言的,那里会是男子的坟墓? 那专为妇女们设的坟墓,是何等的可怕! 只见那一个个活泼泼的女青年,淹埋入了坟墓去,截时间黄土把他封闭了,野草丛生在上面了,那坟墓里的人再也翻身不过了。详细说来,那些黄土和丛生于上的野草是什么咧? 不就是那些生育的惨刑和抚育儿童的苦人的琐事吗? 你若是真个爱我极至,就必需体谅我这点苦衷! 我现在万分虔诚的哀求于吾爱之前的,就是这三年内务必保持那“欲淡心清”的心境,从此便需实践那 Pure Love 的态度,你知道我是何等的感谢你啊!

十四

　　我不但愿意三年内不结婚,假使有法子节制性欲,(我想总该有法子。)就是终身和你过“Pure love”的生活,都很好;因为我的意思只在“爱”你,读了《坟墓》小说,以为“爱”和结婚是有关系的,所以写信给你,现在知道这不是“爱”你反而害你,那我就老实不客气,要避免这回事了! 并且,没累,我是没有儿子需要的人,就假定我是个顶顽固的人,抱什么“不孝有三,无后为大”的主义,那我也还有哥哥,还有弟弟,何况我们身体要紧,这“无后主义”,如果你愿意,我是没有不可以的了。

---

　　① 小说《坟墓》,张友鸾著,原载《创造季刊》1923 第 4 期,参见“北京—长沙”通讯后之“附录四”。

……

我俩三年内的 Pure love 这已不成问题了。不过我俩还要知道，这不但事实上的原因，实在是为着一个"性爱"，性爱是两性活动的本能欲望，和"性欲"不同，前者是情绪的要求，后者是欲望的要求，前者是活泼泼地，打破物质的网罗，（如在爱里都愿意把生命牺牲了！）后者是受物质诱惑，把爱的精神消受。我亲爱的 Sweet heart 呀！我祝优美愉快的真情之流永远不逆转，永远不弛缓，虽然我是个不无性欲的人，但我也愿意抱一种"性爱的奋斗主义"，时时刻刻地打破性欲，也就是时时刻刻保存些"生"的意味。

这就可以证明我们俩的恋爱是圣神的、单一的、永续的了。因为我们对于自己所抱的 Pure love，有非常的信念，所以立意决定以后，便不要顾忌什么。三年内的共同生活，任人们怎样说，我俩只率直自信就是了。没累！我告诉你，我要于三年内过"欲淡心清"的生活，难道三年后我便可以纵欲起来吗？实在这一点"性爱"原自洁洁净净，着不得些子欲念，有毫厘丝毫在，若不是，自己也不安起来，这不但三年内如此，三年后仍是如此。假使"性爱"一回事，而不是由于自发的活动的"性爱"而来，（原来生命就是一种自内部向外部的表现，所以真的"性交"也是自我表现，乃由于两性所欲创造之真生活之兴味而来。）而徒为欲念的奴隶，那也和禽兽何异？我的爱！我的心！我虽是一个多欲的人，却何敢点污了我的爱，打碎了我的心，人之相知，贵在知心，何况我俩是两情相悦的终身伴侣？滥情泛爱的宝玉，我永不是那种人啊！近代的文学家如 Geothe，如 Shelley，我都不愿学他，我爱的是梅德林 Meater-linck，他是个神秘派诗人，本来厌生的他，有了恋爱，就一变而为乐天主义者，这正是我的一个缩影了。

你的爱人情牵。廿八

十五

你廿九早及那日午后的两封信通细看了。那公园里令人薰醉的荷花的清芬,和 My dearest 的温甜麻醉的 Kisses,使我这无往不在的狂醉的魂灵,感得难以形容的滋味!本来只要彼此灵犀未瞑,随感随应,所以一切的物质,只阻隔得我俩的形骸,究竟隔不开永恒拥抱在的两个狂醉的魂灵啊!亲爱的心呀!"今朝有酒今朝醉"意象所在,则又何时何地而不能倾心陶醉哟。这些明白了,又何必痴心想望,以致形容消瘦,文学荒疏而处处减兴趣咧?我的爱!你宽心些罢!

＊你那三十二则别后的《心境录》,我看了真个不忍释手,昨晚那样热的灯光底下,我只顾低徊反覆的看,那里还记得热哩? ＊

你爱的没累

＊十六

照例是我每晚要写信给你的,昨晚我看过《涡底孩》①,所以迟到今天这时候才起始给你写信。

《涡底孩》这本书我喜欢看,涡底孩的人,当然仁慧可爱,骑士之罪,还不及培托儿达重大。涡底孩是痴于情,骑士知情惜泛而不专。培托儿达徒知贪图名利,不解情为何物。我看至十八章非常感动,骑士之为人,为我所痛恨,而骑士死时的甜蜜,我又实在嫉羡。如骑士的负心真是死有余辜,他偏偏有这么幸福,得死于情人紧抱着的怀里,得沉溺于爱河横流的眼泪里,得紧粘于蜜甜的香唇上,而气绝身亡于爱人双臂圈中,是那世修来的福呀?

我的情牵!我的蜜甜的 Heart!我们心心相印的了,还有什么怀疑?何必常常讲那些伤心话?我俩各人都自信得过,我希望我们在爱的美满甜蜜里陶醉!一辈子不遇见那可怕的事情。我们要做天地间热情偕老的一对白发老情人,所以我们应该如何珍重! 如何努

---

① [德]莫特·福凯著,徐志摩译:《涡底孩》,商务印书馆 1923 年版。这个经典童话讲述了生来没有灵魂的水精灵涡底孩与骑士之间的凄美爱情故事。

力向上,做人世间一完人才是。我的爱! 我们翱翔罢,歌唱罢。莫想那些可怕的事,如你写在《涡底孩》第十八章上那两句可怕的誓语,我求你莫说了罢。

……

十七

我一向就是个好动的人,所以才这样不安,才有浮妄闹热习心。你道我苦也苦到极点,乐也乐得异常,这真说得着啊! 即因这个原故,所以我今后生活,不妨"安静"些儿,须是静才能收敛才有精神,所谓"静定其心,自作主宰",便是这个道理。不过,没累,我是个扶得东来西又倒,动得惯了,叫他静都不来,一说及静,好像就要除却应酬,养成一个枯寂。这种不调和的内心生活,我实在是应该忏悔的啊! 如果在爱人前还不知自怨自艾,那我一生真是不可救药了。我的爱人! 人生的最大目的,是爱与美,而爱与美都有一种"静意",所以我今后的生活,就是要实现这种"静意"生活。你看天清地宁,是何等冲然太和气象! 你看山崎川流,是何等安闲自在气象! 这在人方面,也是一样的,欣欣融融闲闲静静,只恨我还没有做到罢了。

(A) 精神生活方面

你说得好:"诗人的心应该如此,明镜止水一般的澄澈幽静。"是啊! 我虽不是诗人,也那里容得住纤毫搅扰,胸怀漱涤,不著一尘,这是多么快活自由的生活哟! 但我怎样实现他? 这自然是要从修养性情下手:

(1) 恬静　从前的心境,忽苦忽乐. 忽而狂情汹涌,忽而冷静若冰,这都是精神变态,其实人们只有过恬静生活才好,时时快活,所谓光风霁月的一种气象,决非欺人之谈,然要如此,便不可不"安分"。一切闲思杂想固应全然放下,就是从前忿欲习心,也非克去不可,做到心平地步,自然无所挂牵,无所恐惧,和融莹澈,充塞流行,而我本心的乐,也自然实现的了。

（2）Pure love　我俩因"性"的关系，很容易生出别念来。这在我方面，尤须痛戒，如果这个欲念一盛，便理想的 Pure love，都给他销铄尽了，而我们便要被那世情嗜欲所昏扰了，所以三年内，我决定不和你结婚事，我们只是以"纯洁的心，恋恋不已"。你爱我爱，"爱"在相对之中，而实现其绝对性，也就是在"动"里实现其稳静平衡的生活！

（3）艺术的修养　我爱的是音乐和诗歌，音乐是一切艺术的最高者，我愿以此陶醉我的心灵，解脱我的污垢；我又最喜欢《诗经》这部书，那种温柔敦厚的情感，透彻灵魂的诗趣，真是美的极致！后来诗人如靖节、太白，都未免有偏宕，乐天以下更不消说了。亲爱的人！要完成我们天来的美性，那"诗的情操"是何等的必要哟！

（4）自然化　要使生活格外有味，便不可不把生活自然化了。换句话说，就是和周围的万物相亲善，相交通，佳丽的风景去处，固足娱目，就是那早晨的太阳，流动的水，生生化化的草木，何一不是我们美的资料。只可惜我的想像力太弱，感觉上的直觉太钝，不能切实感得"当境"的美丽，不能于纷杂的事物当中，发现宇宙无尽的意义罢了。

（B）物质生活方面

我从前对于物质生活，抱一种轻蔑的态度，这是很不对的，固然物质也能诱惑人们，然物质的害处，都只是暂时的，并且在这种生活上，如果能够于纷乱当中，找出一些"秩序"来，这种"秩序"，便成了爱与美的媒介，如清洁，卫生，何一不有一种美的秩序，也何一不是你所喜欢的，只要是你所喜欢的，就可见他的意义了。所以我于物质生活方面，只提出一个"秩序"观念，把"清楚""明白"的眼光，来管理物质，支配物质，饮食起居处处料理得当，便是最大的学问了。

你爱的情牵

十八

我俩精神上虽相为流通贯澈，包并无余，可是形迹上也须没有间隔才好。我的爱！我生命中的灵魂！我要和你潜于天地万物之中，而超于天地万物之外，浑然共成一个千古万古，更无能间隔的"永世伴侣"，自然无时无刻而不关怀，即无时无刻而不求相见，你还是早些来罢！

你爱的谦之

十九

读你八月五日夜的信，好生心醉！尤其的是那句叮咛再四的"你还是早些回来罢"，如此缠绵凄恻，怎得不黯然魂销？我烈火一般燃着的心呀！求你降低一点燃烧的热度罢！求你多忍耐片时的痛苦罢！你的爱正在乱哄哄找着回京的伴侣啊！为的是要温慰我远在的痴魂，了却数旬来的相思债，也顾不了慈母恋子之心了。

你的爱人没累

二十

情牵 My Sweet Soul, My Sweet Life：你说的"怎样使我俩涵养性灵，……"我一生最大的毛病，就是急躁，混乱，狭窄，喜走极端。要如何才使我随时随处练习这个恬静与温柔的精神状态，这是纯靠吾爱时加规戒于我！因为现在颇觉自省，觉得我既想体魄健强，无病，又想过温柔美的恋爱化的生活，就更有此种性灵修养的必要，我只要做到恬静的工夫，便心灵也和流水一般轻快了，思想也和飞机一样敏捷了，身体就自然强健了，性情也会温柔了。只是要改我轻浅易躁的天性而为恬静，我觉很大的一件事了，谈何容易？然我深信惟有我爱才有此回天之力，必不难助我。并且也望你注重此种恬静的涵养，因为爱河的水是应该明静和镜一般，温凉如露一样，纯洁得清泉皎月似的。情牵！你说我这种见解不错么？

你的爱没累

二十一

我亲爱的没累：母亲的话，我看了很深切的感动，她这样真心爱我，我敢不把她说的常常记在心头，并且我也是初次承受这种"慈母的爱"啊！你寄来那个小孩相片，口里抹着胭脂，我就想那是嫩小的、可爱的、天真烂漫的十余年前的没累了，是不是？

我很痛恨自己现在不是一个小孩子了！本来活泼的"赤子之心"，也渐渐有了污染了！你那个相片恻怛慈爱的一点真，盎然于面，我看来真是惭愧！我不知怎样才得复我小孩样子，才好和你一起顽哩！本来天地间只是一个"真情之流"，从这里融结方成人，所以小孩生来便会爱敬，如你现在对于母亲的"爱"，对于爱人的"爱"，形色天性，浑然平铺，无时不是"赤子之心"，便无处不是"赤子之心"，在你气质淳厚清明，所以没有什么更变，在我因受了气禀和物欲夹杂，所以成了现在这个样子了！

我愿望，唯一的愿望，就是向着本性自然性的方面走，而求活泼的、天真的、自由的、新鲜的"赤子之心"快些实现，而实现的方法，又只是"无欲"，能够养到冻解冰释处，便自然没嗜欲，我又是一个小孩子了！

你爱的终身伴侣情牵。八月七日

二十二

我亲爱的没累：昨晚又收你一封信了！你爱我的心，愈形愈深，我不知喜得怎样似的。我对你那封信，只觉着"爱的动机"在那里萌动，除此之外，我也没有更好的正确不正确的标准了。

你知道我从前是多情而无所恋的人，就知道我"求爱"的心，是何等的切，如果爱情没有着落，我也实在无意人间了！如果爱情不能永远专一而又不能永远热烈，我也实在没有生理了。现在维持着我生命的，就是你绝对而永远的"爱"，在"爱"里把我温过来，所以你就是唯一拯救我的人。我的人呀，我们要信仰"爱"，就须了解"爱"，一个在"爱"里受过伤的人，他不是不知道"爱"，只是受过伤了，所以处处感着她，（爱）却处处怕她，其实爱如果是真不足信的，那末这个悲惨的世界，不如早日灭亡！我说到此，实在沉痛极了！我感着一般男女青年，他们一生实在就没有过"爱"的生活，尝过一小顷"爱"的意味，把那"爱"和"性欲"混同起来，乱讲一气，这么一来，爱的真意义也埋没了。高尚纯洁的人们，遂因此耻谈"爱情"，把一生薰醉在"独身"里，在佛学里，在"虚无主义"里，甚至于把自杀去换爱情。这种被迫长成的不自然状态的人们，他们其实都是满腔子情爱之心，无处发泄，于是乎兴波作浪，或以铁血消磨其热肠冷眼（革命），或以文字吐露其牢骚不平（著作）。僧徒也好，疯子也好，他们的行为，比冰还冷，但他们的心肠，比火山还热。亲爱的人呀！你能够看到这层，就知道我从前的为人了！没累！爱情不是个贩卖品啊！如果没有随可随应的知心人儿，宁可自杀，殉此一生去也。谁能够随便结合便了此一生，所以在我没有和你相知以前，总是一个 Misogynistes①（厌恶女性者），斩钉截铁，不愿和女子来往，却是在我的著作里，也实在把全人格都涌现出来，以为有真知己，便时候到了，自然会和我同心相应，同气相求，所以在闽时，知你是个同情同调之人，何等喜欢！那篇一万余言的一生历史，也难道是肯随便写出来的吗？亲爱的人！我从此之后，"爱"便有了着落了！我已经是重新做人了。但我最悲哀的是情不提高，最恐怖的是情不单一，所以在我给你的信里，时常提及那爱的本质是神圣、单一、永续，这话你能十分领略，便知我决不是负你的人，我决不是轻蔑女性的色情鬼！我更不是朝三暮四，如 Geothe，Shelley 那种滥情泛爱的女人。我呢？实在从自己的哲学的基础上，确认你是我永远的终身爱侣，异身同体偕老百年，这是最神圣的命令。谁都不要疑他，谁都不能疑他，固然我和你没有恋爱以前是一个

---

① Misogynistes 应为 Misogynists（厌女症患者）。

男的一个女的，但在我俩精神贯澈以后，我们便又是一个人了。这一个人就是"爱"，在"爱"里也有你的分子了！也有我的分子了！所以我前天给母亲的信说和你是一个人不是两个人，就是这个道理。没累！没累！我是极端信"命"的人，以为这大宇长宙是由"爱"而生，而我又是为你的"爱"而生，这种"预定的调和"，实在不可拟议，不可言说。人类最深的情感，就是在这里赞叹"神"了。（你从前的信说，我俩萍水相逢，便为知己，真可谓冥冥中有此神妙的因缘，这话我是永远缄默去领会他的。）见到这里便知我俩不但现在的是永远相爱，就是过去，未来，也本就永远相爱。没有那无始无始的过去的"爱"，便没有今日，即因今日的"爱"是恋恋不已，所以未来的"爱"，也扩张增大无已。我亲爱的人呀！无尽无异的将来，都是我俩的"爱情世界"啊！我俩不要少觑了自己，须知我俩的纯洁爱情，实在和宇宙的原理相一贯。虽然只是一男一女的"爱"，而这一男一女的"爱"，实塞充全宇宙了。全宇宙内除开这一男一女恋恋不已，也实在没有许多事了！

（一）爱情的本质

爱情本体根本是活泼泼地，我们最好把"时间"来比他。时时增长，时时发用流行，没有时候休息的，也不会重复的，也没有定体的，只是个"浩浩无穷"，我从前叫他做"真情之流"，就天地万物万事上触处便见。现在把他范围缩小，专以阐明我俩的"爱"，也是这个道理。亲爱的人呀！男女的爱真是"情不容已"的啊！你那一刻里没有我，我那一刻里没有你，时间在那里迁流转变，而我俩的"爱情"，总是永久拥抱着在。可见"爱"是有时间性的，并且和时间一同扩大增长，柏格森的哲学以时间为基础。我以为"爱"才是时间的本体，并且这"爱"也不是别的，就是我俩一男一女的"爱"，而这一男一女在"爱"里又不是两个。关于这层下边再讲，现在先把爱情的本质分三端来讲：

（a）神秘 爱是不靠观念和符号来表示的。不极力抛弃我底那知识，爱情之国是不会到来，所以这最很神秘的实在爱里，思想都来不及!

（b）不可分　在圆满的爱里，是绝对无二，是合为一体的，所以整个的不可分析。

（c）绵延　爱根本只是一动，这一动便永远的绵延，没有一刻间断。

晓得爱是以（a）神秘的，（b）不可分的，（c）绵延的为其特征，便可以再进一层，从他的关系上着想，来说明"爱的二元基础"了。

（二）爱的相对原理

原来永远不息的"爱"当中，是有一元的基础，所以有一男便有一女，有一女便有一男，有了 Mary 便有情牵，有了情牵便有 Mary，这都不是偶然的，是自己如此的。固然"爱"是绵延的，没有部分的，然而表示出来，则有这一男一女，一 Mary 一情牵，为绝对的"爱"的两意味而存在。亲爱的人呀！你看贯澈古今，绵亘天地，何一不是这样，何一的"爱"不是成立于这关系上，这真煞是怪事，我俩不能不惊异于"宇宙的神秘"了。

在"爱"里，一方面是"我"，一方面是"非我"（就是你）。单有这个我，还成什么爱呢？所以爱是要永永的和"非我"融合为一，这"我"和"非我"的融合，我就成为一个"爱"字，所以说到"爱"，就是你了！就是我了！也没有你了！也没有我了！你就是我了！我就是你了！本来二元性的，现在是一元的存在了！本来两相对的意味，现在是浑一的"真情之流"了！

可见爱是二元的，也是一元的，是相对的，也是绝对的，用最好的话来说明他，就是"绝对在相对中"，就是调和。这个调和极重要，调和就有生趣，不调和便悲观厌世起来了。爱情的中心意义，就在时时是两性的关系，时时是一个调和，人们自有生以来，便有这异性的自然要求，所以时时刻刻，不能无"爱"，当他没有得到称心情热的伴侣，他总不能休息。换句话说，就是"不调和"，由不调和所形成的生活，一个是逃空，如佛家者流，在人间世上没有可爱，便要爱"无所爱"，在人间世上没有可得，便要得"无所得"，其他种种虚无主义者，也都是生活不调和，所以根本取消生活，而倡他的反爱哲学罢了！复次便是着有，这派中人既没有出世的精神，一面又为情热和官能所苦，所以一味浪漫颓放，如 Geothe，Shelley 就是好例。总而言之，这两种生活，都不过证明他是爱没有着落罢了。自然，我在爱无着落的时候，生活也是非常苦恼，所以出家，所以自杀，所以提倡虚无主义，这种过去的烦闷，真是不堪回想，然侥幸我还是走的逃空一路，侥幸我还是个厌恶女性者，不然，我全不能把全身全灵，交割于你，我便真个抱终天之恨了！

（三）爱情的铁则

由上可见，爱就是永久的调和了。在这永远实现永远陶醉的调和当中，当然是没有一定样子，断不能任何的话来范围他！然我们为说明上的需要，也不妨在二元的流动之中，找他"自然的定则"。因为爱在自己发展的活动中，也实需要这个定则，不过这个定则，是全然时间的，却不是空间的方式罢了！我以为爱情的铁则，是：

（a）神圣，

（b）单一，

（c）永续。

因为爱情是神圣的，所以男女恋爱有极端自由，而反要极端的慎重其事才好。这是神圣的，更神圣的，才涉私邪，便与爱情相反而只成为"纵欲"了！我的爱！这两性关系实在一毫容不得放纵，一些着不得防检，神感神应这才是爱情，如果不能把爱情提高到这个地步，那也未免太俗的了。复次，爱情是单一的，如我俩相恋，便自然永远的专一，永远的热烈，这在正面是一种"爱力"，而由负面看起来，便有一种抵抗力，就是说不愿在我俩的性的关系上，有第三者参入。我是好读《易经》的人，他告诉我"三人行则损一人，一人行则得其友，言致一也"。这个意思把来说明爱情，更是千真万真的了。最后爱情是永续的，因为两性恋爱是有时间性的，有时间的不可入性的，所以自由恋爱的结果,必是悠久而且灵化了。亲爱的人呀!在从前的婚姻制度下,那男女相爱里发生的恶结果,自不能免,难道我俩的自由恋爱,也一样地不足信了吗?这是决其没有的事,我相信自我把这"爱情的铁则"一口道破后,青年的男女们,便爱有着落了,不致如飞絮一般的随风飘去了!

（四）爱情与人生哲学

最后我便把上面的结论,应用到人生哲学方面,并且即把这个原理原则,做自己恋爱生活的轨范,这么一来把两性间精神与肉体的关系全然人格化了!我对于这方面的最高信条是:

（a）节欲　因为"爱"是神圣的,所以非全放下私欲,便都不是。在我这个情念系累的人,更需要这种节欲工夫,能够欲淡心清,到了极处,便自我对吾爱都是真情感应的了。

（b）牺牲　因为"爱"是单一的,所以在"爱"里我应该抛弃自我,将拘囿的、狭隘的、自私自利的意见和性癖,都在吾爱前面牺牲了!就是(一)不清洁,(二)虚荣心,(三)易变,(四)不求实学,(五)浪费,这种种不好的习惯,也都欢欢喜喜地在吾爱前,完全抛弃那过去自我的罪恶!

（c）贞操　因为"爱"是永续的,所以我很主张"两性的贞操论",并且极力反对男性的离婚,因为我最恨的就是情的泛滥而不能永远专一,所以在现在社会制度下,大胆提倡男子贞操,大胆否认纳妾制度。

亲爱的人呀!我在"爱"里所能作的,就(a)节欲,(b)牺牲,(c)贞操,而这最浅最简单的行为,又实发端于最深最远的哲学,所以我和吾爱的关系,决不是寻常的,偶然的,我如果有一些异心,就是宣告一哲学家的思想破产,这自比什么都难堪的了。亲爱的人呀!请你看我这赤热的一点"情"!

你那和明月一般皎洁的心呀!我真是如醉如痴的和你融化为一了!亲爱的你呀!亲爱的我呀!亲爱的"爱"呀!永远是这般的热烈,永远是这般的薰醉!

祝你康健！并对我俩的母亲祝福！

你永远的爱情牵倾心。八月八日

二十三

情牵我亲爱的：＊你八月八日的快信，昨晚就收到了。＊你千言万语，表出你待我这赤热的真情，是能永久、单一而又神圣的。因为你知道爱情的本质：是（a）神秘，（b）不可分，（c）绵延；爱情的相对原理：是有二元（一男一女）的基础，结果成为浑一的"真情之流"的一元了。所以非偶然的是神秘的，非多元是要单一的，既是神秘而又单一，就自然是永久绵延的了。因此你就知道爱情的铁则，是（a）神圣，（b）单一，（c）永续。我亲爱的心呀！这些话实在是我深心感到的同情了。现在我是深信不疑的，知道你是个最懂得爱情的人，是这人间世上绝一无二的解得真情的人。你的铁则，就是我的。这三个信条的铁则，是我俩的爱河中的灯塔，是我俩真情之流的源泉。慈悲的灯塔哟！恩爱的源流哟！导我俩飘飘浩浩乐以忘忧的在风平浪静澄澈晶莹的真情之流里游泳，在兰薰莺语百卉争妍的"爱之花园"里徐行罢！从今后我敢不以节欲、牺牲、贞操三信条自勉哩！因为这三个信条才是察视爱湖里灯塔的智慧之眼啊！我的亲爱！我们既是知道这些了，还有什么怀疑，还有什么恐怖哩？深知你是赤热的永久单一爱我，我俩的真情是如银河皎月一样悬在天空了，从此俩不疑猜，便从此后我两人只愿永恒的如痴如醉的把两情融化为一罢！你我都已绝对知心的了，我俩慈母之心也绝对无所疑虑了。所以我俩以后只努力求几年实学，预备将来充分的享乐爱的幸福罢。

你爱的没累

二十四

亲爱的人！你若知道了我近日来憔悴的心，你不知要怎样的骂那邮差的浅情？其实你现在也不要着急了，你的爱人已读着你平安的信,是喜得眉飞色舞,说不出的心清气宁了。尤其的是我那相许终身同心并命的 Sweet heart 的小影儿,我见着爱也不好,恨也不好。"亲爱的小影儿! 我和你整整的别离了一月了。这一月中的相思从何诉说哩? 唉! 你不过是他印下的一个小影儿罢。连我说的话你都不能替我亲爱的人听着,要何从寄我那温甜麻醉的'爱'哟?"这是我悄悄地对我同心异体小影儿说的话,你别笑我痴罢!

你爱的没累

二十五

你说我也曾表现过爱母的赤子之心,在那信上,我是何等喜欢呀! 我觉着人生的最大乐趣,就在有美满愉快的亲人关系,如慈母之爱,Sweet soul 之爱,赤子之爱,这实在是古今中外相同,也很够人们一生的薰醉了! 从前我暗自饮泣的,是没有受过慈母之爱,好似抱恨终天,把我一些赤裸裸的"童心"无处寄托似的,如今有了寄托了! 并且就寄托在 Sweet soul 的慈母的心底下,这真是天命的关系如此,我俩从此要同心并命的爱我俩的母亲才是。

我今早看了《空山灵雨》①一篇,又看了一篇冰心女士的《烦闷》②,这两种创作,都是归结到一个"爱"字,尤其的是把亲人关系的一霎的爱感,把整天里的烦闷,都云散烟消了! 亲爱的人呀! 只有在亲人的怀抱里,是不问"为什么"的。只有这里能够解决人生的意义和价值的。当他(这是《烦闷》的主人翁)被社会之谜苦困的时候,眼见得一切都是受唯物史观支配,于是他心里烦闷极了! 辞退学校里的社会服务,一气跑回家里,恰好见他的母亲的静寂样子,和酣睡在她怀里的小弟弟,于是他大感动了! 要哭起来了! 这是真诚的感动,

---

① 《空山灵雨》是许地山怀念亡妻的系列散文,载于《小说月报》1922 年第 13 卷第 4—10 号。

② 冰心:《烦闷》,《小说月报》1922 年第 13 卷第 1 号。

把宇宙的"爱"都充满了！

我又读了一篇《太果儿的妇女观》[①]，这更是使我容易表同情的！因为那篇很有一个意思，就是把"女性"来改造男性的恶德。我看现在男性的天下，也非由那温良柔顺的女子换过来不可。世界如果没有妇女，也许会"人相食"了！并且太果儿的结论是两性关系互相补充而成为模范的"爱的小世界"。

你的情牵。八月十六日

二十六

没累我的 Sweet heart：让我狂醉在"生命"里罢！我也实在很强烈地要求"生"，那天有些悲观的话，都不过表示我在"生"里艰辛努力所发出来的一种呼声罢了。其实我有什么的陶醉，永远的倾心，并且永远的心灵拥抱着在。爱人呀！一个人在生命的长途上，总爱回忆过去，顾念将来，所以我那天也不免有了过去身世之感，其实生命的真意义，即在现在。过去未来事，思他何益，徒劳心耳。因此我便发现我的一个最大的病痛了。

我一向好用思想，是对的，但只是驰神外索，或是私意安排，这便是闲思妄想，万要不得的了。本来思想的好处，只是一个"静"，所以千思万想，都是一出于自然，动也不动一动。康节诗"既往尽归间指点，未来都能别支离"这种不计较的态度，才是活泼泼的思想，似我从来多是记忆既往和未来事，这种思想，不但有伤身体，也实在有亏心德的了！我爱的人呀！既已自知道了，敢不勉力改过，你也须时时责备我则个。

我的身体是和你公共的，怎敢不自爱惜！你教我的话是"你真个懂得爱，你就当如何自己珍重"，这话真说得是！在"爱"里是没有"我念"的，如果我执自己的耳目口鼻四肢，都看做自己所有的，那末内外

---

① 张闻天：《太戈尔的妇女观》，《民铎》杂志 1922 年第 13 卷第 2 期。

截然,"我想","我看","我反对","我要问",甚至于"我死",……一切都要加一个"我",即无往不表现在自私其我,无往而不可把自己糟蹋,或者自暴自弃。其实,在真理上并不是如此,我这一个人,实在是和你有共同关系,并且也是你的一部分,我必须绝对决定爱我即是爱你,这么一来,便自然浑身是"真情之流"随感随应,而一切疾痛疴痒,都是更无你我而浑然为一了! 亲爱的人呀! 恕我过去种种的"我念"罢! 现在既已看到我俩原来只是一个身体,一个心肠,我还敢不自己珍重吗?

我既一身托命于你,你就是我了! 我也就是你了! 我们永远在"爱"里生活,我们便只有欢乐才是。欢乐是"爱"里最美满的歌声,我给你无尽的礼物,就是这个,我给"母亲的心"的,也正是这个,如果我今后再说那些悲观烦闷的话,那我是不能了解"爱"了!

你爱的情牵

二十七

今早六时我便到中央公园去,并在那里读了一篇《艺术观照论》①,颇合我的意思,我虽是没有艺术的观照能力的人,但只热情幻想着这和现实相独立的特殊的"艺术世界"也早把这"现实的自我"超脱了!

你近来的艺术修养如何? 由你的信,知你近来有些注意日常生活方面,不过这日常生活和艺术,依我意思,是可以融合为一的。如果把"生活"另外看做物质的条件,也很不好,所以生活应该艺术化,艺术应该生命化,就是最平常的穿衣吃饭,假使没有意欲的羼入,便都能有极平静极安快极无苦的"艺术意味"了。

我呢,很盼望和你俩都能成就个"艺术的人生",日常动静语默衣

---

① [日]林久男著,刘叔琴译:《艺术观照论》,载于《民铎》1923 年第 4 卷第2 期。

食之间,就一语一默一衣一食处理会,都是很美丽的,还怕将来不能充分的享乐爱的幸福罢!

说到"爱",也应该脱却"意欲"的流域,才能两情通彻无间,你和我,我和你,心灵里滚作一片,都无分别,这种纯粹无我的恍惚境界,才是销魂大悦的境界啊!

你的爱人情牵

二十八

……那当然不能顾我一路上那些小小的艰难,能为爱而生,亦能为爱而死,这是最值得而又最甜蜜的。知道为爱而不顾一切,才不虚度一生,望吾爱明察我的心!

我此时一方面预备离开慈母身边,而一方面投归 My lover embrace,一方面是别离,他方面又是团聚。当这个时候,总不得不有些异常的感想! 所以要使亲人时常相聚而不感些儿别恋之情,我们除了以"努力学成,三年后学问能力都有了,再谋骨肉团聚"而外,没有别的办法! 我还不知立志成人,就太不爱我老年无子、被人遗弃的慈母! 亲爱的人呀! 我说到这句,真不知泪从何来。今天她勉励了我俩许多话,此时要说也一言难尽,且得到京我当向你详细详说。

我俩相见不远,望吾爱保重! 不要为我一路上悬心致病! 不要使你亲爱的人见着心酸! 祝你安乐!

你爱的没累

附录一　我俩母亲的信

谦之没累同览:你们的信都看见了。你底目的虽然是这样,谦之也说独身也好,随你要怎样生活,他总由你。据我看你们都是年轻的人,性情也没一定,并且还有男性女性的分别,各种思想变迁、学说又是不一,现在我也不能断定你坚强的目的。谦之能够独身不能,我更不得知。你说这几年当然晓得求学时代，后来究竟是怎样，我也不得而知。不过此时你们各人心里能够独身不能，恋爱澈底不澈底，错爱没有错爱，此时就要各人早些拿稳主意，万不能以一时高兴，就不顾将来的利害。你们虽晓得失恋不如无恋，我也最可怕、最可鄙、最轻视的，就是这种喜新厌故的人。我看恋爱也很不好，有恋爱就有苦。虽然我未受过教育，我现在是五十岁的人了，新新旧旧也见得多，听得多，我自己又经过这些苦，所以就看破了人心。旧道德新知识都是一样会说多情的话，起初也是一样的恋爱和缠绵，也说不尽那种的感情。不过你们年轻少见，以上各种事情，我总不放心你们将来。既有将来，又何必今日。人生不过数十年，何必定要自寻苦恼。若以我来比较，你就会说旧式女子，和旧式男子，据我看，知识虽有新旧，人心到底相同。无论男女，无论新旧，总还是要有良心，我走了一生的苦境，你就应该要晓得往乐处走。我希望你一生快乐无忧，诸事不生危险，寿高体壮，我虽死了，得你这些安慰，我的灵魂必定在那里很快乐的。我一生是这样，再要不比我胜，你想想就太不抵得，太花〔划〕不来了。若说谦之，我很叹息，你自幼父母早亡，飘零身世，受了千辛万苦的人，应该要晓得逃脱些苦痛，要晓得趋吉避凶，你们的爱情各人斟酌，切不可错误。你也再经不得烦恼了。我看父母到底是根本上良心上自然有的感情，无论他自己的生死，他总想他的儿子往有生的路上走。他虽死了，也得一点安慰。为子的不体谅父母的心，就不能算是多情的人，也就太不近人情了。从今以后我惟愿你除去一切的苦痛，诸事不生危险，否去泰来，我惟愿你的好处，就是我所希望没累的那些话，我也不必太重烦了。

　　你要晓得，我这次并不是反对你，也不是赞成你，不过我所见所听所怕所希望都写给你们看，谦之实在不是讲独身的人，前给你的信我也晓得。你又讲独身，又讲恋爱，我实不解你这些意思，你的事几方面都要你自己想清白，也要对于你身体上想想，体质又差，又最易生病，将来那些生育的事，恐怕你也经不起，血虚之人临产最难，这件大事不过我也不能不告诉你，总要你自己的主张，切不可一时盲从我，总要有澈底的了解，澈底的觉悟，才能够做得到。你若是讲独身，就不要同人家恋爱，莫害别人，也不要牺牲别人同你来讲独身。你若定要讲恋爱，你就赶快回家，你们的婚姻，总要回家有个正式的办法，（我断不能反对你，你这事你父亲晓得，他也未说什么。）我也就放了心，是这样光明正大的做去，你们又几多的好。为人总莫走弯曲为难的黑暗路，（你要晓得明人不作暗事。）总要晓得走正大光明最易得的路。但是七八月回家，你又会说怕缺课，你又不得回来。你要晓得此时不回，不久总有缺课的日子，你就还是在暑假回家的好，免得你又有话说。若说你们不忍离开，这也不过十多日，只等你回家，就写信要谦之湖南来，以后你们就永久不离了。这是舍轻从重，偕老百年，也顾全你们的人格，这是正大光明的办法，我也就高枕无忧了。这封信，你要保存，常常去看，句句都莫忘记，各人过细去想，切莫当做闲话。我很费了心血，从你上两月未回信，至如今我心里未空一刻，我实在不放心你。我这封信，还是在病中写的。倒没有要紧，不过因一晌的忧愁所致，此时已经渐渐好了。

五月廿一日母嘱

谦之：我接到你的信，说这三年内的纯爱生活，你和没累决定了的：一则不能不顾他的求学；二则不能不顾两人身体；三则现在的你们情形底下，很不愿有儿童的负担；你说这都是你和没累的实在情形。我看了你的信，就得了一种最好的安慰。没累回家也是这样对我说。你俩的同志，我可以概见将来，所以我就放心了。你的学识，比没累好多了。你的性情，又比没累和平宽大。这几年纯洁恋爱的模范，应该你学者很容易做得到的，这一层就不必我过虑。我所虑的，就是你身体太弱，容易生病，近来疟疾究竟完全好了没有？怔忡病是很危险的，因为你平日求学著书，太用很了心，每次思想一回，就要休息一会才好。无论一件什么事，总不宜过于久思，久思心血必伤，心无血养，可以就怔忡、胆小、不得睡眠。你总要早睡早起，起得早,夜晚就易睡觉,万不可过十一点钟;安睡之后,切不可用心想事,想散心血,一晚就睡不着觉了。睡时不可吹到风,日间不宜久坐,也要常常行动;天气冷热,总要留心,保重身体。水果菊花不宜常吃,各种的花,都是损神耗气的。一切食物,总要新鲜洁净才吃得;油腻太重的东西,又冷物、冷水,都不可吃;饭菜也不要过于太克己了。虚弱之人,处处都要自知保养,讲究卫生的方法,你那虚弱病要早些医好,身体强壮才好求学。你到中西大药房买瓶鱼肝油,吃了好,你就常常吃,你的被褥洗一回,就要把棉花晒一回,因为恐有潮湿,你盖了沾了湿气,恐怕又生湿气病;并且棉花最容易生虫,这些事我本应说得太重烦,因为你平日是专心研究学问的人,恐怕你从未注意及此。(下略)

母字　六月二十日

附录二　吴稚晖先生的信

同处于有情的大流中,且本为"一个"(你即是我,我即是你),然恒河沙数的"分身",各自上下南北东西,为星辰、日月、山川、草木、禽兽(人亦兽之一)、混土、金石、粪秽、尘垢,皆需或短或长之时间,才得一合。于恒河沙数之遇合中,得同地球同中国为朋友,已可贵矣。竟为父子兄弟,竟为夫妇,同寝同穴,自然为情之至愉快至满足,不但两先生有然,凡真有情者无不然。弟本可不下一字批评,但以"结长伴于山林之间,吟风弄月,傍花随柳",为一种目标,乃近"理智",恐怕将来"吃人"。我则以为有时在山林之间,吟风弄月,傍花随柳;有时亦可在牛衣之中,相对涕泣;有时亦可在大宇广筵,把臂入座;有时亦可在丑恶机器之间,你热火,我注油;有时亦可在古怪试验之室,交头以窥结晶分胞,窥吾"一个"分身,有无穷之美丽;而且山亦可不必专拣前所未焚毁之山;林亦可不必专拣蛇龙虎豺,禽兽未逃匿之林;已辟羊肠鸟道,跋涉甚艰之山林,可居其间,有上山铁道之山,有列树夹道之林,怪石皆经布置,荆棘已并丛缠,五里有亭,十里有阁者亦可居其间；花不必杂生之野花，即疏影横窗之花，微经过物质剪裁者，固可傍；即草间，锦茵，十里纤饰之花，大经过丑恶物质人剪裁者，亦可傍也；柳亦曲径沿川之柳，固可随，即雕花铁兰，万柳队列之柳，亦可随也；风不必野田，茅屋外之微风可吟，即丑恶轮舶中，印度洋撼天震地之风，亦可相倚共吟；月则不必专在"绿草野树"前之孤月可弄，衬以古物质文明之小桥石磴，愈有味；加以疏帘半垂，更有味；那加以琼楼杰阁凉台深院，也可以弄弄试试。纵其情之所之，有"你"有"我"，厮守终身，将何所择！"舜之饭糗茹草也，若将终身焉"，"被衫衣，鼓琴，二女果，若固有之。"①最可爱，便是"若固有之"四字，以此遥遥相对，与陶渊明之"不慕荣利"，"环堵萧然"，自上"圣德顿"者，其鄙陋为何如？所以乞丐式的高士，实专用"吃人的理智"骄人，益不任情自放也。二人无上之至情，乃藉山呀林呀花呀柳呀风呀月呀，许多物质为维系之条件，此种"理智"作用，安得不有时"吃人"。故耒耜、舟楫、杵臼、弦矢，作为饭糗，茹草可也，不必果是美术品也。农机、轮船、机关枪，作为若固有之，不必果丑恶也。若以纵横错杂，接笋通管，曲拐弯角为丑恶。吾人所造之机械，曾有万一于大字自造之"吾人"骨架大小若干，筋丝血管遍布，何以相拥相抱，独以为美丽，不以为丑恶乎？吾以为生"你"生"我"，任情让我们自创造，凡我所爱之山之林之花之柳之风之月，有可以任情点缀之，便更与我水乳交融者，点缀之，加以上山铁道可也；成以列树可也；视以草茵，成为饰裤可也；缘以铁栏，使之一望无际可也；试以巨舶，震撼于狂涛中可也；衬以小桥、石磴、疏帘、凉台、深院，无不可也。因我爱之，故令百态与之连结，使之更美，亦情之所必有也。故情者以物质为表显，无"倾心"呀，"我爱你"等的记号物质，何从表显两情之已洽。苟无物质的朱、杨两先生，何从有爱，何从显宇宙有此一爱之情。故以物质修饰自然之山林花柳

---

①　"衫"字应为"袗"之误。出自《孟子·告子下》："舜之饭糗茹草也，若将终身焉；及其为天子也，被袗衣，鼓琴，二女果，若固有之。"

风月，无异杨先生说："切不可再以从前一般空发虚无飘渺的非人议论，架那空中楼阁的书少著些，请努力求自己实在的学问，做自己的诗，非替别人做事，努力了解社会，讲习些人情世故，免得自己上当吃亏，努力去疑心病……努力求精神娱快，洁净身体，讲求卫生。"这在诗曰"如切如磋，如琢如磨"，把这许多话来，用刀切，用错磋，用斧砍，用琢轮磨，把一个朱先生"身体"上弄得干圆"洁净"，此在朋友，所谓爱之至，在过于朋友者，尤其爱之极。用许多话切磋琢磨朱先生的身体，（朱先生也是同亮月绿草一样，是自然的，是物质的。）何异用上山铁道，装在山上，用广衢夹在林里，用池塘盆盎栽花，用铁栏粉墙衬柳。（或用茅屋，同一物质，茅屋自亦甚好，然未必惟一的好。）用小横石磴、疏帘、凉台、深院衬月，用琼楼玉宇，红球衬地，电机飞腾，度数十年有情人之岁月，也不过任情求爱而已，何必苦滴滴专学乞丐式的陶渊明！（有时做做，我也大赞成，以此为美术品，以彼为丑恶，我大反对。）

　　纵笔所好，以任吾情，我之大意，却以为纵情是原则，而理智是情的奴隶，定可随意使之服役，并不"吃人"，我是主张明白理智，不要情其面目而理智其实在，那就要吃人了。我以为杨没累先生的切磋琢磨，她的至情驱使理智，使朱先生"身体洁净"，是情之至，爱之至。朱先生以山林之间，傍花随柳，吟风弄月，指定之几件东西，同杨先生做一个终身目标，乃是以理智选择了，套住了情，使情不得自由，于是不得山林花柳风月，两人便减兴趣，岂非把你们两人吃了吗？（下略）

弟吴敬恒　七月五日

　　没累附注：我是知这谦之那封长信里说的"傍花随柳，吟风弄月"，"结长伴于山林"等语，完全是他说明他的理想，一任真情的表白他的个性罢了，原来没有什么理智的条件说存于其间，这一层吴先生未免误会了些。至于吴先生勉励我们的话，我们十分铭感。

附录三　虚无主义者的再生

朱谦之　杨没累

（导言）过去的我们，都是个虚无主义者，心气暴戾，不知于乾坤毁伤了几多，于"神"忤逆了几多！只此便把宇宙和气，都销铄尽了。但是现在我俩虚无的路，已经走到尽头处了。我俩都拜倒"爱神"之前了！因为我俩性情，思想，年龄都相当，这几年来思想变迁的程序，也很相似，因此便自乐自进，而为终身伴侣了。总之过去的我们，在"虚无"里薰醉，未来的我们，让把晶莹澄澈的"真情之流"，洗濯我们，陶醉我们，这么一来，就把无情的宇宙翻过身来了！我们便实现自身于涤纶一切的"神"中了！我们所要过的，是"真情生活"，我们所能作的，就是"人"。底下的些信，就是我俩做人的宣言，也就是我俩从人类的心中发出最深最恳切的祷告，如今把他公开出来，为的是要劝导天下有情人，都出离虚无，而回转到这世界。

一九二三年六月十五日识于北京

其一

没累我亲爱的：得你的信和画片，使我感激得很。我们要从狭隘的自我解放下来啊！只有"爱"里，是一掬清净定水，洗濯我们，才爱便一切融化，那其间也没有你，也没有我，只是消魂大悦，和神合为一体。神呀神呀！我有意舍我自身作你的赞美者慕恋者。神告诉我："你乃永久存在于她心中"。所以我深信不疑，愿为你永久理想之友，因此我便决意把我的生平和著作都告诉你，你能承受这样告诉，我才欢喜。

（中略"少年时代、中学时代、革命思想时代、革命实行时代、厌世出家时代、放浪生涯的开始（放浪时代）、我的忏悔时代、我的再生时代"，见"爱情书简·北京—福州通讯"之四）

近来我因稍稍知人生意味，故即本此意，想著《周易哲学》下册，内容共八章：（一）人道主义（二）人性论（三）心神（寂与感）（四）命定乎？自由乎？（五）什么是礼？（六）复情（七）无欲（八）行为中之实现——这书是人的大发见！承认个人，承认人格的自由性，惟尚未动笔耳。没累！你能够帮助我吗？我对着良知宣誓，愿意有一个女子的帮助，愿意默默地和宇宙俱化啊！

我未来的愿望

人生的最终目的，只有爱情，我有爱情，便足以自豪，宇宙间还有什么能间隔我们呢？诗人在唱，泉水在流，都是告诉我们以"爱"的哲理，我们和"爱"合德的，忍辜负了我们诗的天才吗？没累！我愿意，唯一的愿意，就是如你所云"哲学的诗人"，那末，我的《周易哲学》，就是太戈尔的"生命之实现"了！可是我呀！还没有做艺术上的功夫，音节的考究，也须吾友帮助。如果真个同情同调之人，共相唱和，誓结长伴于山林之间，吟风弄月，傍花随柳，那就是我一生的愿望。人生天地间，还有什么呢？（下略）祝你珍重平安！

你的情牵倾心

其二①

情牵，我亲爱的知己：我细读了你的身世，引得我时哭时笑的。我的已往的声誉，虽不及你那样伟大，可是我的思想，我的"狂性"，和我这几年来思想变迁的程序，和你很相似的！谦之！你能这样知我相信我，并肯将你的人格似这般活跃跃的向我表现，真个是活跃跃的一湾真情之流，我何能不羡爱？我相信我过去的苦闷程途已走到尽处了，此刻正是我新生命的福音初来的时候。我看一切虚荣，一切学识，一切势，一切利，都是半文不值的！这人生最值得留恋，就是这一缕缕活跃跃的真情之流！当然，人生如果没有"爱"，那是不如直截了当的自杀痛快得多，但是人们就可学着飞絮一般的随风飘落吗？如果非得其所，那是很可惜的！我有时觉自己是个浅困在沙滩上的鱼

---

① 此信为"北京—福州通讯"之六，加＊＊号文字为《荷心》《文存》中所无。

儿,虽是渴望那晶莹澄澈的"真情之流"来迎接我,总不能不设想到一切深渊里面可怕的种种情形,可是我对你是深信不疑的,＊由你的著作,通信,由朋友方面听得你的为人,和你的特性,现在又读了你述平生的信,更是深深信仰你是个最富于情爱的血性青年。＊我的心灵,自从与你这一万余言表出的披肝沥胆的真情接洽以来,便时时醉在那汪洋甜蜜的滚滚的狂涛里了!啊!好个汪洋甜蜜的狂涛,尽力的推罢!尽力的滚罢!只求你快把我这个醉透了的孤魂,推到我那爱神的所在去,回到我那天真的故里去,做那清幽的好梦去,受那温泉的洗礼去!去哟!去哟!汪洋甜美的狂涛,快把我推将前去!我的血潮沸腾了!我的泪泉涌上了!＊我肢体疲乏了!我的灵肉仿佛要解体了!＊身外的一切,身内的一切,从今后再关不住我这样狂醉的魂灵了!谦之!我现在毅然决然的回答你,我愿意,我唯一的愿意,做那如你所云的"同情同调之友,共相唱和,誓结长伴于山林之间,吟风弄月,傍花随柳",以成就你所谓"一生的愿望",其实也就是满足我一生之愿望了。那末从今后"诗人在唱,泉水在流",诚如你所云:"我们和爱合德的"了。回想我们俩思想上经过的一切不谋而合的变迁的程序,好生奇怪!今番萍水相逢,便为知己,真可谓冥冥中有此神妙的因缘了。啊!谦之!我的爱!你看郭沫若君的《凤凰涅槃》,不就是我们俩的颂歌么?现在我们俩更生了!我们翱翔罢!我们欢唱罢!啊!我们从今后便作那一双相依为命的,你我难分的更生之鸟罢!

　　我们的前途,有远大希望,诚如来书称我为你"亲爱的",为你"倾心的",那么你便当自爱,修养那鲜美的心灵,和健洁的躯体,我们将来一块儿研究学问,共相唱和,那清妙的诗词,同奏那和谐婉脆的音乐,准备那健全伟大的羽翼,吹吁着芬芳雅洁的呼吸,永远不离的翱游四海,飞遍天际!我的爱哟,我们努力罢!只是,我望你来的心很切,此时什么也不能做;课也不能上,甚至极要紧的钢琴,也都无心练了!你若来了,也许我暑假期中不归去的,即算要回去,也得要你同去才去得了。你来了！我和你可常过些清妙的诗意的生涯，我们在那花前月下山涯水湄，和大自然一切鲜美生动的灵感融合为一！这是何等幽静恬美的温情，我们有生以来何曾经过？

　　谦之，我们既决计脱离虚无，便须努力趋向有生的实际的方面，切不可再如从前一般空发虚无飘渺的非人议论，架那空中楼阁的书少著些！只努力求自己实在的学问，做自己的诗，非替别人做事！努力了解社会，谙习些人情世故，免得自己上当吃亏！努力去疑心病＊（我也是最多疑心病努力改造）＊，因此病多为疯病之媒！努力寻求精神娱快，洁净身体，讲求卫生。一路上处处谨慎！（下略）

爱你的人没累
（原载《民铎》1923 第 4 卷第 4 期）

附录四　坟　墓

张友鸾

　　平时他们是不大出门的，两个总聚在小屋里闲谈，一时谈天，一时说地，以至政治问题，社会问题，他们总越谈越起劲，往往说得天花乱坠。将近腊月的天气，鹅掌似的雪片，布满了北京城；小沟中的水，冻得寒心；风狂吼起来，更叫人听了骇怕。房子角上烧了一个煤炉；不问可知，宗伯和仲生两人的生活全磨灭在火炉旁了。

　　宗伯虽说和仲生住在一起，但两人性情却大不同。仲生一副纠纠武夫的样子，是宗伯所最讨厌的；宗伯性子很孤介，觉得举世无所亲，仲生虽是野了一点子，率直的脾气却是宗伯所喜欢的，两人于是合上了。他们两人同在一个大学里读书，宗伯学的是文科，仲生在法科。每天清晨，差不多七点半钟光景，他们便挟了讲义，同时去听讲。宗伯听课很随便，因为一些课多半学过，而且教员不行的太多，反不如自己看的得益；仲生与他却反对，仲生是"有课必上"。有时宗伯懒得到学校，仲生必定拖了他的膀子，胁迫他去；这种好意，宗伯本不愿受，有时为了混时光的缘故，也勉强服从仲生了。

　　他两人决裂的时候多,也不过为着芝麻大的事情,三五天见面又笑了。他们有解不了的关系,所以不能维持一个永久的战争。大概仲生起衅时居多,叫呀跳呀,宗伯总拿一笑了之,如果宗伯不服气,辩论了一两句,两人立时就要分家了。在分家之后,宗伯依然镇定,好像没事一般,仲生的暴燥脾气,处处受牵掣,得不到人家好言语,立时便又懊悔起来,总还是宗伯有养气功夫,含笑问仲生话,两人从此,又和好如初了。最近,两人又争论了一次,恼了很久,原只为了一个问题。

　　炉里的煤块,一个个都烧成了透明的发光体,这块挤了那块,那块又站立在这块身上,块块都红的了不得。渐渐的成灰了,红色的渣滓粉一般打炉颈里漏下去;漏的越多,就是越表现时间上的新陈代谢的快而且可怕,——炉旁坐的宗伯和仲生,却不管这些,两人吵得一团糟;我想他两人当时如果低头一看未烧的黑煤,着火的红煤,还有那燃烧过的煤粪;祖孙三代,原只是那么一回事,哼,他两人一定也不再朝下争辩了。

　　“不管怎样,婚姻和恋爱,绝对发生不起关系来;假如要说可以发生关系,除非拿婚姻做恋爱的坟墓!”仲生捏着铁铲,脸上被炉火映得通红,说了两句话,面色更红得紧了。

　　宗伯捧着茶碗,凝神听仲生讲完了话,才轻轻呷了一口茶,慢慢的转过脸问仲生道:“婚姻问题多远呢? 同性交问题……?”他的话未完,仲生已接着说,声音并且大而坚决:“婚姻问题就是性交问题! 在外国或是中国,种种说法,都是并这两种做一个说的!”

　　“你看过 Edward Carpenter 著的 Love's Coming-of-Age 么?”宗伯还是轻描淡写的发着疑问。

　　“那本书又怎么说法? ——我虽然没有读过那部书,但我相信和你主张相同的书,一定也没有什么了不得的价值!”

　　“哼!”宗伯鼻子里发出一声冷笑,但又说了,“我告诉你,你少要自满,到处胡乱扯! 你如果再多读几个月——也不要多——的书,也不再来和我吵这一笔闲账了！你赶去买一本 Love's Coming-of-Age 来看看！"

急性子的仲生，如何捐得住这些话，脸色一沉，气愤愤的叫将起来："你念了几多书，也来教训人？我看你还要再读几十年书，才配来和我说话哩！"仲生心中明知自己肚里不如宗伯，书看的又没有宗伯多，但一时性子上来，不免冲出了这些话。一面自己又想起昨天还找宗伯替他删改了一篇小说，今天就在宗伯面前吹起来，心中更是惭恶。他抛了铁铲，随铁铲锵然在地下翻了一个身，自己却跑到位上，扭亮了电灯，拖一本英文教科书放在面前，鼓着嘴不再作声。那时宗伯仍然只有一个"哼"声的冷笑，他两人就从新决裂了。

和好却也很快，吵过后的第三天在吃饭桌上，他两人又攀谈了，并且两人的脸上都还有真实的笑容。清废帝溥仪娶正宫娘娘了，北京城里的旗人都热哄得二一添作五；以为虽不如往先的盛典，还要大赦特赦，已是了不得的天大事件。汉人却只随随便便，然而警察总监已发出悬旗庆祝的通告，引起了他们的注意，他们倒时时想不知是挂龙旗好还是挂起五色旗儿好？警察总监忘了告诉他们这一句话，后来他们毕竟是躲懒，连一条白洋布或是红老布的条子都没有悬在他们的门头上。

"中华民国十一年十一月三十日乃大清帝国宣统大皇帝迎娶正宫娘娘淑妃之吉日也。"宗伯和仲生谈笑着，宗伯编着这一段有趣味的"民国史"惹得仲生合拢不起嘴来，在笑中却有一种鄙夷的状态，仿佛说溥仪太不知趣了，他们是"忝列平民"的，对于这样的"国家盛典"自然不舍不参观一下。三十日下午一时，他们便伫立在景山东街看着过礼。然而当时他们所得到的，也只有一个"阔"字的批评。

"喂！热闹罢？"宗伯拖着仲生手向前走着，忽然听见背后的呼声，两人同时回头一看，原来是同学立年君。当时宗伯答道："也没大意思！"

"没大意思？"立年君现出惊奇的样子来，"这不但是炫人耳目而已,很有历史上的价值哩!——今晚迎娶的时候,你们不起来看哪?"

宗伯对立年君问的话,只以一摇头报之;仲生却赶忙说:"我看,我看!我要看看皇帝入坟墓时和平民有什么不同的地方?立年!我夜里睡得很死,你起来时候务必打我招呼,喊我!"立年君当时应允了仲生的话,又咬死一句:"一定的!我夜里叫你一定起来的!临时不准反悔,推说天冷啊!"

那时宗伯听着仲生和立年君打话,也不加阻止,只在旁边冷笑。他心中想:"几人结婚是入坟墓?礼教下的结婚是入坟墓,不在礼教下的结婚,合灵的爱与肉的爱在一起,也算是入坟墓吗?皇帝结婚时是入坟墓,不结婚时便是活人吗?他不知道所谓恋爱,然则那扩大的宫中算不了坟墓吗?一定要在结婚时才算入坟墓吗?"他又悲悯仲生的错解,不懂什么叫婚姻,什么叫性交。

夜里四点钟光景,已算是十二月一号的早晨了,鼓锣弦管,声音有时也还悦耳,有时觉得似乎有点讨厌。仲生睡在床上,很不自然的打个呵欠惊醒了,立年君已立在他昏昏两眼的前边,咬着牙齿,抖颤着,喊着冷,穿好衣服,仲生就伴了立年君出去看迎婚礼。宗伯也为他们吵醒,闭着眼骂了一声"贱骨头,自找罪受!"

乒乒乓乓的一阵响,那时约有六点钟,天上还是布着几片黑云,孕着半轮明月,仲生却早回寓来了。宗伯自从仲生与立年君出去后,就睡不着了,听见仲生回来,就赶着找仲生报告;仲生铺张说了一阵,"喜轿是六十四个人抬的,轿夫个个都戴着红缨帽儿,还有水晶顶子哩!地下的黄土,铺得有两三寸厚,一脚踹下去都是松的不起劲!"

"皇帝娶亲是还有些派头啊!"宗伯接着说。

"谁说不是呢?这样的坟墓何尝不能进去呢?像我这种没福气的人看了这种势派也有点癞蛤蟆想吃天鹅肉的心思了!"

"这种坟墓何尝不能进去呢?"宗伯听了仲生的话,知道仲生入迷途更深了,一时是觉悟不来的了。

半夜里邮差送来一封快信,给仲生带了一个重要的消息来。信是从九江寄来的，是从仲生家乡寄来，是仲生的父亲写的。信很厚话很多，中心的意思，仿佛说："仲生！你不要再糊涂了，什么坟墓不坟墓的？你的父亲现在难道在坟墓中吗？你难道是从坟墓中扒出来的吗？"教训还是另一件事，信中说的是仲生的姻事，说是吉期定在阴历腊月二十二日，叫仲生赶快回家。

"如何是好？如何是好？"仲生接到信，只是跳脚，"真要入坟墓吗？真要我入坟墓吗？真要我入坟墓吗？……"

"你回去娶亲不好吗？"宗伯笑着问他。

"你那能知道我们家里的情形哩！娶亲，简直是入牢笼！况且——"

"况且，况且怎样？"

"漱仪同我也常通讯，见面时也亲热的了不得，纯洁清净的恋爱，超过了夫妇关系；这么一来，岂不要把全案推翻了吗？"

"先你何以不和漱仪商量，一致拒绝呢？"

"我是写信给漱仪的，说到此事，她就不覆信了，她还怕羞哩！"

"不问如何，现在你总得要回家去的！"宗伯觉得仲生所以不愿入坟墓，原只为坟墓不阔；假使仲生晓得结婚的实质不是入坟墓，一定又吵着回家去了。

"不！家中如果逼我太利害，我一定逃走，自谋生计去！"仲生很坚决的回答。

宗伯听了话，只是笑，发出一个滑稽的疑问："仲生，你是不是学法科呀？漱仪同你性情很不合，是不是？"

仲生本来一肚不受用，听宗伯说的话，更增加些气，直嚷着"胡说！胡说！"两只脚在床上跳不起劲来，将被都掀开了，冷气袭进去了也不觉得。宗伯只是慢吞吞斯斯文文的一板一眼说着以下的话："你如果学过法律的，应当晓得逃避是有罪的；——我知道你为改革法律而去学法律，但现行的法律，你也应当明瞭呀！即使抛开这个不说，你固然以你的理由不娶亲，旁人却谁相信你？漱仪不以为你弃置她么?"

"我怎样呢?认真回去向墓门走吗?"仲生认承宗伯的话很有理了,但仍是没办法,不免央求宗伯。宗伯替他划策,叫他服从家中命令寒假返里,临时再相机行事。

仲生领会了宗伯的意思,想了一下,在床上翻了几回身子,仍旧有点疑惑似的说出来:

"假使家庭挟制我入坟墓怎么办呢?"

"这就不对了:你如果爱漱仪是真意,你一定要回去的!漫说回去不是入坟墓,即使是入坟墓,睁了眼睛你也得进去!"宗伯的话也很沉重,"如果你不回去,精神上不必说是被遗弃于爱你的人,实质上马上须要受了经济的压迫。"仲生听了,默然无言。

茫茫的夜里,渐渐露出晓态来:房中的家具,隔着帐子也见着一件一件的现出来,带了灰色。残月挂在树梢,雄鸡嘈杂,只她还不藏下,在嚷着"天亮了!"房中的声慢慢寂静下来,宗伯重兴入梦了。只是仲生,辗转反侧,两眼刚闭上便又睁开,十七个吊桶在肚子里上下。仲生却也决定了,他决定这个月内回家,向漱仪说明不结婚的意思,明春再到京来。

九江来的信,宗伯收到了;那是仲生才到九江,从那里发出的第一封信。"……世上人那有睁着眼睛入坟墓的道理?我遇着了机会,见着了漱仪,定要和她说明道理。现在家里人为我忙的紧,我也不加阻止于他们;他们虽是要破坏我真实的爱情,表面上我却也要呈我的谢意。漱仪现在好像是安排做新娘了,深居简出,难见着面,叫我的话也没处说了,我真有点着急。……"

过了好些时,仲生在结婚的头一天又来了一封极长的牢骚信给宗伯,那信中说:"……明天是生死决定的日子了。他们兴高采烈的,我也不能拿板板六十四的脸向着他们;他们倒说我要做新郎了,快活得笑不出来。在这么长的时间内,我始终没有见着漱仪说一说我的意思;明晚可以见着她了,但我发表意思,已嫌晚了。宗伯!我这便

如何是好呢？或是自杀，或是睁眼入坟墓，此时已没有躲避的方法
了！明天，唉，明天就是我判决的日子了！……"宗伯捧着信，思量
着，一面自言自语道："明天，明天判决……只怕这座坟墓，只舍得进
去，却舍不得出来啊！哼！仲生！"他敢说仲生第二天和漱仪行了婚
礼，并没有自杀。

一直到过年的时光，宗伯总未见着仲生的信，写了几封信去到九
江，而从九江来的函件，没有一封有宗伯的名号在上面。宗伯不免怀
疑了，"当真仲生自杀了吗？"他又相信仲生不会自杀的，那么他又疑
心仲生的家搬了；他知道仲生家没有如此容易迁徙，而邮局也不会存
心促仲生的信一封一封的遗失，他果敢的断定了，仲生新婚宴尔，欢
乐逾分，忘了写信，懒了写信了！

旧历新年到了，宗伯接着一张"恭贺春节"的片子是从九江寄来
的，下端刊了仲生和漱仪两个人的名字。宗伯的推测，越是有了
证据。

春风吹醒了杨柳枝儿，春冰还是切实的冻着，一个个学校的大门
都为风儿刮开了；学生个个也都被刮到学校里去了；只是，微弱的春
风，还不一口气将"涵渢金绡帐里"的仲生从九江吹回北京去，宗伯见
着不过意，就助了春风一臂之力，写一封信催仲生入学。那封信中有
"……你的爱实现了没有？你是入了坟墓呢还是登了'造化台'？我
要问你，你现在该可以不自杀了罢？"他的信发出去将近一个礼拜，仲
生的覆音就由九江乘船到汉口，由汉口转车到了北京。

"……理论的确只是理论，实现是不和他混一起的。我现在真相
信了，婚姻是一件事，恋爱是一件事；而绝大的性交问题，除了帮助恋
爱增加而外，和婚姻是毫无关系的。婚姻是坟墓吗？——不是的！
我已知道我以前的见解错误了；婚姻只是一座坟表，只是一个牌坊，
见着是非常可怕，实则里面空洞洞的一无所有！人生只有恋爱是生
活，而性交却占住恋爱最大的地方。人家以前说恋爱者结了婚便是
入了坟墓，这是绝对的错误；结婚后的爱，更真挚了，因为超脱了理论

而到实现的了！宗伯！你应该恭贺我现在的觉悟！宗伯！我还希望你的爱早一点实现哩！并且，还有，我的漱仪现在站在我的旁边，她说她同样的祝你如我所说的话！”

宗伯对于这些话本没有什么怀疑的地方，因为仲生这么一讲，倒顿时引起了一个难题，他搔着头向赤皜皜的太阳说：“坟墓却在什么地方呢？”

十一年十二月一日脱稿，在北京
（原载《创造季刊》1923 年第 4 期）

其三　北京—南京通讯

（1923 年冬）

一

亲爱的情牵：你离京不是足有三天了吗？你不是应该于这星期三就到了南京吗？为什么你到了那里两天了还不见信来咧？昨晚等你的信直到更深夜静，四周的人都睡了，炉火也全然灭了，我还在痴望着门外的寄书邮。后来听得隔壁公寓的邮差叩门声，接连又是一阵脚步声走近前门，果然停步，叩门，并喊着“姓杨的接信”，我便毫不怀疑的跑上前去，接着看时，才知是母亲写给我们的。可是慈母之爱究竟何能慰我这样痴恋的孤怀和相思的狂热哩？亲爱的人儿！你不是我终身相许的异体同心的伴侣？除了你谁能慰我哩？情牵！你是这样不给我信，你可知道你亲爱的人是何等的心焦，何等的狂燥啊！作茧原是自缠，遂不禁自怜而怜汝，心如刀割，泪如泉涌，料此生永无超脱日矣。嗟呼！吾爱！若天公许爱而必不许同居，那么人间何异于地狱咧？

刚才正当写到伤心处，门外又有叩门声，颇似邮差，我走去开了门，果然接到了你的信。我将你的信读了又读，此时的心境直是难以形容。你说你有生一日，总期有早一日的完聚。亲爱的人呀！你爱我的心这样的亲切，我不知道要怎样报答你的深思才是！完聚是我俩唯一的愿望，但是疾病如深渊的礁石，康健如黑夜的明灯，所以我们要达完聚的目的，更非第一步体贴爱人的心爱护自己不可。知道了身非己有，若是依然自由作践，必不是有情人所忍为的！

二

你常对着我的照片看么？你心里想些什么？你每天看它几次？你觉得它于你有什么好处？你是坐着看，还是站着看，还是躺着或靠着在看它哩？你详细的告诉我罢！你看过了有什么态度？你还是笑，还是哭哩？

我有一夜梦见你回来了，尽管紧紧的抱着我，可是我觉得太紧了，有些骨头痛，我就在你额上 Kiss 了几下，你才很温柔的亲吻我。当时我全身骨骼，觉得非常酥软，筋肉和血管都仿佛颤动起来。我醒来了，还常常想着那样使人沉醉的 Sweet Dream。人生几何？若是能乘着个青春时候，及时与最亲爱的情人任情欢乐，那真个人间天上啊！可是我个人觉得快乐，不是人人都如此觉得的。我觉着只有如龙井清茶的淡味，已比恶心甜腻的红茶滋味好多了！只有如古琴和泉水的声音，比喇叭和海啸的声音又要清幽高雅的多了！我是精神欲最重的人，所以要很丰富的诗兴，才能满足我风流清妙的情欲啊！亲爱的人儿，我要怎么样才能安慰你？我想我实在没有好处，我也许是情感太浅薄了！可是我也实在不能达观，我恋别之情很重！我觉得相爱而远离是人生最苦的事！只要能在一块住着，就立刻死了也甘心。因此就以与你远离了，心里常觉得怪难受的，这是没有理由的。总觉孤寂无聊，有时强自安慰，反为更觉凄感。女子的短处就是泪多易哭，不从深处着想，不计算利害，这都是我所备具的缺点！所以我动辄感慨来了，总是要哭，可是又怕别人见笑，要时常忍泪，所以更苦了！

情牵！我爱你清狂贞洁如曼殊，深恐你将来与曼殊同命运也！你能否解释我如此的爱心？

三

情牵，我清幽雅洁的芳心哟！今日的风整天狂叫，引起我无限情怀。刚才吃过午饭，围炉静坐，心里觉得一种难以形容的苦闷。我以为又是病来了。外面一片凄惨的风声，闹过不休。我心里暗想"不奈听风声，风声偏不歇"。后来细细玩味这两句话，颇有诗意，随后续下来成了短诗三首。兹录于下：

1. 不奈听风声，风声偏不歇，
   枯条断片逐尘飞，景象何凄切？
2. 满目荒凉影，全腔凄淡情。
   相思谁与寄？唯望远归人！
3. 出入烟霞水石间，
   相依默识两心闲。
   却除俗世人来往，
   踏遍千山又万山。

我写这些话完了，心灵里觉得轻松活泼多了。随后又将你最近的信看过一遍，看至沉痛处不觉泪下。是的，我从今去除一切罪恶的怀疑罢！我近来看了你的《周易哲学》，我最喜看的是《流行的进化》《美及世界》《泛神的宗教》这三篇。全书除了《名象论》一篇尚未看，其余都看过了。你作《周易》的见解，我实觉得很有理由。你的泛神宗教，我尤其觉你言之有理。我真觉得非将狭隘的我解放不可！非听命于主持万有生死之神的指挥鞭下不可！那唯美唯爱的命运之神啊，早为吾俩结着同心并蒂的生命之花，早为吾俩套上生死缠绵的痴情之键！已将我整个的心身全归你有，也将你整个的身心尽归我有了。我既倾身皈伏于宇宙大神,除非绝对听乎天命,更有何畏!何疑!吾的亲爱浮沉于汪洋一片的情流之中,只求俩爱永生的抱拥,到最后一渺时的相与狂吻狂歌,已是我俩命运之神的最大恩惠了。

四

来信多谢你骂了我许多死神、活神的话,你是不愿意我扮演死神。其实女生的戏演不成了,我上那儿去扮死神哩?戏之所以演不成,也正是阎瑞姊扮病妻的夫太不"适如其分"了。敦祜扮的医生,是和那位将死的病妻送终的,你愿她照样看护我的病,可是你愿不愿做那样的男子和我"死别"哩?死是终归要死的,只要死得其所!若是能死于吾爱温柔的怀抱中,薰醉的亲吻中,永远的记忆中,这是何等甜蜜的死!其所以流连欲死而不死,也是唯恐有生的人遗恨!眼见着最亲爱的人,很凄凉悲苦的只身活着世上,自己必不能全无罣念的逍遥就死。非但有情人所不忍心,而且也不甘心啊!并且我们这样,简直想了都觉有愧于心,都觉万分不应该想的,就是母亲和我们的"爱"。亲爱的呀!如果将来母亲没了时,我俩更当生生死死一日都不分离,就是去沿门求乞,也要携手同行,就是临死时,也当同时情死。

五

刚才邮差寄来你三封信,我看过了一遍,我的全身全灵都仿佛沉醉在无涯的海里,触着情电之波。亲爱的人哟!你说:"回京时期日近,请放心些",然而我觉得日期愈近更不放心!好似登山一样,愈近目的地,愈嫌步速迟延。我只求此次相聚永不再离开,便命我终日为爱神供奔走,受尽千磨百难,即绝命于吾爱怀抱中,也就胜似这样两地苦相思了。你常说:"爱之花园里,同时充满了死之歌声",我何尝不闻得"死之歌声"哩,并且我觉得这是人间最优美最甜蜜的歌声。我俩既知"死"是不可避的,便乘着美景良辰沉溺于真情之电流中,泥醉于迷恋的花蕊中,绝命于浪漫甜蜜的互相狂吻中,这当是我俩最后的幸福,然而当此慈母在堂之时,我实不忍多说哩!

六

我刚从女生寄宿舍回来,昨晚在那里睡,今早洗过脸,和闾瑞一路出来。她未上课,我现在家中,敦祐上德荣处去了。我一人闷闷坐着,痴想,并看你昨晚来的信。

我身体虽然没有病,我的心实在病了。我整天的感得自己孤寂悲凉,同时幻想出许多不近情的恐怖出来,总而言之,我总觉得怕我俩"爱的生命"不能永久。我自己是生生世世这一点情不得变的了!我时而以彼此身体为念,时而以我俩"爱的生命"为念,时而以慈母、爱人远地飘零为念!还加上许多关于未来我本身恐怕免不了要遭逢不幸的幻想!我的心境真是苦极了!我疾病,死亡,贫困,(只要在母亲不知的范围内)誓与吾爱安分相守终身,可是最怕的就是我俩"爱的生命",或为外物摧残,或为死神——第三者引诱,到使你我共守的单一与永续都不能实践。我觉得男女之情,不管精神或物质,都是丝毫不容分割的!相爱的两个心都是丝毫不容间隔隐瞒的!至于半途失恋,尤其是生人的恶疾极刑。情牵!我觉得我的心一天天愈狭小了!我觉得男女恋爱之情的一个区域,除了这一对痴男女终身占据着,决不容第三者(男的或女的)稍涉足其间。我更狭小,简直想把一切朋友的友谊,通通归并而尽给与唯一永续的爱人或慈母。情牵!你觉得我应该这样想吗?理由对不对?你的情也是我这般窄狭否?现在你虽可被我深信为爱情专一者,然而未来的命运,谁可预料?假若另有人爱你,亲爱的人呀,你能否丝毫分割我俩的永续、单一而神圣的爱情(精神或物质)哩?万分请你告诉我!你到何时才能回家?你说阳历年终便可回来,下星期二就是 Christmas 了,为什么最近的信,反不说及了?你总要告诉我一个日期,我是何等的盼望你来啊!我这样提心吊胆的日子,实在难受了。总而言之,我一天天的爱你愈深，我的心境愈窄狭，也就愈觉苦痛了。

我当十分凄淡无聊的时候，我就幻想着你回家时的乐趣。我一瞬一瞬的送着时光过去，可又是一程一程迎着"爱的晨光"前来，快些前来啊！我爱的心将要憔悴死了！

七

我深知你是世上最贞洁多情的人，原不应该怀疑，实在太冤苦吾爱了。可是我虽是怀疑嫉妒之心日盛，然而我的情日益柔弱了。我觉得只要爱神收留我于他门下，便命我日夜匍匐于神的左右，鞭笞于神之鞭下，便是鱼肉宰割于神之剑锋之间，也就是我终身的幸福。如果天心见怜，使我俩百年偕老，享尽天上人间之乐，携手相依于烟霞水石间，玩月吟风，看梅放鹤，同心协意的实现和靖先生的雅淡生活，这更是爱神赐我俩无量的慈悲恩惠！我生平总觉和靖先生是最富于情而淡于欲的人，深羡其清妙幽闲的诗趣生涯！他的情如幽谷之兰，流水高山之曲，孤芳深隐，何得谓淡于欲者而必薄于情耶？故我平生敬慕而理想之人，即此情深欲淡如和靖者也，我这种想念，我爱以为何如？

八

今夜的月夜，依然这样的清明，天空也还是那般高洁，门前的积雪仍是未溶，房中的炉火还在红着。惟有今夜的清风，不曾吹送些醉人的芳讯来，我孤凉凄淡的情怀，真不知如何是好？亲爱的人哟！你千万怜我愚痴，早日回京罢！

此刻已是夜深人静，但闻一片犬吠声，与遥遥地几点残更相应接。

其四 北京—济南通讯

（1924 春）

一

　　情牵，你应该昨晚到了济南，你的信还没有来，我是何等的盼望啊。情牵，我虽是强自安慰，总觉得有点可怜。你对我待我，恩情自然是极端深厚了，可是事实上常使我俩分离，我觉得还不及你那手表和你缘多哩？然而我俩的情，总是片刻不停地在工作着。今天余子惠笑你是牵丝，我就是吐萤〔茧〕。当然旁观者知道这是苦事，可是我还觉得捆死于丝萤〔茧〕中，也都甜蜜。

二

　　我近来得了一个秘诀，知道歌的第一重音 Soprano，可以依着一个标准拍数 Motive 做的，萧先生①上次要上应用和声那班的人，照《春之花》的 Motive 仿作一歌，他们都不敢作。我今天作了一个交去了，又知道 Motive 是可由自意创作的，所以我还把我爱的那首"也逍遥"谱入了我的新声，一并交给萧先生去了。歌的好坏，我都不管，怕的是辱没了我爱人的诗啊。

　　你另一首诗照你意改为"天上三五明星，山也青，水也清，农歌三两声……"之下，并替你加一句"阿侬忙着上归程"没有加错否？还有前一信上，我最喜欢那句"拣溪山好处，携手闲游"，那句"渴时饮，醉时歌，一声长啸，恣意傲王侯"，音节最好，只可惜"……恣意傲王侯"的意思太不好，我们从来轻视厌恶一切王侯，然则王侯何足傲咧！

---

　　① 萧先生，即萧友梅。

三

别离的期限还只过得四分之一啊！我身体是一点病也没有，怎奈思念你的心一刻都解不开，非等这三星期过去是不敢望你回来的。可是你回来后就保得定不再别离了么？思来想去，人生究竟是苦境咧！今天没有练琴，并且也不愿见着人，独自在家倒快乐一点，哭时便哭，笑时便笑，常出你的信看，并常和你的照片——我心爱的人儿亲吻着。今天又把你从照片裂下以盟心的像，已从信上剪下贴在一寸长的两页硬纸的一面（这是我将照片平日扯下的纸，叠成很小的像片形），纸上又饰以水红带，于是一面纸上把我亲爱的小照贴得端端正正，一面上写上两句诗道：裂影盟心两莫忘，永生同命作鸳鸯。

两页硬纸之间，又贴了一纸玻璃纸，所以俨然是个寸许长的一小照片。我常展开搁在我胸前和吻上，出入睡眠必安置妥贴与我最亲近的地方。这个方法，当然能给些安慰，然而念你的心，是只有加无减，为之奈何？亲爱的人呀！我自然是想你回来，就什么也好了，可是不敢于三星期内促你回京。唉！我这样的人，还望什么出息，就是做人又何必以为了不起，定要做何等人物。只要情感安了，便好了。可是情感是这情形，何得平安啊？原来累己累人，都因一点情牵累。刚接来书有诗，我读至"凄切，犹记出门时节，怨极共凝噎""本欲濯发沧浪独浩歌，奈儿女心肠，翻成啼血"，泪涔涔下了。我俩都是有难离之苦！情牵，我又想问你一句无理的话，你能即日回京罢！情牵，你回来罢！可是又怕对不起学校。

四

我最亲爱的情牵：此中滋味，唯我两人感得深了！如果再说我俩别离，我恐怕会要愁死了。人生几何？经得多少风风雨雨咧？但愿作到死缠绵的春蚕，不愿作风前的蜡炬。你说"此后莫要分离"，唯你能知我的心啊！这就是血一样的多情！我们只要生活安定了，就一切都美满遂心了。所以要抛却名利心，才入得爱的乐地。亲爱的！只怕"此后莫要分离"一语，又如前两次说过一般无效。今后我要坚守"莫要分离"一语为约，困难时也不顾，总之贫病、乞丐同死都可以，唯有离别不可再经了。我实在不懂这个神秘的理由，这次我们是第三次的别离，别开的时间最少，距离也算最近，反为觉得比前两次苦痛多了。我想如果再经别离一次，恐怕我不能经了！情牵，你爱我的深情我实在感激，只是这你早一星期回京，一师学友们不会怪你么？

其五 西湖—广州通讯

（1927 秋）

一

最亲爱的情牵：皎洁的中秋月色，由浪涛滚沸的海洋上掩映出来，成为种种奇观，那引诱人的力量是大的！还待说么？然而那新妆善舞的浪花，毕竟是又冷又咸；那含笑弄涛的明月，终归是空的假的。我想这其间决不能有丝毫作用，来动摇你那磐石似的意志，离间我俩永远单一的恋爱的。总而言之，不论天堂的乐趣，或地狱的困苦，都不许有独断独行的自由啊！因为我俩既有永相怜爱永不离别的盟约。而且两人合一，个人只算半体；两心相恋，一心只算半个心，所以事事都有两人同意的必要，这才不辜负彼此牵挂的心思！何况双方的生死问题，更有双方同意的必要哩？所以我对于我自己的病，因为你不许我病的缘故，我是定要竭意却免的。其余更大的事情，自然更应该取决于你；但是我对待你既是这样的心，我要求你体贴我的，当然也是一样了。总而言之，情牵！我这回让你离我远去，根本重复叮咛你的，就在"谋生"二字（望爱我的情牵，千万不可与我"谋生"二字，背道而驰）。你到广州可看情形如何，万一无望，我是张开两臂望你回来，回来了我还要和你永远过些共同的浪漫生活咧！（我爱郑板桥的道情生活。)你上船时,寄给我一本《泰东月刊》,我看了那篇《海角哀鸿》[①],引得我流了无限的同情泪,至今天想来,仍是忍不住的悲凉凄楚!他俩也是四年相聚,也是受经济压迫而分离,女的也害肺病,也有钢琴琴谱,或许也是学音乐的罢!男的也极端钟情于他的恋人,也是独自只身的出外谋事,所以与我们情形不同的,就在他没有情逾手足的忠实朋友,你却有黄、王二位和漱师的友爱,所以他的结果是惨死于他那老友的冷酷待遇。但他这种行为实在太刻薄,辜负她的爱了!他逃开她,抛弃她,这同始乱之终弃之的浪子一样弃妻潜逃了!那女子只算被骗失身,上了一个大当啊!这篇小说你见过没?你的感想何如,望你告诉我!

今天中秋,你或者正在倚栏待月的望着那汪洋海浪,向着广州前进罢?我是一心只等你平安到粤的信来,就放心了。

二

今天实在太难受了!信是只怕又等不来了。你去了一十四天,我无时无刻不望接你到了广州的信,只好悔恨当时不曾约定要你一到广州就打电报来,真是莫大的遗恨。以后无论怎样穷困时,别的钱可省,邮费电费不可省!急要时,一定要用电报,否则误事更大。你也知道我这样的人,决不能再受这等长久的罣虑!虽然此刻还没病,但是这种病是再有不得的。你看去夏还是初期的病,去年冬天一发就加到第二期了。你以后宁可多花一点电费邮费,实在比禁止我吃干菜的效力还要大得多!

我因等不着你的信,不高兴上城,托人到商务印书馆买了一本明密码电报书,预备明天打电报,问你"到否"。据你说十四早从上海开船,距今恰好十三天,还未见你的信来,你想我怎么不是焦?只因当

---

① 　郭绍虞著,原载《泰东月刊》1927 年创刊号。见"西湖—广州通讯"后"附录"。

时省了那数元的电费，竟使你的爱多受一星期悬念的苦难！为了这捞什子金钱，真可把人间化为地狱！我看了这本电报书，不由我不羡慕阔人的福分！（可惜我们多情人太穷了！那些富的，又无用电写情的必要！）

三

今天上午有郑天挺先生来找你，说是由梁先生处来，我告诉他，你已到广州去了。午后又有陈仲瑜先生来说由郑天挺转到梁先生一信，他说："不知道梁先生怎么听说密司杨的病，更加利害了，要我来看看谦之已动身没有？"我说："我的病完全好了。"他说："咳也不咳了吗？""一点也不咳了，完全好了。"他便问我："还上广州去不？"我说："或许明年要去的"。他坐了一坐便去了。在门外尚问我："这里距大佛寺远不？"我告诉他："不远。"我回房来发现他有钱袋遗在桌上，我便赶忙追去。可是他的舟去得很快，我一直送到大佛寺门前，兵又阻住我，好容易遇着一个和尚，打了交涉，才许我走进去找着冯先生的房间，找着他们二位。我便把钱袋交给陈先生了。冯先生连忙倒茶给我，他问你几时去的广东？我说已去了一个礼拜。我说："他那天早上要到你这里来，没有来么？"他说："没有来。"我喝了一口茶便回来了。可是回家中来，他已经遣人拿片子来取过，母亲说已经送去了，那人才去咧！情牵！你应该写封信给陈先生，他是事多的，他接到漱师的信就来了，你应该写信感激他的。情牵！我近数日来一点也没病，昨天又拣了两贴药，今天吃过一贴了，所虑的倒是钱不多了！其余一切都很安逸，你可以告诉他们三位说我完全好了。

四

看了你这四张画片，完全再涌现出那六七年前的广州。大新公司是我们从前常去的，那时初开不久，这片上的东堤、西堤，大概就是从前的长堤和西关。这东堤铺面前的人行路，仿佛我们曾走去看过电影。这西堤的江岸也依然有这样多的小艇,停在那里。东山呢?离我那圣希理达学校很近,那邻近本有一个牛奶厂,这个风景也似曾相见过的。只有惠爱路记不清,是否往女青年会也曾经过这样的一条路,或是新筑的马路,也未可知。总之我理想的广州新市政,决不止此!从前的广州城外,西关、长堤两条街本来就比上海繁盛,而且别有近水远山的风味,"海珠"溜圆的浮在江边上。曾忆一次在平安栈五层楼台上,远眺拂晓时的朝霞变化,远山边的初阳渐升,邻街闹市上的早上沉静安闲的姿态,现在回想起来,都很心快神怡!现在的广州,一定不止这样,我们动身时就已着手修马路了。城里有了马路,是广州新市政建设的第一步,我倒很想知道的。沙面你去看过没有?在从前就已经是绝妙的好道路,东西两堤都比不上的。

五

情牵:你是我的终身伴侣,所以我对于你也格外想得周到一点,我明知你平时对于我说的总是置若罔闻;但是我总还是要常尽你的忠告的啊!我知道无论何校教员,总有几派的,但你是去教学生的,不是去改良教员的!(这是另有人负责的!)那其中就是或许有其他主义不同的教员,这实在不必你管他们的闲事!横竖你的主张与中山是相同——是由三民主义进到世界大同的。人们都知道了,不同主张的,横竖奈何你不着。(不管别的教员,国家主义也好,强权主义也好,你只教你的书。)你尽可专心去教学生,旁的闲事尽可不管,这使得旁人无法恨你!这样你要做的事,方可永久继续做成!你应该把教学生当耕种一样的兴趣才好!一个人只怕没有自己的主张,有了主张也还怕没有人来领受,如今你既有了主张,又能及时行道,这还不是难得的机会么?所以切不可见异思迁,或以学问去骄傲旁人(这是浅薄轻狂,反惹人轻视。)你看孔子、耶稣诸人,所以能成世界的伟人,都是得力于许多很好的信徒!

六

情牵！你说"你应该爱你那贫穷的情牵"，你看我何曾不爱过你的贫穷？我若是在贫富上讲爱情，我当初岂是没有眼睛么？但我虽不嫌贫，却也不全因你学问太好！实在最使我爱的，还是你那单一永续的真情之流！

今天我把你"大同主义"里平和院的办法，所谓组织平和的革命军看了，怎么来说说"即有军政界的事可做，亦达了我一生的志愿"咧？我不知你一生志愿何所指？唾面自干，是你的志愿么？亦或想反抗一切强权咧？如欲助弱御强，那你的平和军的革命，就应该正是你一生的志愿才好！军政界岂不正是你理想的实验场？否则，望你解释给我听，是否仍在做空中楼阁的无政府梦？

七

刚又接你一信，是从黄埔寄来，我心中的黄埔军校，不知何以总觉得很有生气似的。那"亲爱真诚"四字，倒很与你"真情之流"的意义相合。这样情形使我回想到五四运动时，我们往昔的热烈景象，仿佛春草朝阳，大有嫩生生欣欣向荣之概。你在此校，所有一切演稿，顶好都能给我一看，我决计细心看，这不比考古谈哲理的文章，这应该注重现代思潮和事实，所以我最爱看的。你的武装相片，快快寄来，正要看你的革命精神哩！

当然我也知道黄埔是个最重要而最有光荣的学府，你能在此当个教官，一定比做旁的事好！因为你可得到数千弟子，做久时学生有毕业和新添的，自然得到几万至几十万都说不定！你把你理想的政治思想——由国民革命到世界大同——灌输给一班勇敢的青年，将来那反抗列强扶助列弱的平和军的基础，正建筑在你这些思想上。你看这于你是何等重大的一个使命！但那事实不知与的理想相符否？这正要你来证实哩！

附录　海角哀鸿

绍　虞

薄雾濛濛的残照里,全无一点凉风,我正凭窗凝视那对面呈金黄色的照壁,觉得社会是永远的炎炎夏日,真令人领受不着比较颐和的生趣,忽然门环响亮,我便匆忙探头去望:

——仲子,你来了吗?

——是的,但我也料不到此刻会来呢!

在他慌张的神情中,我已觉得有些蹊跷;即到临面,便从手中递给我一束稿件,他说:

——伯瑜今早跳水死了! 仅留下这样残缺的信稿,我正为这个使命而来,像这样使人心灵紧张的凄音哀调,不幸竟在我们朋辈中演奏了! ……我整个脆弱的心房,也容不了这样凄厉之音,于是我不能不来找你;……

我的心灵奔越了! 不等他说完,已揭开那信稿来看了:《海角哀鸿》,呵,尽够了! 只此四字,已经惹起我无限的悽惋,再也不能看下去! 直把我对于一个很熟识的伯瑜的性格,行为,学识,思想,……种种印象,涌上我的念潮来。

老实说,伯瑜的学识,思想,是朋辈中有数的人物;他特别胜人处尤在他那不苟阿谀的性格,所以他的行为比较一切都还高尚;然而,终成了他的失败之母,呵! 我不能不替他洒些同情之泪!

——伯瑜怎么消极到这个地步? ……这个残缺的信稿,又从何处得来?

在我悲悼的心情中,急于知道伯瑜自杀的究竟,于是我不得不先问仲子。

——我相信在那残缺的信稿中,总能答覆你的问题,也许还能够对你的须知还得圆满,你赶快看罢! ……在我得到他的死耗后,从他的破箱中检得这样不整齐的信稿。……我也不能在此久留,还得归去办他的后事,再会罢!

仲子说着真个站起来走了,我也只得点头相送。

四壁悄然沉静,稀薄的电灯,失掉了平时的光彩,越显得满室暗澹,我也从事整理这个残缺的信稿。

第一信　五月二日
（海角哀鸿）

我挚爱挚爱的霞妹:

四年来的聚首,到今朝却被这无情的生活迫得我们不能不暂时分散;纵然似有无限的幸福在我们不远的将来,然而这不可知的天命,谁能预料呢? 即此分离的一刻,也感觉得有无限的怆恨! 妹妹,你说你是"塞北孤燕",那我便是"海角哀鸿"呵! 我竟把"海角哀鸿"作了我给你的第一声。

我想起那日别离的情形——汽笛声声,迫人太急! 当我领受你那"一路平安"的慰语时,无情的火车,却也蠕蠕底前进,只望见我们逐渐逐渐底离开,后来,越发震动了,在"砰磅"骤促震动声中竟消失了你的形踪,只留下点点滴滴的泪珠在我手中的汗巾上,我是怎样地懊悔? 那时蔚蓝的天空,浮着涟漪,布散了一阵阵和风,从我面前荡过,恍惚类似你的呜呜咽声;轨道旁绿阴成丛的杨槐树梢,一飘一漾的从窗门映入,正如你那沉痛而热烈的泪珠点点滴在我的怀抱;我呆痴了! 呆痴痴的凝视着:一株,两株,……只是倒折,呵,妹妹! 我的心碎裂了!

在我破碎的心情中,进出了雄壮的声调:"你不是希图解决你的终身问题吗? 不用彷徨,不用感伤,努力去罢! 努力去罢! ……从迷梦中将我唤起,增高了无上的勇气;不管社会是怎样的黑暗,我总得果毅的干去! 妹妹! 像这样的别离,是含有无上的意义呵! ……"

杨村到来,旷地内有无数的荒冢,同车人说瘗的是前年国奉两军构兵①阵亡的将士,一个冢内至少也有十具的尸骸;咳! 真个是白骨颠连,人命匀狗呵! 我在沉思哀悼中成了一首诗——

　　浩浩黄沙,掩埋着成阵的荒冢。

　　骷髅已三年,酣沈在风风雨雨中,

　　暮烟袅袅,白雾濛濛,

　　呵! 男儿,壮士,豪杰,英雄!

　　你们那——伟大的效忠,圣洁的服从,

　　驱逐你硬着头颅去冲! 冲! 冲!

　　秽血模糊征袍,仍只是拼命底直往前跑,

　　轰轰的弹雨声,正打入杂沓的:呻吟,哭泣,咆哮与狂号,

　　碰出了凄凄咽咽的悲调!

　　炸弹光临,地雷破爆,

　　哥哥没有了生命,弟弟也终归死掉!

　　这不算无谓的牺牲,自许是忠勇的报效?

　　博得男儿美名沙场战死,

　　那能顾蚀月残照里的白杨萧萧!

　　一阵嘈杂而沸腾的声音,我也知天津到了;于是很匆忙的搬下我的行囊,在旅馆里流连了好半天才得上轮。那时也是夕阳残照了,我安置了行囊,像癫狂一般的跑出了监狱式的舱房,在走廊寻了一个空隙处,凭倚栏干望那衔着半山夕照,四周衬被五彩云裳,它是多么美满呵! 那阴丛丛的冈岭被暮雾层层笼罩着,越显得十分幽邃。沽河中的江流声,荡桨声,拨载声,……都似乎铿锵有劲;正回复我儿时的生涯,我的心境是该怎样的快活! 是该怎样的快活? 然而,只是一时的麻木呵! 即到苏醒过来,愈加进了我的想思,——空虚终于空虚了! 没精打采的走进我预定的房间,直挺挺地躺在板床上,不久便朦朦胧胧的睡去;——你知道,这是我很不高兴的时候的表见呵!……

———————————

　　①　构兵,交战。

猛听得你的高底皮鞋触路清响声，我便匆忙的迎了出来，你面上的笑涡是怎样底显露？你的谈话是怎样底清晰？你的一切……是怎样的明瞭出见在我的眼帘？我照常的将你搂抱着，狂热的叫了几声："妹妹！妹妹！……"你总是不肯抬起你的头来，起初我尚以为你是在故意娇羞，即到我注视你那紧贴着我胸部的脸面，才晓得你正呜呜咽咽的啜泣，我的安慰，我的抚贴，我的……都失掉了平常底效能，我真急了！热腾腾的眼泪像连珠般两点汪汪淌出，很久很久的……你抑止了咽声，用柔软的两腕紧紧的抱着我的颈脖，沉痛的泪痕弥漫了我两接触的面部，感觉到十分十分的热烈！……你连声叫道："瑜哥！我亲爱的瑜哥！像这样龌龊的社会，鬼域的世界，我真不愿你去接触它，不愿意去投奔它！……纵然是种种问题迫促你去干办，但我总不愿意离开了你，你回来罢！你回来罢！……"我那时一句话已说不出，只是将你的手腕加上那怦怦作跳的心窝，惊惶的叫道："吾爱，吾爱！霞妹，霞妹！……"你很坦白地说："你沉挚而爱我心，我早也明白了！不过像这样奔驰，未免太苦你呵！……"我更无话可说了！你又搂抱着我很甜蜜的亲了一吻，更换了手内的汗巾，转身便向那汪洋里跳去，呵！我惊叫了一声，匆忙的伸手去抢抱你——我是抱着了，但是尚未展开的被褥！惊惶失措的当口，想起我亲爱亲爱的妹妹今夜沉寂的情形——伴着你的只是那荧荧的孤灯，单单的被褥，纱窗下的钢琴，书橱内的词谱，当然你是无心去料理它哟！然而你的颓丧，悲伤，幽怨，……都是因我一去促成了的，我是怎样的不该！我是怎样的不该？然而那无情的生涯，却一天迫似一天呵！沉痛的眼泪，重复的淌出来了，竟弥漫到你赠给我那个 Golden Time 的枕上！同舱的三个人，总是常用奇离的眼光来偷视着我，有时也会发出一点嘲笑声，他们怎能知道我内心的苦痛呵！后来，我愈想愈乱觉得伤心，像这个社会中，能有几人与我们同情？！餐堂里的时钟，它却 one，two，three……伴着我响到天晓。

你那忠实的伯瑜

第二信　五月六日

我亲爱亲爱的妹妹：——

　　我此刻已到想像如慈母般的上海了！内心的快愉,正如映照在黄浦江中像繁星般的电灯漾动,可惜立被蜂拥式的苦力冲破了！杂沓声中播传来阵阵像虎豹似的咆哮,当我被"接客"指引登岸,正对着那闪烁的两只眼光,恍惚它已施展架式对准我猛扑前来,我心灵上迸出了恐怖的怪感！然而,它一驰到我的身旁,那闪烁的怪眼,猛扑的架式,便都很沉静的潜灭下去,结底载我到民国路旅馆。

　　我检定一间比较开敞的卧室,面着镜台照过我的容光,消瘦诚然消瘦得多,但那数年未能涤去的燕尘,今朝却已无微垢了。

　　刚写到此,房门呀的一声开辟了,珊珊〔姗姗〕的走进两个卖唱的姑娘,连声问我道：

　　——先生听唱不?……

　　——不,不!

　　时间尚早咧!少唱一曲好不?

　　我弗要听!……我弗要听。

　　她们扭转身躯一径的去了。明知她们是恼我呵!然而我南来的成意,是想在实质上干些事业,藉解决我们的终身问题,那儿还能顾虑她们的喜怒呢!琴弦响亮,她们已歌唱起来了《可怜的秋香》《梅花落》《孟姜女》……音调凄楚得很,尤其是经过了幽曲的转角处。我深悔刚才不应该那么恶厉对她们!我们的分离,又何尝不有她们一般的苦痛!她们却能忍着耻辱,抱着琴弦,哀怜这个,乞求那个,纵然有时遭受无情,但终能获到一二个亵渎艺术的主顾,解决那无聊的生涯;但我们的凄音,我们的哀调,有谁能够替我们弹出一种共鸣?也许连一两个亵渎艺术的主顾都难得到哟!

　　想起已逝的航程了——从"划刹,划刹"的逐浪声中惊醒起来,相握不到一日的天津,也不知在何时消失了！浪花四溅中,竟泛出了演成"三一八"惨案的塘沽口,暮雾濛濛,景色依稀,在我残缺的心灵上,总留下一个很深刻痛痕！

浪涛越发骤促的时候，我已只好躺在板床上，在那一刹间，竟引动了我无限的回忆——我们的离愁，我们的别泪，……在在都是使我沉痛！使我怅惘！但我料你此刻的苦痛和烦恼，一定比我还深刻得多呢！然而，这无情的宇宙，残酷的浪涛，却加劲施展它们的伎俩呵！

伟大的海涛，涤不去人世的苦痛和烦恼！

重重叠叠，都是些别恨离愁的笼罩！

燕云何处，黑黯沉沉的怎能辨晓？

从来怕赋《阳关曲》，那能料却有沉痛愁惨的今朝！

万种相思，万种幽怨。

都深深切切底刻在我俩灵犀般的心间！

吾爱呵——

花是不能长艳，月也是不能常圆，

当它们残蚀的当口，正是走上了鲜艳盈满的轨圈。

我不是有意超脱，人生只是残缺的！我们总得从残缺中去求安慰呵！

当海轮驰进黑水洋时，我的心弦越发颤动了！假如那时有你在我的面前，我决定像婴孩般投入你的怀抱；然而，塞北海上，相隔辽远，那又怎末能够呢？只得用双掌合抱着我那忐忑的心窝，希翼酣沉睡去但终被恐怖心情征服了！——我不得已才缓步攀上绝顶的船头，天空的日光，已被黝黑的云雾遮盖着，突然从浪中迸出了一阵狂风，呵，伟大的浪涛！那晶莹般的浪花，随跟着波涛涌荡，一时散漫，一时聚集，我不禁赞了它几声："自由的浪花！自由的浪花！……"

我想起了——想起你对于我的前程，是怎样的关切？对于我的人格，是怎样的熔铸？对于我的弱点，是怎样的匡救？对于我的……真是无微不至！简直像负有责任的慈母，救助和教育她的子息，真是尽心竭力呵！我领受了这样的爱惠，只有精诚礼赞，就如礼赞圣母玛丽亚一样；我不得不努力矜持，在实质上建设一个基础，构造一座晶莹般的琼楼,将我礼赞的玛丽亚供养在内呵!

夜已深沉了,我已感觉疲乏得很,容再述罢！在结尾敬祝你的健康!

你那沉挚的恋人伯瑜

第三信　五月九日

我恋慕恋慕的霞妹:——

我真不信我们国体永远是这样的弱哟！五色旗上却染着无数的污点——国耻纪念,我们是该怎样努力去洗涤呵？我们是该怎样奋斗去铲除呵?！……爱国的民众,獒犬般捕巡,纵然他们的工作是极背谬,极矛盾,但我也不能独礼赞爱国的民众,还得为那些獒犬般的捕巡大哭特哭呵!

我离开了十字街头回到旅馆,从激昂愤慨心情中迸出了下面的呼声——

赤血模糊的五月:

留下了许多沉痛而愁惨的创痕!

帝国主义底侵凌,暴客式军阀底蹂躏,

可怜的弱者呵——

你是怎样的不幸!?

不幸背上双料十字架在你的肩头,

沉毅而永远永远底直往前走,

纵然是有无数的凶暴随跟着诅咒,

那怎肯轻回转你惺忪的睡眸?

成功底途程是必经过牺牲,

铁蹄下踏不灭你的精魂!

毋道长夜漫漫呵——

那不是曙光闪闪的黎明?

你的信——从仲子转来的信,我已经看见了。但我内心的怅惘,仍和未接到你的信是一般的呵！在悄无人声的深夜中,我紧紧将它吻着,新泪旧痕,都弥漫到一块儿,成为整个的"离怅笺"！你的生活本来是很单调了,从我一去,不知你更将颓丧到那个地步呵？处现在社会组织之下,我们诚然要极端打破"遗少""小姐"……的偶像！然而,分内的生活,也不能过于浪漫呵！你的病现在好得多了吗？海角上有只孤鸿在诚诚恳恳的祝你的健康呵！在凄凉岑寂的深夜,总会呜呜咽咽底悲出《轻别离》《轻别离》的哀调呢！你服用了 Hymoglobin 感觉得怎样？假如不大受用,竟可改用黑精鱼肝油,我对于它的效能比较是有相当的信仰,因为我母亲的肺病是服用它好了的。我近来深悔自己当初太走错了途程,为什么不学医理咧？若果知道医疟疾用金鸡纳霜,医白喉用血清注射,医急性关节炎用柳〔硫〕酸盐,医寄生虫性的赤痢用奕美清,医肺病、医肠胃病的一切药品……那我一定执好听筒,亲手替你解开胸襟,轻轻底敲击你的胸腔,检查你的骨节输动,你的血液循环,你的……证实你果真是有了肺病没有？这不但我们是永久不得分离,一切问题,都可以因之解决了。然而医学常识都没具备,胃肠炎,肺结核,……总凭着那些所谓博爱为怀的医生们判断呵！自从经历秩弟被诬为肺病第三期患者以后,我对于医生们,只留下一些残缺的印象在我心中,有时还骂他们是社会的病菌,是美的破坏者！老实说,他们知道什么叫着人道？什么叫着博爱？只把人们作他们的动物试验品,藉图博士的称号,藉图巨万的家资,……这也是万恶的社会,逼着他们这样的无良呵！你的肺病,虽然不敢决定真假,但我总得诚诚恳恳的希望你加意珍重呵！

你的爱人伯瑜

第四信 五月二十日

亲爱的霞妹:——

我已迁居到朋友的寓所了。他们寓居在一间长方形底前楼,光线到也十分充分,不过小小的面积,除掉了铺床以外,没有多大空隙处;他们为什么要这样底拥挤,也不过受了经济的压迫罢！

近来觉得像我们一样在经济压迫之下呻吟的人实在不少,得有同情的人互相讨论,增进我无限的愤慨呵!

我想像的慈母的爱,也不知消失到那儿去了!整日间只感受着鬼怪一般的恶厉,使我心伤,使我彷徨!……偏那炎炎的夏日,加劲施展它的伎俩,……(下缺)

第五信　五月十六日

令我怀想的妹妹:

皎洁明月,浮漾在涟漪的天空,打从晒棚空隙处直映到我们的窗上,夜阑人静,呈现得十分幽邃,宇宙永久是这样的恬情,这样的清洁,……那还有甚么令人不满呢? 在已逝的恋程中,我俩是怎样欣赏她的神韵呵! 海棠树下,常有我俩互相偎倚的形踪;悠悠的箫声,朗朗的歌声,打破了森阴沉寂的四周;那鬼怪似的无花树,也随风荡漾助长我们的兴致,那是怎样幽静呵!

皎皎清宵月,
照激我素心。
素心何幽静?
与子共歌吟。

箫声何悠悠?
凝目望琼楼,
缥缈不可见,
胸怀万斛愁。

苍生实何辜?
受遍辛中苦,
谁为施瘟使?
竭力均贫富!

强者久穷兵，
弱者苟偷生，
偷生不可得，
杜鹃共哀鸣。

禾黍何离离？
凄凉一荒陂！
可怜倚楼者，
徒劳梦中思。

举目望海棠，
徒增我怅惘，
明年花再发，
阿侬知何往？

渺茫人间事，
荣枯讵可知！
那得涟漪水？
涤尽苦别离。

愿侬化月魂，
愿君化繁星，
将此皎洁光，
照彼罹苦人。

　　这是当日歌词，意趣缠绵，讽寓深刻，将永远永远地留存在我的心灵呵！在此刻追回既往，正如午夜失母的孤婴，呱呱待哺！妹妹，你此刻酣沉在梦乡了吗？你梦见的——是你那怡乐的家庭？是你那美丽的故乡？也许还是在此望月怅悒的我呢？……同室的人们，正在梦中发笑，他们定是有美满的幸运了。对景怆怅，我到像正彷徨在沙漠中的孤侣！

困难的生活，已逐渐逐渐的向我逼近，在这不可知的天命中求解决总总问题的人，前途是怎样的危险?! 据近数日奔走的情形观察，我的希望诚然不是完全没有，不过总感得有些微末呢！……然而，我只好凭着无畏的勇气，一往直前的，我想……我想也许还有成功的可能?

自然啦！——我所知道的社会组织，也不是理想中那样的简单；即到一脚踏进社会，所见的情形，比较还加复杂得多呵！像没澈底了解的我，诚然是很难应付；然而，……我不能不挣扎着，领受了上帝所给我的苦杯，努力去学习上帝所暗示我的意思；也许是才能获得到最后自由呵！

在现在社会组织之下，经济不十分充足的那儿能获自由，"自由之神"呵！你能打破一切篱障，树起你那普视同仁的旗帜吗？我愿……可怜你不幸竟成了金钱的奴隶，可怜你不幸竟逐渐的商品化了！

妹妹，你总不会忘记那残酷的冬天，它是怎样的不仁？凛冽的北风，如利刃一般的刺人肌肤；无情的宇宙，板起它那严厉的面孔，似乎要吞没了人类，在那枯燥的情形之下，谁也感受着十分的恐惧！偏偏不幸你患病了，呻吟床头将及一月，病中的经济状况，感受得十分窘迫！如没有那二十多元的川路贷款，恐怕难度那不愿见的危险罢？我不禁连想到那些立在资本台上的"遗少"们，吃的是吃，穿的是穿，玩的是玩，……像这样区区贷款，那能值得他们重视；结底只好拏去买一次"果盘"吃了。

你近来感觉得经济窘迫不？某社给你的薪金照例兑来了吗？说到这层，我将要向你祈祷，向你求恕！……像我这样的寄生虫，是怎样的连累你哟？

东方快要明了。我的头似乎被千钧压着,不能不暂时搁笔。

祝你健壮!

爱你的人伯瑜

最末封　无月日

我亲爱的霞妹:——

我不该——这样的阙略,这样的无聊,致使你十分十分的挂虑!我的罪过,怠惰的罪过!诚然知道你能澈底的原谅我,然而我那内心的忏悔,将永远留下不可灭的创痕!

我现在已无容隐瞒了——其实是本来不该隐瞒的,恐怕增剧你的病症,也只好出此无聊的下策,妹妹恕我!妹妹恕我!小孩见了慈母,总会尽情吐露他的隐痛;妹妹,我怎愿瞒你呢?!

双曲线的社会,是怎样的幽曲而神秘呵?!一个不识途径的人,那能辨得出方向呢?刘姥姥迷糊在大观园,诚然是摆不脱村野的习气,然而大观园的途径,毕竟已太分歧了!她诚然是露了一场丑态,但结底得到许多不甚需要的惠赠——从贾母以至奴婢,她是怎样的幸福呢?现在我连个奴婢的好处都没领受着,在失败的当儿,还迷梦着有无限的希望,这是何等的傻角呵!狡狯的奴婢们,你也是在人胁下讨生活的,我不忍诅咒你,我不忍诅咒你!……联想到当日我和他晤谈的情形了——他的神情 ,他的谈话,他的……是多么滑头而使我不明其妙呢!

——伯瑜,我们别来快有六年了,旧时俦侣,都也云散烟消,有时追溯既往,我不禁有些怅惘呵!

——自然啦!我也是一般的感触。

——你近年来的造诣,越发深远了吗?

——说不上!鬼混了四年,说来自己甚感惭愧!

——不是距毕业还差两年吗?

——是的!差两年。

——为甚么不继续上去?

——还不是经济问题。

——唔！经济问题吗？……

——……

——这次南来的意思是怎末样？

——特地来依傍老友，希望维持一下呵！

——咳！……自然！……自然尽我的力量！不过现在人浮于事，似觉有些困难；……但我总得尽我力量！

——谢！谢！

这是我和一个老友——现在已是奴婢式的政客第一次的谈话；时间纵然不久一点，但他已表见倦态，我也只好告辞别去。

求人的人与那被人求的人，心理上当然是有绝大的差异，我也未免过于孟浪了！致使他对我漠视，对我虚伪，对我……我只怪逝水般的光阴逼人太促，致使我内心发生莫大恐慌！然而绝望的恶耗，却随着恐慌刺入了我的心境。

其实，我的要求也自信不大过分，恍惚曾对他表示过：我的主义是都以赋予的为满足——以为处双曲线的社会，只好持知足的心情，然而谁料竟成为失败的要素呢！"伯瑜太忠实了，有了学位还可对付，但他仅仅走过一半途程，如果登上政治舞台，保不定是要偾事的？……"这是那位奴婢式的政客向别的朋友研究我的话。

诚然！我没有学位，没有专门智识，是不配插足到政途的；倘如因为忠实便漠视我的一切，那未免有些奇离了！有时我总会谩骂自己无能，为什么不去学狡狯手段？然一念及你对我人格的镕铸，又不禁诅咒自己不应萌此动机！

"世情看冷暖，人面识高低"！近来我自己也觉得太渺小了，友朋的蔑视，是必然而然的，我又怎能诉病别人的不情呢！壁上钉着两张像片——雪莱，太戈尔，这两个伟大的诗家，都板着严厉的面孔，好像也在鄙夷我——你这样意志薄弱的低能儿，你这样孤癖成性的蠢物！你的生活是怎样的无聊？你的思想是怎样的浅薄？你的感情是怎样的自私？你正是社会中的赘物，亵渎一切的罪人，去罢！快去死罢！……像我这样堕落的青年，实在是现社会的赘物，已逝的想像，情感，都建设在那自私自利的基础上，我真忏悔呵！亵渎一切罪人的残躯，只好投到那巨浪深渊藉它洗涤，藉它漂流！这个宇宙里，实在没有我的立足地了。妹，妹，你真不幸呵！遇着我这样低能，这样蠢笨，竟辜负你的一切，望你恕我！望你恕我！在此末临的一刹那，我却比较澈底得多呵！在现社会组织之下的新青年，是负有莫大的使命，若一味沉迷在恋爱之途，那真无聊呵！妹妹，你不用因我自杀伤心，沮丧……应努力的前进，替我向社会宣劳，民众造福，我真诚恳的盼望着你呵！妹妹努力！妹妹努力！

爱你望你的人伯瑜。

伯瑜给他爱人霞妹的书，存留的仅此六封。

处现在社会组织之下呻吟的青年，到也不只是伯瑜一人，然而伯瑜对于人世的感受，尤觉有整的悲哀伏在心里，所以处处不满，本来呵——那镀金色的套狗圈，也是特别的残刻呵！若不常存戒心，到死也获不到自由呢！

十六，八，上海
（原载《泰东月刊》1927 年创刊号）

卷五 杂 文

佚文两则

看了淦女士的《淘沙》之后

　　《荷心》之所以集成，全为自己设想的。第一因为我们的书信太零乱，怕遗失了。第二因为我们双方的朋友很多，狠应该互相介绍一下，却是那里边的东西，全然是那回别后的消息，本不管是不是文学作品，当然不求第三者的了解！而且在写的当时，绝不想到有俩爱以外的第三人要过目，也料不到有人要批评，更不觉得有些艰深枯燥的哲学术语会得罪了"读者"的！我虽然不要研究哲学，但是情牵他是专研究这门的，日常说话自然流露，还是不免，难道信上带上几个术语就不可以吗？照淦君的意思，附录一里我母亲也就不会写那些"澈底""环境"的新名词了。然而在我知道她老人家的看来，完全不必大惊小怪，当然是可能的。哦，哲学术语，究竟那些是哲学术语哩？恐怕不是你淦君见闻广博，眼光明锐，也绝对分辨不来！淦君有几句妙得妙不可言的批评，真不知淦君在那里得来的经验呀！淦君如果不是亲身经验过来，恐怕不会知道有这等妙的办法罢！原来如此，"……无论朋友们的情感融洽契合到什么程度——彼此作品——尤其是书信——中的个性决不因此尽失。除了二人中有一个将书信一并的加以润色和修改。"这"加以润色和修改"六个字真妙呀！淦君！淦君！这等事么？想来你这篇《淘沙》也加了不少的润色和修改，淘了多少的岁月罢？但小子是粗野之人，受不起这样的礼物，不但是我俩人格所不许，也是我们生性所不屑为的！因为腐臭了的鼠子，猫见了也要假慈悲；何况那清高的鸢鸟见着，那得不仰天长叹，翻然飞去哩？所以我因此发几句牢骚，还不算不近人情罢？

《荷心》集里有他给我的信二十一篇，我给他的信十三篇，卷头语各一篇，我看除了（二十四）（二十八）两封信和卷头语二他的"心镜录"外，可说一点谈哲理的文字也没有。若说（二十九）那篇我给他的信，除了前四行概括答他（二十八）的一封不免说了些哲学术语，（这我们说话也常如此的）那四行以后的九行中，难道也是有哲学术语吗？①

"文学作品必带作者个性"这是对的，但不知淦君的所谓个性怎么说？依我看哩，个性是全用感情才能表现的，感情又非有特别环境下的风风雨雨的波扬是不会动的。在那次我俩的小别，除了形骸相隔，精神是绝无阻碍的。每天彼此各有信寄，各有信收，当然双方情感很平静，若说我俩个性全然相似，这就未必是罢？只要把《荷心》细看一回，不但文字判然两样，语气性质也尽可分别出来的。

总而言之，《荷心》是给自己方便，娱乐自己的，全没管读者不读者，反感不反感，至于我俩个性，正像明镜一般，早映入我俩心中了，绝对不要第三个"读者"的了解！更不敢承受那"二人中有一个将其他一个加以润色和修改"的赠品！现在谨以回敬！望善自润色，多加修改！要真个从狂沙里，淘出些净金来看看！

十三，七，二十九，北京

（载于《晨报副镌》1924 第 180 期，8 月 3 日）

———————

① 《荷心》之二十四、二十八、二十九即本书"北京—长沙通讯"之十七、二十二、二十三。

附录　淘　沙①(节选)

淦女士

三　朱谦之、杨没累两君的《荷心》

在汽笛呜呜的京汉车上,我的朋友送我一本朱谦之、杨没累两君合作的《荷心》,因为我平日很仰朱谦之君的大名,又常听人家艳称他们的恋爱的故事,所以从开车后任他沿途的景物怎样可爱,我都置之不理,一气将这本小册子读完,方抬头往窗外望了一望,那时火车已到长辛店了。

文学作品之必带作者的个性,这是同日月经天,江河行地一样,凡是略微研究过文学的人,都要承认的。并且所谓文学作品中的个性,决不是专指作者之思想和见解而言,也是因人而异的,就作品的技术而说,辞句篇章的构造,也是因人而异的。至于书信,我以为应较其他体裁的作品更多含点作者个性的色彩。因为虽然任何体裁的文字都是抒写作者的思想和情感,但是书信中所述叙的,无论如何,总比其他体裁的作品中的偏于主观引起,所以无论朋友们的情感融洽契合到什么程度,彼此作品——尤其是书信——中的个性决不因此消失,除了二人中有一个将其他一个的加以润色和修改,这种证据——个性之不可磨灭的证据——过去的伟大的作家,已给我们留下不少,真不想在这本《荷心》中竟发现了例外。

也许是因为我在哲学方面的智识太缺乏了,我始终以为无论怎样,浅近的事物,一用了哲学上的术语来叙述,便立刻使读者感到晦涩。从来理学家除了几个特殊的天才外,都不能作美妙的诗。自身

---

① 淦女士(冯沅君笔名)之《淘沙》有三部分:一,郑振铎君《中国文学者生卒考》(《晨报副镌》1924 年 3 月 15 日);二,郭沫若君的《十字架》(1924 年 4 月 20 日);三,朱谦之、杨没累两君的《荷心》(《晨报副镌》1924 年 7 月 29 日)。

早就是整个的艺术品的爱情信,那能用那枯燥的难解的哲学上的术语来叙述描写。当我正读《荷心》时,我不断的设想:若果他们两君能将这些非常人所能懂的哲学上的术语,尽换成清隽的辞句,这部小册中所叙述的那些情境,定能在我的幻想里构成个极乐园来。

爱情——自然不限于两性间的——这件东西无论将他解释得如何神秘,双方的爱慕的心——自然不尽是物质方面的——终是个中必要的条件。不过为防止对方的自满心的增长,与其彼此以过分的谀辞相称道,不如在表示欣慕的辞句中,多含点勉励的意思,其实这一端,与此书的艺术上无大关系,不过作者性格上缺乏相当的修养时,易使读者对于作品的艺术性起反感。质之朱、杨二君,以为如何?

一九二四,七,一〇,古汴

(载于《晨报副镌》第 146 期,1924 年 7 月 29 日)

看了《沟沿通讯》之后

"物不得其平则鸣",所以飞鸿折了配偶,尚且"五里一反顾,六里一徘徊"的鸣个不了,何况那多情失恋的华林①先生咧?他有满腔的热泪,满腹的牢骚,在里面沸腾,涌跃的要发挥,那由他自作主张的一响不响?如果这也专制他,侵犯他的言论自由,硬要他永久作个"吃黄连的哑子",有这等权威?有这等专制?还要他"奔走弥缝",这是什么公理?还有什么人道可言?既是干涉他人的言论自由,自己却要俨然人面的出来评论他们的长短,这也是些二十世纪万物之灵啊!幸而华林君说"非我所计",实在也不足计较哩!

然而我总希望那些冷酷薄情的人们,对于人世间一切失恋者,至少也有几分同情心!何况华林君由爱成恨,因恨成痴,他恨的愈盛,

---

① 华林(1893—1973),原名华挺生,无政府主义者。1923 年 2 月,经陈独秀、罗亦农介绍,在苏联留学的他加入中国共产党。

便是他爱的更深了一层,他有这样的痴情和怨恨,便是希图报复,甚至慷慨情死,也是他们的真情表现,算个什么罪恶咧? 并且华林君以十三年苦恋崔氏之情,要谋与她一见的转机都不可得,大家瞒着他使他找不着爱人的踪迹,他不得已才将他俩的事宜宣布出来,这就不能怪他。

华林君是何等清高真实的人,他非但决不假那些用真面目吃人的"旧社会之力",他还更不屑于假那些伪面具里吃人的新社会哩! 我看一切"私而又私的得恋失恋"的事,都应该凭着私人的高兴,当作诗歌一样的自由发表,可是那第三者的"闲人们",就绝对没有干涉的权威。虽然"世态炎凉","人心冷酷"却也尽可一切不顾的在那"世人皆浊我独清"的环境里吟诵他自己的诗歌,所以虚伪的人们,要想隐秘一切罪恶,那自然伟大的真情是不许的。

十三,八,二十六,北京

(载于《晨报副镌》第 205 期,1924 年 8 月 30 日)

附录　为"真实者"而战[①]

朱谦之

如果华林是一个陀思妥也夫思奇的信徒,便自牺牲一切,为情人奔走弥缝,甚至自杀,都是应该的事。但是华林是一个澈底的无政府主义者,是要"沐浴爱情的血泪,以真心为利刃,与世界一切虚伪宣战"的。(《枯叶集》页三)所以最痛恨的就是这种卑怯的,柔驯的懦夫。懦夫! 不是一个真心人所愿干的。所以说:

"像东方人所常说的'这何必认真呢? 看破一点罢!''与你有什么好处,你何必管他呢?'这样坠落人格的民族,应弃之于畜生道中,

---

①　朱谦之《为"真实者"而战》一文接于同版杨没累《看了〈沟沿通讯〉之后》之后,此时朱谦之、杨没累二人已同居。

与世人共诛之。"(页三)

就是这次把《情波记》发表出来,虽似乎冒昧得很,然这本来面目以较于貌似真实的虚伪,实在和平得多了。并且华林十三年的节操,完全是拿真心来战胜的,他告诉我们"真心才能表现出完全的人格来,智谋不过作茧自缚,处处露出破绽。"(页四八)他最反对的,是那些"放在心里,外面还弄些礼貌来掩饰,暗里是无所不为的"人。(页四三)所以如《沟沿通信》所说的第二条路,他也只是个不相信。他呢?早也知道"这昏聩的群众,无一点意识和理性的表示""同情是最缺乏的,道义更不必说了。"(页二三)如果把两人之秘密宣布公众,也不见得会有几许的慰安,不过在这恶魔的世界里,堕落的社会里,无诚意的民族里,"若以为世间还有个人影,都是幻想,"(页二八)那末在这空旷无人地方,难道满腔冤狱,也不该倾泻出来吗?固然世人都爱虚伪,但是华林却要"以诚信的心,与虚伪宣战",这就是他被弃于社会舆论的理由了。啊!社会舆论是什么东西?他能用尽曲折的方法去遮盖一个薄幸的负心人,但决不肯宽恕一个真情主义者,所以华林气愤极了。那篇《情波记》正是"从虚伪罪恶的社会里表现出诚信的精神来",这种精神,简单把天地都充满了。你看《屈原之思想与道德》一篇,便知他不是论屈原,完全是为自己说的。他心目中也知有正义和节操罢了。所以说:"……屈原作《离骚》,此乃失望沉闷之呼声。非屈原之声也,人类哀怨中,同情共有之声也。此声非自《离骚》始,自人类原始以来,赖此一点诚意,以延迄于今,亦非至《离骚》终,人类接续不断之呼声,处此残酷枯槁之世界,而振起一点失望之努力。故《离骚》者乃宣布社会死刑之判决书,而中怀义气乃人格战胜之凯旋歌也。"(页八二)

无情的社会,我愿和你永远谢绝,可敬爱的华林君,我愿以毫不相识者的资格,祝你勿怯勿馁,求人格的最后胜利!

十三,八,二十六

(载于《晨报副镌》第 205 号,1924 年 8 月 30 日)

附录　沟沿通信（后附《情波记》）

开　明①

伏园兄：

今年天气真坏，不是淫雨便是酷热，使我"步门不出，日行百里"（言百者盖夸也），有许多话没有面谈的机会，只好写在纸上寄去，希望你有暇也写点寄了来。

听说华林君有一篇《情波记》，极想一读，后来知道是载在上海《晶报》上，终于没有读到；这并不是我素不读该报，实在我的朋友里没有一个人有《晶报》，所以无从去找。不过大意也已知道，关于这篇文章，本月十三日的《妇女周报》上有长青、奚明做了两篇评论介绍批评过了。据说"华林君是多年读书的人"，又"是我国新进少年中颇有希望的人"，还著有好些论文。我看不到《情波记》，便把这些文章找来一看，于是跑到市场东张西望了一阵，果然买到一本《枯叶集》。在车上翻开一读，才知道华林君原来是人道主义者，是爱之讴歌者，在"在致某某书"中起头即云"林平生自负，生死不移者，即'人道'与'崔氏'。二者余皆笃爱之，无论如何牺牲，皆所不惜"。说的真是"仁义礼智"，可惜看去一点没有重量，因为没有证据，事实的证据却正是反对，所以笃爱之者只是发表秘密的《情波记》，所不惜牺牲者只是'崔氏'之运命幸福。利用了传统贞操观念去挑拨社会的对于崔女士的恶感，这样卑劣手段已大被长青、奚明二君所指斥，这里可以不必多说，但就言行矛盾这一节看来，也就足为华林君艺术事业之障碍，使《枯叶集》成为道学家的高头讲章了。

华林君发表了《情波记》之后，大概颇受人家的责备，所以在十四

---

① 开明，周作人笔名。杨没累、朱谦之文发表后，周作人复答以《沟沿通讯之四》，载《晨报副镌》1924 年 9 月 7 日。

日《时事新报》上登了一个辩解似的启事，其文曰：

> 处世应以诚意与人相见，互相尊重各个之自由。鄙人此次宣布崔肇华事系因其言行完全出于欺骗，故其"绝情书"正与事实相反。"真心可恕，虚伪不可恕"，余之宣布即与无诚信之人致一警告而已。社会之是非得失，非我所计及也。此白。

在这不及百字的启事中却又露出一个大破绽来，当初"宣布"了过去的秘密，想叫社会（连崔女士的夫在内）替他报怨，及至自己被人非难的时候，又翻过嘴来说社会之是非得失非所计及，这真真太是"如意算盘"了。如意算盘的话总是有点卑劣的。倘若真是看不起社会，那么便不应该宣布；像那样私而又私的得恋失恋的事，本来毫无发表之必要，只由当事人自己去解决就好，不干我们闲人的事，但是既然宣布，就不能再怪我们的说短道长了。这回的"情波"事件，为华林君计，共有三条路可走，其一是实行《枯叶集》的笃爱主义，如陀思妥也夫思奇所说，牺牲一己，竭力为情人奔走弥缝，或如乔治桑特所说，自杀以避贤路。其次则将《枯叶集》搁在一旁，颓丧呻吟，寻死觅活，或甚至投书谴责，结爱成恨，但仍出于秘密，并不宣示于众。又其次则把《枯叶集》投在阴沟里，将两人之秘密宣布公众，假顽愚的旧社会之力希图报复，此策之最下者也。宣布而至于附带照相与情书，则尤下之又下，寻常人之所不为者矣。华林君不取中策而出此下之又下的手段，我颇为华林君惜，我尤不禁为《枯叶集》惜了。

艺术家不妨奔放，但不可虚伪；还不妨伪恶，但决不可伪善，平常愤世嫉俗，正言厉色的训诲我们，倘若实际上言行矛盾，满纸的仁义礼智便不值一文钱，只引起人家的恶心。我不怪华林君的那样做，因为在中国并不算希奇。我只因读《枯叶集》后起了一种不愉快的，好像是上了当似的反感，便写了这几句话，不免有点不客气，幸而华林君声言并不计及，所以寄给你看，或者就是发表了，也没有什么要紧。

拿了扫帚，又要上人家的屋去扫霜了，被绍原先生见了未免
好笑。

八月二十二日，于沟沿之东

编者按：本刊编辑室中，存有上海《晶报》，特将该报原载《情波记》录下，刊
入开明先生文后，以资读者参考。

情波记①

（林屋山人小引）有华林君者，自记与崔肇华女士，情史也。余闻
诸溪云曰，华林吴人，少游学欧洲。光复初，锐然有更张天下之志。
顾其旨过激，其政策不能猝行也。既而主天津《春秋报》。崔肇华女
士，民党也，奇华林为人，深想结纳，久之遂通情好，订白首约矣。华
林旋复赴欧。而肇华有姊，张某妻也。张初预革命，有名，及二次革
命败，失势。时郑汝成护军，有戡乱功。张妻因夤缘郑夫人，为寄女，
得免张于患。郑有公子，未婚，即以妹肇华妻之。肇华重违姊言，遂
适郑公子，然终不忘情华林，乃啮血为书，致华，复订异室同穴之约。
华林信之，誓终身不娶，且曰，彼守有夫之寡，吾居无妇之鳏可也。盖
华林至是，神志颓丧，非复少时英锐气矣。溪云以其所记，及血书，示
余，嘱为登刊。余曰事涉闺门，余不敢闻也。溪云曰，华林自述之，何
害乎。且其事诡奇，不可以无传也。余因摭其大略如是。详见华林
记中，记名情波，溪云所题也。林屋曰，唐崔莺莺，适郑氏，而不忘情
于张琪。今崔肇华，适郑氏，而不忘情于华林，姓同，事同，何其巧
〔巧〕也。莺莺适郑后，不得见张，有"为郎憔悴却羞郎"诗句。肇华适
郑后，与华犹致血书。爱情之笃，今人胜古人矣。有友闻之曰，今后，
郑氏子不可更论婚崔氏，论婚不祥，有概乎其言之也。

（溪云小引）溪云曰：处此社会，男女恋爱，屡生不平之憾。兹介

---

①　文中提及顾兆麟、刘清扬等当事人陆续在《晨报副刊》应答，详情可参
韩石山《周作人与〈情波记〉风波》，载于《新文学史料》1998年第4期。

绍华林君之事实，以供世人之研究。而华林君十三年之痛苦，牺牲其学业时光，良愿为知己而死也。惜乎崔氏无情，空怀愿望而已。此为世人同声叹息者也。

民国元年，余主天津《新春秋报》，有崔肇华女士，数来函，致渴慕意。后由陈翼龙、刘清扬介绍，始相晤，且约余至其家。往，则有一男子。塞徇不甚为礼，盖女兄也。余略坐辞去。女送至门前，小语曰，《孔雀东南飞》诗有云，兰芝有阿兄，性行暴如雷，余亦有此痛矣。明日，刘清扬来云，崔女约君由后门入，有习拳地，可相会，乃兄不往也。至是，往来无虚日，且订密誓矣。一日，余复往，门已封锁。余知有变，次早，刘清扬来言，君与崔女事，已为乃姊破裂。乃姊者，张某夫人也，家庭变起，且索乃妹与先生所通函。余不得已，尽与之。后崔氏密使人告我，终不相负。未几，余复有欧洲之行，崔尚至车站送余，虽不能深说衷曲，而誓言犹在，固信崔氏之不我欺也。

余至法，函问崔氏，久不得耗。有顾兆麟者，言彼家中已为定崔氏婚约。彼归国，致友人书，亦谓己与崔氏结婚。余致信崔氏，责言负约，崔氏亦无来言。及返国，始知崔氏守志不嫁，固未负余。感恩知己，一旦把握，快愉可知。余平生满意，即此二年中，与崔氏聚首，虽未结婚，已俨然夫妻矣。后余南行，与崔氏别。到沪数月，小吕宋电约主《公理报》。余思藉此稍蓄川费，与崔赴法，计亦良得。及返沪，急图北上，忽得崔氏耗，谓已嫁郑汝成之次子郑大同氏，婚期过半月矣。嫁后有一书致余，言终不相负，其书盖啮血所写也。（书如下）

嗟乎吾兰，梅负汝矣。梅虽负汝，实亦自负。梅兰多年至好，从此已矣，能不痛心。梅数载以来，家庭恶潮时起，迫人欲死，虽数经波折，绝未少易余心。不料此次母也不谅，竟折梅历年刚志。此真垫胸感愧，无以对吾兰。虽然，老母亦因脱离家庭，母女无依，遂出此绝计，暗与主张，并未与梅商量一字。及车已到门，方以此事相告。本拟以三尺长巾，了此生命。奈多人看守，形影不离。老母初则相持劝勉，继则长跽以求。梅如不允，则老母即死梅前。嗟乎吾兰，梅此际救母则负兰,救兰则杀母,势已骑虎,终难两全。因念母死,梅即不能独生,梅死仍负兰。故宁负吾兰,终不能杀母。兰素爱梅,想不能不恕梅之苦衷也。今已如此,望兰勿以梅为念。前途远大,望兰保爱,切勿以失望于梅而灰弃一切也。闻兰不久去国,将来学成归来,为同胞请命。梅虽已归他人,亦望尘祷祝之矣。见信勿伤怀,前途要紧,名誉攸关。虽兰终爱梅,而必能保全梅之名誉,亦即可以救梅母女矣。心如刀刺,莫知所言。惟兰亮鉴。梅末次书。(八,五,二六)

余闻崔氏嫁后,亦自悔,向人则哭。云,三年后将从华林。呜呼,是何言与。后三年,崔氏果偕夫来法,则又不与余见。后有友徐悲鸿来信云,余已当崔氏夫,宣布崔氏罪状,崔氏自杀。余闻信大惊,急电驻德使馆,问讯,无答覆。始知徐某造谣,一场恶剧,几致我于死。呜呼,人心可堪问耶。

余今返国矣,对于私事,有两种原因,一因老母,无人奉养,二因崔氏究竟,终不可知。近有友来函云,崔氏已与郑宅决裂,其故则以崔有外遇,其夫离绝之也。呜呼,果如是耶,而余之十三年颠倒痛苦,诚为虚负。今已凋零枯寂,黯然无生气矣。未知生乐,安知死悲,此恨绵绵,无尽期也。

(载于《晨报副镌》第 200 号,1924 年 8 月 25 日)

妇女问题及其他

论妇女问题书一

少年中国学会、会员鉴:

我近来看了贵会的《少年中国》月刊第二期,佩服得很! 并且知道诸君对于妇女问题是很注意的,这真是我们人类的一线曙光呢! 我是个学识极少,毫没能力的小学生,并且住在这样可怕的女地狱里头,虽比那些"目不识丁,饱食终日"的女前辈好得一点,总之我的智能太薄弱了,理解的未必完全能正确。妇女问题,虽是我们大家应该研究的,只是也未必是我的学力所能研究的事。却是我的精神同意志很不易受屈服,藏拙这件事,更觉做不来的。并且很不愿同那些性质温柔的一样,拿出奴隶根性来,毫不费思力,一味的盲从。所以要"不揣冒昧",暂且把我那心想要说的事,照直说出来了。就是诸君痛骂我一顿,说我的话是极没价值,或是不合情理,只要是拿理论来教训我,总得比平日糊里糊涂,受着那些老前辈所谓"孺子可教"的训诫好了许多。若是先生们竟肯本那"诲人不倦"的热心,还说是"孺子可教",详细在《少年中国》上赐教一顿,我还受益不少呢!下列的几件事,都是要请教的:

(一)恋爱同结婚,是两件事还是一件事呢?

(二)两性间一有了极端的恋爱,就必定免不了要结婚么?

(三)夫妇的相恋爱,真能同亲友间的爱情一样的纯洁同高尚么?既是一样,又何必要结婚?

(四)结婚这件事,究竟是公益还是私利?是不是能救现在妇女的急务呢?现在的妇女们所受的苦痛专为没有合意婚的原故?还是受了别些魔力的诱惑和压迫,使他们彼此分出那有为的精神同意志来,完全消磨在那私团体里,竟弄到一个国害了这么"半身不遂"的病?

那四件事,是我对《少年中国》月刊第二期发的疑问。因为那书上所说的,似乎把恋爱当作夫妇间的专利品一样,又好像要把那些新家庭模范同合意婚模范,都看作是能积极援助现在妇女的东西。只是我的愚见就不然,我以为:

1. 恋爱的情不是专对生物发,更不是对同类要特别表示的,极不可把男女间的恋爱当作精神上的订婚书。我要总说一句:就是男女相恋爱,不必结婚。既婚的夫妇,就必不可没有恋爱。

2. 已婚时的恋爱,未必还能同从前待亲朋的一样高洁罢!果然其中真不会掺入别种妄念,他们必不会弄得到结成了婚。我以为那些彼此相恋爱到了极点时,还不要结婚的,那才算得是纯洁的真恋爱。

3. 结婚这件事,纯是彼此分出精神、意志、光阴、才力、牺牲在私人的妄念里,就是造得成一个幸福的小家庭,反要在公团体里分了些利益。如果不幸大家都把这公团体中的分利物照办起来,那就诸君所要创造的"少年中国",恐怕终归"乌有"。就算造得成功,也不免要像一个几代同居的旧家庭,内部还藏着许多分利的"寄生虫"呢!难道不是"搬起石头,反倒打了自己的脚"么?(那么,大家只是做一辈子的繁殖动物,莫想群策群力做人类理性上的共同事业罢!)

4. 现在我们女子所最要赶急设法的,就是我们要受的教育。我们的教育上的仇敌:就是拿金钱势力阻碍我们的"贵族教育",同那奴隶妇女的"贤妻良母"教育。还有一件最可恨最可悲的现象,就是不独平民女子没有受那高等教育的地方,就是平民小学校也少得很,而且贵族女子的高等学校同专门学校都数不出几个来。女子大学校,只怕通全国找不出一个。那些受压迫的妇人,大约是因为他们没职业的原故,要救他们出险,就纯靠那半工半读的学堂。这些事如果还不快些打主意,那么我们的中国人,也只得抱头缩颈①的老等机会,还想来占着这理性界的地位,居然到那新世纪的空气里去行深呼吸,怕莫还做不到罢!我以为,这些事才算是创造"少年中国"的人,所要积极进行的事呀!诸君何不省出那些改造家庭同结婚式的精神,来对病下药呢!

我实在想老老实实把我家庭中的一切罪恶宣布出来,给大家知道那些妇人所受的苦痛是怎么样的,可惜我的学力同家法都限制得我不能自便。现在且把普通一班妇人在旧家庭里受的苦痛,写他一顿罢!

A. 有钱有势的家庭。生活在这种家里的苦妇人,大约分两种:

---

① "抱头缩颈",《文存》作"拖头缩颈",据《少年中国》1919 年第 1 卷第 1 期改。

a. 有儿女的妇人；b. 没有儿女或儿女不多的妇人。但是这两种妇人都不必愁物质生活，却是要做敬长、侍亲、育儿子、管家账……一切治家的劳苦事外，还要受她翁、姑、伯、婶的压制，或她丈夫、妯娌辈的欺侮。他们两种妇人受这些精神上的苦痛，虽是大同小异，却有了轻重之别了。

（a）这种妇人，他们的丈夫是"下流无耻"的一班男子，不足说了。就是那些"文质彬彬"的男子，常拿出"文人渔色"的兽性来，培养些侧室，还说些侮弄玩意儿的话，叫做甚么"金屋贮娇"。把一切"己所不欲"的奇耻大辱，悉数施于他的妻。于是乎那和睦纯洁的公团体里，也即刻变成一个"秽气逼人"的厕所。夫妻间互相看待得敌国一样，不是大家闹到"鸡犬不宁"，就要彼此弄些"含沙射影"的把戏。如果他的妻对他有了半句怨言，他们男子就大家红着眼睛，板着面孔的说些甚么"醋海""酸风""雌虎""河东吼""最毒妇人心""女字旁边加石字""要达到专利的目的""母夜叉"。他的妻也只得忍恨吞声，泪向里边落，白白的受人家种种可怕的嘲骂。旁观的人还说那是当然的道理，他的亲友还要说他的夫人不贤。他是很苦的男子，也有帮他行恶的，也有帮他毒骂的。

（b）这种妇人，他们的精神生活更是"悽凉悲惨"，要时常受人家的侮骂嘲笑，自然不消说了，这本是他们男子行恶的好机会。他们不必多费唇舌，只要说上半句"不孝有三……"，或是提起那"绝嗣"两个字，就要吓得他的妻"魂不附体"，那么他还怕他的妻不肯低首下心，把人格完全丧失，勉强带着"海量宽容"的"假面具"，来逃脱这些精神上的极刑，偷偷儿在牢狱里讨生活么！

这么思想不公平的男子，他们本不知道人格、恋爱、人道这些事是甚么，只是现在国内最普通最占多数。而且有些是最会出风头的人物，也有是最时髦的言论家。这种人也不见真是没有智识，大约他们那种人的脑子里，总藏着几分保守性，所以他们那种"见利勇为"的遗传兽性，终久不能洗涤得"毫无"存在。有时候也说些公平话，那里头总搀着些"愚惑妇孺"的意思。

B. 穷苦劳力的人家的家庭。我想起来,他们那些妇人不住在那"知书识礼"的范围里,倒要减少许多精神上的苦痛。然而他们的"物质生活"就劳苦艰难得很了。大约那没有儿女的妇人,反倒可省得受些"物质生活"的困难。他们精神上的困苦,不过是无识同野蛮。有时候,那些妇人们也不免要受她丈夫同舅姑、姒娣辈的野蛮拳。只是我没有生在那个人家,我所见闻的都算是极少数,还恐怕说来不大正确呢?所以全称的话,是更不敢乱说了。

只是我要拿我的意思来总说几句,就是那压迫他们在(A)(B)两种家庭里竟肯如此"俯首屈膝"的魔力,不尽是那没有人格的男子的罪恶,还是要归到那个不能使他们有独立谋生的职业的罪恶社会上去。

我在这封信上,不管好歹,乱七八糟的说了一些"旁若无人"的激烈话,并且有些意思是同诸君相反的。我正是在这受教育的时期,本没有那奋斗做事的学力。虽能自信惰性还不大重,却是我的学识真是浅陋不堪了。我那说的不合理论的地方,先生们不妨老老实实直骂一顿罢!只是我的身体虽住在二十世纪,我的精神还不知究竟在一个甚么古世界,现在离着那文明的乐园,真是有"天渊之别"呢!然而我也是因为"时运不济",没有诸君那个受好教育的机会,并且与我同病的女子还多得狠呢!我所最怕的,就是怕将来终久免不了会套上那种"假面具",更不愿即刻套上那速成的"文明假面孔"。诸君要骂我时,似乎说我"无知""糊说"等话确当一点;至如拿那像若愚君说的"文明假面孔的新女子一流人物"那一句话来骂人,我就要说一句"极不敢当"了!我是因为心里极爱贵会的原故,而且极欢迎佩服这些"性情公平、头脑冷静"的言论,所以忍不住要稍微表示点"愚诚"。我那些没有留心说的骂人话,就请原谅罢!

八年九月十六日　M. R.

(《少年中国》1919 年第 1 卷第 4 期"妇女号")

附录 "通信"回复 M. R.

M. R. 先生：

你寄与我们的信，我早已拜读了。你的信是寄与我们全体会员的，在理应该用全体会员名义或是记者名义来答覆你。但是我们会员对于你所提出的问题，意见是不一致的。所以我用个人名义先行答覆。

我在未答覆之先，且把我对于结婚及家庭的意见，略述一下。

（一）结婚是两性既有恋爱后所发生或种合意的事实。两性既有恋爱后，必发生种种合意的事实，如相约旅行、相约读书，皆是。结婚即为诸种合意事实中的一种，以恋爱为根本要义，以彼此合意为前提。故结婚的事实发生与否，只问两性间的恋爱怎么样？对于结婚的事实是否彼此合意？决不许有第三人批评或参加。若是任意批评他人两性间的事实，便是侮辱他人的人格。若是未得本人同意，任意参加他人两性间的事实，便是侵犯他人的自由。

（二）结婚有形式的结婚与实质的结婚两种。形式的结婚，如订婚书、行结婚礼、有媒人、有证婚人（外国用牧师证婚），皆是。实质的结婚，即两性间只有夫妻的事实（"夫妻"二字，我不愿用，因无相当名词，只好权且借用），而无一切形式的手续。我是主张实质的结婚，而极端反对形式的结婚，其理由如下：

（甲）两性间的结婚，既以恋爱及合意为前提，何必再订婚书？何必再行婚礼？订婚书、行婚礼的意思，便是彼此不相信赖，故订一纸婚约，以为将来的束缚，或在公共场所行结婚礼，以便昭示于众，永远受此束缚，推其用意，无非是防制将来两性间的爱情变迁，世界上岂有如此互相疑忌而可以称为恋爱之理？咳！恋爱恋爱，可怜的恋爱，你早已破产了！

（乙）且形式的结婚，系防制将来的爱情变迁，而爱情之变迁与否，事实上决非一纸婚约所能转移。于是世界上竟有许多不恋爱的夫妻,勉强生活于"形式的夫妻"之下,互相怨恨,有如路人,与吾人所谓结婚以恋爱为前提者,适得其反。

(丙)吾上文所述两性间的恋爱,决不许有第三人随意参加。若结婚有证婚人、媒人之类,便是表示两性间互相信赖的程度,尚不如信赖第三人之深。互相信赖的程度,既如此浅薄,而乃轻言结婚,岂不可笑?

(三)我对于结婚的意见既如上述,我对于家庭观念亦极薄弱。因为我认为无论男女,都系社会的分子,换一句说,新社会之组成,以个人为单位,不以家庭为单位。两性间虽有结婚的事实,然此仅系两性间的一种事实,对于社会的义务权利,仍是各人管各人的。譬有甲乙二人,系极相知的朋友,然此种友谊,是甲乙间和一种事实,对于社会上的权利义务,仍是甲负甲的责任,乙负乙的责任,因为甲乙都是社会上的一分子。

我以为愈进化的人类,他们生活的内容愈扩大愈丰富愈优美。这种丰富优美的生活,决非以家庭为限所能获得的。故我们应该作一个为社会谋幸福的人,不应该缩小范围作家庭里的一个人。

我对于结婚及家庭的态度,与先生的意见,微有不同,即与本月刊第二期各同志的主张,亦有相异的地方。我如今且把先生提出的问题一一答覆。

(一)恋爱同结婚是两件事,还是一件事呢?

(答)结婚是恋爱以后诸种"合意的事实"中之一种,有两性间极相恋爱而始终无结婚事实的,故结婚与恋爱是两件事。

(二)两性间有了极端的恋爱,就必定免不了结婚么?

(答)只视两性间合意与否? 两性间既有了极端恋爱,即生死问题(如情死之类)亦可以彼此合意解决之,岂独结婚? 故结婚一事,若两性间认为系一种龌龊事实,虽有了极端的恋爱,亦不必结婚。若认为系一种神圣事实,既有恋爱后便可由彼此合意而发生结婚事实,决不许第三人之批评及干与。

（三）夫妇的相恋爱真能同亲友间的爱情一样纯洁同高尚么？既是一样，又何必结婚？

（答）纯洁高尚究竟以甚么为标准？我以为纯洁的恋爱，系指两性间的爱情中不含有"非恋爱"的事实而言——如视夫或妻为一种玩物，不尊重相手方①的人格，便是"非恋爱"而言；高尚的恋爱，系指两性间的爱情中，不含有卑鄙的事实而言——如两性恋爱是出于虚荣心的冲动，所谓妻因夫荣、夫因妻贵，便是一种卑鄙的思想；结婚是一种生理上的要求，并未含有"非恋爱"与卑鄙的事实，故不能认为非纯洁非高尚。总之我们青年男女有独身主义的洁癖者，只求自己的言行一致，万不可以个人的主观，遂批评世界上一切结婚，都是非纯洁非高尚。

（四）结婚这件事究竟是公益，还是私利？是不是能救现在的妇女的急务呢？现在的妇女所受的苦痛专为没有合意婚的原故？还是受了别些魔力的诱惑同压迫，使他们彼此分出那有为的精神同意志来，完全消磨在那私团体里，竟弄到一个国，害了这么"半身不遂"的病？

（答）我所主张实质的结婚与家庭系两件事，家庭系一种私利团体，对于公益，常有妨碍。实质的结婚，系两性合意的一种事实，对于公益，毫无妨碍。若形式的结婚既将夫妇名分永远固定，便与家庭组织有连带关系。我既是反对家庭，故亦反对形式的结婚。

现在女子所受痛苦极多，而婚姻不自由，亦为痛苦中极重要的一种，极应首先革命。

若要征服一切诱惑或压迫女子的魔力，自然是极应注重教育，使女子的智识日增，有澈底的觉悟，有极强的抵抗力，故本月刊"妇女号"极注意女子教育问题。至于筹设女子半工半读学堂应该由女子出来提倡主持，只要我们能力所及，没有不援助的。

---

①　相手方，对方。日语词。

总之,我与先生意思有完全相同的(如恋爱不是夫妻间的专利品,新家庭不是根本解决问题的办法,皆是);有不敢苟同的(如认一切结婚事实为非纯洁)——我赞成实质的结婚,而反对形式的结婚;有极愿帮助先生竭力提倡的(如女子教育);有与先生同为太息的(如信中所举旧家庭的各种妇女的生活),尚望先生随时指教,努力前进!

又前次若愚致冰先生信中有"套上文明假面孔的新女子一流人物"一语,系引用冰先生原文,若愚并不敢骂人,合并声明。现代女子受黑暗势力的压迫已到了极点了!凡有觉悟的女子,切不可再藏名隐姓,含羞怕辱,不敢出来与黑暗势力奋斗!将来女子前途的光明,全赖先生们不易屈服的精神与意志!

王光祈　十月五日

(《少年中国》1919 年第 1 卷第 4 期"妇女号")

论妇女问题书二

记者诸君鉴:

前星期日,友人向我借书,我就拿了贵月刊的第三期同《解放与改造》的第一卷第三号给他。他看过了几篇之后,对着我说:"好了!好了! 我们这枉死城中的女冤囚,真有了解放的机会了! 我们平日见了几篇似是而非的诱惑我们的或利用我们的文章,就欢喜得了不得,还说那恶魔世界里出了圣贤,让我们见点半明半暗的灯光。现在看了这书,才算得见了纯洁的真光呀!"他正说得"手舞足蹈""得意洋洋"的时候,忽听得那慎重而且柔和的声音,从座位的旁边发出来说:"我劝你们不要热情过度呀! 要知道乐极生悲呢! 而且我们已成了地层中的古矿似的,好容易就能除去这笨重的障碍魔力么? 你们莫作盲人的妄梦罢!"待我反头一看那人,我忽然记得前一夕,他们同我辩驳的那些话了。于是乎我连忙说给那友人听,殊不知他也是哑口无言,从没替我答覆他们一句。我也只得瞎七搭八的狐疑了半天,才想起先生们的见解高超远在我的上面了,所以特把那话写来请教。

（他们的里头，一是我们的伯母，一是我的姐姐。）

伯母说：世人既然还以妇人生儿为一件神圣职业（见《解放与改造》第一卷第三号"思潮"），守着"不孝有三，无后为大"的古训，那相对待的贞操，断不能行的了。没有相对待的贞操，则妇人们人格的生死簿都归男子拿着，那恋爱也决不是永久不变的了。我国夫妇只有少年时期有恋爱，过了时期就没有了。也正是因为他们还把妇人们繁殖的本事，如此恭敬的十足，所以他们在那有出产的时候，同那收成丰盛的时候，或"人面桃花"的时候，那是翁姑不便去虐待他，亲友都争相趋奉，夫妻间爱恋的深，更是形容不尽了。只是那妇人一到了中年，那境遇就大大地改变了。有儿孙的妇人，还可以靠那班未来的奴隶去养活他；那出产不丰饶的，就只有死路一条，抱着头颅儿"孤影伶仃"的躲着在冷水河里过那死日子了！自然，那社会里的生路，也没有给他立足之处了！又人人都以为他的夫不应该归他有了，而且"爱尽交疏，理之当然"（见《解放与改造》的"女子解放论"），因为他们的机能尽失，已成了一部破的机器。那打理机器的良法，用也无益，所以诱惑人的恋爱也用不着了。于是男子的真面目，才即刻现出来了。你难道不知你伯父对我的情形么？那还算不得一个实例么？只是我在世上经验这几十年来，实在看破了这般男子心肠的欺诈，像我的朋友中就有许多位是与我同病的了。

我说：现在的婚姻自由，两性间是由纯洁恋爱成的，纯在恋爱不在生育呢！并且那些已婚的妇人，只要分出点精神同时间到社会上去做点事，我想就是到了境遇变迁的时候，也不怕生路的断绝了。

伯母说：婚姻的目的便是生育同好色，那些恋爱的好名词，不过是男子骗女子的口头禅罢了。到了色衰而无生殖的时候，那就不难现出他那大丈夫的真面孔，将那老妇人弃如土芥了。好在他是个男子，离婚再娶是世人认为当然的（见"女子解放论"）。若是我们妇人有了儿女的时候，育儿的事情，更见繁了，何能往社会的生路上去占一席呢？

我说：照你老人家这么说，大家都抱独身主义，拿出那毕生的心力到社会上去服务。这个算是对于人类已有的生命，求谋幸福的无上良方了。只是若不去繁殖些未来的生命，岂不是人类会灭绝后代了么？又何能算进化呢？

姐姐笑着道：你这小孩子倒会出难题目呢！等我来回答你罢。你还记得先生说：那由星气变成星球，再由星球变成星气的道理么？那么我虽没有同地球算命的本事，也得预料他的将来，总有一个末日，难道地球还免不了这末日，何况这区区一部分人就绝灭不得么？你常常听说最古时有些东西，是现在没有的奇物，又现在我们常见的东西，有些不是古时没有的么？那么这体积毫没增大，又终久难免末日的地球，何能让这人类永远不休的霸着？占着这地位的时间太久了，那些未来的新东西，又往那里去呢？所以人类绝灭是新陈代谢的道理，毫不足怪。我们应拿出全副精神来，谋已有生命的幸福。现在要解决女子问题：

第一，须废除多妻制。

第二，已婚的男女，若无恋爱即当离婚，平分所有财产。

第三，多设半工半读的女子职业学校。

第四，男女教育平等。

第五，教育社交公开。

第六，一切被家长订婚的未嫁女子，如以为不合意，应要求废婚；不然，就可与家庭脱离关系。

第七，此后不许家长主婚。

第八，不许未受教育的男女结婚。

第九，多设育儿院。所有子女的教养，皆由社会供给，以免除父母禁女儿读书，擅自主婚及贫家卖女等等恶习。

若是以上的问题不能解决，我们女子仍是出不了火坑。我们对于那些新书的价值，只算得是我们临终的祈祷，不过稍慰灵魂的宽心话罢了。

以上的那些话,都是我的伯母、姐姐同我三个人在那星期六晚上的谈话。

我是学识狠浅,见解不高。他们所说的话,究竟谁是谁非,不是我能判别的。我实深信先生们持论公平,必肯本那诲人不倦的心,详细指教!

八年十一月四日　A. Y. G. 女士

(A. Y. G. 女士:《与本月刊记者论妇女问题书》,《少年中国》1919 年第 1 卷第 6 期)

附录　答 A. Y. G. 女士

A. Y. G. 先生:

你的信,我们已经奉读了,分别答覆如下:

(一)生育问题。生育责任由女子单独担负,男子不能分劳,这是生理上的限制,无可奈何。但是生育这件事不是女子的绝对义务,因为义务是权利的对待名词,譬如我们受了社会上的劳力供给,我们便应该对于社会,尽相当劳力,以为报酬。现在社会上对于男女的供给,既是相等,则男女对于社会应尽的义务,亦是相等。女子并未享受何等特别权利,为什么要尽特别的生育义务? 若以中国社会而论,男子有种种权利,如参政、教育、多妻、社交之类,而女子无之,故中国女子更不应该担负特别的生育义务。况且生育一事往往危及女子生命,世界上岂有以危及他人生命之事,而认为系他人的绝对义务之理?

因为女子怀胎之时,不能努力从事他种工作,男子遂利用这种弱点,压迫女子。女子因生计上的艰难,便从此屈服于男子,男子遂视女子为育儿机器! 为娱乐玩具! 出其偷盗所得金钱,买了若干穷而无告的姬妾,男子诚善于取乐! 可怜误以生育为义务的女子,遂堕入惨无人道的十八层地狱! 若要解决男女平等问题,须先打破"生育为女子义务"的观念。

我朋友某君主张在近二三十年内应该有一般抱"独身主义"的青

年男女。他以为现刻中国正在"非常时代",有许多"非常事业",要待青年男女去做的,所以没要因家庭生育等等问题耽误许多光阴。而且现在正是过渡时代,如得不着合意的婚姻,便应该暂时或永远的抱"独身主义"。他又主张已婚男女若是自己觉得无教育子女的能力,便应该实行"减育主义"。某君的主张,有一部分,我很赞成。因为他的主张确是可以补救中国社会的弊病。但是我与某君的意见有不同的地方,就是我不承认独身主义与生育问题、家庭问题有甚么密切关系。我以为两性间因恋爱而有夫妻的事实,并不必发生组织家庭问题,彼此仍可以继续保持未婚以前各自在社会上原有的状态——即是没有家庭的状态——若生育问题,亦可由女子自由解决,或实行"减育主义",或实行"不育主义",均可听女子自便。在现刻医术发达,减育与不育,均可以由人力办到。

所以我赞成某君的"减育主义",而不赞成"独身主义"。因为两性相爱本出于天然,因相爱而有夫妻事实,亦是天然的趋势,我们对于家庭束缚、生育痛苦,均有法使之减少或消灭,又何必坚持"独身主义",违背天然呢?

(二)恋爱问题。两性发生恋爱的原因,或由于彼此性情、丰采、学问、人格、志趣等等,互相了解,互相敬慕。但是恋爱成熟以后,彼此的恋爱,便超出性情、丰采、学问、人格、志趣以上。换一句话说,两性当初发生恋爱的原因,至是虽已完全丧失,而恋爱之情如故。譬如两性初发生恋爱时,彼此均丰采动人,直到老态龙钟,犹是恋爱如故。所以我常说"恋爱"二字是一个极神秘的东西,我又确信世界上必有这种恋爱事实,不过是狠少遇见罢了。

来信中所说的色衰见弃,那还是就男女不平等的时候而言,若是男女平等以后,女子对于男子,又何尝不可色衰见弃呢?故现在青年男女,不要断定世界上没要真正恋爱事实,只是希望大家当男女交际的时候,不要轻易认为恋爱罢了。

(三)工读问题。现在有许多女子受不了黑暗家庭的压迫,设法逃出家庭，来到社会里头，但是社会里的黑暗阴险，更胜过家庭百倍。因此流于自杀或流于堕落的，不知有若干人。而且逃出家庭后，因为生活不能独立，所感的痛苦，较之家庭痛苦更加十倍。故现在受家庭虐待的女子，宁肯忍气吞声或捐躯自杀，而不敢脱离家庭！

来信中主张设立女子工读学校，固然是一种解决女子脱离家庭以后的生活的方法。但是只希望别人把工读学校办好了，我们安安逸逸进去读书，这是靠不住的。凡是有觉悟的女子，对于自己的问题，应该自己解决，不要倚靠别人。我主张各位女同志组织一个"女子互助社"，凡是受不了家庭压迫的，均可以到这个社里来服务。一方面可以顾全生计问题，一方面可以在万恶社会中自为风气，既不受家庭压迫，亦不受社会欺诈。

社中服务的方法，最普通的有二种：

（一）作手工，如织袜，织手巾，及其他小工艺等。

（二）贩卖物品及书报杂志。

社中服务的时间，大约每日六钟，便可支持生活，其余钟点作为读书或娱乐时间（娱乐如音乐、跳舞之类）。

读书的方法，或在学校作选科旁听生，或由社请一位教员教授各种技能及高深学术。现在智识界有觉悟的人渐渐多了，只要女同志有坚苦卓绝的精神，出来组织一切，我预料必有许多专门学者自愿作女同志的义务教师。

人生上寿，不过百年。与其忍气吞声于黑暗家庭之下，不如逃出黑暗势力范围，另谋独立生活。况劳动为人生天职，并非卑贱之事。假若"女子互助社"成立，还可以发行出版物，发挥我们的主张，岂不是二件狠好的事么？

我们人类生活，本是一个创造的生活，奋斗的生活，自己觉得自己的生活不好，立刻将他改造，又何必瞻前顾后！

八年十一月二十三日　王光祈

（《少年中国》1919 年第 1 卷第 6 期）

告同胞们——为五卅事

同胞诸君！人世间有互相侵掠，互相杀戮的行为，决不是某家某国的问题，这是全人类的奇耻大辱！这是天地间的罪大恶极！诸君！诸君！人类果真是互有同情的万物之灵长吗？若是真的，只看英、日人的杀害华人，横行上海，以虎噬狼吞的野心，蹂躏人类，辱我同胞！吾们"人"性尚存，同情勃勃，就应该同心协力的出来干！莫分种族，莫论国土，要认清受害者为人类同胞！这是全世界人们的问题！这是普天下"人"的责任！切不可以全人类的责任，委诸一国人民！切不可容此损人利己的"帝国主义者""资本主义者"玷污人类！切不可坐视吾人类同胞惨遭杀戮，血肉纷飞！诸君！诸君！忍坐视同胞惨遭此人妖的杀戮吗？若不然，请我人类同胞齐来携手协作，以满腔的热血真情，灭除人间的罪恶，洗涤灵长类的羞耻，促进人类史的文明！我们的怀抱，总不离乎"公理""人道""热血""同情"，我们的行动要天下一贯，我们的消息要普遍流通，我们的组织要周密，我们要联络为一世界革新的大团体！我们的眼光要向前，要放大，我们的目的要革除现世界的罪恶制度！制度不良，实可诱人为恶。一入势利之迷途，终生不返，掠夺成性，人道沦亡。若不急起直追，只怕人人都将沦于禽兽之域，何等可怕呀！世界一切坏人，都是不良制度的产物！即如现来中国的英人、日人，原来不外此三种恶制度的产物：

第一，强权政府的侵略主义者（如租界的洋政府）可比巨盗。

第二，损人利己的资本家，可比小贼。

第三，口蜜腹剑（走）的基督教徒，可比"青皮""流氓""拆白党"。

巨盗式的洋政府，动辄便是炮火隆隆地陷城劫户，好不威风。小贼式的资本家利用雪亮的钱刀，虐待贫苦工人。"流氓"式的教徒们逢人便春风满面，笑里藏刀，竭力运输他们的"服从"教育，奴隶同胞。然而此三种人正是全人类所视为通病的，不幸给素好和平的中华民族遭遇了。唉！同胞们！中华民族不是主张人道的民族么？不是全人类的理性人群么？为什么应该惨遭横祸？为什么不见人世间主张公理者，大家联络起来，铲除此劫掠人类同胞的蟊贼来洗涤人类的污痕？诸君啊！人非木石，不能没有同情，就是上古原人尚且懂得同情么？亲爱同胞！我们是二十世纪的文明人，岂可文明人的同情与人道还不及上古原人，以遗人类数千年进化的羞辱？我们的世界同胞应该把原始人"凡民有丧，匍匐救之"的同情心扩充而广大之！以热诚行事，以毅力支持！全人类的劳工都罢却资本主义者的工作，全世界的人道学者都出来露天演说，举世的热血青年学生都应该示威演说，要使一切教会化的生徒，都觉悟那伪善者的奴才教育。要使一切丘八都明白长官们的争权夺利，借剑伤人。要使一切劳工都了解资本家的专横险恶，利己损人。于是齐声一呼"世界革命"！正如漫漫长夜，忽闻响亮晨钟。人道的曙光初现，自由花上，仍垂血泪之珠，一会儿花开露涧，醉熏熏的红日普照此永远和平之域。自由博爱的人们，熙熙融融的相庆那至善极乐的新世界！

一九二五年厦门

妇女革命宣言

姊妹们！我们是最被压迫的民众，我们永远受着最苛刻、最普遍的惨刑，陷在奴隶不如的最下层阶级。但是若不自相联起来，实行单独的妇女革命，我们永远会处在孤立无助的地位！我们要根本觉悟那些被压迫较轻的农工阶级，倒很有人注意，使我辈最卑下阶级的妇女问题，反为没有人肯真个关心的设法解决。这就因为那联结同性欺压异性的男阀社会，至今仍是妇女经济上的支配者，掌管生死予夺的主人翁们！他不但不会让出地位来，或是切实介绍妇女的正当职务，他们对那好玩、好用的女奴隶，并要死紧的不肯放松！我们还能忍耐？还想哀求他们的恩惠么？他们又会口蜜腹剑的拿出些母性论、优种学、花呀、美呀的新圈套来，又把那半醒中的妇女枷锁住了。使她们的志趣衰了，身体弱了，光阴、才力都葬送在母性动物的繁殖工作上去了。既使她们干着不异于禽兽的人事，自然也争不到灵于万物的人格和人权了。现在虽有比较进步的政纲，对于妇女们、劳工们都有改良旧条约的表示。然而，若不切实从妇女的职业上着手，不使各妇女谋着独立生活，那就再过千年、万年，这些旧的奴隶，新的玩具，"人贩子"的掌上珠，市侩的死商标，投机者的活广告，多妻圣徒的造种机器，登徒子的消遣品，粗野人的咀咒物，还在永远做着"物格""兽格"的妇女！永远干着那非人的勾当！永远争不着应有的人格和人权！我们要知道那少数资产阶级的参政权，是解决不了我们的切身问题。至于那资产家庭黑暗势力下面的继承权，更是卑污陈腐，而又决不能持久的。我们那澈底的大同社会，早晚总要实现的。我们要赶快先从普遍的职业方面着手，才有办法。

姊妹们！我们要晓得男性征服女性，实在摧残了人类的半体。这是男性的罪恶，也就是全人类的耻辱。但是妇女本来的才志、体力，绝对不是天生的劣弱的，千万不可以自暴自弃！你看原始的妇女，她们是何等的优越？何等的强干？据说初进人类舞台的时候，男性还是居于女性的下风。后来只因农业、牧畜大大进步，人口也加多了，土地也扩展了，这才有了土地分占，财产私有的组织。又因男子直接从事农场、牧场上的一切工作，妇女哩，一面忙于生育保婴，一面又忙着替他收获产物、处理家事，不提防那土地财产权就全被男子占有了。于是男子的体力渐渐增加，利己心也更加发达，便得寸进尺的越发贪图妇女们给他更多的内助了。这么一来，男人就把妻子当家畜、当动产看待了。（现在那自命"敦礼教而维人格"的孔圣徒，至今仍以家畜、动产等物看待妇女。）他们知道那有用的家畜，是越多越好的，所以男子见着妇女，就大大的抢劫起来，这就是掠婚制的起点。多妻制的源流，也就是男性征服女性，造成畸形人类的初期。后来那损人利己的男子，或者仍疑女子有反叛的潜伏性罢，于是那男阀社会就有几位圣人、贤人出现了。他们知道要征服那天才优越的女子，就非根本禁她们天才的养成不可。所以《诗经》上就有"哲夫成城，哲妇倾城。懿厥哲妇，为枭为鸱"的话来骗住女子！他们又怕女子作不平之鸣，便说"妇有长舌，维厉之阶"的专制话来压制女子！他们总不放心，总怕女子又干那异于社会事业，便说些"妇无公事，休其蚕织""无非无仪，唯酒食是议，无父母诒罹"的话来囚住女子！但他们最要保持的是多妻共夫的古礼，但反过来却又最怕发生他们"己所不欲"的多夫共妻的回敬体，以为高洁的妇女们也会和他们作那野蛮无耻的兽行竞争，便把"士之耽兮，犹可说也。女之耽兮，不可说也""女也不爽，士贰其行。士也罔极，二三其德"的畸形妇道来降住女子！（陈腐野蛮的中国人，至今仍以妻妾共夫，不相妒忌为贤德。若反而施诸男子，则视为奇耻大辱！）他们还要恶狠狠的定下些男尊女卑的界说。什么"乃生男子，载寝之床，载衣之裳，载弄之璋"，"乃生女子，载寝之地，载衣之裼，载弄之瓦"，种种绝无人道的邪说，实在举不胜举。总而言之，《诗经》是孔子删过的，上边那些话，都是他特意留给后代男女的一种不平等条约，这就很足证明孔子也是个侮辱女性、畸视人类的单眼动物了。妇女们自从经过这些先圣昔贤的征服以后，居然变成那奴颜卑膝以献媚于男子的"小人""贱人"了。男子哩，为了征服女性的胜利，果然就成了志高意满的"室家君王"！这就是，男阀圣人对于女子的一种攻心法！他们就把畸形人类的病症，加到第二期。这就是造成妇女才志劣弱的根本原因！但那兽心人面的贪污男阀，单有女子的劳役是仍然不够的，他们又要妇女们行苦肉计，鼓励她们束腰、缠足、缚胸、穿耳、钻鼻头、锁项颈、拔眉毛、涂脂粉的，演出种种惨状，去乞怜求爱于她们的"所天"！但是男子见着此种惨状，不但全无感愧于心，他们还要苛求不已的赏鉴那最纤弱、最无能力的尤物！自此以后，人类事迹完全成为畸形的发展。妇女们除却奴隶玩物所应尽的天职外，更加上一重残废囚徒的肉形。此种惨无人道的事实，在欧西诸国或许还要到荒岛人窟里，和歌谣、故事中去找寻，但我们古礼倡明的中国，是一点也不希奇，简直触目都是咧！

姊妹们！我们想赶快走上人类的舞台，干些顶天立地的事业么？我以为首先要经过两方面的大革命：一是内心生活的革命，二是外周生活的革命。我们虽很看不起男性的自私和残忍，但他们那阔大深远的怀抱，系统周详的计划，毅勇果决的行为，死生与共的团结力，实在是我们妇女望尘莫及的优越性！这虽是环境助成他们的，但我们既要恢复那应有的人格和人权，这就不是要虚心的羡慕，还应该切实的模仿。所以就有内心革命的必要了。据我看那束缚中的妇女，至少也有三种心病：

（第一）是心小，视线窄。她们所见的虚荣，所争的闲气，总不出衣食起居的浮华，婚嫁、葬殓的仪式。她们所尽的职务，总不过为妻为母的禽兽工作，奉承男性的奴隶工作，贵妇人或零卖娼妓的皮肉生涯。这等看不远，想不大的废人，当然是腐败家庭、万恶制度造成的恶果。但是如今既觉悟了，就要竭力解放心境，放大眼光，这才有做人的资格，才够得上干些改造社会的事情。

（第二）是同性相拒，甚或虚伪应酬。束缚中的妇女，本是家长、媒妁们的货物，"室家君王"的家畜，因为经济问题，不免常起同业竞争。所以妇女间同性相拒的情形，比较其他母性动物更热烈了。殊不知同阶级的女性既要自相拒绝，那里还有什么坚实的团体来革命咧？这是妇女们最大的缺点，也是女权永远不能伸张的总原因。要知道这男性的所以处处占便宜，处处较优胜，就在他们同性间的团结精神。他们对于同性，不但毫不相拒，而那同性间的精神恋爱，简直是虚伪的奴性的妇女们，梦想不着的。男子有了这等同性爱的团结精神，实在助长他们干成不少的伟大事业。我们妇女真要养成这同性的同情！

（第三）是意志薄弱。这可以发生两个显明的流弊。一是临难畏缩，或者见异思迁，这就无论任何事都干不好的。二是是非不明，或迟疑不决。结果只得俯首屈膝于一切陈腐习俗，新旧圈套的束缚中。

如此冥顽无用，那做人的资格，安得不就取消哩？所以我们要畜意立定些惊天动地的大志，吐出那万道长虹似的气魄来，才有办法！上面三项，都是要各人自己努力的。至于外周环境的革命，就最主要的办法说来，我们的大本营要建立在一种国际新妇女的坚实团体里面。因为此种团体，不但可以得到普遍的群策和群力来解决他们的一切问题，而又可以筹得些可靠的巨款，做妇女解放方面的资本金。

就妇女的先决问题说来，我看要首先从根本的经济上着手。因为人类的一切不平等的现象，都是私产制的恶果。妇女问题，更和劳动问题相似。虽则富人剥夺贫人的是劳力，男子剥夺女子的是权位，但双方有个同点，虽则富人和男子同属操纵经济主权的人，妇女和劳工同是被经济束缚者。所以那男子一切权利平等的口号，无论你唱得如何热闹，若不实行解决各妇女经济上的束缚，结果总是些替人刷新门面的时髦话！然则妇女经济上的束缚应如何解决咧？若依我的意思，至少要分三方面进行。

第一是赶快组织些家庭机器共用社。那比较欧洲进化的人们，早有了家庭机器的享用，但是中国的妇女，至今还在做着"唯酒食是议"的"人机器"！如今要解除一切"人机器"的责任，去做那万物之灵的"人"，所以就有首先设立家庭机器共用社的必要。于是乎，衣服制造则有纺织、染、剪、缝、烫的机器；浣洗则有洗刷、晒、折的机器；饮食制造则有电灶、切菜、磨粉、和羹、擀面等机器；清洗则有搽拭锅、瓢、碗、盏的机器；杂务方面，则有冷、热自来水，供给一切使用，有自动洒扫器、拭刷机、半空传送等机器，以代人变之劳，以解除一切人皮机器的苦役，全然在此一举！因为有了家庭机器、共用社，吾人衣、食、起居三部的繁杂事件，都用那省时、省费、省人工的钢铁机器去代劳，妇女们才好放心适意的去干那户外的公事，社会上才得增加一倍人才的妇女。

第二是组织儿童公育院，本来人类文明程度的高低，就看那战胜天然力的强弱可以作标准。生育本是一切女性生物的痛苦，谁也知道不是人类特产的工作！只因妇女向来是人群中的落伍者,对于同类男性所施的虐待,尚且不能抵抗,何况那视为神通广大的天然使命,更不得不服从了！所以现今世界的妇女,大多还是自然界绑捆着的母性奴隶,尤其是那些娇弱无用的中国妇女,她们比一切母性动物更热心的勤苦尽职。虽很使那些国粹的保种学家欢喜,但就做人方面看来,实在是妇女堕落的根本原因！也正是男阀独裁,夺尽妇女权利,使妇女母性动物化的最好机会！然而我们知道胜人的方法可以宣传,胜天的觉性绝靠自觉。我们为补救妇女的缺点起见,为省出教养的时间和财力起见,为使儿童受得专门家的良好教养起见,都有组织儿童公育院的急切需求。

第三是普遍职业教育。人们都知道不劳而食的末运到了,此种教育的需要,这是不消我来赘述了。

第四是实行介绍工作。我看最好分减男丁时间之半(即四小时),而工资照旧,不得减损分文,于是以余下四时间的工作给女工做。结果男女工资平等,时间各半,也只破费资本家多出一倍工钱,在男女劳工又都有益无损,在中国解放了一半游民,于人类了增了一倍的力量！此种人类进化的捷径,为什么不走呢？至于其他方面的妇女计划,还有很多。随便说说,未免杂乱,现在也来分条逐绪的说个大概！

组织方面:

一,各地有妇女革命的团体。

二,各地方世界语通讯社。

三,国际女权运动协会。

四,实地调查团。

五,通俗宣传队。

(1)用渔鼓说书　(2)用魔术表演　(3)随处演讲
(4)传授童谣　(5)遍发传单　(6)分送讽刺画报

六,职业介绍社。

七，每九方里中央设一家庭机器共用社。

解放方面：

一，妇女救助社。收容一切被压迫的妇女。

二，妇女补习学校。给过时失学的妇女以补习的机会。

三，各省设妇女养老银行。

（1）凡老妇年逾五十，确系被家庭压迫或衰老而贫穷者，每年得领养老年金。

（2）年金数目随米价涨跌为标准，每石米涨一元，年金亦需人四十元（例如此地米价十四元，每人可领年金五百六十元）。

四，妇女养老院。

劳动方面：

一，男女劳工当受同等待遇。务使一切机会、工作、工资、时间、例假同等。

二，妇女生产前后，给予两月休假，不得扣薪。

婚姻方面：

一，绝对许可未婚男女严格的自由选配。

二，已婚男女，当严守一夫一妻制，禁止片面离弃，与片面贞节！

三，男女双方同意，才许自由离婚！

四，改革旧式的买卖婚姻。

（1）禁绝一切自主的、雇佣的、被买的公私娼妓！

（2）禁绝家长、媒人等包办的婚姻！

（3）禁绝中国特产的妻妾共夫的兽行礼教！

（4）禁绝中国特产的强奸公妻的野蛮军人和土匪！（至少也应该禁绝以上四种禽兽行为，以断绝淫污男阀的奢欲。以愧死一班自命"敦礼教而维人格"的公夫圣徒，以顾全中国民族的廉耻，以洗却人类的奇耻大辱！总而言之，中国旧婚姻制度，实在淫污卑下已达极点！中国男女关系，简直禽兽不如，鸽子、燕雀都比较高尚得多！至于现在这些仍想保持此种奸淫婚式的，当然更是贪污滥欲"人尽妻妾"的公夫禽兽！厚铁面皮的中国男子,却公然尊之为谨行圣道的礼教信徒,恬不知耻,甚至诬诋妇女运动为实行公妻、为丑矣哉禽兽之行。这真是饿狗防人争屎吃的办法！其实觉悟的妇女们,决不致和他们男子作此卑贱的兽欲竞争咧。)

生育方面:

一,避孕医院。

二,产儿医院。

三,儿童公育院。

教育方面:

一,从幼稚园以至大学专门,都要实行男女同校。

二,特别提高妇女的尚武精神和军事教育。

三,外设女子补习学校。(补习后得投考各学校)

四,多设妇女常识学校。(分写读、认字、工艺、职务、常识、思想数科)

五,多设世界语传习所。

制裁方面:(此项工作或要借重于主张人道的政府)

一,取缔纳妾。凡娶妾至一两位者,当罚以财产之半充公。娶妾至三四位以上者,全数没收其产业。妾妇方面,不论人数多寡、老幼,生育与否,都要令她与那多妻之夫断绝关系。所生儿女,暂归妇女救助社会收留,或由妾领去,或由儿童公育院教养,均由妾自决。但以后不得为多妻之父的后嗣！

二,取缔畜婢。令各家婢女脱离婢籍,废除卖身字,归妇女救助社会收留教养。

三,取缔贩卖人口。无论公娼、私娼的老鸨,骗卖迷途妇女的拐子,作合买卖婢妾的三姑六婆,都是赚人骨头钱的重犯。当处以同等的极刑,并全数没收其财产。但已改归正业者亦不追究,惟终身不得享用养老年金。

四,取缔畜养童媳。令各家童媳暂归妇女救助社收留教养,男女两家婚约作废。男家如系贫困者,社会当给以相当的损失费。

五,取缔强迫婚姻。凡父母、家长、亲戚所包办而未得男女两人同意者,或当事者一人同意未得对方同意,而未得对方同意者,均属强奸行为,故无论包办婚姻的家长、亲属,或强奸异性的男人、女人,都需处以同等的强奸重罪!

六,取缔买卖婚姻。此种钱买婚姻,浙江仍在盛行,他省无此恶习。在那些礼教信徒看起来,或许还要称为合理的古风罢!据本地人说,娶妻无论贫富,都要用钱买,并且喜形于色的说,"此地人养女是交关值价利的"。这等贪儿赚骨肉钱的人们,虽为旧礼教所许可,却是人道所难容的!定需严行取缔一班再要卖女的家长。贫者将所得费充公,富者收没其财产三分之一(已往事不追究),并将未得双方对偶同意之婚约作废!

总而言之,第一,我们要知道中国妇女是人类中最被压迫的民众,而中国男阀传统残忍性和私欲又格外比别国人发达得多,于是中国妇女永远是孤立无助的。所以觉悟中的妇女,若再不组织一个坚实的团体去和那些恶环境奋斗一番,真是自取灭亡的天然奴性了!第二,我们要知道男性征服女性的历史,虽起因于财产私有制的错误,实则古今来礼学圣贤们的男尊女卑说,遗毒最深。我们不可不认清此种学说,正是封建制度的主要产物!第三,我们要觉悟妇女的根本问题,就在首先解放那狭隘的家奴责任和一切妻性母性动物的卑贱责任。所以家庭机器共用社、儿童公育院、职业介绍社等等,都是妇女们必不容缓的要求!第四,妇女要避免一切强迫的、掠夺的、买卖的婚姻,要卸除多妻之夫给予的侮辱,要解脱宗法家族的欺压,都不得不赶快逃出家来。所以妇女救助社和妇女养老院,都有设立的必要!因为此种所在,不但暂时可以供给她们的宿食,且能补助一切相当的常识和技能。这才是现今妇女急待解决的问题!我们要晓得那些零铢碎打的标语口号,虚挂空名的一切平等的条约,决不会有补于实际的。至于那变形征服者的专以男女社交公开为妇女运动者,更是一种软化女性，摧残女性的新骗术！有觉悟的姊妹们，定能了解我这话中的意思。这是不待细说的了。但我个人的见解有限，才力薄弱，且在病中，实在不能多写了。我希望我们妇女大家出来先把自己的切身问题解决了再说罢！

一九二七年五月十五日　西湖

卷六　乐律漫谈

乐教运动

　　我每回看见报上，载到大军阀们的屠城放火，小强盗的绑票杀人，便非常不安，仿佛听到无限的杀伐声音似的。这时若往深山穷谷的绿荫深处，听到几声溜圆的鸟话和几点宏亮的疏钟，霎时间把那天大的愁怀也都忘了。这就可见古人所谓"正声感人……而和乐兴焉"这话很有至理！然而现今的人世都充满了逆气奸声，像这种正声和乐，只有在深山中偶一得之而已，那里能够普遍哩？并且乐教不兴，什么乐德、乐语都无从说起了。

　　但是我国古代的人是最重音乐的，尤其看重乐德。因为音乐是"由人心生"的，人心又是感于物才动的。古昔的圣人很懂得这个道理，又知道音乐是"人情所不能免"的，便因势利导的将它来谐万民，平天下，正人心，治国政。舜就是个最聪明的人，他晓得《南风》这首诗是一种生机活泼的歌声，可以与天地同和，与万民同乐。他就弹着一张五弦琴，唱着一首《南风》诗，弄得普天下温润和谐，似南风之至，使人们合敬同爱的心，自然而然的萌动起来。所以当时就称为至德之世。舜是深信乐教万能的，所以他又要他的臣子夔"作韶乐教胄子，和神人"。大概韶乐感人特别深切，并且使得千载以后的孔子在齐听了一回韶乐，还弄得他三月不知肉味哩。所以《吕乐春秋》上说：

故治世之音安以乐,其政平也。乱世之音怨以怒,其政乖也。亡国之悲以哀,其政险也。凡音乐通乎政而移风平俗者也。俗定而音乐化之矣。故有道之世,观其音而知其俗矣,观其政而知其主矣。故先王必托于音乐,以论其教。

现在且看舜的乐教如何?《史记》上、《尚书》上都说舜要夔作韶乐,并对他说:"夔,命汝典乐。教胄子,直而温,宽而栗,刚而无虐,简而无傲。……"这就可见韶乐的教育了。他接连又说"诗言志,歌永言,声依永,律和声,八音克谐。无相夺伦,神人以和。"这就可见韶乐的德音了。

那么我们再看《皋陶谟》下半,便知道韶的乐器就是"戛击鸣球,搏拊琴瑟,下管鼗鼓,合止柷敔〔敔〕,笙镛以间。"韶的功效,就是"祖考来格,虞宾在位,群后德让,鸟兽跄跄,凤凰来仪"。于是韶的乐教,韶的乐德,韶的乐器,韶的乐语,韶的功效,都活跃跃的仿佛现在眼前。所以研究古代教育的人,只要看过《史记》的,就会承认舜是中国首创乐教的第一人。若再看看《周礼》,就会懂得周成王时乐教复兴的盛况了。

大概周公与成王都有鉴于前朝"纣使师延作朝歌北鄙之音,北里之舞,靡靡之乐"弄得人人听了不乐。乐一不乐,"其民必怨,其声必伤",于是逆了民心,毕竟使他身死国亡。他们又羡慕虞舜以乐教治天下的好政策,便努力使乐教复兴了。只看《周礼》上说:"大司乐掌成均之治,以治建国之学政,而合国之子弟焉。凡有道者有德者使教焉。……"这就可见乐教在当时是合国之子弟都要受的普遍教育了,又看他说:

以乐德教国子,中和祗庸孝友。以乐语语国子,与道讽诵言语。以乐舞教国子,云门,大卷,大成,大咸,大磬,大夏,大护,大武,以六律。六同,五声,八音,六舞,大合乐,以致鬼神示,以和邦国,以谐万民,以安宾客,以说远人,以作动物。

　　这么一来，把个乐教的用途分辨得更明白了。第一是乐德，最注重中和，原来中国人也和希腊人一样，都具了中和特性的。所以无论什么事情都以中和为主。总以过分放逸为大戒。古人论乐更重中和，《乐记》上就有：

　　"乐者……中和之纪……"

　　"乐和民声。"

　　"大乐与天地同和。"

　　《吕乐春秋》上就有：

　　"务乐有术，必由平出。"

　　"声出于和，和出于适。"

　　"故乐之务在于和心。"

　　古来论音律的《书经》上就有：

　　"……律和声，八音克谐。"

　　《左传》上就有：

　　"中声以降，五降之后，不容弹矣。"

　　所以《国语》又有：

　　"大不逾宫，细不过羽"的话。

　　《孔传》上也有：

　　"以六律和声音，察天下治理。"

　　《吕氏春秋》上也说：

　　"故太巨，太小，太清，太浊，皆非适也。……黄钟之宫，音之本也，清浊之衷也。衷也者，适也。以适听，适则和矣。"

　　可见古人千言万语都是以和为美德的。人人既爱中和，那纯和好静的精神，也就油然而作了。对于一切繁乱的声音色相，就自然起了不快之感。所以中国恬淡好静的精神，都本于和之道。这样最有节制的民风，就不得不归功于乐教。第二是乐语，本来古代的文言是一致的，是"发言为诗"的。诚实的古人，唯恐辞不过意，所以子夏反对那种"乐终不可以语"的郑声，却又赞美那"君子于是语"的古乐哩。

《乐记》上还说："歌之为言也,长言之也。……言之不足,故长言之。……"更可见那长言的歌,短言的诗,都只是当时一种普及万民的言语。不过斩钉截铁唱出来的就叫做诗,絮絮滔滔歌出来的就叫做歌,总之都是万民之声罢了。本来天给人们一种发音的声带,原也和鸣泉啼鸟一样自然的。古人只是顺天之则用来传情悦耳,后世人欲渐多,真情因以埋没,就都变为"乐欲而不乐德"的小人了。大家争着利欲,民声就自然不和了。声一不和,乐也不乐。这就是乐语衰亡的根本原因! 由乐语不行,乐教也随之以亡了。第三,是乐舞。这就是更可想见古人诚实而又虚心的程度了。虽然短言不足,又作长言了;还觉不够,还怕不能尽情地表出心里的真意来,于是又用那恰与乐声相应体态动作来一同表演。这种乐舞的好处,既可均匀音乐的节拍,又可以表出言语所不足的体态和心境来。所以那注重乐语的人,当然也一样注重乐舞。第四,他才讲到乐律方面,或许也如《乐记》一样说法,以为黄钟、大吕、弦歌、干扬都是"乐之末节"罢! 然而在那样人智未闻的古代,早已有了十二个音律。《吕氏春秋》上还说,在黄帝时就要伶伦制了十二筒。并说:"听凤鸟之鸣,以别十二律。其雄鸣六,雌鸣亦六,……"又说:"黄钟之宫,皆可以生之,故曰黄钟之宫,律吕之本。……"那就什么"黄钟,大吕,太蔟,夹钟,姑洗,仲吕,蕤宾,林钟,夷则,南吕,无射,应钟"的音律;什么"阴阳上下,隔八相生""五音十二律,还相为宫"的算法,都因他这一听,早已辨别出来了! 虽然他所定的十二律名,笔划太多,不合适用,但那样的古代,乐律就研究到那样地步,这就很了不起啦! 并且那相继而起的乐律家,在春秋时就有管仲,秦时吕不韦,前汉有刘安、司马迁,后汉有京房的六十律,宋有钱乐之的三百六十律,隋唐间有万宝常的一百四十四律,宋有蔡元定的十八律,明有朱载堉的算律法,清有毛奇龄的九声七调,一直到近代还有凌次仲、陈兰甫、徐灏诸人的论律,这就可见历代的学者,不但不以"黄钟,大吕,……"为乐之末节,而且"研分,划寸,校钟,算律"的刻意深求! 但是为什么"乐书愈讲,而乐愈不明"

哩？那"多画一元，两仪，三才，五行，十二辰，六十四卦，三百六十五度之图"来配合古说的乐书，既于声乐无所发明，这自然是可废的书了。但是乐之衰亡，我看究竟不止这一个原因。第一，因为乱世戮民，心气不和，声音不正，失了音乐的情，乐也不乐了。第二，因为算法不良，律数未定。第三，因为守定前人旧法，"推原元本"，迷信阴阳五行之说，一点不求进取。第四，就因重律数而轻声乐，这些都是使得音乐不振的根本原因。

现在回头来看看眼前的社会罢！四处都是难民的哀怨，老幼的悲号，罪人的歌声，溺者的笑声，这何尝不也有声有乐哩？只可惜都是使人不快的逆气奸声和乱世之乐！又看看现在的教育有几许不带点贸易性的？那名利两空的乐教，只怕谁也不高兴提倡哩！现在这些教育家，他们不但不肯提倡这种正声感人的乐教，只怕还要贱视一切弦歌之学哩，你看今日的骚人雅士，有几个精于古乐的？就是那遍地盛行的管弦俗乐，也差不多尽操于歌妓、伶工之手。在这样污辱音乐的环境里面，怎教他民心不乱？怎教那民气不乖？所以这人们相争相杀的野蛮现象，也都是轻忽了乐教的自然结果啊！如果再不兴乐教，正人心，更不知要堕落到何等地步，那就难道这茫茫人世间，就真个千古万古如长夜了么？然而天下事都是人们做成的。只要人肯努力，没有做不到的。不过站在现代进化线上的人们，要来提倡乐教，就决不可再学古人那样保守，也决不可再像顽固党的轻视夷乐。（其实在周时就有掌夷乐的官。后来常有胡乐和西域之乐入中国，可见古人并不排斥夷乐了。）我们所重的乐德和乐语，也一定不是专为某国而设的。总而言之，我们的眼光是向前望的，未来的世界是一定没有国界和民族界的。所以我们理想的乐教是包罗万象、一视同仁的好教育。我们理想的乐德，也不可单举中国一隅的中和乐德为全体人类的代表，一定要用人类所共有的各种德性。至于乐语，我们更要使它成为人人尽晓的世界语哩。于是这大宇长宙之间，乐语盛行，乐德并重，乖声不起，逆气不作，无争无怒，人我家园不分，大家与万物一体,与天地同流,协力同心的创造那尽善尽美的艺术世界,这才是我做这篇乐教运动的唯一目的!

如今要兴乐教,我以为首先要教本国的乐学常识,其次便是听律的训练,再其次就是本国的音乐史,再其次就是西洋的音乐史,再其次才是中西各种乐器的奏法,再其次才讲中国的作曲法,再其次才是西洋的和声学以及西洋的作曲法。这种办法,本来只算一种普通的乐教常识,也只是人人要懂的国民教育罢了。总而言之,我以为如果本国乐制方面有不够用或不适用处,实不妨尽量采那效良的西法。只有本国民性特具的精神,万不可失却!是这样,才好把我们一切的德性都发挥光大起来,与原来世界各国的乐德一并谐和融化,便好成就全人类的乐德。

我理想着将来有一种普及人间的万能乐教,那里面包括了四种学问。第一是可以替代一切言语的世界乐语。第二是那表衷情,匀节拍的乐舞。第三是平争息怒,解放自我的乐德。第四是可以随身携带的乐器。我看将来的人们,一定会用那轻便细巧而又可以兼做别种用具的乐器,好比现在的箫管就可以当手杖用。怎么知道将来的扇子就一定不可以做风琴哩?然而这种乐教,却不知还要老死多少的乐圣、乐贤,才有那万能时候到来?只等时机一到,那怕他是大王自命的资本家罢!那怕他是大帅自居的杀人汉罢!忽地里一两句正声和气的乐语吹进他们耳管里来,便使他们如大梦初醒一般,顿觉从前的过错。于是那武人们就努力毁兵器,富翁们就赶紧废金钱,把人间的仇敌尽化为知己,相争变成互助,阶级化为平等,侵占变了自由。从此以后,人我不分,公私不辨,尽其所能,取其所需,那时的文字都是音符,用具都是乐器,图画、雕刻都是乐舞,一切人声都是乐语!这就是我理想的极乐世界,艺术世界了!

作于西湖

(载于《崇庆县教育局月刊》1926年第1卷第7期)

淮南子的乐律学

一、淮南子在乐律学上的位置

　　淮南王刘安生于西历纪元前一七九年（汉文帝元年），死于纪元前一二二年（武帝元狩元年），司马迁刚好满二十三岁。司马迁降生的那年，淮南子已经三十五岁了，这是根据王国维的《太史公系年考略》说的。至于淮南子的身世为人，看过《史记·淮南列传》①的人，必定懂得一点。不过太史公替他作的传上，仅只说他"为人好读书鼓琴"，毕竟于他那部"网罗先秦古籍至为完备"的书，连一个字也不提。这也无非看见他有反叛的嫌疑，不敢赞扬他的才学。然而淮南子的学说，到底不会因此埋没，因为他自然有那博大精深的学理，留传于后世。他虽是个无所不谈的杂家，但他对于我国乐律方面的贡献尤其重大！他在中国乐律史上，简直是个继往开来的中心人物！因为周秦以来的乐书，都是空谈妙理，真个论道乐律的文章，总不过寥寥数语。一直到淮南子才肯在他《天文训》上说了一大篇论乐律的话。他把从前那些片段的，零星的，暧昧不详的各种乐律学，都整理清楚，使得后来论乐律的人，不得不和他有直接或间接的关系。所以我们要明白他在乐律学上的位置，只消从历代乐书上找着一个线索。那

---

　　①　应为《史记·淮南衡山列传》。

大概的线索已寻着,便好来列一个表:

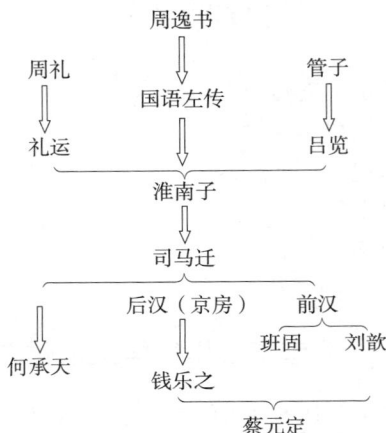

```
                        周逸书
                          ↓
    周礼                国语左传              管子
     ↓                    ↓                  ↓
    礼运                                     吕览
      └────────────┐    ↓    ┌────────────┘
                      淮南子
                        ↓
                      司马迁
            ┌───────────┴───────────┐
          后汉(京房)            前汉
            ↓                  班固    刘歆
    何承天                ↓
                      钱乐之
              └───────────┬───────────┘
                      蔡元定
```

以上的表只算把淮南子乐律的来源,以及后来和他有密切关系的人,略略述了一遍。因为这表的功用,只在乎表明淮南子所处的地位就够了。所以那些和他间接又间接的关系,只好恕不多说!

二、淮南子以前的乐律学

《淮南子》以前的乐书,都空谈那些妙用的神话去了,所以后来没有一个比较详尽的乐律学!你看《礼运》篇上那样一句"五声六律十二管还相为宫",就使得后来的人们都要用来做旋宫配调的定理。其实古代的旋宫法究竟何如?只怕谁也说不定罢!虽则《逸周书》第五十三章,《月令解》(据卢文弨说,吕不韦、淮南子所取月令都本于此)上也说:

> 孟春之月,……其日甲乙,……律中太蔟,其音角。
> 仲春之月,……其日甲乙,……律中夹钟,其音角。

季春之月，……其日甲乙，……律中姑洗，其音角。

孟夏之月，……其日丙丁，……律中中吕，其音徵。

仲夏之月，……其日丙丁，……律中蕤宾，其音徵。

季夏之月，……其日丙丁，……律中林钟，其音徵。

中央土，……其日戊己，……律中黄钟，其音宫。

孟秋之月，……其日庚辛，……律中夷则，其音商。

仲秋之月，……其日庚辛，……律中南吕，其音商。

季秋之月，……其日庚辛，……律中无射，其音商。

孟冬之月，……其日壬癸，……律中应钟，其音羽。

仲冬之月，……其日壬癸，……律中黄钟，其音羽。

季冬之月，……其日壬癸，……律中大吕，其音羽。

　　这样以十二律配十二月，以角徵商羽四音配四季，并以一岁中央戊己之日为黄钟之宫，如此一年一度的旋将去，当然也说得旋宫的了；只可惜宫商羽角徵五音次序乱了。而且单用中央戊己之日为宫，其余四音却又各占一季之月，这又有五音分配不均的弊病，所以算不得合理的旋宫法！至若《周礼·春官·大司乐》章说的："凡乐圜钟（贾逵、郑玄都说是夹钟，马融却说是应钟）为宫，黄钟为角，太蔟为徵，姑洗为羽，冬日至于地上之圜丘。……凡乐函钟（即林钟）为宫，太蔟为角，姑洗为徵，南吕为羽，夏日至于泽中之方丘。……凡乐黄钟为宫，大吕为角，太蔟为徵，应钟为羽，于宗庙中奏之。"我们一看就知道，这似乎不是旋宫的办法，因为假使照上面的话：

第　一　段	或	第　二　段	第　三　段
黄钟…角	黄钟…角	黄　　　钟	黄钟…宫
大　　吕	大　　吕	大　　吕	大吕…角
太蔟…徵	太蔟…徵	太蔟…角	太蔟…徵
夹钟…宫	夹　　钟	夹　　钟	夹　　钟

续表

第　一　段	或	第　二　段	第　三　段
姑洗 … 羽	姑洗 … 羽	姑洗 … 徵	姑　　　洗
仲　　　吕	仲　　　吕	仲　　　吕	仲　　　吕
蕤　　　宾	蕤　　　宾	蕤　　　宾	蕤　　　宾
林　　　钟	林　　　钟	林钟 … 宫	林　　　钟
夷　　　则	夷　　　则	夷　　　则	夷　　　则
南　　　吕	南　　　吕	南吕 … 羽	南　　　吕
无　　　射	无　　　射	无　　　射	无　　　射
应　　　钟	应钟 … 宫	应　　　钟	应钟 … 羽

　　这样不但五音中缺了一个商音，而这四音的乐调，又没有一定的组织和次序，并且时而角徵宫羽，时而宫角徵羽，音律相隔又时远时近，于是一定不谐和，乐调毫无定制，奏都奏不成功，怎么还能用来旋宫配调哩？并且五音缺一，旋又旋不得，一点也不合"五声六律十二管旋相为宫"的定理！所以这几乎算不得旋宫法。可见《周礼·大司乐》上的本意，不过告诉我们每逢"冬日至于地上之圜丘"时，奏起乐来就当用四种什么调；"夏日至于泽中之方丘"时，又常用四种什么调；"于宗庙之中奏之"的时候，又当用四种什么调。原来这其间一点也没有旋宫的意味！然则依《月令》的旋宫既不合理，照《周礼·大司乐》所说的更不合法，当时除此两篇之外，又找不出第三种略带一点旋宫性的说法，所以古代虽有"旋相为宫"的定理，并没有完全合理的旋宫法咧！这旋宫方面就给淮南子留下很多的余地了！

　　中国古代的乐律，本来就是分为十二的，为什么《周礼》上要说"……六律六同……"，《礼运》上只说"五声六律……"，并不爽爽快快说个完全的名词？却是这样半吞半吐的，也因这其间包含了阴阳二性。因为相传黄帝命伶伦制十二筒的时候，取法于凤凰之音，只因"其雄鸣六，雌鸣亦六"（见《吕氏春秋·古乐篇》），所以《周礼·春

官·大师》就说："阳声黄钟、太蔟、姑洗、蕤宾、夷则、无射，阴声大吕、
应钟、南吕、函钟（即林钟）、小吕（即仲吕）、夹钟，……"《国语》载着伶
州鸠的话也有"……平之以六，成于十二，……"的说法。那"……故
名之曰黄钟，……二曰太蔟，……三曰姑洗，……四曰蕤宾，……五曰
夷则，……六曰无射，……元间大吕，……二间夹钟，……三间仲
吕，……四间林钟，……五间南吕，……六间应钟，……"等话，正因这
"平之以六"的缘故！拢统称呼，就不论阴阳都称六律。仔细说时，阳
声向来称律，阴声就有各种称呼。如《周礼》称六阴声为六同，《国语》
伶州鸠称六阴声为六间，弄得后代还有改称的名词，这是后话。不过
可见中国人对这些地方很注意哩！

　　我们中国人并且还有一种最爱中庸的特性，对于那过于高过于
低的声音，都不满意，所以《左传·昭公元年》，晋侯病了，便请秦伯介
绍医和给他看病。那医和看了一回脉，便说"疾不可为也，是为近女
室，疾如蛊。……"可是晋侯仍然不相信的问道："女不可近乎？"医和
对曰："节之。先王之乐，所以节百事也。故有五节，迟速本末以相
及，中声以降，五降之后，不容弹矣。于是有烦手淫声，慆堙心耳，乃
忘平和，君子弗听也。"可见中国人百事都重中庸有节度，音乐的功
用，就是"所以节百事"。那么音乐本身的注重节度与中和，自然不
消说了，并且伶州鸠也说："……大不逾宫，细不过羽。夫宫，音之
主也，第以及羽。""律所以立均出度也。古之神瞽，考中声而量之
以制。……"（见《国语·周语下》）后来淮南子就是最重这种节
制的。

　　至于讲到五音相生数，元始只有《管子》。但是管仲《地员篇》只
说五音之数，一点不曾说到十二律，我们只消把他《地员篇》拿来瞧
瞧，便依他说的"先主一而三之，四开以合九九，以是生黄钟小素之首
以成宫"，推算一下，就可以替他列个算式如下：

1＝1	（先主一）
1×3＝3	（第一开）
3×3＝9	（第二开）
3×3×3＝27	（第三开）
3×3×3×3＝81	（第四开）
81＝9×9	（四开以合九九）

　　于是再把《淮南子·天文训》上说的"因而九之九九八十一,故黄钟之数立焉"拿来看看,便知道《淮南子》说的黄钟之数(即分数),原来出于《管子》。然而管仲单说五音,那相生的音律并不限于黄钟宫的一均以内。因为他由宫求徵,由商求羽,都用三分益一的上生法,这就逾了宫音。他所求得徵羽两律数,都在浊一均里,为本均徵羽两律的倍数。清徐灏在他《乐律考》上也说:"弦音之度,本于管子,徵百有八。羽九十六,宫八十一,商七十二,角六十四,益之以《史记》《汉书》徵五十四,羽四十八,正符琴之七弦。"并说:"《管子》徵,羽为《史记》倍数,故一二弦谓之下徵下羽。"原来管仲只说:"……合九九以是生黄钟小素之宫,三分而益之以一,为百有八为徵。"其余的商羽角数都未说明,仅只说了"不无有三分而去其乘","有三分而后于其所"的相生法。徐灏也是照他的法子,推出来的。但他说"弦音之度本于《管子》"这话究竟对不对? 我是一点也不懂七弦琴的,当然不能断定。只是觉得《管子》的徵羽,不仅是《史记》《汉书》的倍数,并且完全是《淮南子》的倍律。假使我们把钢琴上的 C 音当为黄钟之宫,便可以替《管子》做一个五音相生图如左①:

---

　　① 原刊竖排,故称"如左",下同。

看了上面这个图，如果再把《淮南子》的相生法拿来比较一下，就知道《淮南子》的宫生徵，商生羽，都是用的下生法，和《管子》说的"三分而益之以一"恰好相反。

管子以后，讲乐律相生法的，当时只有一位吕不韦，但是吕氏与管子有两异点：一是管仲说五音不提六律，吕不韦言六律不提五音，二是管子略举一二音相生之数，吕不韦却是绝对不谈律数。他们又有个最重要的同点，就是吕不韦也说："三分所生益之一分以上生，三分所生去其一分以下生"，这话当然是从管仲学来的，不过他说的话比管仲特别清楚得多，所以使得后来淮南子、司马迁诸人，都容易受这三分损益的影响。这还不算什么，还有那更可以表出他较管子为后进的地方，我们只消把《吕氏春秋·音律篇》掀开，只见他开头就说："黄钟 C. 生林钟 G. 林钟生太蔟 D. 太蔟生南吕 A. 南吕生应钟 B. 应钟生蕤宾 F. ♯蕤宾生大吕 C. ♯大吕生夷则 G. ♯夷则生夹钟 D. ♯夹钟生无射 A. ♯无射生仲吕 F"，于是把那十二管相生的次序一个个依次的陈列出来，这不但比《管子》单说五音详尽得多，并给后来的人们，无论《淮南子》《史记》一直到近代律书所载的十二律管相生法，都不能超出吕氏的这张秩序单。如今依着各律的音位，注以现在通用的音名（CDEF……等字样）两下一对，果然无不相合，这就可见我国上古时隔八相生的乐理，已与今日西乐的五度相和，不谋而合。但是他说："黄钟、大吕、太蔟、夹钟、姑洗、仲吕、蕤宾为上，林钟、夷则、南吕、无射、应钟为下。"这样所生的音位，完全与管子相同，只比他多生得七个音律，（管子单说五音故比吕氏生七律），这就是淮南子和他两位不同之处。现在照着吕不韦的办法就可以在五线谱上给他列个十二律相生的式子如左：

以上的话，要算把淮南子以前的乐律学，都说了一遍。现在总结
看来，那时的乐理原也不过五种：1. 旋宫定理，2. 律分阴阳，3. 节以
中声，4. 五音相生之数，5. 十二律相生之术。单论旋宫，依《月令》
既不合理，照《周礼·大司乐》更不合法，所以当时虽有《礼记·礼运》
说那"五声六律十二管还相为宫"的定理，并没有一定的旋宫。后来
淮南子才据这条定理，创造了两种旋宫法。论到律分阴阳，《周礼·
大司乐》说得最清楚，淮南子也信他的话。至于"节以中声"的话，在
《左传》就有医和对晋侯说的一段话，理论最好；在《国语》就有伶州鸠
对周景王说的一段话，说得很透彻。这些话都是淮南子所遵守的。
还有管子的五音相生，吕不韦的十二律相生，他俩所用的三分损益
法，以及五音十二律相生的次第，淮南子都采取了。只有他俩所定的
音律相生上下之序，却是淮南子所不取的。这一不同，双方所求得的
律数，因之也不相同了。于是管、吕所得的音律，常有浊均内的倍律，
为本均律的倍数，淮南子所求音律，上不过黄钟之浊，下不及黄钟之
清，既无倍律，那律数的大小与音律之高低次序又很相合，所以没有
管吕律数参差不齐之弊，又有《国语》伶州鸠说的"考中声而量之"的
好处！这就是淮南子所以不同于管、吕的地方！好，现在总算把淮南
子以前的乐律，大略说了一说。如今再来列个淮南子与上古乐律的
异同表：

符号 ｛ 以 ▭ 表相同
　　　以 ⟷ 表不同

淮南子 ｛

黄钟分数（八十一）…………▭（四开以合九九）｝管仲（管子地员篇）

相生上下 ｛黄大太夹姑下生 / 蕤林夷南无应上生 / 仲吕极不生｝ ⟷ ｛黄大太夹姑仲蕤为上林夷 / 南无应为下｝

相生次第 ｛黄钟生林钟…… / 无射生仲吕｝……▭｛黄钟生林钟……… / 无射生仲吕｝

三分损益 ｛下生者倍以三除之(2/3) / 上生者四以三除之(4/3)｝▭｛三分所益之一分以上生 / 三分所去其一分以下生｝

｝吕不韦（吕氏春秋音律篇）

相生不出均 ｛黄钟下生 / 蕤宾上生 / 仲吕极不生｝……▭｛大不逾宫细不过羽 / 考中声而量之以制｝伶州鸠（国语）

旋相为宫 ｛甲子仲吕之徵…… / 壬子夷则之角｝ ｛一律而生五音 / 十二律而生六十音｝ ▭（五声六律十二管还相为宫）子游（礼运）

律分阴阳 ｛律之数六 / 分为雌雄｝……▭｛阳声黄钟太蔟姑洗蕤宾夷则无射 / 阴声大吕应钟南吕函钟小吕夹钟｝周礼大师

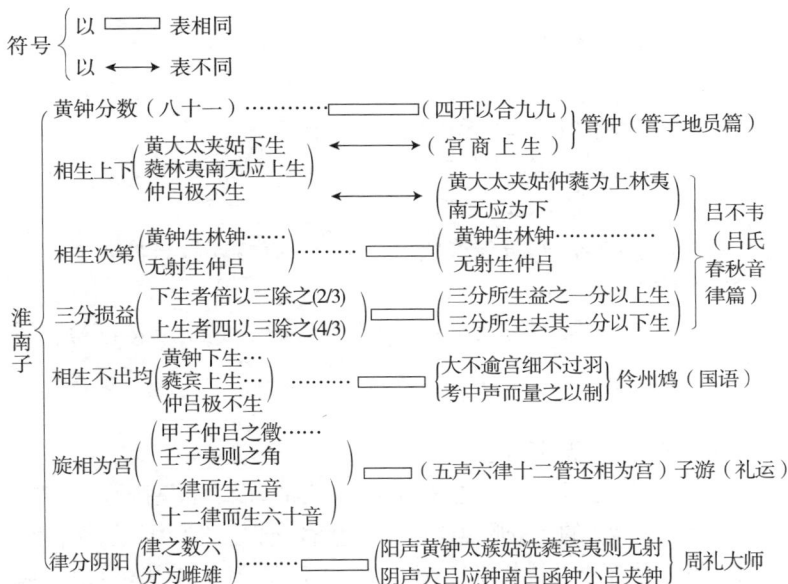

三、淮南子的音乐观

我们要研究他的乐律，就首先要懂得他的思想，和他的音乐观。要懂得他的思想与音乐观，仅只看了是他的《天文训》和《时则训》是绝对不行的，所以就要遍览他的著作。好在他的文章还不多，要来看过一遍，也很容易。不过他的学说，很有那淡泊无为，蹈虚中静的旨趣，所以他的音乐观也特别的主张和、静两个字。本来音乐的功用纯然在乎感动，可是这"感动"二字含有两种意义，一是吾人内有所感，乐声从心而生，一是外感于乐，心随乐声而变。何况淮南子那么野心极大，怀抱很深的人，怎么不想学那虞舜、周公、孔子诸人的样子，利用这种感众施远、和谐万物的音乐，来达他"得人心，王天下"的目的呢？所以他也特别看重音乐的感动力。你看他在《原道训》上就说：

"无声者，音之太宗也。"

又说：

"无声而五音鸣焉。"

又说：

"有声之声，不过百里；无声之声，施于四海。"

在《说林训》来又说：

"至乐不笑，至音不叫。"

"听有音之音者聋，听无音之音者聪。不聋不聪，与神明通。"

在《泰族篇》里就说：

"朱弦漏越，一唱而三叹，可听而不可快也。故无声者，正其可听者也。"

又说：

"使有声者，乃无声者也。"

假使我们粗心浮气的大意看了他这些话，以为淮南子是绝对主张"无音"和"寂寞"的了，那就风也不必生律，律也不必生音。音也不必乐了，怎么他还在《主术训》上说："乐生于音，音生于律，律生于风，此声之宗也"？并且假使真个万籁俱寂，四周只有麻木不仁的气象了，还有什么感动人心的力量呢？这就可见他说的"无音"和"寂寞"，不过说那音之所由生，都从无音生有音，由寂寞中发微音，这正是中国人好静的根本精神！如《老子》四十一章上就有"大音希声"，《礼记·孔子闲居篇》就说"无声之乐"，《乐记》上也说："乐由中出，故静。"《乐书要录》上也说："无体无声者，道也。华谭论曰，夫无声者五音之祖，无形者万物之君，本其祖，然后精商徵之妙，理其君，然后正妍朴之容也。"总而言之，他主张寂寞生微音，就可感万物。他又相信清净最能通于太浩之和，所以他的好静也就是爱和！

他在《本经训》上就说：

"乐者，所以致和，非所以为淫也。"

又说：

"凡人之性，和欲得则乐。乐斯动，动斯蹈，蹈斯荡，荡斯歌，歌斯舞,舞则禽兽跳矣。"

又说:

"天下和洽,人得其愿。夫人相乐,无所发贶,故圣人为之作乐以和节之。"

又说:

"性命之情,淫而相胁于不得已,则不和,是以贵乐。"

可见,他不但主张清净微音,并且还说乐贵于和哩。本来谐和之乐,最容易感动人。所以无论古今中外懂音乐的人,都看重谐和Harmony,不过西人更能精于和声的方法,中国人却是仅明和谐之理。所以《乐记》上也说:"乐和民声""乐者天地之和也",《吕氏春秋·适音篇》上也有:"故乐之务,在于和心,和心在于行适,夫乐有适,心亦有适。"可是淮南子不但主张和静之乐,还要主张简易。所以他在《诠言篇》里说:

"非易不可以治大,非简不可以合众。大乐必易,大礼必简。易故能天,简故能地。大乐无怨,大礼不责,四海之内,莫不紧统。"他在《修务训》上就说:"是故钟子期死而伯牙绝弦破琴,知世莫可为鼓也。"

又说:

"鼓琴者期于廉偶修营,而不期于蓝胁号钟。"①(刘绩曰:"蓝胁、号钟,皆古琴名,滥于〔与〕蓝古字通。")

本来微妙和谐之乐,既由静中发出,自然感人深切的了,他为什么还要注重简易?这就可见他怀抱的远大了。他知道和静之乐,感化人心虽很深切,还怕不能治大施远,普及天下,使人人尽受感化,所以他就竭意主张和、静、简易三者并重。于是他又极力赞美雅乐,对于那些喧嚣不和的,复杂难懂的,调高和寡的,一概反对。你看他在

---

①　原文为:"鼓琴者期于鸣廉修营,而不期于滥胁号钟。"按:鸣廉、修营,亦古琴名,其音声清亮和谐。滥胁,音不和;号钟声高,皆不悦于耳。

《泰族篇》上就说：

"今乎雅颂之声也，发于词，本于情，故君臣以睦，父子以亲。韶夏之乐也，浸乎金石，润乎草木。今取怨思之声，施之于管弦，闻其音者不淫则悲。淫则乱男女之辨，悲则感怨思之气，岂所谓乐哉？赵王迁流于房陵，思故乡，作为山木之呕，闻者莫不陨涕。荆轲西刺秦王，高渐离、宋意为击筑而歌于易水之上，闻者莫不瞋目裂眦，发植穿冠。因以此声为乐而入宗朝，岂古之所谓乐哉？"

又说：

"音不调乎雅颂者，不可以为乐。"

并说：

"师涓为平公鼓朝歌北鄙之音，师旷曰：此亡国之乐也，太息而抚止之。所以防淫辟之风也。"

但他觉得和、静、易三者还只是音乐的体裁，他的主要精神纯然在乎一念真实的情感。所以他在《主术训》上也说：

"夫荣启期一弹而孔子三日乐，感于和。邹忌一徽而威王终夕悲，感于忧。动诸琴瑟，形诸音声，而能使人为之哀乐；悬法设赏，而不能移风易俗者，其诚心弗施也。甯戚高歌车下，桓公喟然而寤，至情入人深矣。"

又说：

"孔子学鼓琴于师襄，而论文王之志，见微以知明也。延陵季子听鲁乐而知殷夏之风，论近以识远也。作之上古，施及千岁，而文不灭，况于并世化民乎！"

以上的话，都是说音乐要有和、静、简易的体裁，诚恳的乐情，才能使人外感于乐，心随乐声而变。这都是以音乐感化人的办法，也就是淮南子理想的乐德乐教了。他既知道以乐感人常用真情为之主宰，对于那先感于心，而后发为音乐的心声，自然更要注重那"中有本主，以定清浊"的真情了。所以他在《缪称篇》里说：

"同是声而取信异焉，有诸情也。故心哀而歌不乐，心乐而哭不哀。闵子骞三年之丧毕，援琴而弹，夫子曰，弦则是也，其声非也。"

他又在《修务训》上说：

"故齐楚燕魏之歌也，异转而皆乐，九夷八狄之哭也，殊声而皆悲。歌者乐之征也，哭者悲之效也。愤于中而应于外，故在所以感之矣。"

他又在《氾论训》上说：

"故终身而无所定趋，譬犹不知音者之歌也。浊之则郁而无转，清之则燋而不调。及至韩娥秦青薛谈之讴，侯同曼声之歌，愤于志，积于胸，盈而发音，则莫不比于律，而和于人心。何则？中有本主，以定清浊，不受于外，而自为仪表也。"

原来不论心有所感然后发为音乐也好，听了音乐然后心生感化也好，总都是以真情为主动力的。于是内外相互感化不已，就可以把天地万物之情和为太浩之和。使得人人情投意合，就无论干什么都容易了。所以他又最相信音乐万能的话。他在《主术（训）》上就说：

"故曰：听其音则知其风，观其乐即知其俗，见其俗即知其化。"

在《本经训》上就说：

"雷霆之声，可以鼓钟写也。风雨之变，可以音律知也。"

又说：

"用六律者，罚乱禁暴，进贤而退不肖，扶拨以为正，坏险以为平，矫枉以为直，明于禁舍开闭之道，乘时因势以服役人心也。"他知道音乐用于好的方面，既是万能，为起恶来，也是很凶的。所以他曾经在《览冥训》里说：

"昔者师旷奏白雪之音，而神物为之下降，风雨暴至，平公癃病，晋国赤地。……"

于是他很羡慕上古的乐教，他在《氾论训》里说：

"禹之时，以五音听治，悬鼓钟铎磬置鞀以待四方之士。为号曰：教寡人以道者击鼓，论寡人以义者击钟，告寡人以事者振铎，语寡人以忧者击磬,有狱讼者摇鞀。当此之时,一馈而十起,一沐而三捉发,以劳天下之民,此而不能达善效忠者,则才不足也。"

他在《诠言篇》里也说:

"舜弹五弦之琴,而歌南风之诗,以治天下。周公殽腏不收于前,钟鼓不解于悬,以辅成王而海内平。"

但他口里虽说:"音不调乎雅颂者,不可以为乐",其实他只看中那雅颂的乐德,他对于乐制方面并不真是那样保守的。他还主张"因时变而制礼乐"哩。你看他在《氾论训》上分明说:

"尧大章,舜九韶,禹大夏,汤大濩,周武象,此乐之不同者也。故五帝异道而德覆天下,三王殊事而名施后世,此皆因时变而制礼乐者。"

又说:"先王之制,不宜则废之。末世之事,善则著之。礼乐未始有常也,故圣人制礼乐,而不制于礼乐。"

写到这里要算把他的音乐观述了一过。那么我们来提纲挈领的回想一想,把他的音乐观总结一下,就好来替他列个表于左:

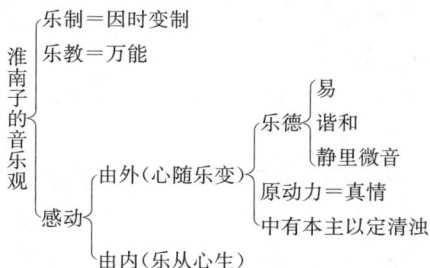

四、淮南子的乐律学

如今要懂他的乐律学,只消把他在《天文训》上说的:"以三参物,三三如九,故黄钟之律九寸而宫音调。因而九之,九九八十一,故黄钟之数立焉。……日冬至,德气为土,土色黄,故曰黄钟。律之数六,分为雌雄,故曰十二钟,以副十二月。十二各以三成,故置一而十一三之为积,分十七万七千一百四十七,黄钟大数立焉。凡十二律,黄钟为宫,太蔟为商,姑洗为角,林钟为徵,南吕为羽。物以三成,音以五立,三与五如八,故卵生者八窍,律之初生也,鸾凤之音,故音以八生。黄钟为宫,宫者音之君也,故黄钟位子,其数八十一,主十一月,下生林钟。林钟之数五十四,主六月,上生太蔟。太蔟之数七十二,主正月,下生南吕。南吕之数四十八,主八月,上生姑洗。姑洗之数六十四,主三月,下生应钟。应钟之数四十二,主十月,上生蕤宾。蕤宾之数五十七,主五月,上生大吕。大吕之数七十六,主十二月,下生夷则。夷则之数五十一,主七月,上生夹钟。夹钟之数六十八,主二月,下生无射。无射之数四十五,主九月,上生仲吕。仲吕之数六十,主四月,极不生。宫生徵,徵生商,商生羽,羽生角,角主姑洗。姑洗生应钟,不比于正音,故为和。应钟生蕤宾,不比于正音,故为缪。"

又说:

"以十二律应二十四时之变,甲子仲吕之徵也,丙子夹钟之羽也,戊子黄钟之宫也,庚子无射之商也,壬子夷则之角也。"

又说:

"其以为音也,一律而五音,十二律而生六十音。因而六之,六六三十六,故三百六十音以当一岁之日。……下生者倍,以三除之。上生者四,以三除之。"

这些话拿来仔细研究一番,就自然会知道那些乐理是从淮南子起始才有的,那些是继承前人说的,那些比前人更进一层的。如今先讲那从他起始说的就有六项:

(其一)始言黄钟之律九寸

这是《淮南子》以前的乐书从来不曾提过的。并且朱载堉在他《律吕精义·内篇》上也说这九寸之文"自汉儒为始",并说:"夏禹十寸为尺,成汤十二寸为尺,武王八寸为尺",这就可见《淮南子》以前确实找不到"黄钟九寸"的话了。并且《吕氏春秋·古乐篇》里还说:"昔黄帝令伶伦作为律,……断其两节间三寸九分而吹之,以为黄钟之宫。"后来《太平御览》以为这话不合九寸之文,便糊乱把原文改作九寸;这当然是不对的。还有一位安溪李光地说:"黄钟之长八寸一分,应钟长四寸二分,此三寸九分即二律相较之数。"他把"其长"二字,解作长于应钟之长了,这就从八寸一分(十分之寸)上减三寸九分了。还有那明世子朱载堉却又说:"盖十二为天地之大数也,百二十者律,吕之全数也,除去三十九,则八十一耳,故《吕氏春秋》曰,断两节间三寸九分。"这又在八寸一分上加三寸九分了。还有陈兰甫就说:《吕氏春秋》以三寸九分之管为中声黄钟之宫,非半太蔟合黄钟之义耶?"并说:"正义后篇云,半太蔟长四寸,其音比黄钟微低,再短一分则恰与黄钟合。"这话分明是削跂适履的强解,当然更不足信。还有那一口咬定说黄钟九寸为古法的,像邢云路就在他《古今律历考》上作辨黄钟三寸九分之非曰:"古法黄钟九寸,而《吕氏春秋》乃曰:黄帝命伶伦作为律,……取竹于嶰溪之谷,以生空窍厚者,断两节间其长三寸九分而吹之,以为黄钟之宫,其后李文利作《律吕元声》遂亦谓黄钟三寸九分最短,其音清,后人遂有信之者。夫吕不韦在先秦若可信矣,然考古黄钟在冬至为阳,阳为九,故九寸为宫。八十一分以渐而短,至羽四十八分,自然之数也。"又谓:"夫吕氏既云三寸九分,而又用九寸八十一之数以相生,已自相牴牾矣。"并说:"盖吕不韦之书,集门客为之,其语多杂。一面云三寸九分,一面云损益相生。则用古来九寸正法。其用九寸正法则是,而云三寸九分则非。自言而自背之,不自知其前后之相矛盾也。"于是我把《吕氏春秋·音律篇》仔细看了好几遍,原来吕不韦虽用三分损益的古法,但他实在不曾说过半点律数!他不但没有提及九寸的正法,就是管仲所说的宫音徵音之数,也全然不曾说过。邢云路这话就太冤屈吕不韦了。本来他这样无中生有的谎话,要算毫不足道。不过他这书既已流传后世,我们就不得不给他辨正一下,这才省得那盲从的人,以讹传讹,遗害不小。总而言之,这些后人瞎猜的话,当然都是靠不住的,无论他争论得天花乱坠,也是不足信的。那么"黄钟九寸"一语在上古乐书既不可考,这就不得不说"黄钟九寸"自《淮南子》为始了。

（其二）始用八十一起推算十二律相生之数

上古以来言律数的，仅只一位管仲在他《地圆篇》上略略说了一说宫徵两音之数。其余的人，简直没有一个说律数的。就是那位详述十二律上下相生次序的吕不韦，对于此种律数也不曾提及半字。这话我在第二章已经说过了。所以淮南子要算是开始详言律数的第一人。然而他所说的各律之数，是以八十一起数，用上下相生法推算出来的。原来这八十一是置一而四开所得之数，（见前说）所以至第五位姑洗以下的数，多三分之不尽，淮南子却是不顾一切的把那三分不尽的零头去了。譬如姑洗六十四分，把它三分起来，就余下一分是分不了的，他在用姑洗下生应钟的时候，就把那分不了的一分丢开了。本来六十四分下生的数，不止四十二，还有除不尽的小数。这个办法，当然不好，不过他这么一来，倒给后人留下很多发展的余地哩！

（其三）始定黄钟大数为十七万七千一百四十七

淮南子以前只有管子说了一个八十一的黄钟之数，《吕氏春秋》载过伶伦以三寸九分为黄钟之长，这个十七万七千一百四十七的黄钟大数（后人称为黄钟之实），以前从没有人说过。所以这黄钟大数，我们不得不说是淮南子创说的了。原来他这个大数，并不是凭空造出来的，本来《国语》伶州鸠也说："纪之以三"，淮南子又很懂得"到始于一"，"物以三成"的道理，他又看见律当相生者十一次，所以他才想出这"置一而十一三之为积一"的办法，于是就求得一个十七万七千一百四十七的黄钟大数。现在让我来把他这句话演成算式如下：

子　　　　　　置一　　＝2

丑　　　　　　　　3　＝3

寅　　　　　　　3^2　＝9

卯　　　　　　　3^3　＝27

辰　　　　　　　3^4　＝81

巳　　　　　　　3^5　＝243

午	$3^6 = 729$
未	$3^7 = 2187$
申	$3^8 = 6561$
酉	$3^9 = 19683$
戌	$3^{10} = 59049$
亥	$3^{11} = 177147$

自从他把黄钟大数照这样定了出来，实在使得后来算律的人们受赐不少。你看后来律书所载的什么寸法，什么生钟分之分母，什么五数，什么六十律之实，和三百六十律之实，什么十二律之实，什么寸分厘毫丝之法，与寸分厘毫丝之数，那一件不是由这数式推出来的？虽然，淮南子定了这个数目，当时还未见诸实用，却已给后人留下极大的贡献了。这就是我们应该纪念他的！

（其四）始说七声所应之律

原来上古时候，虽有《周礼·大师》说："……皆文之以五声，宫商角徵羽"，却又一点也不曾把五声所应之律说个明白。本来"五声，六律，七音，八风"的话，当时差不多人人都会说的，但是假使有人一问起"何谓五音？何谓七声？"只怕谁也答复不来！所以周景王排出帝王架子来问伶州鸠曰："七律者何？"那伶州鸠也只好东拉西扯的胡诌了一大篇"于是乎有七律"的话来勉强敷衍了事（见《国语》），究竟于王所问的话，分明毫不相干。然则七音组织到底始自何时？我们不得不疑问了。若照《乐书要录》上说的："夫七声者兆于冥昧，出于自然，理乃天成，匪由人造。凡情性内充，歌咏外发，即有七声，以成音调。……未有不用变声，能成音调者也。……"这般说来，那尽善尽美的韶乐，一定非用七音不可的了。所以又说："或云武王尅商，自午至子，凡有七辰，故加以七音。所以儒者相传，皆云变徵变宫起自周武，若如此言，即夏殷以前乐不成调，箫韶大夏，何以克谐？斯乃拘文守见之谈，非知音达乐之说。"当然那拘文守见之谈，我也反对，不过说不用七声，就会"乐不成调"，这就未必尽然！而且上古乐书上"五音六律”的名词，触目皆是。这七律一语，只有《国语》上的周景王和伶州鸠说过一次，其余各处都不见说。并且七律既是自武王，何以弄到景王时候的伶州鸠，还说不出七音的名儿呢？可是明之邢云路，看了韦昭在"七律者何"语下所注的话，便糊乱用来在他的《古今律历考》上造谣言。他说："《国语》伶州鸠对周景王曰：周有七音，黄钟为宫，太蔟为商，姑洗为角，林钟为徵，南吕为羽，应钟为变宫，蕤宾为变徵。"这是看过《国语》的人，一定会说他糊涂，连注语、原文都分不清楚。倘若没有看过原文的人，单听了他一面的话，岂不要大上其当？其实那时的伶州鸠并不曾说过这样话，可见上古时候即算偶然用着七音，仍是极不通行的。至于说到管仲他是只讲五音，绝不提起十二律的，吕不韦虽是详言十二律的，却又不说五音之名（见前）。真正要在古乐书的十二律上找那五音之文，虽也勉强找着两处，一见《礼记·月令》，一是《周礼·大司乐》上说的话。可惜只是当时配调的法子，决不能当作一定的五音组织。何以故？因为有的五音不全，有的次序不定（见第二章第一段），一直弄到淮南子才有条有理的把那"黄钟为蔟，太宫为商，姑洗为角，林钟为徵，南吕为羽"一定的五音组织说了出来。并给那五音以外的二变取了两个名字。他说："姑洗生应钟，不比于正音，故为和。应钟生蕤宾，不比于正音，故为缪。"照王念孙的注解，就知道他说的"不比"就是不同，"正者"就是"五音"，此二律既与五音不同，当然应该给它另取名儿了。所以他就叫那应钟为和，蕤宾为缪。还有李光地在他《古乐经传》上说："和者合也，缪者睦也，比者近也，正音谓黄钟也。应钟近于黄钟，如夫妻之合，故为和。蕤宾远于黄钟，而与黄钟相对如朋友之交，故为缪。"我看那何以名和，何以名缪，倒没有多大追究的必要。不过假使当时没有《淮南子》这篇《天文训》，这五音七声所文之律，还不晓得更待何时才有人肯详细说出来哩！

　　（其五）始定五音十二律相生不出均

　　五音相生之法，始于管仲，十二律相生之术，起于吕不韦。他俩相同处,在乎三分损益。隔八相生,以黄钟上生为起点。相异处就在一个言声不言律,不言律不言声。论声者律不详而音数具,言律者数不具而律详。这话已在第二章说过了,现在又来提一提,就是要表明淮南子和他们俩有个相异的地方。这个异点,后来人也有说他比管吕为直捷的,也有说他"第明其体,而用不可见"的。因为淮南子说:"黄钟位子,其数八十一,主十一月,下生林钟。林钟之数五十四,主六月,上生太蔟。太蔟之数七十二,主正月,下生南吕。南吕之数四十八,主八月,上生姑洗。姑洗之数六十四,主三月,下生应钟。应钟之数四十二,主十月,上生蕤宾。蕤宾之数五十七,主五月,上生大吕。大吕之数七十六,主十二月,下生夷则。夷则之数五十一,主七月,上生夹钟。夹钟之数六十八,主二月,下生无射。无射之数四十五,主九月,上生仲吕。仲吕之数六十,主四月,极不生。"可是这其间还有些版本问题。据王念孙说:"今本徵生宫,宫生商。刘积曰:当作宫生徵,徵生商。按刘说是也。"并谓"《宋书》《晋书》(之)《律历志》并作宫生徵,徵生商。《地形篇》亦曰:变宫生徵,变徵生商。又角生姑洗,生当为主。音律相生,皆非同位者。上文曰姑洗为角,则与姑洗为一。"给他这一说破,于是徐新田在《律吕臆说》上说:"《淮南子·天文训》云:徵生宫,宫生商,商生羽,羽生角,角生姑洗,姑洗生应钟,应钟生蕤宾,此旋律之法也。又《地形训》云:变宫生徵,变徵生商,变商生羽,变羽生角,变角生宫,此旋声之法也。"这话就大错特错了! 其实我们只消依着宋晋古本,拿来在五线谱上试一试:

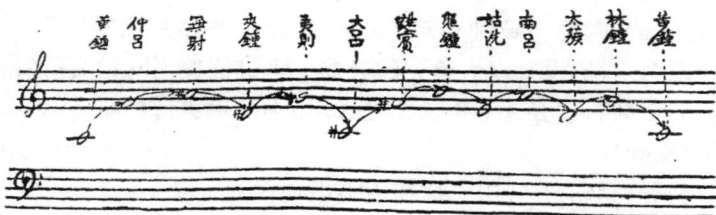

　　这就知道淮南子的方法，果然上不过黄钟之浊，下不及黄钟之清，总不出一个 octave 的范围。所以与管吕之法大不相同了。于是乎引起后人许多的反对。蔡元定就说他"不过以数之多寡，为生之上下，律吕阴阳皆错乱而无伦"；其实这是蔡元定拘守那"阳下生阴，阴上生阳"的成见。如今看见淮南子却以阳律蕤宾上生了阴律大吕，就糊乱骂他"律吕阴阳，皆错乱而无伦"。可是他这话连他的老师朱熹也不赞同，并说："十二管隔八相生，自黄钟之管阳皆下生，阴皆上生，自蕤宾之管，阴反下生，阳反上生，以象天地之气也。若拘占法，而阳必下生，阴必上生，则以之候气而气不应，以之作乐而乐不和。皆郑氏重上生法，所以为不易之论也。学者以是求之，则有得矣。惜乎西山（即元定）当时，失载其说，不能不使初学之疑也。"还有一位反对淮南子的江慎修也说公平话道："若马班之法，拘于阳律下生，阴吕上生，蕤宾下生大吕，夷则下生夹钟，无射下生仲吕，必用倍数，乃得全律，又似涉人为，反不若淮南以午子分阴阳为直捷也。"这两位说的语虽公道一点，但是总不及陈兰甫在《声律通考》上说的来得痛快。他说："十二律之相生，非真有阴阳之气以相生也。乃以此律求彼律之法也。"因他这一说，淮南子的相生法，不但无所谓"阴阳错乱"，其实以十二律分阴阳，单照那《周礼·大师》的说法，也无一不和阴阳相生的道理。这就不必后人替他另想什么以午子分阴阳的方法了。然而江永却在《律吕新义》上反对他说："总之，管吕之法，置黄钟宫声于中，以前后为生之上下；淮南马班之法，用黄钟九寸为首，以阴阳为生之上下。诸律用全，而上下相生者，声律之体也。黄钟用半，而上下相生者，律之用也。管吕著其用而体斯存，声有半，律有半，则其全者固在也。淮南马班第明其体，而用不可见。"依我个人猜想，淮南子的本意，总不出两个原因，或为十二月令所限制，或因律之相生至仲吕已够一均之用。因为上面各均之倍律，和下面各均之半律，都可用这中声一均的律数来推算。这就是伶州鸠所谓："考中声而量之以制"的办法。比方知道黄钟本律之数八十一，就可推知清黄半律之数为四〇·五,浊黄倍律之数为一百六十二,其余十一律均照此类推。如果不信,这是很好试验的,设以黄钟之数八十一来上生浊均之徵,就是一百零八,这岂不是本均徵的倍数?又由倍徵再上生商为一百四十四,又合本均商七十二之倍数。总之,以中央一均为标准,就可推知较浊之均依次加倍,较清之均依次减半。所以不用一一赘述,单说中央十二律相生之数,也很够推算了。淮南子虽只说得一均的律数,简直可以用来推算各均之律数于无穷。那就他的办法,体既可见,用复可推,何止管吕所说的半生倍律而已?江永不了解他,反说他"第明其体,而用不可见",这是江氏的错误!并且《左传》医和也说:"中声以降,五降之后,不容弹矣。"原来这五降,就是医和说的"五节"也就是五声之均的意思。这话徐新田在《律吕臆说》上说的,也和我同意。还有伶州鸠说的"大不逾宫,细不过羽",也是以商宫角徵羽五声之均为五节的限度。所以淮南子也有甲丙戊庚壬五子配五声,为五声旋相为均之法(见后丙图)。这就可见古人"考中声而量之以制"的办法,本来可以推算律数至于无穷,只因要便于实用,不伤听觉起见,才限定中央五个 octave 以为五节。所以不但黄钟有半律,又倍律,而那半律之半,被律之倍,也都有的。不但清黄可为调,而那清黄之清,浊黄之浊,亦复可为调。后人不察淮南子的本意,"于是谓黄钟无半吕,谓清黄不可为调",弄得"与伶工所用之法竟不能相合"(二语见《律吕新义》),这只怪得后人不肖,误会了他的本意罢!虽然,中声中声,究竟以什么为中声的标准呢?于是李之藻在《泮宫礼乐疏》上就说:"五声递变是谓之歌,徒歌则谓之谣,故必和以八音。然而金声舂容失之重,石声清润失之轻,丝声纤微失之细,竹声清越失之高,匏声崇聚失之长,土声函胡失之下,革声隆大失之洪,木声无余失之短。惟人合天地之中,故声调阴阳之节,所以八音从律,尤以人声为准。"并说:"自古乐既邈,世为中声难求。不知人之中声,与天地之中声应。天地寥廓,其中声他无可验,验之人声。其清浊高下有出乎自然,而高引之不至于伉,深抑之不至于窒者,是为中声。"这就可见李之藻是主张以人声为中声，可惜人声之数不止十二。并且"南北殊乎劲曼，男女判乎雌雄，老稚别乎洪细"，这就是李氏所知道的。所以要定一种声音，使得各个人唱起来，都是高而不伉，深而不窒，清浊高下都出乎自然，实在办不到的。本来人声照例是可分为四部的。老的男的最好唱的是 Bass 和 Tenor，幼的女的最好唱的是 Alto 和 Soprano。至乐于器，更有乐器之大小长短不同，节数之多寡不一，还有乐色有洪纤高下之分，这是不用说了。总而言之，无论人声，乐声，单单一个 octave 总是不够用的。而且单用中声 Alto 一均的声音，男子唱起来一定太高，勉强唱，一定不自然，这分明有高伉不能成声的毛病，所以人声决不能作中声的标准。拘定中声一均之律来奏乐，当然不能与伶工作用之法相合，而那"八音克谐"的韶乐雅乐，也断乎不致如此。所以淮南子完全是实行古法"考中声而量之以制"的人，五节中之半律，倍律，都由中声一均以为推算，毫无所谓用不可见，反较管吕详尽多了！

以上五项的法则，在上古乐书里都不可考，即使古已有之，也就失传很久的了。所以这五件事，就算不是淮南子创造的，总不能不算由他相传下来的罢！那么我如今说句从他起始的话，想也不妨事。我们对于这些地方明白了，现在就好来研究他与古法相同的地方。他与古法相同的也有三处。

一是黄钟分数　上古言律数的，仅之管仲说了宫徵两音之数（见第二章）。管子说："四开以合九九，以是生黄钟小素之首以为宫"，淮南子也说："九九八十一，故黄钟之数立焉。"这以八十一为黄钟分数，淮南子完全与管仲同意了。

二是相生次第　吕不韦在他的《音律篇》上，口虽不说音以八生的道理，却是很明显的替后来人开了一张十二律相生的次序单。淮南子在他《天文训》上首先采用了，并且在那上头找着"隔八相生"的秘诀了。只因要使当时的人们相信他的话，所以淮南子不免糊诌了些"物以三成，音以五立，三与五如八，故卵生者八窍。律之初生也,鸾凤之音,故音以八生"的神话。于是把这"音以八生"的秘诀说了出来。使得后世"不知音者",也懂得"推求之理"(此说见《乐书要录》)。这就可见淮南子不但与吕不韦完全一个意思,而且更有他的特见哩!

三是三分损益 这三分损益法始自管子说的"三分而益之以一""不无有三分而去其乘""有三分而复于其所",后来吕不韦也说:"三分所生益之一分以上生,三分所生去其一分以下生",他俩意见相同,不过吕不韦较管仲说得"语简义精"一点。于是淮南子就来继承他俩的方法,简之又简的列出那三分损益的分数算式来了。他说"下生者倍,以三除之;上生者四,以三除之。"这"倍"和"四",都是指分子说得;那以三除之的"三",当然是指分母说的了。换言之,就是下生者2/3,上生者4/3,也就是京房所谓:"以上生下,皆三生二;以下生上,皆三生四"的意思。但是李光地也不知他上了《五经算术》的当呀,还是误解了京房的意思? 他在《古乐经传》上解释淮南子的上下相生术曰:"倍黄钟之九寸为一尺八寸,三除之得六寸,为林钟。四林钟之六寸为二尺四寸,三除之得八寸为太蔟。……"他殊不知《五经算术》上说的:"……益者四乘三除,损者二乘三除。黄钟下生林钟,……置黄钟管长九寸,以二乘之得十八,以三除之的林钟管长六寸。……"这就已经不合京房所说的:"……又以二乘而三约之,是为下生林钟之实,又以四乘而三约之,是为上生太蔟之实"的本意! 因为京房这个法子,是用来推"上下以定六十律之实"的。他对于十二律相生法,仍然主张"以上生下,皆三生二;以下生上,皆三生四。"这也只因六十律上下相生,常有三分不尽的难处,京房才想出这个办法来。至于淮南子既有管吕的成法可用,自不必另想这种笨法子。并且陈兰甫还说他只因乐器不可分割为十七万七千一百四十七,才仍用八十一为起数(见《声律通考》)。然则要四乘二乘的算起来,岂是乐器所便于分划的么? 所以我可断言淮南子一定不肯用这等笨法子! 如今依照淮南子的语意,可以列式于左:

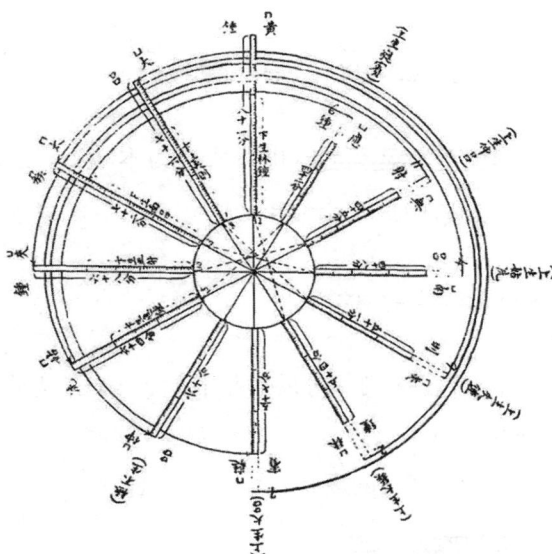

十二律相生图（甲）

$$下生者＝\frac{2}{3} \qquad\qquad 上生者＝\frac{4}{3}$$

再依管吕说法列式如下：

$$下生者＝\frac{3-1}{3}＝\frac{2}{3} \qquad 上生者＝\frac{3+1}{3}＝\frac{4}{3}$$

这么两下一比，结果全然相同。可见淮南子是采用管吕三分损益法的，不过管吕单说算法，淮南子就说它的得数。两下语意虽不同，方法和得数总算相同了。

如今把他的独创的五种办法，并那与前人相同的三点都说过了，于是一切上下相生，三分损益的律数和方法都说明了。现在就好来替他作个十二律管相生图于下：

符号说明：

一 ⋯⋯⋯⋯→（表相生）

二 ⌣（表上生）

箭头符号为所生之律

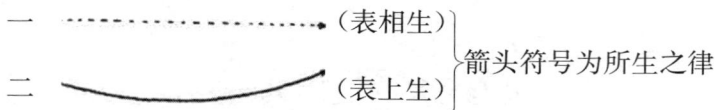

三 ▭（虚线所扩为本律$\frac{2}{3}$，表下生所得之律数与此相等，实线所括，为本律之数度）

四 ▭

（管口外加本律$\frac{1}{3}$未刻等分的虚线管，合成本律为$\frac{4}{3}$，表上生所得之律数与此相等。）

五 〔（表阳声）〕（表阴声）

六 ▭

（律管上每画一度为一等分，九等分为一寸。故用短度表分，长度表寸。）

七 中心圆周（表十二律相生，旋相隔八。）

至于他根据前人学说，更近而发扬光大的，也有两处。因为他曾经依着《礼运》上说的"五声六律十二管旋相为宫"一句定理，就创下两种旋宫法：

第一是十二律旋宫法 本来旋宫之法，在上古只有《月令》近似旋宫，其实一点不合旋宫之理。其余更没有旋宫法可找，这话业已详见前章了（可参看本文第二章），所以我们不得不说子游的旋宫定理（见《礼运》），一直到前汉淮南子才认真创下两种法子来证明它的实用处。淮南子虽只简单说出十四个字，已经无异把那十二律旋宫法排在吾们眼前似的。他说："一律而生五音"，这分明告诉我们无论那一律都可兼为五音之用。他又说："十二律而生六十音，这是十二律

各自旋相为五音,合十二个五音,便是六十音了"。并且"旋律则一律
一均,……旋声则一声一均"的话,徐新田在他的《律吕臆说》上也有
是说哩!如今根据淮南子那句"一律而生五音,十二律而生六十音,"
就可以替他作个十二律旋宫如下:

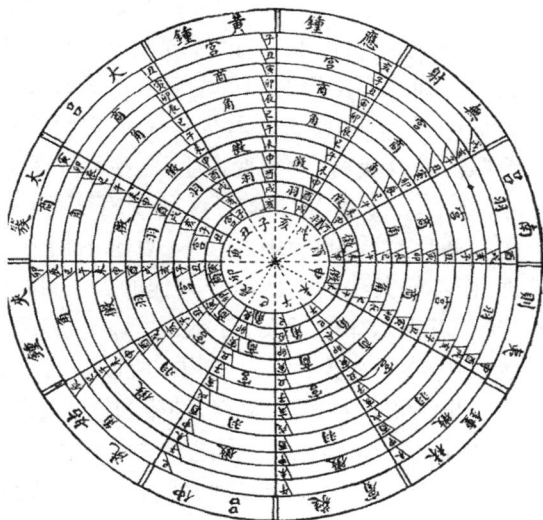

十二旋律宫图(乙)

此图作法,以一圆周均分为十二段,以配十二律。内作十三圆
周,间成十二小格,以容各律之五音。(宫商角徵羽)于圆周十二段
间。又作十二半径,以间各律之五音。于是书十二辰(子丑寅卯等字
样)于十二圆心角,以对定各弧所指之律。按各律之位,于各半径旁,
书以十二辰,于各律之十二格间,以合五音之位;并代十二律名,以验
各音所应之律。于是第一小格,以黄钟子格为宫,则太蔟寅格为商,
姑洗辰格为角,林钟未格为徵,南吕酉格为羽。第二小格,以应钟子
格为宫,则大吕寅格为商,夹钟辰格为角,蕤宾未格为徵,夷则酉格为
羽。第三小格以无射子格为宫,第四小格以南吕子格为宫,以下第五

第六，……一直到第十二小格。于是直看起来，都依次按律的退后旋
十二次。横看起来，都依五音组织，顺进十二回。这就很合《礼运》上
十二律还相为宫的道理！

　　第二是五声旋宫法　　从来研究乐律学而注重十二律旋宫法的，
虽然大有人在；然于五声旋宫之法，简直很少人懂得。在淮南子以
前，更不用说了。后来徐新田也说："《记》曰：五声六律十二管旋相为
宫也，有旋声之法，有旋律之法"（见《律吕臆说》）。却又找不着淮南
子所说旋律旋声的两段本文，反为寻着那些毫不相干的话来牵强附
会。说什么"《地形训》云：变宫生徵，变徵生商，变商生羽，变羽生角，
变角生宫，此旋声之法也"。其实淮南子说的变宫变徵的变，全然是
说那变化的意思。并且这话和"旋声之法"一点也不相干。所以徐新
田也是仅知其理，而不知其法的人。至于其他的人，总以为十二律旋
宫法内，已经包含了五声六律的意义，自不必另设五声旋宫之法。殊
不知淮南子也因《左传》医和说："先王之乐，所以节百事也，故有五
节。"而那《国语》伶州鸠也说："大不逾宫，细不过羽，夫宫音之主也，
第以及羽"。还有"律所以立均出度，古之神瞽，考中声而量之以制
的"各种议论，他才以戊子居中央为黄钟之宫，以甲丙戊庚壬五天干
之子，配五声之均，定五节之制，又因此五均之十二律为六十音，恰似
甲丙戊庚壬五子之十二辰，以成六十甲子。于是他这旋声之法，不但
可以立均出度，配调旋宫，还能兼以"十二律应二十四时之变。"这就
可见他的旋声法，实在有很多用处。无奈昏聩世人，见其文而不知其
法，于是千古以来没有人知道他的旋声法了，这是淮南子最受委屈的
地方。如今根据他说的"以十二律应二十四时之变，甲子仲吕之徵
也，丙子夹钟之羽也，戊子黄钟之宫也，庚子无射之商也，壬子夷则之
角也"，就好替他作个旋声图于下：

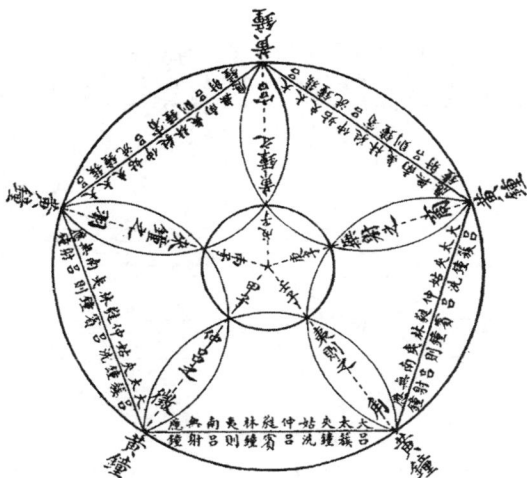

五声旋相为均图（丙）

照这样看起来他说："以十二律配二十四时"也就是以五声之均，配五日至十二辰。然而这甲丙戊庚壬五位，包含了五个十二辰，恰成一个六十甲子，那就每月三十天，只消照样周旋六次，每年三百六十天，也就只用旋转七十二次了。假使今日的自鸣钟也能依着淮南子的说法，来按时报律，就好把这五均所包含的六十音，向人们耳管里，五天一度的温习下去。那就只消上得几岁年纪的人，都自然而然的懂得听音辨律，写意自如，这岂不就是将来人类乐语的自然趋势？好！淮南子的五声旋相为均法，已经详细说明了。如今为了醒目起见，让我再来替他作个中西合璧的五声为均图。

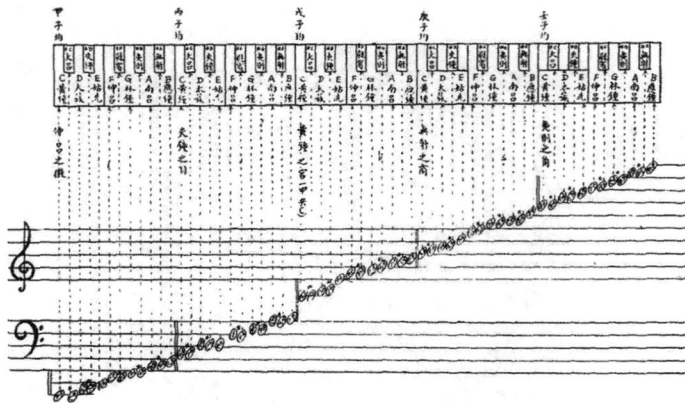

五声为均图(丁)

此图作法,以钢琴和琴谱中央五个 Octave 之六十音,配淮南子说的五声之均,合六十甲子,为五日之十二辰,恰好相合。

那么如今再把上面乙、丙两图仔细研究一下,就会觉得十二律旋宫图,和五声旋均图,有个很显明的异点,因为十二律旋宫是依十二律的组织次序向后逆行起宫。其式如下:

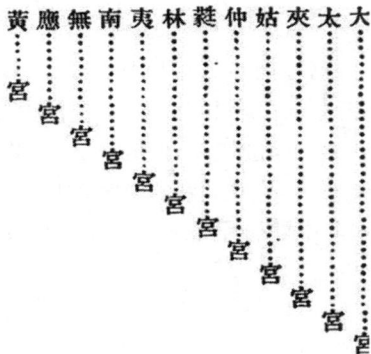

至于五声旋均法，就是这样的一个式子：

总之，五声旋均法是依五音组织（因其所间之律数，与五音组织相同），逆行于十二律以起五声之宫，使黄钟一律可得而兼为五音宫商角徵羽之用。于是我们可以得到一种秘诀，知道五声旋宫，是依五音组织依次逆行于十二律，以起五声之宫；十二律旋宫，按十二律组织，依次逆行于十二律，以起十二律之宫音。可是五声旋宫为什么定要照那五音组织，依次来逆行起宫咧？却也有个缘故，因为黄钟位子，本属宫声，如今要它兼着五声之用，所以非得退后起宫不可。于是黄钟为商，就要借着上面的无射为宫。黄钟为角，也非借夷则为宫不可。那么黄钟为徵，自然要借仲吕为徵。黄钟为羽，当然要借夹钟为宫了。这么一来，便成为五声倒旋之式。所以我们不讲旋宫法则已，如果要讲旋宫法，对于他这两段话，实在有仔细研究的必要咧。因为仅只懂得《礼运》上说的旋宫定理，仍然不能推出一个像淮南子这般圆满的旋宫古法出来。总而言之，淮南子实在是上古以来集乐学大成的人，对于五声十二管旋宫法尤有所独创。可惜世人多忽略了他的话，反来溯源于上古未经证实的一条定理，所谓"五声六律十二管还相为宫"，其实谁能应用这句话，演出淮南子这等完满的旋宫法来？

好！淮南子的乐律学已经讲完了。现在还来总说一说，就是从十二律数相生方面说来,一是淮南子才起始说的五种法则,二是与从前人相同的三种法则,一共八件事都可在前面甲图上找着的;就他远胜前人的方面说来,就有十二律旋宫法和五声旋均法,这两种方法,都好在前面乙、丙、丁三个图上证实的。

五、淮南乐学的影响

如今让我再把他于后来乐家的影响研究一下罢。但是唐宋以后的影响,都有那集中古乐律大成的蔡元定负领导的全责,所以淮南子于后来乐律的影响,至蔡氏可以告一段落。原来从淮南子为始才说的法则,一共不过七种。他的律学源流,一共不过七支。这其间流行远的,只有四项,其余三项中之一项,就被人误用了,那两项又毫无影响。

先说他那黄钟九寸,直接就有司马迁继承他说:"凡得九寸,命曰黄钟。"(见《史记·律书》)其次就有刘歆、班固诸人说的:"五声之本,生于黄钟之律九寸。"(见前汉《律历志》)但他虽说九寸,每寸却是十分之寸,与淮南子九分之寸不同,他的九寸,已比淮南子的九寸长了九分。再次就是京房作准,也说:"隐间九尺,以应黄钟之律九寸。"(见《续汉志》)以后各代相沿,于是隋之何承天、唐之杜佑、宋之蔡元定,仍是沿用黄钟九寸的。所以他这一支流的学说,在中古乐律史上简直是顺流下去的。

还有淮南子定出的十七万七千一百四十七的黄钟大数,给后来许多重要的乐律家都受了不少的影响。司马迁首先根据淮南子说的黄钟九寸之文,并那十七万七千一百四十七的黄钟大数,于是推出一个黄钟每寸之数来了。因为黄钟九寸之数,既是十七万七千一百四十七,只消用九来除它一除,那算式就是:

$$\frac{177147}{9} = 19683(为黄钟每寸之数)$$

这么一来,就知黄钟每寸之数是一万九千六百八十三。可是淮南子定黄钟大数,置一而参之于九(即酉位上)的时候,正有这一万九千六百八十三的数目,并且从子位到酉位,恰好十位,又很合"数始于一,终于十"的道理。所以司马迁放心大胆的学着淮南子的口气说:"置一而九三之以为法。实如法得长一寸。"于是哄得那些没有看过淮南子的人,以为这得长一寸的法子,是司马迁创造的。这当然要算上当,不过司马迁虽不是开创这条数目的人,却也从淮南子九寸的大数里,找着一个寸数了。总算是淮南子得意的后进者,上了他的当,还有几分值得。更有那著《东西乐制之研究》的王光祈先生,他说郑康成因为便于计算起见,"他才想了一种方法,把一寸作为一万九千八百六十三,则黄钟九寸遂成十七万七千一百四十七。"这就太上郑玄的当了。淮南子留下这样源远流长的黄钟大数,难道就让那间接又间接的郑康成冒功去么? 所以这是不可不辨明白的! 如今且说自从淮南子定下这个黄钟大数,司马迁就从中发现了每寸之数,于是刘歆、班固诸人也跟着说:"始于一而三之,三三积之,历十二辰之数,十有七万七千一百四十七,而五数备矣。"并说:"三统合于一元,而九三之以为法,十一三之以为实,实如法得一。……"(见前汉《律历志》)后来一到京房,简直用这十七万七千一百四十七的黄钟之实来推定那六十律之实了。他说:"是故十二律之实,十七万七千一百四十七,是谓黄钟之实,……推此上下,以定六十律之实,以九三之得万九千六百八十三为法,于律为寸,于准为尺,……"(见《续汉志》)自从他发起用淮南子的大数来做那六十律相生的起数,于是后来钱乐之作三百六十律之实,也说:"其数皆取黄钟之实,十七万七千一百四十七为本,以九三为法,各除其实,得寸分及小分,余皆委之,即各其律之长也。"(见《隋书·律历志》)这话的语意,完全和京房一样了。总而言之,求各律之实的时候,就以黄钟十七万七千一百四十七起数,用三分损益法来推定各律之实;求各律之长的时候,就用九三(即一万九千六百八十三)为法,各除其实,所得就是各律之长。从此相沿下来,到隋之何承天仍说:"……其中吕上生所益之分,还得十七万七千一百四十七。"后来一到蔡元定,不但把那十二律之实和六变律之实都详详细细陈列出来,并且学着司马迁在黄钟大数上求寸数的老法子,简直把那分厘毫丝之数,和分厘毫丝之法,也都依次推算出来了。他知道古法所以用三来历十二辰,得十七万七千一百四十七为黄钟之实,因为黄钟九寸是以三分为损益的。于是他就用九进位的法子,来推定六阳辰为黄钟寸分厘毫丝之数,六阴辰为黄钟寸分厘毫丝之法。他说:"淮南子谓置一而十一三之以为黄钟大数,即此置一而九三之以为寸法,其术一也。夫置一而九三之,既为寸法,则七三之为分法,五三之为厘法,三三之为毫法,一三之为丝法,从可知矣。(中略)故一万九千六百八十三(九三之所得)以九分之,则为二千一百八十七;二千一百八十七(七三之所得)以九分之,则为二百四十三;二百四十三(五三之所得)以九分之,则为二十七;二十七(三三之所得)以九分之,则为三。三者丝法也,九其三得二十七,则毫法也。九其二十七,得二百四十三,则厘法也。九其二百四十三,得二千一百八十七,则分法也。九其二千一百八十七,得一万九千六百八十三,则寸法也。一寸九分,一分九厘,一厘九毫,一毫九丝,以之生十一律,以之生五声二变,上下乘除,参同契合,无所不通,盖数之自然也。顾自淮南、太史公之后,即无识其意者。如京房六十律,虽有十七万七千一百四十七之数,然乃谓不盈寸者十之所得为分,又不盈分者十之所得为小分,以其余为强弱;不知黄钟九寸,以三分损益,数不出九,苟不盈分者十之,则其音零无时而能尽,……则其数之精微,固有不可得而纪者矣。"(见《律吕新书》)现在照他的意思来列个式子:

阳六辰:

子	1	黄钟之律
寅	9	为寸数
辰	81	为分数
午	729	为厘数

	申	6561	为毫数
	戌	59049	为丝数

阴六辰：

	丑	3	为丝法
	卯	27	为毫法
	巳	243	为厘法
	未	2187	为分法
	酉	19683	为寸法
	亥	177147	黄钟之实

蔡元定又说："十二律之实约以寸法，则黄钟、林钟、太蔟得全寸。约以分法，则南吕、姑洗得全分。约以厘法，则应钟、蕤实得全厘。约以毫法，则大吕、夷则得全毫。约以丝法，则夹钟、无射得全丝。至仲吕之实。十三万一千零七十二，以三分之不尽二算，其数不行，此律之所以止于十二也。"今录其十二律之实如左：

子黄钟	177147
全九寸	半无
丑林钟	118098
全六寸	半三寸不用
寅太蔟	157464
全八寸	半四寸
卯南吕	104976
全五寸三分	半二寸六分不用
辰姑洗	139968
全七寸一分	半三寸五分
巳应钟	93312
全四寸六分六厘	半二寸三分三厘不用
午蕤实	124416
全六寸二分八厘	半三寸一分四厘

未大吕	165888
全八寸三分七厘六毫	半四寸一分八厘三毫
申夷则	110592
全五寸五分五厘一毫	半二寸七分二厘五毫
酉夹钟	147456
全七寸四分三厘七毫三丝	半三寸六分六厘三毫六丝
戌无射	98304
全四寸八分八厘四毫八丝	半二寸四分四厘二毫四丝
亥仲吕	131072
全四寸八分八厘三毫	半三寸二分八厘六毫
四丝六忽（余二算）	二丝三忽

　　这么一来，所以他就觉得："仲吕之实，十二万一千七十二，以三分之不尽二算，既不可行，当有以通之"了。他又看见律当变者有六，故置一而六三之，得七百二十九。以七百二十九因（即乘）仲吕之实，十三万一千七十二，为九千五百五十五万一千四百八十八。三分损益，再生黄钟、林钟、太蔟、南吕、姑洗、应钟六律。又以七百二十九归之，以从十二律之数。纪其余分，以为忽秒。然后洪纤高下，不相夺伦。至应钟之实（即至变应钟之实）六千七百一十万八千八百六十四，以三分之不尽一算，数又不可行，此变律之所以止于六也……"这黄钟大数，从淮南子开创后，一直相沿下来，用途渐渐的推广。一到宋蔡元定，要算发展到了极点。

　　还有七声之制，自从淮南子详说七音所应之律，于是在汉就有七始。京房就说："黄钟为宫，太蔟为商，姑洗为角，南吕为羽，应钟为变宫，蕤实为变徵"，就把淮南子说的和、缪二名，从此改为二变了。然于实用方面，仍是不很通行，徒有二变之名罢了。一直等到隋唐间，这七声立调成曲的办法，才开始盛行。因为武周帝时，有一位龟兹人苏祗婆，从突厥皇后入国，很会弹胡琵琶，他所奏的一均中间有七声，调有七种，以他的七调来比七声，恰好相合。如今照那七调的名称来列个对照表：

	1	2	3	4	5	6	7
西域名	娑陁力	鸡识	娑识	沙侯加滥	沙腊	般胆	俟利箑
译名	平声	长声	质直声	应声	应和声	五声	斛牛声
汉名	宫声	商声	角声	变徵声	徵声	羽声	变宫声

　　自从这苏祇婆来中国献了一献琵琶之技，于是梁之郑译从他"习而弹之，始得七声之正。然其就此七调，又有五旦之名，因作七调。旦，华言均也。译遂因琵琶更立七均，合成十二，应十二律有七音，音立一书，故成七调十二律，合八十四调。旋转相交，尽皆无合。仍以其声考校太乐钟律，乖戾不可胜数。于是著书二十余篇，太子洗马苏夔驳之，以为五音之所以从来久矣，不言有变宫变徵，七调之作，实所未闻。又引古为据，周有七音之律，汉有七始之志，时何妥以旧学，牛弘以巨儒，不能精通，同加阻抑。"（见郑译《乐议》）这就可见当时七声之制极不通行了。但是此种七声，本来就是北音。因为荆轲的变徵，就已经杂了秦赵塞外之声，原非五声之旧。在郑译当时还没有立北调之名。一到唐时分三部乐，以"裔乐"隶"坐部伎"，这才间用北声。然而仍是偶一及之，不很通行。等到辽作大乐，这才全用七声，立北调之名，分为两部。以用七声的为北调，用五声的为南调。到了金元作清乐、雅乐的时候，就简直专用北声了。于是以北宫调立曲，所有一切杂剧院本，都属用七声的北调，那用五声的南调，从此衰了。元明之际，虽有一两个南曲行于人间，就是明代立乐，调名仍为北调，曲名仍属北曲。这些唐宋以后的事，本来都是后话。如今且说那结束中古乐律学的蔡元定，他也说："变宫变徵，宫不成宫，徵不成徵，古人谓之和缪。又曰所以济五声之不及也。变声非正故，故不为调也"。但他虽说这二变为"宫不成宫，徵不成徵，凡二十四声不可为调。"他定虽止六十调，可是每一调中，各音的组织，以及他那八十四声的组织，都是依的七音组织，都是五音中杂了二变的。这话看过《律吕新

书》的人,都知道的,不必我来赘述了。总而言之,这七声在上古荆轲曾经唱过一次变徵之声,俟后沉寂下来,好久没有人提起,一直到淮南子才定七音之位,和缪之名,后人改名二变,仍未见诸实用,至周武帝时才有人用来弹胡琵琶,隋唐以后才完全盛行七音的乐制。

还有十二律相生不出一均,自从淮南子限制从黄钟一下一上,至蕤宾又重上生大吕,于是又一下一上终于仲吕,这样办法,引起后来两派的争论。一派是反对淮南子的,一派是顺从淮南子的。司马迁就和淮南子不同,他是主张从黄钟一下一上,一直终于仲吕的,至蕤宾并不重行上生。果都不信,只消把那《史记》生钟分,仔细瞧瞧,便知端的。后来刘歆、班固、蔡邕诸人,都守定这阳下生阴,阴上生阳的老规矩。至于那上下相生之序,与淮南子一模一样的,在汉就只有京房、郑玄两个人。京房的办法,可去参看《续汉志》。六十律相生之序,也是从黄钟一下一上,至蕤宾又重上生大吕,于是又一下一上。至仲吕又重上生执始。于是不论京房的六十律,或钱乐之的三百六十律,所生的律数,总不出一个 octave 的范围。至于郑康成,他是没有独创学说的,只把他在《春官·大师》一节下面的注语看一看,就知道他那"五下六上乃一终矣"的相生方法,完全与淮南子相同。那么蔡元定咧,虽也说:"淮南子上下相生与司马迁律书前汉志不同!"并说他"律吕阴阳,皆错乱而无伦";然而蔡氏的黄钟生十一律,都依着司马迁的生钟分法,而他相生十二律之实的时候,那相生的上下,又都学着淮南子的。你看蔡氏《律吕新书》第四章"十二律之实"上,分明说:"……巳应钟九万三千三百一十二,全四寸六分六厘。……午蕤宾十二万四千四百一十六,全六寸二分八厘。……未大吕十六万五千八百八十八,全八寸三分七厘七毫……"这就是淮南子以应钟上生蕤宾,蕤宾又上生大吕的一个办法。蔡元定口里既说淮南子"律吕阴阳,皆错乱无伦,"却又用这错乱无伦的办法相生十二律之实,这就蔡元定不但自相牴牾,简直是淮南、司马间的骑墙派了。

至于十二律旋相为宫,淮南子说过:"一律而生五音,十二律而生六十音。"这句话分明说一律旋相为五音,十二律可以书成六十音。我们只消略加思索,便可断定这是他的旋宫法。无奈京房硬要牵强附会的拉去做他新创六十律的根据,于是钱乐之更引"六六三十六,故三百六十音以当一岁之日"来做他三百六十律的根据。这本是中国人崇拜古说的习性,所以在京房、钱乐之方面,实有不得不用古说的苦衷。可是淮南子的十二律旋宫,也从此沉沦万古,没有知音的了。

还有自从淮南子说后,绝对没有人继起说的两件事。一是淮南子说的"甲子仲吕之徵也,丙子夹钟之羽也,戊子黄钟之宫也,庚子无射之商也,壬子夷则之角也"的五声旋宫法,一是以八十一起数求推算十二律相生之数的办法。

六、结论

总而言之,淮南子是集上古乐律大成,开后代乐律之先路,于中古乐律界尤有极大的影响。单就他音乐观简约说来,就是一个感应的感字;详言之,就是以真情为主宰,以和、静、易为乐德。这样办法,我老实说是赞成的,因为一个人的主张和他的环境地位,实有剪不断的密切关系。所以我们要批评一个人的主张,首先要明白他的地位和环境。淮南子是知道舜以琴歌,禹以五音听治,周公县钟鼓以治天下的种种功效,并且深信音乐有合众施远的力量,他才主张用纯和的,易懂的,静里微音①,这也无非想喊起普天下人的同情心咧。大凡富有深谋的人,总有使万众一心的要求,不过各有各人所用的工具不同罢了。好比有的用浅显的文字,有的用普遍的语言,有的用易懂的乐语,总要取那便于宣传的。至于他的乐律学,虽在中古乐律界有很大的贡献,但决不是尽善尽美的。单论他以八十一起数来算十二律,就有五音以下的七律数都求不到精准的数目,都要抛却那三分不

---

① "静里微音",《文存》作"静调微音",据《民铎》改。

尽的音零,这是他最显明的错误。其余不完善的地方,当然也不少,这才给后来的人留下许多发展的余地。不过淮南子于乐律方面,既有继往开来的功劳,他的音乐观,以合众施远为宗旨,又很合革命家的精神,远谋者的怀抱,这是我们应该效仿他的!

我看中国音乐史上有三位集大成的人物。第一位孔丘,是上古音乐界的中心人物。第二位淮南子,是中古乐律界的中心人物。第三位蔡元定,是近代乐律界的中心人物。并且上古乐书多不详言律数,大概上古论乐的人,都在乎"手操口咏、耳听心思"八个字,于是文所载的是玄妙的空谈,口所传的是渺茫的神话,辨音用耳,量物用数。故律教之起源,始于量物,继以测音,这是乐律史上显明的事实。所以蔡邕在《月令章句》上也说:"古之为钟律者,以耳齐其声,后人不能,则假数以正其度。数正则音亦正矣。以度量者,可以文载口传,与众共知,然不如耳决之明也。"但我以为听觉这样东西是随人而异的,本不必古今之变,才有能与不能的差别;而且无论你用怎样细密的声觉来辨音,总不及但借用律数来得精准。那么以数正音的办法,不但可以文载口传,实比用耳辨音来得正确。本来音律之数,起源于管子,可是管子只说五音相生之数,一直等到淮南子才把那十二律数,也依次算了出来。从此以后,乐律家都用律数正音了。可见淮南子不但是中古乐律界的中心人物,而且是上古以来详言律数的第一人。所以我们研究中国乐律的人,对于淮南子的乐律学,更有研究的必要咧!

一九二六,八,二七,于西湖

(原载《民铎》1926 年第 8 卷第 1 期)

评王光祈论中国乐律并质田边尚雄

现在有志学音乐的人们,大都是醉心西乐去了,对于中国乐律,好像不屑研究似的。不料王光祈先生远在音乐最盛的德国,尤能眷念祖国的音乐,专门研究了西乐之余,还要常到柏林图书馆去参看些中国音乐书,这种精神,实在使我钦佩。王先生介绍西乐的著作已经不少。而专门论到中国乐律的文章,我只在《东西乐制之研究》的乙编里见着。我虽也看过好几遍,但是总不免有些疑问,现在都写出来,如果我有不当疑问的地方,正好请诸位深研乐律学者纠正哩。

　　(甲)内容 "东西乐律之研究"的乙编,一共分为七章。第一章是中国最古之律,大意谓中国最古之律,原有二十个,所奏乐调虽只用得五个音或七个音,因为"还相为宫"之故。所有十二律无不一一应用。第二章是中国古代定律之法,分为三种。(1)是三分损益法,(2)是下生上生法,此处根据孔颖达的《礼运》疏作有进八退六图。还用纯四(f)纯五(g)两阶的音程值相加减,以代上下相生之算式。(3)是隔八相生法,为隔八相生为两种法。第一种以一均为限,第二种不以一均为限,并说我国古代所谓隔八相生法,似乎专指第一种方法。第三章中国古代算律之法,分为甲乙两种。甲是司马迁计算法,即指《史记·律书》之生钟分,并谓司马迁于未项(即大吕)以下屡次乘错,特为改正。乙是郑康成计算法,谓黄钟大数为郑氏独创的计算法。第四章中国后起之律,分为甲、乙、丙、丁四种。甲、汉京房六十律,乙、宋钱乐之三百六十律。丙、宋蔡元定十八律,并以音程值计算求得三种音差。丁、明朱载堉十二平均律。第六章中国乐调之组织,作有五音七音之主调变调表各一,并五音调七音调之旋宫法各一。第七章是中国之乐谱,主张用五线谱代替字谱。现在对于王先生论中国乐律一编文的内容,都述了一遍,其余几编只因不在讨论范围以内,这就恕不多说。

　　(乙)总批评 本来单把古代算律之法,粗枝大叶的算算律管之长,原也不过三种方法。若想详细一点,那就弦有粗细之分,管有围径、面幂、积实之异。单说围径的算法,都有好几派。至于定律之法,这就派别更多,有些不易枚举罢!如今那篇文的第二章上有中国古代定律之三种方法,我看这都是些算律法。因为三分损益,下生上生,隔八相生,都不过乐律算法而已。至于第三章上的甲、乙两种计算法,这倒是些定律法。因为定律之法,从古来就很鲜明的有两派:一派出于《淮南子》之《天文训》,(即王氏所谓郑康成的计算法)限定所生之律不出一均范围;另一派出于司马迁之生钟分(即王氏所谓司马迁自(未)项以下屡次乘错之法),这是不限制那所生律之范围的,但以一阳一阴相间上下。后来拘定阳律下生,阴吕上生的人,大都于此两派之间徘徊不定。朱熹想来调和两派,创为大阴阳、小阴阳之说。可见自古至今,两派并存,这都只是两种定律管的方法。这就王先生对于算律、定律的分别,不免弄错了一点。何况定律之法,还有很多,随便说,至少也应该多举出三种。(1)是相生极于仲吕,(这一派始见于《淮南子·天文训》,在乐律史上很占势力)。(2)是从仲吕生黄钟。这一派始于何承天(见《宋书·律志》),成于朱载堉(见《乐律全书》)。(3)是介乎两派中间的一派,既不甘心极于仲吕,又不能由仲吕求得黄钟原数,这一派就以京房为首领(见《后汉书·律历志》)。其余还有定黄钟为九寸,每寸九分之说的(这派出于《淮南子·天文训》)。也有相信黄钟九寸,每寸十分之说的(这一说始于京房,刘韶,班固述之)。还有定黄钟为三寸九分的含少之说(见《吕氏春秋·古乐篇》)。自然还有许多什么吹管以听(我看最古时代是这样的),什么作准以度调(始于京房),什么候气飞灰以验律(始于扬雄、蔡邕),什么累黍造尺以定管(始于《前汉书·律历志》)……通通都是定律之法。而且在中国乐律史上都要占位置的,王先生却是一概不提,这也未免有点失之疏忽哩!但是王氏此编,毕竟有些好处。像汉用纯五纯四两阶的音程值来计算中国乐律,实在很便当,并又应用这种方法,求得京房、钱乐之、蔡元定诸人的三种音差。这都可算王氏对于我国乐律研究法的新贡献!上面的话,已经把王氏那篇文章总论了一回,现在要仔细分条来研究那使我最疑惑的了。

(丙)评古代算律之法。关于这一章,应该分作三项来批评。

第一论算律法之起源,我以为大概因为吹管听律之术失传,然后才有算律法。上古算律的文章实不多见，寥寥数语，而又律数不精，管位不细。比方《国语下》伶州鸠说的什么"大不逾宫，细不过羽"，"考中声而量之以制"，《左传·昭元年》秦和说的什么"中声以降，五降之后，不容弹矣"，《礼记·礼运篇》上载的什么"五声六律十二管相为宫"等语，都只是些立均定律之法，这都不是言算律处！只有《管子·地员篇》，才开始载有五音相生之算法，这是三分损益法的始祖。还有《吕氏春秋·音律篇》很明显的有那十二律隔八相生之法，并有"三分所生益之一分以上生，三分所生去其一分以下生"的话。可见吕不韦不但是"隔八相生"的始祖，并且是那"上生下生法"的发起人。王先生凭空引着什么史称的话来说明三分损益法，又举《礼运篇》孔颖达注疏来说那"下生上生，隔八相生"等法。然而对此三种方法的源流，倒是一点也不提起！所谓三分损益法，下生上生法者，究竟始见于何书？盛行于何代？无论什么方法，自然都有他的源流，断没有凭空而起的学说。这就王先生对于各种方法，各种学理的源流，可惜忽略了一点。

第二评司马迁计算法。王先生用《史记·律书》上算律之术，所谓"下生者倍其实，三其法"，（即$\frac{2}{3}$）"上生者四其实，三其法"，（即$\frac{4}{3}$）来乘生钟分上原有分数式，果然所得下律的分数，恰与生钟分上所载的相合。例如"子一分"。（见《史记·律书》生钟分）乘以下生者$\frac{2}{3}$；

$$1 \times \frac{2}{3} = \frac{2}{3}$$

果然所生的林钟之数，很合生钟分上的丑三分之二。又将丑三分之二，乘以上生者$\frac{4}{3}$；

$$\frac{2}{3} \times \frac{4}{3} = \frac{8}{9}$$

果然所得太蔟之数，又恰合生钟分上的寅九分八。于是一下一上，推至仲吕,所有得数,均与生钟分上所载之数恰好相合,这是王氏深得司马的算法处,使人看了更易明白。可惜后面有些什么"只是司马迁在未项(即大吕)之中,不应该用 2/3 去乘,应该用 4/3 去乘",(因为照中国古法,该项应该上生的缘故)。因为司马迁自(未)项以下,屡次乘错的结果,故其所求得之大吕,夹钟,仲吕三律。皆是一种'半律'(即是高一个音级之大吕,夹钟,中吕),与古代制造律管之法不合。现在我们且把他改正,……"这"不合古法"的话,不知王氏究竟何所指说? 我看那初言十二律、下生上生之序的,最古莫过于《吕氏春秋·音律篇》上所载的方法。然而吕氏由蕤宾生大吕,虽则也是用的上生法,但他所得之律就有五个不在一均之内,乃与王氏说的"古代制造律管之法"不合。而且也在应该被人改正之列。因为他说:"黄钟、大吕、太蔟、夹钟、姑洗、仲吕为上,林钟、夷则、南吕、无射、应钟为下。"蕤宾一律虽是上生大吕,但那黄钟、大吕、太蔟、夹钟、姑洗五律,可就不应该上生咧。这五律不当上生而上生,结果就要弄出五个"倍律"来。只因三个"半律"尚且大不满意,如今弄到五个"倍律"当然越发不足取了。所以蕤宾上生,虽然《吕氏春秋·音律篇》上早有是说,而后来用蕤宾重上生法的,却不是取法于此。因为蕤宾生大吕,所以特别用"重上生"法,原来不过要使求得的律管长短有序,不出一均范围。这种办法,最初只有《淮南子·天文训》上可以见,除却蕤宾一律,其余下生上生的次序,恰好和《吕氏春秋·音律篇》相反。所以吕不韦之与淮南子,两派绝对不同,断不可拿来并论! 有些乐律家,每一提到蕤宾重上生,也引《吕氏春秋》于《淮南子》一并而论。蔡元定就犯这个毛病(见《律吕新书·辨正四》),殊不知吕氏之法,应钟(倍律),下生蕤宾,蕤宾上生大吕,此处指蕤宾上生是单独的上生。不若淮南子以应钟上生蕤宾,蕤宾又上生大吕,这才是重上生法。所以关于这两派,我绝不主张相提并论,然则王先生所谓古代制造律管之法,与吕氏之法既不相合,若指淮南子之法为古法,但是司马迁之与淮南子,时候相去甚近,不过三四十年之间,便称古法,于义亦不可过。这件事使我思索再四，实在无由解释。不知道王先生说的古代制造律管之法，究竟何所指说？我却以为历代沿用蕤宾重上生的，都是用《淮南子·天文训》上的方法，也就是王氏拿来改正司马迁的方法。至于吕氏之法，从来没有人采用，尽可以从此表过不提。然而中国制造律管之法，毕竟不止淮南子一派，司马迁"乘错"的方法，在乐律史上倒也很占势力！这一派与淮南子派，都是历代并存的。就是那位替司马迁改正律数的蔡元定（见《律吕新书·辨正二》）不但不敢轻易将他改正一下，他还说淮南子不过"以数之多寡，为生之上下，律吕阴阳皆错乱而无伦非其本法也"（见《律吕新书·辨正四》）。虽在他《本原篇》上也兼着载司马迁的，和淮南子的（见《本原》三、四）两种方法；然而蔡氏的态度，总不免偏重于司马迁了。后来朱熹就想来调和这两派，却又拘定阳律下生，阴吕上生之说，于是创为大阴阳、小阴阳的说法。他说："乐律自黄钟至仲吕皆属阳，自蕤实至应钟皆属阴，此是一个大阴阳。黄钟为阳，大吕为阴，太蔟为阳，夹钟为阴，每一阳间一阴，又是一个小阴阳。"原来所谓大阴阳，不过以子午为界。好比一天中间，以午前为阳午，午后为阴，就是《淮南子·天文训》上说的"阳生于子，阴生于午"。于是就用这大阴阳来解释淮南子的定律法，虽从黄钟至林钟之前六律都用下生法，从蕤实至应钟之后，六律都用上生法，也与阳下生阴，阴上生阳的道理仍然很相合。至于那个小阴阳，更不过用阳律下生阴吕，阴吕上生阳律，这就是司马迁的定律法。王先生却是不管三七二十一的，断定他乘错了，立刻就说"把他改正如下"，恐怕没有这样容易罢！当然，司马迁的定律法，不及淮南子的来得直接；来得长短有序，不出一均范围。所以我也是赞成淮南子而反对司马迁的。不过要想把这样久已根深蒂固的学说改正，至少也要做一番研究工夫，才知道他是否无意乘错，或刊错，或后人添错，改错？总要找个实在的凭证，才好追根究底的把他改正罢？

第三评郑康成计算法，王先生说郑氏"以黄钟之长既为九寸，若用三分损益法去求其他十一律，则除林钟（长六寸）太蔟（长八寸）两一律,其余各外皆于寸律以下,尚余小数若干,不便计算,他才想了一种方法。把一寸作为一万九千六百八十三,则黄钟九寸,遂成十七万七千一百四十七。殊不知开始说这十七万七千一百四十七为黄钟大数的,还是淮南子! 他的年代也比郑康成早得两三百年! 这数的起源,大约也是看见用那置一而二次三乘所得的九寸,来做黄钟天正之起数,以生林钟地正,太蔟人正的三统律数(三统之名见《前汉书·律历志》),可以求得全寸。但要多求一律,就会有那三分不尽的小数,于是要依法来制造一个五音相生的起数,以生下面四音之数,就要置一而四次三乘了。此法始见于《管子·地圆篇》上说的"四开以合九九。"但是用这八十一,单做五音的起数则可,若想把所有十二律通通算出完满的整数来,自五音以下,于数又不可行,于是《淮南子·天文训》上的"置一而十三之为积分,十七万七千一百四十七"的"黄钟大数",也应时而出了。其法以一为子,三为丑,三与三自乘为寅,又以三再乘卯,于是叠乘至亥,共得三之十一乘方为十七万七千一百四十七(算式请参看《民铎》八卷一号拙著《淮南子的乐律学》页十八)。大凡算律之术,都是由简而繁,由疏而密,进化下来的。又因从来算律,都是用的三分法,于是用三叠乘若干次,所得之数,就可以三分若干回。所以那乘方的次数愈多,可求的律管愈众,而所得的起数亦愈大。你看那最初所得的起数为九,其次所得的是八十一,稍大。最后得到的十七万七千一百四十七,自然更大。所以淮南子称它为"黄钟大数"。但那数目虽有大小,而黄钟本身是其值不变的。总之黄钟只有这样长,把它分作九段,便是九寸,把它分为八十一段,便是八十一分。把它分作十七万七千一百四十七段,便是黄钟大数。于是要得每寸之数,只消把这大数用九一除,便是太史公最初发现的一万九千六百八十三。要得每分之数。也只消把这大数用八十一来除。无论如何,这黄钟的实数,是其值不变的! 不过用三分法来算律,虽有如何巧妙的起数,总会有那往而不返的音差,所以仲吕一律不复能生黄钟,也因这三分法和起数的不良咧。至于这数的由来,最初不过给淮南子拿在《天文训》上略略提起，但他并没有实行用来做那十二律相生的起数。就是那位比他小得三十四岁的司马迁（二人年代详见《淮南子的乐律学》页一）也不曾用这大数来做十二律相生的起数。不过从中发现了一个一万九千六百八十三的寸数，并且依法制成了一些生钟分上的分母罢了。然则实行用它做十二律相生起数的，究竟始于谁咧？难道就是王先生说的郑康成么？却又绝对不是！因为开始实行用它来做起数的人，就是汉元帝时候的京房，论起他的年纪来，刘歆、班固都是他的后辈，郑氏对于京房更只配称百余年后的隔代玄孙！自从京房把淮南子的十七万七千一百四十七的黄钟大数改名"黄钟之实"，便以这黄钟之实，实行来做那十二律和六十律的相生起数，以求各律之实，并用九三之所得的一万九千六百八十三为法，以求各律的寸数，且于蕤实采用重上生法。所以京房除却不肯甘心终于仲吕，由仲吕多生了四十八律，这要算与淮南子的有点不同，但是淮南子的计算法，和定律法，他都实行采用了。弄到郑玄时候（西历一二七——一九九），来采用什么十七万七千一百四十七的黄钟起数，什么一万九千六百八十三的寸法，什么蕤实上生大吕等等，都不过间接又间接的祖述那三百年前淮南子才说的古法！殊不料王先生倒说这是郑康成才想出来的一种方法，特于第二章乙项替郑氏定出一派计算法来与司马迁相提并论！王先生这就过于舍本求末了！

　　（丁）朱载堉十二平均律质疑。朱氏十二平均律的说法，是我近来最重要的一个疑问！也是这篇文的主要问题！原来算律之术，始于周秦，发展于西汉，相沿千多年来，都是用的三分损益。上下，隔八，相生的老法子。所以仲吕一律无论如何不能复生黄钟，都因这三分法除不尽的缘故。隋唐以后，虽有对于这个古法怀疑的人，如隋之何承天，虽有可以复生黄钟的律数（见《宋书·律志》），宋朝欧阳之秀通律，也有反对三分损益的理论（见《宋史·律历志》），可惜他们的算法，都是没有传下来。一到明朝朱载堉，才把这些算律的古法，根本推翻。他的意思，大概都在乎要使仲吕复生黄钟。看他长短相生的四种算法,也都为了可以复生黄钟而设的(见朱氏《律吕精义·内篇·不拘隔八相生第四》)。他自己也说"仲吕顺生黄钟,返本还元,黄钟逆生仲吕,循环无端,实无往而不返之理"(见《律吕精义·序》)。而且常常自称新法,一变前人祖述古典的论调,因此说他是乐律史上的"一枝革命新军",当然很对!不过说朱载堉的律数是十二个完全与近代西洋相同的平均律,这话我却不得不疑!然而这个学说,却又不是王先生一人的臆说,那后幕里还有一位对于中国音乐作过二十余年研究的日本田边尚雄先生。这位先生的演说,我在北京听过一次,后来又在《东方杂志》上见着。原来田边尚雄也说:"到了明朝朱载堉又发明十二平均律。"(见《东方杂志》第二十卷第十号)所以这个"朱载堉十二平均律",早已给我一个很深的印象。后来又看见王先生《东西乐制之研究》上也说:"朱氏十二平均律与近代西洋通行之十二平均律完全相同。"并说"到了明朱载堉他便不再增加什么变律,只是直截了当把那十二个律的距离平均起来,每律相隔皆为半音,从此以后,无论那一个律当宫,皆为适合。"并且说:"朱氏计算各律的方法,系把一个音级分为十二个相等部分,假如我们假定一个音级之中,共有六个整音(6.00000)则每一部分各得'半音'(0.50000),共计十二个'半音',其间相距皆为(0.50000)"。并说:"……于是从前极为复杂之乐律,至是一变而为极简单。"并说:"朱氏著书数十卷,我曾在柏林图书馆尽读之。"(以上诸语,皆见《东西乐制之研究》乙编第四章丁项)他这么一说,似乎使人觉得更应该恭恭敬敬深信不疑才是,怎么我倒越发疑惑起来咧?因为未经王先生说明之前,我还不知道朱载堉的十二平均律,就是琴弦上的 half tone 与 whole tone 意思,原来平均律的定义,就是把一个音级分为十二个相等部分,并要十二律间都是相等距离,才称为十二平均律。可见王先生心目中的朱氏十二平均律,一定都是相等部分,相等距离了!然而王氏既然知道"朱氏十二平均律,直到今日在实际上似乎并未通行"的,他的算法,又是"直截了当","极为简单"的,这又何妨随手录他几段算法和律数来证实证实咧？如今单凭王氏断定他"是直截了当，把那十二个律的距离平均起来，每律相隔皆为半音"，其实朱氏的算法若何？律数若何？实际各律相隔的距离若何？一点也不会照实说给人知道，叫人怎么相信朱氏约十二律数，真像王先生说的那样平均？而那每律相隔的距离，怎么见得是十二个相等部分？并且何能证明他把"从前极为复杂之乐律一变而为极简单？"我想他无论如何简单直接，至少也应该有个一截两断四折三分的平均律罢；难道他只"不宗王莽律度量衡之制"，"不从汉志刘歆班固之说"，"不用三分损益疏舛之法"，就算把一个音级分为十二个相等部分了么？然而王先生毕竟把他的书尽读过了，我却不能以耳代目，这就非得给我亲自过目一番不可！于是就到浙江图书馆去看朱载堉的《乐律全书》（兼看两种——四库全书本与兴湖海楼藏明残本）。原来他虽宗黄钟九寸，却也宗守黄钟一尺的。根据《前汉书·律历志》上"度本起于黄钟之长"一语，可见他也不是毫无所宗的。他虽不用三分损益，却也另有很几种更繁杂的算法。他虽不拘隔八相生，然而隔八相生法倒也是他四种相生法中的第一种方法。他又不取围径皆同，却因律管之长短，推出那律管之厚薄、空围、大小、外周内周、外径内径、面幂、积实等等，符合方圆相函之理，这就已经比从前更加复杂了。所以连那精于数学的乾隆也不得不说："冲之之术简易，载堉之术繁难。"（见《律吕正义后编·乐问二》）何况他的算法，就有根本求率的"句股术"。长短相生，就有顺逆隔八顺逆相连的四种相生法，三黍尺参校，就有依纵、横、斜三黍尺的计算法。他的律数也特别多了两种，单依每种黍尺，还要求到三均之律（倍、正、半三均），比从前的古法还要多求出二十四律来。而那算法的命位，从尺寸到微纤以下，还要算上十余位。算法之繁，实在是从来所未有。王先生怎么倒说他"直截了当"，"使从前极复杂之乐律一变而为极简单"咧？虽然，他的算法既复杂，又繁难，却也未尝不可以想法子撮出一个要领！比方朱载堉虽有三种黍法，算也不过要参同契合的表明，他那算法没有错领罢了。何况他也说："纵黍横黍，二术虽异，其律则同。盖纵黍之八十一分，适当误黍之一百分耳。本无九十分为黄钟者也。"并且他的本意，又是主张横黍百粒为黄钟一尺之数的，那些什么九寸等等，都是"假如之法"（理由详见《乐律全书·算学新说第一》问答中），这就我们尽可以单依他那横黍之度，来表明他的一切方法和律数了。如是既可撮要，又能醒目，且不失为朱氏本法。现在我想从那三十六律通长真数（即横黍之度）里面，撮出中央一均的十二个正律数来（因为二除正律即半律，二乘正律即倍律。故倍半两均可从略）。照实推算一番，写在下面，朱氏十二律数之平均与否？各距离之相等于否？便可以一目了然！

正通律长	相距隔离	距离再校
黄鍾　100000000000000000		
	5612568731830652	
大吕　94387431268169348		315009277695234
	5297559454135418	
太蔟　89089871814033980		297329165472942
	5000230288662476	
夹鍾　84089641525371454		250641361700994
	4719588926961482	
姑洗　79370052598409972		264890172355584
	4454698754575598	
仲吕　74915353843834074		250023029396576
	4204675725179322	
蕤宾　70710678118654752		235990315026288
	968685410153034	
林鍾　66741992708501718		222745196894974
	3745940213758060	
夷则　62996052494743658		210243469150455
	3535696744607605	
南吕　59460355750136053		198443409940201
	3337253334667404	
無射　56123102415468649		187305637163518
	3149947697503886	
應鍾　52973154717964763		176792979539123
	2973154717964763	
半黄鍾　50000000000000000		

由上看来，各律间的距离分明一点也不平均。无论你把这些距离再较几十次，也只是些"以渐而差"的差分律罢了，绝对不是十二个相等的部分！所以江慎修也说他的"真率真数，疏密以渐而差，每一律与三分损益所得者微强，而不甚相远"（见《律吕阐微》）。乾隆也说

他的方法，"差分法也，亦开诸乘方法也"（见《律吕正义后编·乐问二》）。可见江永和乾隆，也发明了十二平均律，而且"与近代西洋通行的十二平均律完全相同"咧？虽然我敢断定朱氏以渐而差的十二律数绝对不是西洋那样距离相等的平均律，然而仔细把他的算法分析起来，也未尝没有可以使人疑似的地方，不过与西洋绝不相同罢了。如今先看朱载堉的相生法（见《律吕精义·内篇四》）。他的相生法，虽分四种，却也有个共同点，就是叫下生为"长生短"，用半黄钟之数乘那长律；叫上生为"短生长"，用黄钟之数乘那短律。至于那些除数形式上虽因各法而异的分为四种，实际上仍然同是第十一次相生所得的律数。可以给他分开来列原说明如下：

其一

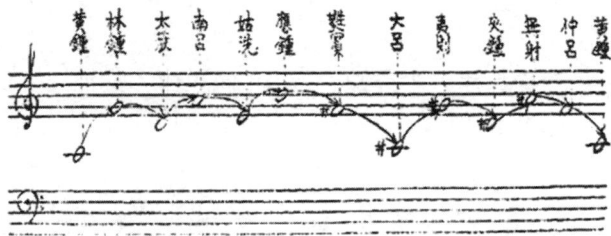

这就是从前的隔八相生法，也正是王先生说的进八退六法，而且近似西洋的五度相和（因非真正纯五度，只能说是近似）。

这里与古代不同的，就在仲吕可以复生黄钟，只因要由仲吕复生黄钟，特于各律相生，都用一个仲吕做除数可作下生上生两公式如下：

以 X 代长律所生之短律（下生之律）　以 Y 代短律所生之长律（上生之律）

$$（一）\ X = \frac{该长律 \times 半黄钟}{仲吕} \qquad （二）\ Y = \frac{该短律 \times 黄钟}{仲吕}$$

其二

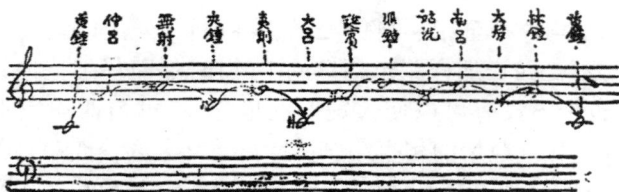

可见一、二两法恰好相反,那是顺隔八相生,这是逆隔八相生。那顺隔八既是进八退六法,所以这逆隔八就是进六退八法了。这就近似西洋的四度相和。又因要由林钟复生黄钟的缘故,特于各律相生:特用一个林钟做除数。也可作下生上生两公式如下:

以 X 代长律所生之短律(下生之律) 以 Y 代短律所生之长律(上生之律)

(一) $X=\dfrac{\text{该长律}\times\text{半黄钟}}{\text{林钟}}$ $Y=\dfrac{\text{该短律}\times\text{黄钟}}{\text{林钟}}$

其三

这种连律顺行相生法,是要由应钟回到半黄钟的,所以特于各律相生用着一个应钟做除数。又因都是顺行前进的,所以都是"长生短"的下生法,只消作个下生的公式就够了:

以 X 代长律所生之短律(下生之律) $X=\dfrac{\text{该长律}\times\text{半黄钟}}{\text{应钟}}$

其四

这是连律逆行相生法，与第三种进行的方向恰好相反。也因要由大吕回到黄钟的缘故，特于各律相生法，用一个大吕做除数，但这是逆行退后的上生法，所以都只用一个"短生长"的上生公式如下：

以 Y 代短律所生之长律（上生之律）　　$Y = \dfrac{该短律 \times 黄钟}{大吕}$

看了以上四种相生法的公式，可见朱氏的本意，纯然在乎循环返复的再生黄钟。因为相生到第十一次的时候，正应该还到黄钟，所以都用第十一回相生所得的律数来做除数，于是分子分母对消起来。剩下的自然就是黄钟了。这样办法本还巧妙，然而那其间假使没有一定的乘方可为比例，仍是算不来的。至于他的根本求率法，也通通由比例推得出的。只因圆径可以等于方斜，他就穿凿其辞的定要说是"句股术"，其实自南吕以下，都不是句股术算得来的。而且他求南吕的时候，也是用两外项求中项的中比例。但他叫起来仍是不改口的，并且只肯说出三律的求法。可以给他列成三种算式如下：

其一　用句股求弦术求蕤宾倍律　以十寸为句十寸为股

定黄钟之长为十寸

因 $\sqrt[2]{句^2 + 股^2} = 弦$

$\sqrt[2]{10\,寸^2 + 10\,寸^2} = \sqrt[2]{100\,寸 + 100\,寸} = \sqrt[2]{200\,寸}$　　237309504……

$\sqrt[2]{200\,寸} = 1\,尺\,4\,寸\,1\,分\,4\,厘\,2\,毫\,1\,丝\,3\,忽\,5\,微\,6\,纤$

237309504……

故倍蕤宾为 1 尺 4 寸 1 分 4 厘 2 毫 1 丝 3 忽 5 微 6 纤

$$118654752\cdots\cdots$$

则正蕤宾为 7 寸零 7 厘 1 毫零 6 忽 7 微 8 纤

又因　圆径＝方斜　黄中倍律外径＝蕤宾正律之率

故知　黄钟倍律外径为 70710678118654752……

其二　求南吕倍律之率

$$\sqrt[2]{倍蕤宾 \times 正黄钟}=倍南吕之率$$

$$\sqrt[2]{1414213562\quad 37309504 \times 1000000000\quad 00000000}$$

$$=\sqrt[2]{\begin{array}{l}1414213562\quad 3730950\\4000000000\quad 00000000\end{array}}$$

$$=1189207115\quad 00272106$$

故南吕倍律为 1 尺 1 寸 8 分 9 厘 2 毫零 7 忽 1 微 1 纤 500272106……

则南吕正律为 5 寸 9 分 4 厘 6 毫零 3 忽 5 微 5 纤 750136053……

又因　蕤宾倍律外径＝南吕正律之率

故知　蕤宾倍律外径为 59460355750136053……

其三　求应钟倍律之率

$$\sqrt[2]{正黄钟^2 \times 倍南吕}=应钟倍律之率$$

$$\sqrt[3]{11.8920711500272106 \times (100000000000000000)^2}$$

$$=\sqrt[2]{\begin{array}{l}118920711500\\272106000000000000000000\end{array}}$$

$$=10.5946309435929526$$

故应钟倍律为 10 寸 5 分 9 厘 4 毫 6 丝 3 忽零 9 纤 43592526[①]……

---

① "43592526"应为"435929526"。

　　朱氏的根本求率法,虽只说出上面三律的求法,然而其余八律均可照样类推的。至于求率的次序,他也说过一点"先求黄钟……次求蕤宾……又次求南吕……然后求大吕……其次求应钟……"的话(见《乐律全书・算学新说第二问》)。由于他这第一定黄钟,第二求蕤宾,第三求夹钟,第四求南吕,第五求大吕,第六求应钟的次序,便可以推出第七求林钟,第八求仲吕,第九求姑洗,第十求太蔟,第十一求无射,第十二求夷则的次序了。但他求密率的方法可以分为两种:第一种,我们可以叫它中央律的相求法。第二种,就叫做左右律的相求法。第一种之中央律,照朱氏的说法,本来只有蕤宾、夹钟、南吕三律可求,例如倍夹钟位居倍黄钟与倍蕤宾的中央,倍蕤宾位居倍黄钟与正黄钟的中央,倍南吕位居倍蕤宾与正黄钟的中央。可以作图如下:

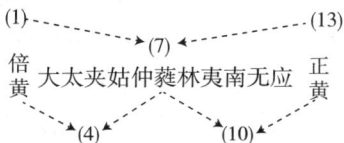

　　什么是第二种之左右律呢? 就是黄钟左右两边的大吕应钟。蕤宾左右两旁的林钟仲吕。夹钟左右两旁的姑洗太蔟。南吕左右两旁的无射夷则。再来作图如下:

中央律的求法,律以用求南吕的一个法子去推求,蕤宾也是中央律,本不必用什么句股术,只消用一个这样的算式如下:

$$\sqrt[2]{倍黄钟 \times 正黄钟} = 蕤宾倍律之率$$

于是求夹钟倍律之率,也是这样:

$$\sqrt[2]{倍蕤宾 \times 倍黄钟} = 夹钟倍律之率$$

以上两个算式,都是求中央律的方法。至于那左右律的求法,就用求倍应钟的一个法子去推求。可作七个算式如下：

$$\sqrt[3]{倍黄钟^2 \times 倍夹钟} = 大吕倍律之率$$

$$\sqrt[3]{倍蕤宾^2 \times 倍南吕} = 林钟倍律之率$$

$$\sqrt[3]{倍蕤宾^2 \times 倍夹钟} = 仲吕倍律之率$$

$$\sqrt[3]{倍夹钟^2 \times 倍蕤宾} = 姑洗倍律之率$$

$$\sqrt[3]{倍夹钟^2 \times 倍黄钟} = 太蔟倍律之率$$

$$\sqrt[3]{倍南吕^2 \times 正黄钟} = 无射倍律之率$$

$$\sqrt[3]{倍南吕^2 \times 倍蕤宾} = 夷则倍律之率$$

　　总而言之,朱载堉的求密率法,是要首先定下黄钟正律之数,再求倍正两黄钟之中央一律倍蕤宾,然后求倍蕤宾下半均之中央一律倍南吕,与上半均之中央一律倍夹钟,而且正黄钟也是位居倍半两黄钟的中央律,所以仍然可用中比例的外项相乘积推算的。有了这么四个中央律,才去求各中央律两旁的左右律。本来讲到这一截两断四折三分的地方,要算是做那"十二个相等部分"的最好机会了。朱氏若不是从来没有存过这种意思的,怎么肯白白地失却这种机会呢?他既然拣着那次序中央一律,为什么一点也不管它位置的偏正合中与否呢? 假使朱氏有意求平均率的话,那倍蕤宾既在一个 octave 的中央,由它到倍黄钟与正黄钟两头的距离,至少也应该做成相等。例如倍黄钟两尺,正黄钟一尺,这其间就有一尺的距离。把倍蕤宾放在这一尺的中心点,倍蕤宾就是一尺五寸,这才无论到倍黄钟,或正黄钟的各距离,都是同等的五寸。这就是我理想的平均法,也是王先生说的西洋的平均法。可惜朱氏毕竟没想到用这样方法求平均律的意思,所以他那三个中央律各两端的距离都不相等。现在先看蕤宾两端的距离如下：

　　甲　倍黄 200000000 － 倍蕤 141421356 ＝ 5 寸 8 分 5 厘 7 毫 8 丝 6 忽 4 微 4 纤

乙　倍蕤 141421356－正黄 100000000＝4 寸 1 分 4 厘 2 毫 1 丝 3 忽 5 微 6 纤

甲距离 5 寸 8 分 5 厘 7 毫 8 丝 6 忽 4 微 4 纤＞乙距离 4 寸 1 分 4 厘 2 毫 1 丝 3 忽 5 微 6 纤

故知甲乙两距离不相等

如是再看由夹钟到黄钟、蕤宾的两距离：

丙　倍黄 200000000－倍夹 168179283＝3 寸 1 分 8 厘 2 毫 07 忽 1 微 1 纤

丁　倍夹 168179283－倍蕤 141421356＝2 寸 6 分 7 厘 5 毫 7 丝 9 忽 2 微 7 纤

丙距离 3 寸 1 分 8 厘 2 毫 07 忽 1 微 1 纤＞丁距离 2 寸 6 分 7 厘 5 毫 7 丝 9 忽 2 微 7 纤

故知丙丁两距离不相等

那么再看由南吕至蕤宾、黄钟之两距离：

戊　倍蕤 141421356－倍南 118920711＝2 寸 2 分 5 厘 006 忽 4 微 5

己　倍南 118920711－正黄 100000000＝1 寸 8 分 9 厘 2 毫 07 忽 1 微 1 纤

戊距离 2 寸 2 分 5 厘 006 忽 4 微 5 纤＞己距离 1 寸 8 分 9 厘 2 毫 07 忽 1 微 1 纤

故知戊己两距离不相等

可见连着三个中央律的两距离都不相等，叫那十二个距离怎样能够相等咧？既然都不相等，怎能平均分配咧？就是王先生在《东西乐制概论》里说的两种音程值平均律，也都有这三个中央律的。其一为♯f（f sherp 当蕤宾）在第一种音程值是 3.00000，由它到 c（0.00000）或到 c'（6.00000），这两距离都相等，相距都是（3.00000）。♯f 在第二种音程值是 0.50000，由它到 c（0.00000），或到 c'（1.00000），这两距离都相等，相距都是（0.50000）。其二是♯d

（夹钟），在第一种音程值是 1.50000 由它到 c(0.00000)，或到♯f（3.00000），这两距离都相等，距离都是(1.50000)。♯d 在第二种音程值是 0.25000，由它到 c(0.00000)或到♯f(0.50000)，这两距离都相等的，相距都是(0.25000)。其三为 a(南吕)，在第一种音程值是 4.50000，由它到♯f(3.00000)，或到 c'(600000)，这两距离都相等，相距都是(1.50000)。a 在第二种音程值是 0.75000，由它到♯f（0.50000），或到 c'（1.00000），这两距离都相等，相距都是(0.25000)。可见西洋的十二平均律，不但相连各律之距离一定要相等，而这些中央律的距离，也都相等的。如今朱载堉相连各律的距离既然绝不相等，而各中央律的两端距离，又都不相等，王先生怎么倒说"计算各律的方法，系把一个音级分为十二个相等部分"呢？并且还说："假如我们假定一个音级之中，共有六个整个音（6.00000），则每一部分各得'半音'(0.50000)"，这话与朱氏有什么相干咧？但是载堉之律，虽然绝不是十二个相等部分，他的算法确实连比例的差分法。因为他求中央率的方法，是用两端率的相乘积开平方求得的(见前)，于是江慎修首先从中发现了一些比例的道理。他说："律法得蕤宾倍率，以黄钟十寸乘之法，平方开之，得南吕倍率，即四率倍律与南吕倍律，若南吕倍律与黄钟正律也。盖先得首尾两率，因求中间两率，……推之夹钟亦然，……推之正律半律皆然。"(见《律吕阐微》卷六)只因他悟到这首尾两率可求中间两率的办法，于是给朱载堉推出些什么子午卯酉丑未辰戌寅申巳亥的连比例来。这些比例全由求南吕一例推得的。不过朱氏所求之中央率，只说出蕤宾、南吕、夹钟三律，江慎修替他扩充了几个而已。可以给他列式如下：

1. 子午卯酉之连比例：

倍黄：倍夹∷倍夹：倍蕤　　倍夹：倍蕤∷倍蕤：倍南

2. 丑辰未戌之连比例：

倍大：倍姑∷倍姑：倍林　　倍林：倍无∷倍无：正大

3. 寅巳申亥之连比例：

倍太：倍仲∷倍仲：倍夷　　倍夷：倍应∷倍应：正太

并还给他发明了一些子午对冲,丑未对冲,卯酉对冲,辰戌对冲,已亥对冲的六种算法：

1. 子午对冲：

$2÷倍黄^2=倍蕤^2$　$2÷倍蕤^2=正黄^2$　$2÷正黄^2=正蕤^2$

$2÷正蕤^2=半黄^2$　$2÷半黄^2=半蕤^2$

2. 丑未对冲：

$2÷倍大^2=倍林^2$　$2÷倍林^2=正大^2$　$2÷正大^2=正林^2$

$2÷正林^2=半大^2$　$2÷半大^2=半林^2$

3. 寅申对冲：

$2÷倍太^2=倍夷^2$　$2÷倍夷^2=正太^2$　$2÷正太^2=正夷^2$

$2÷正夷^2=半太^2$　$2÷半太^2=半夷^2$

4. 卯酉对冲：

$2÷倍夹^2=倍南^2$　$2÷倍南^2=正夹^2$　$2÷正夹^2=正南^2$

$2÷正南^2=半夹^2$　$2÷半南^2=半南^2$

5. 辰戌对冲：

$2÷倍姑^2=倍无^2$　$2÷倍无^2=正姑^2$　$2÷正姑^2=正无^2$

$2÷正无^2=半姑^2$　$2÷半姑^2=半无^2$

6. 已亥对冲：

$2÷倍仲^2=倍应^2$　$2÷倍应^2=正仲^2$　$2÷正仲^2=正应^2$

$2÷正应^2=半仲^2$　$2÷半仲^2=半应^2$

我曾经依他这六种算法,推算过一番,果然一点也不是虚话。(我所算的各律之幂数,此处无详载的必要,当于日后作《朱载堉之乐律学》一文及之)。我看他也是由比例推出来的,因为第一率与第七率,若第七率与第十三率,这都是求中央律的比例法。江氏说的某律之幂折半,分明就是某律之率,和它第十三率的相乘积,既是这样,所以自然要与那中项第七率自乘之积相等了。其实这些么子午卯酉等等比例,什么符合河图洛书的种种数理,也只是江氏穿凿之辞。本来朱氏十二率都是连比例的方法，自然顺逆错综，无所不可，岂止子午卯酉辰戌未寅庚巳亥的几个连比例而已？他的十二率所以能成比例的缘故，只有乾隆说得最好，他说："……以倍应钟之率除倍应钟，得黄钟之一尺。即以倍应钟之率除倍无射，得倍应钟，是则倍应钟之率为方根，而倍无射即方根自乘之数。倍南吕之率，即方根再乘之数也。由是推之，至于倍黄钟之率，即方根十一乘之数也"（见《律吕正义后编·乐问二》）。因为十二率都有一个一定的方根，当然顺逆错综，都成比例了。假使他十二律都真个有那依次递乘的方数，于是称为一种与西洋绝不相同的平均率，这也还可以说得过去。然而倍钟至黄钟，中间音域仅止一尺，若以一尺零五分九厘四毫六丝三忽零九纤有奇之倍应钟为方根，就把那为应钟自乘之幂来做倍无射，其数如下：

倍应钟＝1 尺零 5 分 9 厘 4 毫 6 丝 3 忽零 9 纤有奇

倍应钟^2＝11 兆 2246 万 2048 亿 2693 万 7297 尺 1 寸 1 分 6 厘 7 毫 3 丝 6 忽 1 微 9 纤有奇

这倍应钟之幂，岂不比任何倍律之数都大上若干兆万亿万倍了？叫那仅止一尺一寸二分二厘四毫六丝二忽零四纤有奇的倍无射怎么包容下去咧？方根自乘一次，倍无射尚且不能包容，其余递增的乘方，当然更不是那些尺余长的倍律所能包容了。所以无论迭次乘方所得的任何律数，仍然不得不依次把那单位大大的缩小一番，才能编入那一尺余长的倍律队伍。所以倍应钟是一尺零五分有奇，用倍应钟之幂来做倍无射，就叫做一尺一寸而二分有奇了。其余迭次乘方所得的律数，也都只好算作一尺余长。朱氏十二率中之迭次乘方可以给他列式说明如下：

以 X 代倍应钟之数

$X^2 \div (100000000000000000) =$ 倍无射之律数

$X^3 \div (100000000000000000)^2 =$ 倍南吕之律数

$X^4 \div (100000000000000000)^3 =$ 倍夷则之律数

$$X^5 \div (10000000000000000)^4 = 倍林钟之律数$$
$$X^6 \div (10000000000000000)^5 = 倍蕤宾之律数$$
$$X^7 \div (10000000000000000)^6 = 倍仲吕之律数$$
$$X^8 \div (10000000000000000)^6 = 倍姑洗之律数$$
$$X^9 \div (10000000000000000)^8 = 倍夹钟之律数$$
$$X^{10} \div (10000000000000000)^9 = 倍太蔟之律数$$
$$X^{11} \div (10000000000000000)^{10} = 倍大吕之律数$$
$$X^{12} \div (10000000000000000)^{11} = 倍黄钟之律数$$

所以朱载堉的十二律，虽是十二个疏密以渐而差的差分法，然而仔细分析起来，实在有些迭次的，乘方的，乘积和除数。田边尚雄与王光祈是否即因这个缘故，就不管各律数各距离之平均与否，便说朱载堉发明了十二平均律么？并且朱氏十二率虽有那均匀的迭进的乘积和除数；无奈各距离既没有相等部分，律数又是各不平均的差分数，根本就不合十二平均律的条件！怎么会和"近代西洋通行的十二平均律完全相同"咧？西洋的平均律是一五一十迭次加上去的十二个半音，所以各律相隔都是半音，这叫做十二平均律，自然很合。如今朱载堉的律数既是差分，相离又绝不相等，但因各律中包含了一些迭进的乘积和除数，难道因此就可以勉强叫它平均律么？此种疑问，只好请国内外精通乐理的人们指教罢！

一九二六，十二，二二，于西湖

（《民铎》1927 年第 8 卷第 4 期）

卷七　研究资料

朱谦之忆杨没累

之一：《没累文存》编者引言

朱谦之

　　没累于一八九八年（光绪二十四年）正月初一日生于湖南长沙。初入小学时，感着家中的刺激，便是她独身主义的开始。因此对于高人逸士的生活，非常梦想。高小毕业后，到粤省亲。又至上海入南洋女师范，将毕业，在五四运动之前。因主任教师认她是全校最吸收性大的学生，所以凭着传播思想的热诚，对她特别注意。没累虽毕业回粤去了，他还常寄《新青年》《新潮》《星期评论》《自由录》《少年中国》等书。于是她因一时的感动，便写了封给"少年中国学会会员"讨论妇女问题的信，在《少年中国》第一卷第四期上登过。她的名字是M. R.。随后又在第一卷第六期上发表的一封信，名字是A. Y. G.这就是她早年的思想。一九二一年由周南女学，转入岳云中学。那时她讲独身主义很热烈，同时主张人类绝灭，并谓造物主是玩弄人们的罪魁。《三个时期的女子》也是这个时期做的。一九二二年始入北京大学音乐传习所。翌年，我俩开始通信。凭着我们狂醉的热情，自乐自进而为终身伴侣。这在《民铎》杂志第四卷第四号有我俩共同发表的"虚无主义者的再生"和一九二三年编成的《荷心》，都可参看。

这里有许多诗歌、戏曲,都是在这时期做成的。一九二四年我和没累同到厦门大学,她时常在《民钟报》投稿,五卅事件发生,并发表《告同胞书》一文。一九二五年我们定居杭州西湖,门对林和靖先生故居,看梅望鹤,以完成我俩的宿愿。在这时期,她除专心研究《中国乐律学史》外,并从古琴家学,颇有心得。因见女界之沉沦,发愤作《妇女革命宣言》。但这么一来,她的身体便渐渐不支了。她本有血虚症,加以撰中国乐律的著作,废寝忘食,遂于一九二八年四月廿四日,在肺病疗养院弃世,时年三十一岁。葬于西湖烟霞洞师复墓旁。

没累的生平和著作不过如此,要知详细,请看他类似自传的《青青女郎》一篇小说。他在厦门时,曾译易卜生于一八九○年著的《黑玳加不勒》(Hedda Gabler)一剧,因未经校正,且现已有潘家洵先生译本,此译即可不必出版。没累一生的最大贡献,还在他有志未成的《中国乐律学史》一书。这书想从中国最古的音乐观(《诗经》《礼运》《乐记》《左传》《周礼》《仪礼》)及钟律(《月令解》《周礼·春官》《国语·周语》)、琴律(《管子》《吕氏春秋》)起,中经两汉(淮南子、司马迁、刘歆、京房、郑玄、蔡邕)、魏晋(荀勖、列和、高间)、六朝(梁武帝、钱乐之、何承天)、隋唐(郑译、何妥、万宝常、祖冲之、杜佑)以至宋(王朴、欧阳之秀、宋仁宗、陈旸、胡安定、司马迁①、程颐、朱熹、蔡元定)、元(刘瑾、熊朋来)、明(季本、韩邦奇、李文藻、李文利、何塘、黄佐、李文察、刘濂、朱载堉、利玛窦)、清(康熙、毛奇龄、应㧑谦、徐日昇、乾隆、江永、胡彦昇、钱塘、徐养源、凌廷堪、陈澧、徐灏),叙到"中国乐律的新趋向"止。这个体大思精的大著作,很可惜,因为体质的衰弱,和环境的动摇,使他不能竟其全功,这是我最亲爱的没累得病的原因,也是他终身的遗憾,或者可以说是学术界的一个大损失罢!

一九二八年六月六日

---

① 疑为衍文。

之二:《回忆》(节选)[①]

朱谦之

我的恋爱时代

我现在已到了描写幸福的一章了! 爱神照顾我,许我和我的爱人杨没累始那汪洋甜蜜的信。我与没累的性情和身世,因为德荣、敦祜他俩的介绍,当然老早就互相深知的了! 从前只因没累坚持独身主义,我又是个 Misogamist[②],似这样沉醉在"虚无"里的两个孤魂,不是那伟大的爱神惠然降临,又怎能明心见性的这般相恋呢? 即因爱神给我俩以爱的智慧,所以从友谊的热情,到 Sweet heart 的程度,是很快的。我的一万余言的披肝沥胆的真情,好像一掬清净定水,把她所有的一切刚性傲性通被真情之流融化了! 我们俩从此决定做那一双相依为命的"更生之鸟"了! 我那时从人类心中所发出最深和最恳切的呼声,即是决计脱离虚无,以全部的精神,倾倒于爱。"人生的最终目的,只有爱情,我有爱情,便足以自豪,宇宙间还有什么能间隔我们呢? 诗人在唱,泉水在流,都是告诉我们以'爱'的哲理,我们和'爱'合德的,忍辜负了我们诗的天才吗? ⋯⋯我对着良知宣誓,愿意有一个女子的帮助,如果真个同情同调之人,共相唱和,誓结长伴于山林之间,吟风弄月,傍花随柳,那就是我一生的愿望。"这是我那封长信最后的几句话。

于是无情的宇宙,翻转过身来了! 过去的我们,在"虚无"里薰

---

① 写于 1927 年 8 月,上海现代书局 1928 年出版单行本。原文 12 则,分"自叙、幼年时代、中学时代、革命思想时代、革命实行时代、厌世悲观时代、放浪时代、我的忏悔时代、我的再生时代、我的恋爱时代、我的讲学时代、我的隐居时代"等。

② Misogamist 误作 Misogaynist,厌婚者。

醉,现在的我们,让把晶莹澄澈的"真情之流",做我们陶醉于梦乡的催眠药哩!没累自从感得我那一万余言无尽藏的情流以后,她毫不踌躇的于5月18日(我们的定情节),复我一封痛快的情书。真的!这是痛快的情书!使我没有适当的字,来表白我的欢喜了!我俩从那时起,便自乐自进地束缚在"爱神"底下,永远跟着他转,无论如何,是不想跳出来了。

"谦之我亲爱的:我细读了你的身世,引得我时哭时笑的!……这是何等幽静恬美的温情,我们有生以来何曾经过!"(后文从略,同于《爱情书简·北京—福州通讯》之六)

她这样真心爱我,感得我眼泪滚滚地流下来了!尤其是那最后叮咛再四的几句话,"人生几何啊!试看园里的群花,还不曾开谢,那情重的春光也忙着将做那远行人了。可是这千金一刻的春光,谁知爱惜?我心爱的远方的人儿,几时才得相见?"因此我得这情书后,即急忙忙地动身到北京。并在我们学校附近,租了两间屋子住下,过同居欢畅的生活,这是我俩生涯中最甜美最神秘的一片段。我说:"我们沉醉了罢!地狱之火是为着清醒的人设的!我们享乐罢!只有在快活中!我愿活一百年。身内一切,身外的一切,都付与心爱的情人,在现世所得的,是快活圆满。""什么法律,什么道德,可以阻住人们的赤热白热?如果爱情是痛苦的,我要站在痛苦中高唱着快活之歌,不怕地狱之火,来燃烧我们啊!"这是我有了爱人以后的"心境录",可见我们俩的恋爱,是怎样地热烈!怎样地销魂!我到了这个时候,才相信"痴是生命主义的灵魂";我到了这个时候,才知道"男女恋爱,就是天地之心,凡不知赏鉴一男一女之美而主张禁欲主义的人,都是懦夫,都是个伪善者!"并且在我心境的深处,已决定了我将来的运命,就是"情死"。在悲观绝望之余,和爱人拥抱着死,好个汪洋甜蜜的滚滚的"真情之流",就是我的葬身之地了!

我和没累和谐的生活,不幸当时竟为"漱溟学派"所不能了解。(这是他们的好处,回想起来,应该感激。现在他们是完全了解我们的。）却是我们对于恋爱所抱的见解，却有非常的信念。我们为着我俩的"爱"的长生，努力避开那些恋爱的坟墓，——性欲的婚媾，已经四年多了！我们俩在这四年中，倾心陶醉，同宿同飞，说不出难以形容的滋味，而仍无碍于 Pure Love。我们俩纯洁得清泉皎月似的恋爱生活，有谁了解？要谁了解？不但现在，就是永世的将来，我俩理想的爱河的水，还是应该明静得和镜一般，温凉得如露一样。"我们只准备那新鲜美妙的歌词，发我们欢唱的兴趣，只准备那清幽寥阔的长空，为我俩共舞之场"；除了过些梅妻鹤子的诗意生活，我俩还要求些什么呢？然而我俩的恋爱，在人间经验之中，许是狂妄的，甚至于可笑的。却是我俩从神秘的情感看起来，只有我们俩的恋爱观，才是神圣的、单一的、永续的啊！在我的爱人不久回长沙以后，我曾给她一封讨论恋爱的信，使她深心感到同情。这信在我的恋爱史上有永久的价值，我很愿意把它公开出来，让一般张大旗鼓谈恋爱的人们自由评判：

"我亲爱的没累：你知道我从前是多情而无所恋的人，就知道我求爱的心，是何等真切！如果爱情没有着落，我也实在无意人间了！如果爱情不能永远专一，而又不能永远热烈，我也实在没有生理了。（中间从略，同于《爱情书简·北京—长沙通讯》之二十二）……你那和明月一般皎洁的心呀！我真是如醉如痴的和你融化为一了！亲爱的你呀！亲爱的我呀！亲爱的'爱'呀！永远是这般的热烈，永远是这般的薰醉！你永远的爱，情牵倾心，8月8日。"

我这赤热的真情话，简直是我爱音泉中的共鸣了！她给我的信道："现在我是深信不疑的，知道你是个最懂得爱情的人！是这人间世上绝一无二的解得真情的人！你的铁则，就是我的，这三个信条的铁则，是我爱俩爱河中的灯塔，是我俩爱情之流的源泉。慈悲的灯塔哟！恩爱的源流哟！导我俩飘飘浩浩乐以忘忧的在风平浪静澄澈晶莹的真情之流里游泳，在兰薰莺语百卉争妍的爱之花园里徐行罢！从今后我敢不以节欲、牺牲、贞洁三信条自勉哩！因为这三个信条，才是察视爱湖里灯塔的智慧之眼啊！我的亲爱！深知你是赤热的永久单一爱我，我俩的真情是如银河皎月一样悬在天空了！从此两不疑猜，便从此后我两人只顾永恒的如痴如醉的把两情融化为一罢！"这便是我俩恋爱成功以后，从俗众的性生活逃脱，而建设那神圣、单一、永续而具有诗美的"恋爱之宫"。恋爱之宫，就是我们俩的"象牙之塔"罢！我们俩觉得快活，不是人人都如此觉着的。"我们俩觉着只有如龙井清茶的淡味，已比恶心甜腻的红茶，滋味好多了！只有如古琴和泉水的声音，比喇叭和海啸的声音，又要清幽高雅得多了！我们是精神欲最重的人，所以要很丰富的诗兴，才能满足我们风流清妙的情欲啊！"这是没累的话，也是我俩最同情同调的地方，那唯美的命运之神啊！"你既为我俩结着同心并蒂之花，既为我俩套上生死缠绵的痴情之链，我俩浮沉于汪洋一片的情流之中，只求我俩永生的抱拥到最后一秒时的相与狂吻狂歌，已是我俩命运之神的最大恩惠了！"

我的讲学时代

我们俩在浪漫的甜蜜当中，已尝了三次的别离滋味；每次别离不但增加了我们不少的慕恋，同时我们的学业还片刻不停的继续用功。第一次是她回长沙省亲，我俩每天都有信来往，这些信已录《荷心》集里。她不单要我努力书本上的一部的学识，并且要我从感觉里解放下来。她时常劝我"返其天然的本能，复其伶俐的儿时天性，处处地方好利用我敏锐的一切感觉，轻松软活的四肢，发展我求智好奇的本能，努力去领略一切大自然的诗中图画，和画中美感。"真的，从此以后，我好像世界忽然变成了广阔的样子了！日常的生活，也渐渐艺术化了！并且能切实感得环境的美丽了！第二次的别离，是我往南京建业大学讲学，我那深心热爱的人，她每次总给我含着诗意的信。她一天天的爱我愈深，她的心境一天天愈窄小，也就愈觉憔悴了！因此不满一个月余，我便回京来温慰她。在那个时候，有一件事应该纪念的，就是我有一回给她一封论文学的信，以为白话诗应该注重韵律，必得歌唱奏演，方尽了诗的能事。这个意思，很得她极端的同意。她给我的复信说:"我向来以纸上诗文,只算得僵了的诗体,可以谱入弦管动人情感者,才算是能动能言灵肉完具的活诗,你既知道《楚辞》《诗经》可以歌,那末何不再进一步研究这些歌法?"①这大概就是我近来讲"音乐的文学"的起因罢!第三次的别离,是我应济南第一师范之约,到那里讲学。这次别离的时间最少,距离也算最近,却是此中滋味,反为觉得比前感得深了!这时正值春初,凉风袭袭地吹着一片春声,我俩怅望春意,都有难离之苦。我游大明湖后,写下许多恋别的词句,没累也谱成一首新声寄我,可见我们儿女的心肠了。回京以后,我们即决计相依相恋,永远不要分离,因为如果再经别离一次,恐怕已不能经了!我们只要生活安定了,就一切都美满遂心了。

讲完我俩的恋爱生活,才好言归正传,来叙述我数年来讲学的生活。原来我数年的积极运动,本是要提倡一种"唯情哲学",就是我的《周易哲学》之作,要开天辟地为世界的中华民族建立一新的宇宙观,也就是想大开方便,超脱那无尽无边的赴火投渊诸外道,使他们出离虚无,而回转到这世界,这在读这本书的都已会得的了。然自《周易哲学》发表以后,我便不能不努力把我所信的唯情哲学的系统,组织起来,所以第一次在南京清凉山建业大学担功任课,即首提出《系统哲学导言》与《唯情政治发端》两篇论文,还有一封给石岑兄论"宇宙美育"的信。直到我发见建业是个完全无希望的学校,我才赶快跑了。在济南第一师范,承王祝晨、宋还吾诸先生的好意招待,许我讲演"一个唯情论者的宇宙观及人生观"这一个题目,尤其是唯情的人生观与恋爱观,是这十讲当中最有意义最出色的地方。当然我那时学问荒疏,那里谈得上讲学两字?却是我在三星期当中,终竟给济南的知友,留下三万余言的纪念物了!在我回京后,得谷凤田兄信说:许多烂漫天真的朋友,还在开唯情哲学的讨论会呢!还有在济南第一中学和正谊中学均有一次讲演,都是临时的,无可称述。回京以

---

① 此信未见于《荷心》与《没累文存》。

后,不久便应了厦门大学讲师的聘约,这自然比南京建业大学好多了! 我的唯情思想,更有宣传的机会了! 因此即和没累顺路先往长沙,再到厦门。在长沙住在大吉祥旅舍,以一星期做成"音乐的文学小史"讲稿,里面一篇"中国文学与音乐之关系",是在长沙第一师范讲的;一篇"平民文学与音乐文学",是在平民大学讲的。原来我的音乐文学的建设论,在这个时候,已经渐渐开始了。

　　1924 年至 1925 年,我在厦门大学担任了两种功课:一种是"中国哲学史",一种是"中国文学史",另外还讲了一种"历史哲学",这些历史的研究,大部分都已经刊布出来。最重要的,却在这个时候,能充分给唯情哲学以历史发达的基础,并且宣布我治学的方法,是一种"历史的方法",就是"进化的方法"。如研究中国哲学的历史进程,拿他分做四个阶级;研究中国文学的历史进程,完全从音乐进化的方面去解释;这都是我那时特自创立的研究法。此外我还有两次公开讲演(见《谦之文存》),都是开明反对现代的学校教育,而极力尊重唯我主义的教育的。我以为现在人间教育,差不多都基础于两个误谬的主义上,一宗教教育,一国家主义教育。我最恨的,是国家主义教育。以为"在这种教育之下,不但人道是没有了,简直连天性的爱情都没有了! 他们心目中只知有一个抽象的国家,而不知具体的实在的重要。他们心目中只看见一个占更笼统的国家,却不知人类情感愈发达,就可撤去现在国家的界限,而实现人类全体的大同世界了"。但是我们要知道的是厦门大学的校旨,第一条就是要"采取国家主义之精神"的,厦门所有的学校,又是完全在基督教育势力之下,那末在这样情况之下,我怎好出来触犯他们教育的尊严呢? 我的历史哲学归结于理想的大同社会,这个社会是没有政府,没有法律,没有金钱,没有买卖,并且没有什么资本家,这样自由思想的传播,又怎能长久相容呢? 因此我在厦大不过一年,即决计辞去教职,虽然我和同学们感情极为融洽,校长与同学们都在挽留我,最终还开会欢送我,但我为着思想的完全自由,早已决定隐居杭州西湖,去过那二三年闭户著书的生活了。

我的隐居时代

本来几年前我理想中即有一种超然的高蹈的隐逸生活,吟风弄月,傍花随柳,一方面和社会政治隔绝,一方面与爱人默默俱化。在《荷心》里就有我给她一封信说:"我们理想中过的生活,只有逍遥游,换句话说,就是隐逸生活。我俩便是爱的小世界,在这世界里吟风弄月,作乐赋诗,禽鸟鸣我后,麋鹿游我前,这就很够高人消受,也不枉你我观化这一遭儿了!"这番话当然不是随便说的,当我和没累相识后,便有这个意思,所谓"同情同调之友,共相唱和,誓结长伴于山林之间,吟风弄月,傍花随柳"。这实在是我俩唯一的愿望。虽然吴稚晖先生说我这种恋爱的理想,乃近理智(见吴稚晖《近著续编》"与朱谦之书"),但我们也不过一任真情地表白我们的个性罢了。我们生平总觉如林和靖先生才是最富于情而淡于欲的人,他的情感,好比幽谷之兰,流水高山之曲,孤芳深隐,这才是我们敬慕的理想生活。我们现在定居西湖葛岭下,门对和靖故居,看梅望月,弄艇投竿,这正是同心协意来实现和靖先生的淡雅乐趣,如果爱神保佑我俩,使我俩永永地能够于烟霞水石之间,拣溪山好处,携手闲游,这就是爱神赐我们的慈悲恩惠;在我们正是"纵其情之所之",怎么倒说是"使情不得自由"呢?实在说起来,人们的真自由真幸福,就基于他能够徜徉于名山胜迹之间,不落斗攘套中,而仍不忘任情求爱,试问人生的乐趣,还有比这个更甜蜜的吗?

我们俩既想谋一个世外的桃源,便自不能不多研究些音乐和诗歌,以为水光山色增些雅趣,所以我们自两年前迁居西湖以后,便努力将整个的情灵和音乐诗歌相接触,但一涉研究范围,便不能不先在图书馆里下一番历史的工夫,因此没累的"中国乐律史"和我"中国乐歌概论"的研究便在这里开始了。虽然蹉跎复蹉跎,环境所启示我们的,仿佛是不可治疗的波动,以致没累作了《淮南子的乐律学》(《民铎》八卷一号)和《评王光祈论中国乐律并质田边尚雄》(《民铎》八卷四号)已经病了！现在只好努力学七弦琴来涵养性灵了！我呢？在乐歌研究还没完成以先，已不能不尽先发表我那《大同主义》和《国民革命与世界大同》的两种政治著作了。我那被厌〔压〕迫不能表现的艺术的本能，也只好暂把政治的本能去代替他了。然而我们在空旷无人的地方，难道也不该恣意吟咏我们自己真情的诗歌吗？尽管人间一切事都不能如我们的意，我们还是一任真情，寻求乐趣，因为在那里等候我们的，还有"最后的安息。"

　　末了，写这个自传的"我"，也许是我"唯我主义"的最后尾声？或是更进一步向最澈底的我道方面前进？这都是很难预测的。然而我受自己情灵的感召很深，我很相信，只有在我自己热情与信仰的诗里，我才可以得着绝对的自由。只有在我自己梦幻的音乐国土里，一切才是谐和、纯洁、辉耀。让我鼓起勇敢来歌唱那快活罢！那快活和悲哀谐和而成最美的真情的歌浪，是永远没有停歇的，那末为什么不应该站在悲哀之渊，捉住永恒的快活呢？啊！我磅礴郁积的真情生命呀！我是不能忍受那无限的杀伐声音似的悲哀的情调，我是应该不绝地创造快活之歌，就是最后刹那的快活，也毕竟同一阕鸾凤和鸣的天乐一般，荡荡默默，吹送我即刻入于销魂大悦的境界，这还是战胜死亡而永生！

1927 年 8 月 20 日在西湖

之三：奋斗廿年（节选）[①]

朱谦之

（一）

　　如果奋斗就是生活，那么我已经生活在奋斗中 45 年了。此 45

[①]　据 1946 年 7 月"校后记"，此文写于 1945 年 3 月避难龙川时，原文共 16则。国立中山大学史学研究会 1946 年出版单行本。

年中,我不断地为自由与真理而战,不断地为未来的中国与世界而战,我是何等地努力,又是何等地热情啊!犹忆1943年(民国三十二年)5月,我休假期满,在中大文学院纪念周讲"我与中国之命运",我意毅然自信,我的命运即是中国之命运,我不但要以数十年必死之生命,立国家亿万年不死的根基,我更要开拓万古心胸,要如人们所希望我的,要在静肃地所做学术探讨的工作中,冀图给文化世界给后代人类以一点光。我的精神永远是这样地兴奋,我真不知道,那时才是我生命的休息时候呢!

1927年我在杭州西湖,曾一度为我自传——《回忆》——那时我还是一个青年,感情极端狂热的青年,也许如人们所说,是"有着诗人特具有气质"吧!但到如今,"人到中年了,一切狂热的感情,都给在人事中歌唱着的时间漫漫地淹没了"(冬青:《学者朱谦之》,见《生活思潮》第二卷第四期,《学府人物志之五》)。果然如此吗?我很相信我这廿年来的奋斗生活,依然充满着伟大的热情,没有这个热情,我便什么也做不成,怎样还敢以世界历史中的个人自命呢?朋友!我亲爱的朋友!在过去我曾对于旧制度旧惯习,不惜加以猛烈的破坏,过去如此,现在如此。我始终是一个新的将来的事物秩序创造者,我始终要为自由与真理而战,我一再宣言,我的生命的真正根据,不存在于现实的物质的世界,却是另一种源泉——真情之流。

我知道这四十年来生活,决不是什么幸福,然而各种俗流的幸福的人,在人类史上有什么价值?而且我的幸福是不能照着普通人苦乐的尺度来测量的,我的痛苦,乃我在生里艰辛言力所发出的一种哀歌,我的快乐,却是人类之中罕曾见的。

他常常自觉到,或许旁人也会感觉到,他有着一种常人所不易得底真实而崇高的快乐,在清晨爬起床的时候,在读倦的时候,在匆匆地从办公厅回来的时候,或在午夜醒来的时候,他瞥见一堆堆自己所著的书,便有深沉的喜悦,仿佛为那过去生命所带来那一连串的苦难都得为了过份的报酬而欢笑了。生命的存在有了真实的保证,对自己是创造,对人类是服务,世界上还有甚么快乐比一个学者从自己的创造里得来的快乐更隽永,世界上还有甚么价值比把自己的智慧与血肉增长人类的智慧与幸福的价值更广邃与更崇高呢(冬青:《学者朱谦之》)。

这是一个批评者的话。我多年来的著作生活,诚然给我以很大的安慰,而我二十年来的自由讲学,更使我深造自得,乐在其中,而得天下英才而教育之,亦一乐也。总之二十年来我的奋斗生活,无论著书也好,讲学也好,惟求在我本心的快乐,只有在我本心的快乐才是自然之乐,才是真乐,富贵不能淫,贫贱不能移,威武不能屈,这就是圣贤之所谓乐,亦即我所谓"真情之流",真情之流自有天然的乐趣,天机活泼,无入而不自得,所以二十年的奋斗生活,即是二十年的学习生活,时时学习则时时复其真情之流,而亦时时快乐。我这一个发愤学习的人呀!你自朝至暮,只求你的行为和你的生命合一,你越能随事努力精进,越能体验自己的一点真情;你越能牺牲,便越和天地相似。你的成年时代的奋斗,既然能够和青年时代的回忆比美,而你将来的老年时代,更应该如黑格尔所说似的超过自然的老年,自然的老年,是所谓老衰,而精神的老年,乃为完全的成熟。

（二）

我过去的奋斗,注定了一个人进化的历史,即从不学习而奋斗的幼年时代,到在奋斗中学习的青年时代,再进到二十年来的学习中奋斗的成年时代。不学习而奋斗是不知而行,在奋斗中学习是行而后知,在学习中奋斗才是知而后行的时期。以植物的运命作譬喻,回忆中所述的我,恰似开花一般灿烂,而二十年来的新的奋斗,却正是结实的时期了。许多爱我的朋友们,只见我青年时代曾翻起过追求自由与真理的狂涛,以为现在学习中奋斗的我,就停止了革命的工作,未免过于冷静过于理智了吧!却是事实告诉我们,是完全相反的,对于盲目的热情,我不过给它以一个眼睛罢了。

我在学习中的奋斗,实从革命的策源地广州开始,实从黄埔的军校开始,这已经注定了我的学习生活和革命的关系。在前,我于1924年(民国十三年),曾讲学厦门大学,但为着思想的完全自由,乃决定隐居杭州西湖,去过那二三年闭户著书的生活,这当然还带着浪漫的思想底色彩,所以竟有人谈到五四人物,很痛惜于我之"完全失却本来英勇的气概,颓唐消沉,高吟风花雪月"去了(中国现代史研究委员会编:《中国现代革命运动史》第四讲)。却是在我,这正是从奋斗到学习生活的转换,那时我和爱人杨没累女士定居杭州西湖葛岭山脚,誓结长伴于山林之间,共相唱和,这种自由恋爱生活,使我整个情灵和音乐诗歌相接触,如批评者所说过的:

> 他底生命学说,是以狂热的感情为基础的,而以实际爱的生活底体验,去丰饶它,强固它。我们只要一看他底《回忆》《荷心》与《杨没累文存》我们便可知道。我们欣羡着这学者昔年是享有如何完美底爱的生活,而使他的学问得了人生的证验而生着光彩了。现在,从前的爱的生活虽被死神毁灭了,但遗留给他的使命,是发展那以爱为基础的生命学说,于是他以全生命去干这工作,不容动摇地去干这工作。(冬青:《学者朱谦之》)

最堪注意的,就是我俩在西湖的两年生活,实已充满了在学习中奋斗的意味。我的著作在那时发表的有《历史哲学》(1926)、《谦之文存》(1925)、《大同共产主义》(1927)、《国民革命与世界大同》(1927)、《回忆》(1927)各书,却是用全力从事的,还是那未完成的《中国音乐文学史》和没累的《中国乐律学史》两种研究工作。我和没累在极端艰苦的生活环境中,同心协意,实现理想的隐逸生活,一方面仍然不断努力,从事学习和革命思想的工作,直到没累完全病了,我们才发现这种生活于"象牙之塔"的,有走出十字街头的必要。那时梁漱溟、黄艮庸、王平叔几位师友,都在广州做事,邀我往会,我以广州为革命的策源地,同时也正是我理想的实验场,因此和没累商量应约,当然我俩之间,难免人间别离之苦,我再也不能陪伴她的病了。安抵广州以后,暂住文德东路伍庸伯(观淇)先生家,承他的介绍,和李任潮(济深)先生相识,不久即以蒋校长名义,委任我为黄埔军校政治教官。我那时革命思想极其蓬勃,而反抗一切强权的军人生活,更使我的精神兴奋起来。没累也从西湖寄信勉励我。"我心目中的黄埔军校,不知何以总觉得很有生气似的。那'亲爱真诚'四字,倒很与你'真情之流'的意义相合。这样情形使我回想到五四运动时,我们往昔的热烈景象,仿佛春草朝阳,大有嫩生生欣欣向荣之概。你在此校所有一切演稿,顶好都能给我一看,我决计细心看,这不比考古谈哲理的文章,这应该注重现代的思潮和事实,所以我最爱看,你的武装相片,快快寄来,正要看你的革命精神哩。当然我也知道黄埔是个最重要而最有光荣的学府,你能在此当个教官,一定是比做旁的事好! 因为你可得到数千弟子,做得久时学生有毕业和新添的,自然得到几万至几十万都说不定,你把你理想的政治思想——由国民革命到世界大同——灌输给一班勇敢的青年,将来那反抗列强扶助列弱的平和军的基础,正建筑在你这些思想上。你看这于你是何等重大的一个使命,但那事实不知与我的理想相符合否? 这正要你来证实哩。"

　　这是1927年(民国十六年)的事,这年我一面就任为黄埔军校政治教官,一面实从事工农的革命运动,那时广州只有三个劳工团体,一个是广东机器总工会,一个是革命工人联合会,另一个是广东总工会,是站在反革命的阵线上的。我那时参加了全国机器总工会的十周年纪念会,讲演"机器促进世界大同"。又在革命工人联合会的大会席上,提出打倒广东总工会的口号,真大胆极了! 又因提倡农民运动,搜集了很多农民革命的书报,险些为了这些书报,在我返浙途中,被香港政府扣留了。我因革命的三民主义的立场,自然而必然地表同情于工农群众,而且农民是我们中国人民之中的最大多数,如果农民不参加革命,就是我们革命没有基础。所以有一次我在黄埔军校大操场上公开讲演,我用手指着校徽,提出"农工兵大联合"的口号,我这时只知为革命尽忠,革命以外更有何事,什么"吟风弄月"什么"伴花随柳"早已置之脑后了。

在黄埔军校给我印象最深的,是蒋校长时代所保留下来的革命精神,无论在广场里,餐厅里,会议室里,大礼堂里,所有看得见的标语,口号和印出来的小册子,传单,无不使人肃然起敬,起爱,处处表现着革命军人的人格,这真是革命家的养成所了。黄埔军校这时称为中央军事政治学校,我偏巧住在编辑室里,得以随时参阅这革命最高学府的过去的总成绩。我每日生活紧张极了,天未明即起工作,每日三餐都在精神总动员之中。尤其我那时所担任全校课目,是"三民主义"和"国民革命",为着责任的重大,一点放松不来。甚至为着革命的三民主义的解释,我和当时一位姓什么的教官争论起来了。我反对把国家主义来解释三民主义,我尤其反对把国民革命看做资产阶级的革命运动。我明白觉悟负了中国历史上从三民主义到世界大同的国民革命的使命,因之也就不能在那些误谬不过的国家主义的思想之下低头了。这时和我同在黄埔任职的,记忆所及有教育长李扬敬、政治部主任陈达材、主任教官林翼中、教官黄麟书、邓长虹等,他们以后在广东军政界,均历任要职,贡献当自不少,而我从脱离军校以后,便专心致意于讲学和著述的生活。

(三)

不幸的我,自粤返浙,接着就是没累女士逝世,这真是我生涯中最大的劫运!没累的生平,详见《没累文存》,她最重要的研究工作,是那有志未成的《中国乐律学史》,这书想从中国最古的音乐观,叙到中国乐律的新趋向,很可惜这个体大思精的大著作,因为体质的衰弱,和环境的动摇,使她不能竟其全功,这是我最亲爱的没累得病的原因,也是她终身的遗憾吧!却就遗篇所载《淮南子的乐律学》和《评王光祈论中国乐律学并质田边尚雄》来看,则其造诣之深,至今尚无人能出其上。她又是中国妇女革命运动的先锋,在五四运动时,曾写信给少年中国学会会员讨论妇女问题,在《少年中国》第一卷第四期上登过的,她的名字是 M. R. 。随后又在第一卷第六期上发表的一封信,名字是 A. Y. G. 这是她早年的思想。1921 年(民国十年)作三幕剧《三个时期的女子》。1922 年(民国十一年)始入北京大学专修音乐,翌年我俩才开始通信,凭着我们狂醉的热情,自乐自进而为终身伴侣,这在《民铎》杂志第四卷第四号有我俩共同发表的《虚无主义者的再生》,和 1923 年(民国十二年)编成的《荷心》一书。1924 年(民国十三年)我和没累同到厦门大学,她时常在《民钟报》投稿,五卅事件发生,她发表《告同胞书》一文。1925 年(民国十四年)我们定居杭州西湖,她除专心研究乐律史外,因见女界之沉沦,发愤作《妇女革命宣言》,但这么一来,她身体便渐渐不支了。她每日工作,常废寝忘餐,不肯休息,所以终于积劳成疾,于 1928 年(民国十七年)4 月 24 日在杭州肺病疗养院弃世,时年 31 岁,葬于西湖烟霞洞。遗稿约三十万言,除易卜生戏曲《黑玳加不勒》(Hedda Gabler) 的汉译本外,均收入《文存》里面,分五卷,卷一乐律漫谈,卷二诗歌集,卷三戏曲小说集,卷四爱情书简,卷五妇女问题及其他。这就是她一生的贡献了。

没累之死,使我的全生涯震撼起来,我瞻望前途,几无生人乐趣,我再也不愿留在杭州了,于是决心重到革命的策源地广州去,广州曾经使我的革命思想澎湃,可是这一次却惹起了莫大的反感。我一来广州便下榻省一中,即在此时,一中的教员徐名鸿,我的好友,为着思想问题被捕了,我气愤之余,一口气跑回上海,于营救友人之外,连报纸也不看了。这时安慰我的,只有"艺术",和爱好艺术的朋友。我时常往来沪杭之间,在杭州,和国立艺术院的教授林风眠、林文铮、潘天授、李朴园、雷奎元等相处甚密,我很欣赏他们的后期印象派的画风,但当艺术院聘我讲授"美学",我却婉辞了。在上海,差不多每日均和胡也频、蒋冰之(丁玲)、沈从文等相见,冰之是没累好友,他们曾助理没累丧事,我也曾给她代领《在黑暗中》的稿费,那时代他们创办《红与黑》,在招待上海出版界的席上,我代她招呼朋友。这种友谊,直到我出国后,还继续下去。却是这时代表我的文艺倾向的,还是以狂飙社为中心的狂飙运动,我这时因对于写实派的反动,极倾向于那主张在物质世界发见新美的未来派,我和高长虹、向培良、高歌等所提倡狂飙文字,虽然许多人莫名其妙,实则那时国际文学运动,不也是激烈争论着这一个文学革命的潮流吗?我为着试验我自己的脑筋,特地住在电车交叉点的吕班路一个俄菜饭馆里,我的意思,是要看看我的脑筋能否感受着大都市的喧嚣?我要写诗来赞颂机器的洪大的声音的美,这简直就是未来派的疯狂,但是我真个疯狂了吗?我只是从必然的世界里瞥见前途的光明罢了。我在这时,为着纪念没累,很快把《中国音乐文学史》(民国二十四年商务印书馆本)完成了,接着就起草《新艺术》一书,这书虽未出世,却是劈头的几句话,实为《文化哲学》(民国二十四年商务印书馆本)中所引用:

　　艺术的最大理想,在创造一种艺人自己的艺术时代,这个时代的艺人,已经不主张那科学的理智冷的静的艺术,以为这不过是一种颓废平凡之艺术表现,这个时代的艺人,为要改造社会,改造世界,再也不愿麻痹自己的赤心,而愿在文化史的第四时期,负其完全责任的。我们代表时代的艺术家,固然在历史的音调中,陶醉于米开兰基罗(Michelangelo)、贝多芬(Beethoven)、瓦格那(Wagner)、歌德(Geothe)、拜伦(Byron)和现代的未来派,表现派……然而艺术的世界,不是有了什么派就完事的;艺人应该贯彻其自己艺术的时代,创造一个艺术之所以为艺术的时代。(《文化哲学》第七章)

之四：世界观的转变
——七十自述（节选）①

朱谦之

（七）

　　个人英雄主义对我来说是挤出常轨的知识分子的变态心理，是小资产阶级之资产阶级世界观的表现，其特点是喜走极端，"非完全则宁无"，即由于自大好名之个人英雄主义之病根为祟，我怀疑也怀疑到极端，信仰也信仰到极端。以我的《革命哲学》来和《周易哲学》比看，前者抱怀疑主义，所以怀疑——绝对的怀疑，这是"恨"的世界观；《周易哲学》反之提倡信仰主义，所以信仰——绝对的信仰，这是"爱"的世界观，当然也就没有统一的恨。然而这时的我，却徘徊于这"统一的恨"和"统一的爱"之间，不是一切皆坏，就是一切皆好，情感异常，好作激语，加以以前思想过渡，忧心积虑，影响到身体健康上面，啊！我是幼年失母的人，自然没有知道"爱"的意味，疑心病征袭着我，我没法子生活下去，转念还是回福州调养的好。我从1917年和老家脱离关系许多年了，这次久别重逢，继母和哥哥还在世，继母视我如亲子，兄则所爱唯我，他们都是医生，很知道怎样治我的心病，我也一意调养，屏弃琐事，不过五个月期间（1922年底至1923年春），我的病也渐渐好了。在我回福州期间，由于德荣、敦祜他俩的介绍，许我和我的爱人杨没累开始那汪洋甜蜜的通信。过去我们早就互相深知，但她是坚持独身主义，我又是个 Misogamist（厌恶婚姻

---

　　①　作于1968年12月，原文共26则，原载三联书店《中国哲学》1980年第3—4期、1981年第5—6期。其中，涉及杨没累生平及与之相恋、离别、隐居的内容，在前《回忆》《奋斗廿年》已见，在本篇中作者对早年的恋爱、隐居生活以及思想都作了反省，文字上有出入。

者），似这样沉醉在"虚无"里的两个孤魂，不是经过许多波折，又怎能明心见性的这般相恋呢？即因这时环境给我俩以爱的智慧，所以从友谊的热情到了爱情的程度，是很快的。我的一万余言的披肝沥胆的真情话，好像一掬清净定水，把她所有的一切刚性傲性通被真情之流融化了！我们俩从此决定做那一双相依为命的"更生之鸟"了！我那时从人类心中所发出最深和最恳切的呼声，即是决计脱离虚无，以全部的精神，倾倒于爱。我那封信最后的几句话：人生的最终目的（中间从略，同于《回忆》（节选）"我的恋爱时代"）……就是我的葬身之地了"。

我和没累的"纯洁的爱"（pure love），我俩对于恋爱所抱的见解，有非常的信念，我们为着我俩的"爱"的长生，自始至终避免那恋爱的坟墓——性欲的婚媾，在几年中倾心陶醉，同宿同飞，说不出难以形容的热爱，而仍无碍于纯洁的爱。我们俩纯洁得清泉皎月似的恋爱生活，不但一个时候，就是永世的将来，我俩理想的爱河之水，还是应该明静得和镜一样，温凉得如露一般。"我们只准备那新鲜美妙的歌词，发我们欢唱的兴趣，只准备那清幽寥阔的长空，为我俩共舞之场。"然而这种诗美的恋爱，在人间经验中，许是狂妄的，甚至于可笑的；却是我俩从神密的情感看起来，只有我们俩的恋爱观，才是神圣的，单一的，永续的啊！不幸地我们的恋爱，当时竟为"漱溟学派"所不能了解（这是他们的好处，回想起来应该感激，后来他们似也了解我们的），因此我在1924年在济南第一师范讲《一个唯情论者的宇宙观及人生观》中便大发牢骚，我追叙和梁漱溟认识的历史道：

> 当时我还没有见过梁漱溟先生，后由友人听到他批评我讲的直觉是非量的话，不久他亲来找我，常谈到哲学方法问题，并相约为小孩子般的朋友，以后我因提倡革命入狱，在那里读《周易》，仍念念不忘玄学，漱溟思想也变了，当他《东西文化及其哲学》出版，我实受极大的影响。这时我的本体论，完全折入生命

一路，认"情"是本有不是"无"，对于他所主张的"无表示"是中国根本思想，甚是反对；并且他所说的三条路，尤不敢赞同。所以当我们共学时，他们爱讲人生，我讲宇宙，总是扞格不入，尤其我的泛神思想被讥迷妄。但是我呀！却于这时确立了一个新宇宙观了，从"虚无"里回转到"这世界"了。于是我研究形而上学——宇宙本体问题——乃告一大结束，这就是《周易哲学》所由产生。现在呢？我敢大胆告诉人们，本体不是别的，就是现前原有的宇宙之生命，就是人人不学而能不虑而知的一点"真情"，我敢说这"情"字，就是宇宙的根本原理了。

在我驳斥了迂儒的"唯理主义"而主张"唯情主义"之后，在第七讲《恋爱观》中，我又批评了张君劢在清华学校所讲人生观，反对恋爱。说什么"一人与其自身以外相接触，不论其所接触者为物为人，要之不免于占有冲动存乎其间"；同时我也讽刺了宋明儒者和当时提倡伪孔家思想的人。我说：

> 我不怪君劢先生，只怪的宋明儒者对于孔家的中心思想——恋爱——没有提出来讲，因为宋明儒者他受了佛家影响，变成一个 Misogynist（厌恶女性者），所以影响到提倡"新宋学"的君劢先生，也反对恋爱起来了。在这一点，我对于宋明儒却有些革命的意思，这种革命，好比从前路德革除了禁食主义和独身主义，使这世界，由此得了许多庄严的马利亚图像一样。依我意思，孔孟都是极端主张恋爱神圣的人，所以《国风》一大部分都是描写两性的自由恋爱，朱晦庵却加他们以"淫奔"的罪了。到了明代王阳明应该有改革才好，但是阳明自己却是一个多妻主义者，弄到妻妾是常起争端，身后一个儿子，几乎遭了毒手，这段事见《王心斋先生集》里的几封信，你道可痛不可痛？只有近代如俞理初才稍稍代女子讲话，提出为嫉妒排他的爱，蔡孑民《中国

伦理学史》特别把他提出来,这总算一个顶大的进步了。但康有为的《大同书》主张"无家族,男女同栖,不得逾,届期须易人";这分明又是多妻倾向的自欺欺人语。如果男女关系一年一换,还有什么爱情的结合呢? 那末男女之间岂不完全只有性欲吗? 所以有了康有为的变形的多妻主义,就自然有君劢的反对恋爱;有了君劢的反对恋爱,就自然惹起吴稚晖的"生小孩的人生观";把"生小孩"和"爱情"扯作一谈,说什么"大同之世乃一杂交之世"。总而言之,他们全不是就恋爱讲恋爱,都只是旧时代对于男女的不正确的看法,若乎要求真正的恋爱观,仍不能不走上人生的正道,一面绝对肯定恋爱的神圣,认轻蔑恋爱的人是人生之敌(如张君劢),一面以哲学及"诗"的心境说恋爱,反对那"玩世主义者"把恋爱看作野兽的喜剧(如吴稚晖)。换句话说,他是抱恋爱至上主义的(同上)。

固然反对恋爱即是冒渎人生,但我的恋爱至上主义,要求从俗众的性生活逃脱,而妄求那神圣、单一、永续的具有诗美的纯洁的爱,于是乎这"恋爱之宫",竟变成了我俩的"象牙之塔",逃避现实,逃避社会,这是从资产阶级世界观所产生的唯美主义,实际决定了我们未来悲剧的运命。正如没累所自祝愿的话:那唯美的命运之神啊! "你既为我俩结着同心并蒂之花,既为我俩套上生死缠绵的痴情之链,我俩浮沉于汪洋一片的情流之中,只求我俩永生的抱拥到最后一刻的相与狂吻狂歌,已是我俩命运之神的最大恩惠了。"悲哉!

(八)

杨没累,湖南湘乡人,于 1898 年正月初一生于长沙。初入小学时,感着家中的刺激,便是她独身主义的开始。因此对于高人逸士的生活,非常梦想。高小毕业后,到粤省亲,又至上海入南洋女师范,将毕业,在五四运动之前。因主任教师认她是全校最吸收性大的学生,所以凭着传播思想的热诚,对她特别注意。没累虽毕业回粤去了,他

还常寄《新青年》《新潮》《星期评论》《自由录》《少年中国》等书。于是
她因一时的感动，便写了封给"少年中国学会会员"讨论妇女问题的
信，在《少年中国》第一卷第四期上登过。她的名字中 M. R. ，随后又
在第一卷第六期上发表的一封信，名字是 A. Y. G. ，这就是她早年的
思想。1921 年由周南女学转入岳云中学。那时她讲独身主义很热
烈，同时主张人类绝灭，并谓造物主是玩弄人们的罪魁。剧本《三个
时期的女子》也是这个时期做的。1922 年始入北京大学音乐传习
所。翌年春我俩开始通信。凭着我们狂醉的热情，自乐自进而为终
身伴侣。这在《民铎》杂志第四卷第四号有我俩共同发表的"虚无主
义者的再生"，和 1924 年编成出版的《荷心》通信集，都可参看。我俩
在浪漫的恋爱当中，曾尝过不少离别滋味，每次别离不但增加了我们
不少的慕恋，同时我们的学业还片刻不停的继续用功。第一次是她
回长沙省亲，我俩每天都有信来往，这些信已收《荷心》集里。她不单
要我努力书本上一部分的学识，并且要我从感觉里解放下来。她时
常劝我"返其天然的本能，复其伶俐的儿时天性，处处地方好利用我
敏锐的一切感觉，轻松软活的四肢，发展我求智好奇的本能，努力去
领略一切大自然的诗中图画，和画中美感"。真的，从此以后，我好像
世界忽然变成了广阔的样子了，日常的生活，也渐渐艺术化了，并且
能切实感得环境的美丽了。第二次的别离，是我往南京建业大学讲
学，她每次总给我含着诗意的信。在清凉山建业大学任课时，我首提
出《系统哲学导言》和《唯情哲学发端》两篇论文，还有一封给石岑论
《宇宙美育》的信，均刊于《民铎》杂志。即在那时，我有一回给没累论
文学的信，说白话诗应该注重韵律，必得歌唱演奏方尽了诗的能事，
这个意思，很得她极端的同意。她给我的复信说："我向来以纸上诗
文，只算得僵了的诗体，可以谱入弦管动人情感者，才算是能动能言
灵肉完具的活诗，你既知道《诗经》《楚辞》可以歌，那末何不再进一步
研究这些歌法？"这大概就是我以后讲"音乐的文学"的起因吧。第三
次的别离，是我应济南第一师范之约，讲演《一个唯情论者的宇宙观

众及人生观》,在济南第一中学和正谊中学也有一次的讲演,那是临时的。这次别离不过三个星期,时间最短,距离也算是最近,却是此中滋味,反为觉得比前感得深了!这时正值春初,凉风袭袭地吹着一片春声,我俩怅望春意,都有难离之苦。我游大明湖后,写下许多恋别的词句,没累也谱成一首新声寄我,可见我们儿女的心肠了。回京以后,我们即决计相依相恋,永远不要分离,因为如果再经别离一次,恐怕已不能经了!我们只要生活安定了,就一切都美满遂心了。

从济南回京以后不久,我应了厦门大学讲师之约,这自然比南京建业大学好多了。我的唯情思想,更有宣传的机会了。因此即和没累顺路先往长沙,再到厦门。在长沙住大吉祥旅舍,以一星期写成《音乐的文学小史》的讲稿,里面一篇《中国文学与音乐之关系》是在长沙第一师范讲的;一篇《平民文学与音乐文学》是在平民大学讲的。原来我的音乐文学的建设论,在这个时候,已经渐渐开始了。

1924年至1925年,我在厦门大学担任了两种功课:一种是"中国哲学史",一种是"中国文学史",另外还讲了一种"历史哲学"。这些历史的研究,后来大部分刊布出来。前两者收入《谦之文存》(1926年4月泰东),后一种即题《历史哲学》(1926年9月泰东)出版。还有几次公开讲演(见《谦之文存》),虽都开明的反对现代的学校教育,实际却不能摆脱资产阶级唯心主义教育的范围。我以为现在人间教育,差不多都基础于两个误谬的主义上,一宗教教育,一国家主义教育。我最恨的是当时醒狮派所提倡国家主义教育,以为"在这种教育之下,不但人道是没有了,简直连天性的爱情都没有了!他们心目中只知有一个抽象的国家,而不知具体的实在的重要;他们心目中只看见一个笼统的国家,却不知人类情感愈发达,就可撤去现在国家的界限,而实现人类全体的大同世界了"。但是我们要知道的是厦门大学的校(旨),第一条就是要"采取国家主义之精神"的,厦门所有的学校,又是完全在基督教教育势力之下,那末在这样情况之下,我怎好出来触犯他们教育的尊严呢?我的历史哲学归结于理想的大同共产社会,这个社会是没有政府,没有法律,没有金钱,没有买卖,并且没有什么资本家,这样自由思想的传播,又怎能长久相容呢?因此我在厦大只有一年,即决计辞去教职,虽然我和同学们感情极为融洽,校长与同学都在挽留我,最终还开会欢送我,但我为着思想的完全自由,早已决定隐居杭州西湖,去过那二三年闭户著书的生活了。

我和没累的恋爱生活,理想中本有一种超然的高蹈的隐逸思想,吟风弄月,傍花随柳,一方面和社会政治隔绝,一方面与爱人默默俱化。在《荷心》里就有我给她一封信说:"我俩便是爱的小世界,在这世界里吟风弄月,作乐赋诗,禽鸟鸣我后,麋鹿游我前,这就很够高人消受,也不枉你我观化这一遭儿了。"虽然吴稚晖说我这种恋爱的理想乃近理智(见《吴稚晖近著续编》"与朱谦之书")。但我俩当时也不过一任真情地表明我们的个性罢了。我俩既然唯一的愿望,是"结长伴于山林之间",便觉得如林和靖那样才是最富于情而淡于欲的人,他的情感,好比幽谷之兰,流水高山之曲,孤芳深隐,这才是我们敬慕的理想生活。因此一离开厦门大学,便定居杭州,住西湖葛岭山下,门对和靖故居,看梅望月,弄艇投竿,同心协意地来实现和靖先生的雅淡乐趣。自以为人生的真自由真幸福,就基于他能够徜徉于名山胜迹之间,不落斗攮套中,而仍不忘任情求爱,人生的乐趣,还有比这个更甜蜜的吗?

然而人生的悲剧也正在这里。在政治空前黑暗的时代,隐居是"独善其身"的消极道路,而且需要有物质基础的。作为没落的小资产阶级的我,虽然做了一年讲师,所剩的钱无多,只好靠泰东书局的些小稿费来生活。我俩自迁居西湖以后,便努力写作,固然一方面说是谋一个世外的桃源,便自不能不多研究些音乐和诗歌,以为山光水色增些雅趣,实际上也是生活问题。贫困并没有因隐居而退避三舍,相反地蹉跎复蹉跎,环境所显示我们的,仿佛是不可治疗的生活的波动。在我两著作的过程中,常常同往图书馆作艰深的研讨工夫,没累研究的题目是《中国乐律学史》,我研究的题目是《中国音乐文学史》,却是没累的研究太艰深了,在作了《淮南子的乐律学》(《民铎》第八卷第一号)和《评王光祈论中国乐律并质田边尚雄》(同上,第八卷第四号)已经病了,只好努力学七弦琴来涵养性灵了。我呢? 在《中国音乐文学史》还没完成以前,已不能不改途易辙,发表我那关于政治问题的意见。本来隐居后不谈政治,这时因为政治上的不能容忍,而大谈政治,这说是内心的矛盾是矛盾极了。《回忆》的最后一节:"啊! 我磅礴郁积的真情生命呀! 我是不能忍受那无限杀伐声音似的悲哀的情调,我是应该不绝地创造快活之歌,就是最后刹那的快活,也毕竟同一阕鸾凤和鸣的天乐一般,荡荡默默,吹送我即刻入于销魂大悦的境界,这还是战胜死亡而永生!"写这一段话是在 1927 年 8 月,是正在没累卧病的时候,而我这时关于政治的著作,就是反映着这悲哀的情调,而想象着新桃花源——大同共产社会的。本来没累于 1924 年和我同在厦门大学时,常在《民钟报》投稿,五卅事件发生,她发表《告同胞书》一文。1925 年 5 月我们定居杭州西湖,她除研究乐律史之外,因见女界沉沦,发愤作《妇女革命宣言》(见《没累文存》),可见我们名退隐而实都不能忘却政治的。……

　　1927 年我俩在西湖,几乎无法生活下去,乃为着"谋生"二字,为着"捞什子"金钱的压迫,只有和没累暂时分别。"情牵! 我这回让你离我远去,根本重复叮咛你的就是'谋生'二字(望爱我的情牵,千万不可与我'谋生'二字背道而驰),你到广州可看情形何如,万一无望,我是张开两臂望你回来,回来了,我还要和你永远过些共同的浪漫生活咧(我爱郑板桥的道情生活)! 你上船时寄给我一本《泰东月刊》,我看了那篇《海角哀鸿》,引得我流了无限的同情泪,至今想来,仍是忍不住的悲凉凄楚。他俩也是四年相聚,也是受经济压迫而分离,女的也害肺病,也有钢琴琴谱,或许也是学音乐的罢!"(《没累文存》)读这一段寄给广州的信,就知道隐居西湖真是千差万错,是我害了她了。到广州后住文德路伍观淇家,由他介绍,曾一次和那时所谓后方总司令李济深相见,那时北伐战争尚未结束,宁汉虽分家,而广州时局尚举棋未定,我的《大同共产主义》刚出版,李济深看了我一些旧作便约我暂时留在黄埔军校。我那时思想倾向革命左派,一面想为黄埔军校讲学,一面搜集工农革命资料。广州那时有几个劳工团体,一个革命工人联合会,一个广东机器总工会,另一个是广东总工会,是站在反革命阵线上的。我曾在革命工人联合会的大会席上,提出打倒广东总工会的口号。又搜集很多农民革命的书报,险些为了这些书报,在我返浙途中,被香港政府扣留了。我在黄埔军校不过一个月,因革命的三民主义立场,自然而然地表同情于工农群众,而且农民是我们中国人民之中的最大多数,如果农民不参加革命,就是我们革命没有基础。记得有一次在军校大操场上公开讲演,我用手指着校徽,提出"农工兵大联合"的口号,后来教育长批评我太年轻不懂事,我是不懂事吗? 这时只知为革命尽忠,革命以外更有何事,什么"吟风弄月"早已置之脑后了。在黄埔军校,当时无论在广场里,餐厅里,会议室里,大礼堂里,所有遗留下来的标语口号和印出来的小册子、传单,都还处处表现着革命军校的气氛,表面上看可算革命的养成所了。在军校我住编辑室里,又得以随时参阅这个学府的过去成绩,如周总理、萧楚女的讲演稿之类,生活紧张极了,即在这一时期,军校教育长换了许德珩,我仍留在那里。几日后,即当广州公社起义之前日,我从黄埔到广州,见广州市面纷乱,大有"山雨欲来风满楼"之势,已无船只返校,幸而泰安栈尚有赴沪船票可买,因即搭船返浙。我是于 11 日午后离广州的,在经香港时几乎被捕,到上海,把所有搜集的《农民》杂志寄存泰东书局,以免中途搜查危险,返浙后才知道没累已经卧病不起了。她本有血虚症,加以撰中国乐律的著作,常废寝忘餐,不肯休息,所以终于积劳成疾,变成肺病,春间不幸又发温疹,肺病已入三期,医治无效,终于 1928 年 4 月 24 日在杭州肺病疗养院弃世,时年 31 岁。生前有诗:

　　出入烟霞水石间，相依默识两心闲。

　　却除俗世人来往，踏遍千山与万山。

　　因即葬于烟霞洞。遗稿约三十万言，除易卜生戏曲《黑玳加不勒》(Hedda Gabler) 的汉译本外，均收入《没累文存》(1929 年 5 月泰东书局) 里面，分五卷，卷一乐律漫谈，卷二诗歌集，卷三戏曲小说集，卷四爱情书简，卷五妇女问题及其他，这就是她一生的贡献了。

（九）

　　没累之死，使我的全生涯，震撼起来，我瞻望前途，几无生人乐趣，我再也不愿留在杭州了。于是决心重到革命的策源地广州去。广州曾经使我的革命思想澎湃，可是这一次却惹起莫大的反感。我一到广州便下榻省一中，即在这一时，一中的教员徐名鸿，我的好友，为着思想问题被捕了，我气愤之余，一口气跑回上海，于营救友人之外，连报纸也不看了。这时安慰我的，只有艺术和爱好艺术的朋友。我时常往来沪杭之间，在杭州，和国立艺术院的教师如潘天授〔寿〕、林风眠、李朴园等有往来，我很欣赏他们的后期印象派的作风，但当后来从日本回来、艺术院要聘我讲授"美学"，我却婉辞了。在上海，常与胡也频、蒋冰之（丁玲）、沈从文等相见，冰之是没累在周南中学时同学，她和也频适在杭州西湖，曾助理丧事，以后他们创办《红与黑》，在招待上海出版界的席上，我还代他们招呼朋友，这种友谊，直到我出国后，还继续一时。却是这时代表我的文艺倾向的，还是以狂飚社为中心的狂飚运动，我这时因对于写实派的反感，颇倾向于那主张在物质世界发见新美的未来派表现派，我以为这就是俄国十月革命时候的革命文学，无产阶级文学的成立却是以后的事。狂飚文学虽然使人莫名其妙，实则那时国际文学运动，不也是激烈争论着这一个文学革命潮流吗？我为着试验我自己的脑筋，特地住在电车交叉点的吕班路一个住处，我的思想是要看看我的脑筋能否感受着大都市的喧嚣？我要写诗来赞颂机器的洪大的声音的美，这简直就是未来派的疯狂，但是我真个疯狂了吗？我还自以为这是要从必然世界瞥见前途的光明罢了。实际这种未来派的作风，是世纪末的文学表现，是代表帝国主义时期小资产阶级的感情，并不是真正人民大众的东西。然而我当时的文艺兴趣，正是放在这处于没落时期的文艺思潮，还以为这是新兴文学。我在这时为着纪念没累，集中力量很快把《中国音乐文学史》完成了。这书一开头，便宣传莎翁对于音乐魔力的议论，认为"我们的世界就是一个永远不息的'真情之流'，真情之流从他传播音乐的韵律"；"艺术的泉源就是'真情之流'，是个音乐之活动体"；"那末司文艺的七位女神合为一体了，所谓文学、戏剧、绘画、音乐、跳舞、建筑、雕刻都配合一起成了音乐的动的东西，这就是艺术的世界，这就是音乐的世界！"（此书先在泰东书局付印，后以承印之印刷局被封，改于 1935 年商务印书馆出版）这种音乐的世界观，分明是和爱人音乐家有关，同时也受了唯美派王尔德（Wilde）、爱伦坡（Allanpoe）和表现派诗人勃伦纳尔（Rudolf Blumner）等的影响。平心而论，这书除了后来添上去的一章"音乐与文学"以外，第二章以下论文学进化观念，叙述中国文学与音乐的关系，论诗乐，论楚声，论乐府，论唐代歌诗，宋代歌词，论剧曲，都是主张一个时代有一个时代的平民文学，文学史和音乐史是同时合一并进，所以音乐文学即是平民文学；所以中国文学的进化，有一种新音乐发生，即有一种新文学发生。我极力打破胡适"废曲用白"论的误谬观念，以为：

　　我们从文学进化的眼光看来，将来戏剧没有进化罢了，如其还要进化，当然是倾向于歌剧（Opera）或诗剧（Poetic Drama）。

　　我敢大胆宣布我们的主张是用现代的白话建设比昆曲更进一层的"诗剧"，并且这种"诗剧"是可以歌唱的，并且平民都可以歌唱的。

　　这"新歌剧"的主张,以后在抗战期间成为与剧宣七队合作,更积极地向着千百万人所倾倒的新歌剧运动的大路前进,实肇基于此。而追厥源始,又是我早年在长沙第一师范,在平民大学讲演中所提倡的。有位云南朋友在《近古文学概论》曾引我在《凌廷堪燕乐考原跋》的话,以为"平民音乐四字,是朱先生这篇文字才正式成立,……平民音乐是平民文学的基本。"问题当然不在乎文字,而在于一个抱小资产阶级世界观的人脱离人民大众,脱离工农是不是能够为工农兵而创作,是不是能够为工农兵所利用? 不能! 更不消说那误谬的唯美主义的世界观。

　　继《中国音乐文学史》之后,接着就起草《新艺术》一书,这书虽未写成,却是劈头的几句话,实为《文化哲学》中所引用:

　　　　艺术的最大理想,在创造一种艺人自己的艺术时代,这个时代的艺人,已经不主张科学的理智冷的静的艺术,以为这不过是一种颓废平凡之艺术表现,这个时代的艺人,为要改造社会,改造世界,再也不愿麻痹自己的赤心,而愿在文化史的第四时期,负其完全责任的。我们代表时代的艺术家,固然在历史的音调中,陶醉于米开兰基罗(Michelangelo)、贝多芬(Beethoven)、瓦格那(Wagner)、歌德、拜伦和现代的未来派,表现派……然而艺术的世界,不是有了什么派就完事的;艺人应该贯彻其自己艺术的时代,创造一个艺术之所以为艺术的时代。

　　这艺术的时代的预言,实际的也是以小资产阶级世界观为中心的未来文化社会的"新神话"。

1968 年 12 月 4 日

丁玲眼中的杨没累

之一：《莎菲女士的日记》（节选）

丁　玲

一月一号

夜晚毓芳云霖却来了，还引来一个高个儿少年，我想他们才真算幸福；毓芳有云霖爱她，她满意，他也满意。幸福不是在有爱人，是在两人都无更大的欲望，商商量量平平和和的过日子。自然，有人将不屑于这平庸。但那只是另那外人的，却与我的毓芳无关。

毓芳是好人，因为她有云霖，所以她"愿天下有情人皆成眷属"。她去年曾替玛丽作过一次恋爱婚姻介绍者。她又希望我能同苇弟好。因此她一来便问苇弟。但她却和云霖及那高个儿把我给苇弟买的东西吃完了。

那高个儿可真漂亮，这是我第一次感觉到男人的美上面，从来我是没有留心到。只以为一个男人的本行是在会说话，会看眼色，会小心就够了。今天我看了这高个儿，才懂得男人是另铸有一种高贵的模型，我看出那衬在他面前的云霖显得多么委琐，多么呆拙……我真要可怜云霖，假使他知道了他在这个人前所衬出的不幸时，他将怎样伤心他那些所有的粗丑的眼神，举止。我更不知，当毓芳拿这一高一矮的男人相比时，是会起一种什么情感！

一月十二

毓芳已搬来，云霖却搬走了。宇宙间竟会生出这样一对人来，为怕生小孩，便不肯住在一起，我猜想他们连自己也不敢断定：当两人抱在一床时是不会另外干出些别的事来，所以只好预先防范，不给那肉体接触的机会。至于那单独在一房时的拥抱和亲嘴，是不会发生危险,所以悄悄来表演几次,便不在禁止之列。我忍不住嘲笑他们了,这禁欲主义者!为什么会不需要拥抱那爱人的裸露的身体?为什么要压制住这爱的表现?为什么在两人还没睡在一个被窝里以前,会想到那些不相干足以担心的事?我不相信恋爱是如此的理智,如此的科学!

他俩不生气我的嘲笑,他俩还骄傲着他们的纯洁,而笑我小孩气呢。我体会得出他们的心情,但我不能解释宇宙间所发生的许许多多奇怪的事。

（丁玲:《莎菲女士的日记》,《小说月报》1928 年第 19 卷第 2 号）

之二:致徐霞村

霞村老友:

昨晚小玉来,读了你的来信,心中很不安。庄钟庆同志告诉我,不,是我看到过厦大的邀请信,上面既出题目,又要作家带论文,我就觉得不妥。老作家们,又不是文学工作或作品的研究者,何苦要他们写文章。请来玩玩,愿意讲两三句,就讲两三句,没什么好讲的,就不讲。他们这样一来,要吓退一些人的。要是我自己,就会这样。你是厦大教授,在厦大开会,你是跑不脱的。参加一两次会就算了,何必写文章。你年纪也大了,功课又忙。小玉说你眼睛不大好,肝也不好。我以为多注重一点休息,少工作为好。有了健康的身体,才谈得到其它。像我们这样年纪的人,说不上健康了,只要还有一点精力就行,如果不注意,便只成为家里人的负担。

来信提到杨没累,我倒狠狠想到她了。她是一个很有特色的、有个性的女性。我们在周南女中同学,她是高班生,我们几乎没有说过话;在岳云中学又同学,不同班次,但同宿舍,也还说得来,不亲密。一九二四年在北京,她已有爱人了。她原同国家主义派的几个才子,易君左、左舜生相熟,后来认识了朱谦之。朱谦之那时写唯爱哲学,很合她的意。他们第一次见面,她什么都不说,带朱谦之去理发,再去洗牙。朋友要在那里坐上十分钟了，就逐客，说："你们把我们的时间占去太多，不行。我还要同谦之谈话呢！"一九二八年，我在杭州西湖时，我住在葛岭山上十四号，他们住山下十四号，我常去看他们。他们还是像一对初恋的人那么住着，有时很好，有时吵架，没累常对我发牢骚。他们虽然有时很好，但我也看出没累的理想没实现。她这时病了，病人的心情有时也会引起一些变化，几个月后，她逝世了。我们都很难过。有天，朱谦之激动地对我说："没累太怪了，我们同居四五年，到现在我们都还只是朋友、恋人，却从来也没有过夫妇关系。我们之间不发生关系是反乎人性的，可是没累就这样坚持，就这样怪。"也许旁人不相信他这话，可是我是相信的，还认为很平常。因为那个时代的女性太讲究精神恋爱了。对爱情太理想。我遇见一些女性，几乎大半或多或少都有这样的情形。看样子极须恋爱，但又不满意一般的恋爱。即使很幸福，也还感到空虚。感染到某些十九世纪末的感伤，而又有二十世纪，特别是中国"五四"以后奋发图强的劲头，幻想很多，不切实际。我很想写这群女性。但用什么来表现这种思想，不如用恋爱来写更方便。所以写了几篇小说，大同小异的人物。你问我是用谁作模特儿，这个我很难说。也许有杨没累，但又不是杨没累。我很理解这些女性，同情她们。但你是看见过丁玲本人的，又是写《莎菲》时候的丁玲的，你最有权威说出"丁玲就是莎菲"或"莎菲就是丁玲自己"的人了。沈从文写了《记胡也频》，又写了《记丁玲》。他把对一个熟人的回忆当小说写。他用"有趣的"眼光看世界，也用有趣的眼光看朋友。写书时本来他以为我已经死了，谁知给我留下许多麻烦。我至今不愿驳斥他，是因为我总觉得个人私生活没有什么重要，值不得去澄清。而其中也还是有真实的地方。仿佛他说过这样的话，话具体地怎么说我忘记了，意思是说丁玲文章表现得很勇敢，实际她本人也不是那个样子的……等等。

那个时候，我确有苦闷。但我是政治上的苦闷。我从一九二二年就去上海找革命的路，同一些共产党人做朋友，受过他们的影响，但又不满意那些刚刚做党员的党员们。他们的理论和实际都不能说服我。我从那个环境里跑出来,谁知我却搁浅在北京。也频能爱我,但他在政治上不能做我的响导。我那时也还不能理解我自己真正的苦闷。我只好同情那些我所同情的老朋友,从朋友中凝注出一个不安于现状、不安于流俗的受罪的灵魂。真正没有想到会引起这末长久的非议和赞赏。现在你这个老朋友要说话了,我是欢迎的,虽然我们那时聚首的时间不长,但那时我们这群年轻人,还是肝胆相照的。你不难理解我在那种情况中的心情和写作的动机。

我说得很多了。许久没有写长信了,今天特别因为你,引起我的回忆。忽忽潦草地写了这些。希望你在写文章时,或讲话时,还是以你的印象为主,不要受我的这些话的拘束。

即此祝好!

丁玲　一九八四年四月十五日

此信可同小玉同机到厦门

附:阮玲玉自杀好像在一九二七以后,王映霞我在"一·二八"时才在郁达夫家里见到她。

附:徐霞村信

丁玲、陈明同志:

久未奉候,听曾明同志的女儿从北京回来说,陈明同志最近身体不适,至为惦念。现小玉陪同她的四姨赴石家庄为先岳扫墓,特命她前往探问,以释远怀。

下月厦大为庆祝丁玲同志八十诞辰,拟举行学术讨论会。庄钟庆同志与我商定,要我谈谈丁玲同志早期的作品。我虽然五十年代在厦大中文系讲授过丁玲的《太阳照在桑干河上》等作品,可实在谈不上有什么研究,但实逢老友八旬大寿,实在义不容辞。关于《莎菲女士的日记》,有一个问题半个世纪来聚讼纷纭,即莎菲的原型问题。据我不完全的记忆,莎菲的原型是丁玲同志的一个朋友,名叫杨 Mo-lei,凌吉士的原型是一个华侨青年,后来做了茶商(不知怎么的,我在记忆里还把她同阮玲玉、王映霞联系起来,可能是我的记忆同我开了个玩笑)。但事隔五十多年,心里完全没有把握。科学研究是严肃的事情,不能依靠一个老年人的不可靠的记忆捕风捉影。如可能,希望丁玲同志简单地写几个字,交小女带回。

同行的吴忠瑛女士,是一位爱国华侨,旅美已五十年,尚未加入美国籍。如蒙接见,不胜感激。

专此,并祝

俪祺!

霞村·徐元度上   一九八四年四月八日

(《丁玲全集》第十二卷,河北人民出版社 2001 年版,第 227—230 页)

周南女校风潮报道两则①

之一   周南女校风潮之转机

周南女校风潮昨日颇为平稳。探闻已有出校学生,或悔求学之失所,或受家庭之诰诫,复行缴费入校。第七班只两人未曾上课,第八班上课者亦逾一半,第九、第十两班,校中教员正在调停。教育会中人亦愿负调停之责,学生如不坚持,当可望转圜也。该校昨悬牌开

---

①   长沙《大公报》从 1921 年 10 月 19 日至 11 月 2 日,跟踪报道了周南女校学潮。计有十余则,依次题为《周南女校之大风潮》《周南中学学生竟如此解散了吗》《呜呼周南女校之风潮》《周南女校风潮之转机》《周南女校风潮之转圜消息》《周南女校风潮解决矣》《周南女校风潮又有变动》《周南女校风潮之调停》《周南风潮完全解决》《朱校长呈报周南风潮因果》,另有三天连载陶斯咏从南京寄送的来稿《周南风潮痛言》。

除周敦祐一名,又旁听生杨没累亦不许再行旁听。亦示不多牵涉云。

又学生联合会闻该校学生解散之耗,深为惋惜,特致函朱校长,请其收回成命。文如左:

> 剑翁校长先生钧鉴,敬启者:昨阅报始悉贵校解散学生之非虚。敝舍同人惊讶之余,甚为惋惜。同情所激,敢向先生〔进?〕一言。学校之应否有赏罚?罚之应否至于解散?学生自由开会,因开会上课迟到,应否解散?此三问题,先生为教育家,当有正当之解答,同人姑不可论。惟是吾湘教育正值残疲之际,而女校尤属凤毛麟角。今以受中等教育之学生。一旦置之解散,致使伊们求学无门,功亏一篑,是岂先生〔树?〕人计?为贵校学生计?惟有请先生收回成命,先生其然乎?专此函达,尚祈鉴面谅之,并叩教安。

(长沙《大公报》1921 年 10 月 21 日第 6 版)

之二 朱校长呈报周南风潮因果

湖省南代用女子中学校长朱剑帆,昨呈报省署云:为呈执事。敝校日前发生学潮,业已呈报在案。当奉指令云,呈〔悉?〕据称该校学生不服调诫,竟至要求退学,殊属非是。该校长纠其犯规,容其悔过,具见维持教育苦心。嗣后仍仰加意调育,毋任再生事端,致妨学业等因。奉此,现除三年生周敦祐,四年生杨没累,始终执迷,不悟,早已开除学籍,不复收教〔处?〕,其余各生皆渐次悔悟,于二十七日一律回校上课。查此次风潮,虽由少数劣生鼓动,而盲从者亦复不少。实由剑帆平日训育未周,致有此意外之举。嗣后惟有励精整顿,力挽颓风,以期无负我省长维持教育之至意。谨呈云云。

(长沙《大公报》1921 年 11 月 2 日第 6 版)

其　他

之一　《灰色马》的运气

增　恺①

有些人为《灰色马》——这部伟大的革命的书册担忧。

恐怕它在这枯寂的旱海上，画不得几个深的圈痕。就令偶然的也有些回响，怕也不过是迎神的音乐或会场的灯光般：兴头过去，便什么都没有了。

——这决不是杞忧！他们能举出许多的例证。

被热情所荡促而狂奔的维特，使得掘〔倔〕悍的日尔曼青年及一切真诚的世界的壮者，疯般的逐随；而我们的少壮，只于轻轻的把它作为情书爱牍的蓝本。可怜那火焰熊熊的维特，不但没有得到什么高贵人或卑污的眼泪，不但没有得到什么人的血流的速转；反而被割裂在我们的青年的情书笺上，服役于青年的烟雾与笑脸中！

就是那勇斗的战士绥惠略夫，也都在半露面的时候，从青年人的手里被厌恶的丢弃了。——说不定也有些爱与晤对的勇者，因为他惠临我们家门以后，墙内也有些手枪炸弹、桥上道旁的文字了！可怜，可怜那在万仞高山当风独立于白云中的英雄，只低落于我们的口唇，或被袭于我们的纸片。

---

① 增恺，本名郭增恺(1902—1989)，早年就读于北京师范学校。五四运动前结识周恩来、赵世炎等人，参加五四运动，在示威游行中被逮捕拘禁，丢了学籍；1920年加入李大钊创办的"工读互助团"，他一面为上海《国民日报》副刊写稿赚取生活费，一面在北京大学旁听哲学系、中文系的课程。1924年冯玉祥发动北京政变，郭增恺弃笔从戎。

最幸运的也许是《父与子》，因为青年们的勇气，都表现于婚姻的反抗之计较了！

有些人为《灰色马》担忧；同样的运气，就在眼前，——甚而可以说已经半现了！

我也为《灰色马》担忧，而担忧的例证也与人们相同。——然而，却在相悖的意义上。

为什么我们没有巴札洛甫？他那伟大的反抗？为什么我们没有绥惠略夫？他沉毅的勇行？他那沸点的热情，遭击后的惨果？

有人说，这是颓废！——我最不解，我们的浸泊于风，花，雪，月，恋爱，悲哀……中的骄子，他们颓废的原因是什么？

把钞票、汇票握在手里时的兴奋，把同样言词，抄写于两个情人名下的浓趣，又是什么原因？

可惜我没时间翻检旧书，不能引证两种议论。记得仿佛有人说：青年都忘丢现实，以理想为慰安了（大约是雁冰先生言）；又有人说，骂青年因懒而学文学是错误（大约是郑振铎先生言）。

不客气，这真是在书棹上论人世，虽不是"不食人间烟火"，却很像"未吸外间空气"。

我因为"新闻学研究"作文字，同朋友谈到现在的新闻纸，有人驳我是呆子——"真是未吸外间空气的呆子！现在我们每天看的新闻纪事，强半是同娼妓情话或者陪着姨太太叉麻雀时丢出来的，最好的是从饭碗与房金中送出来的，我们斤斤律以新闻学，自己想起来，也是好笑了。"

其实，我们这老民族的老青年，何曾要用理想来慰安？又何曾去求理想的慰安？又何曾有些衷心的心的理想？你说文学不是懒人能研究的，固然是很对。然而，不要不知到错认文学的人，以为文学可以容懒呵！郑振铎先生的好友，最赞美血与泪的文学的朱谦之兄，他今年来北大学文学，亲对我说，"想休息"！青年的不懒；杨没累女士亲对我说，"文学是玩艺儿"。青年之慰安的理想！——我不敢以一例众而说青年人懒,我只问问为什么单有些袭取的恋爱,悲哀,葡萄,藤萝……? 我更不敢渺视了青年的理想,只问:为什么对现实如此忍让?

我们是太老了! 有青年所不及反抗的老!

而青年,也是老青年了!

新鸳鸯一对一对的翔舞,请看那相偶的人缘? 革命一声一声的嘶叫,没什么大回响时便失望悲哀了! 请问:漂亮便可婚偶的信仰中有什么叫失恋的个怪物吗? 维特与我们绝缘! 得遇且安的利欲中用的着勇奋吗? 绥惠略夫离我们是太远了!

我爱佐治竟至不能研究《灰色马》,因为我太爱它了! 除去有些地方,我还认为要有所补充而〔外?〕,几乎是无话可说了。

我不愁这本书不被国内青年认识;——而我最怕的是太被认识,在利己观念上,太被认识。

没有真实的恋爱生活,所以不见产生维特的效果;没有真实的党命志士,所以不见绥惠略夫的再生,然而——有真实的懒人,将产生无数的佐治了!

这是个:任事不作,一切反对,只求目前幸福的中国佐治。有比俄罗斯佐治更复杂的原因,有比他更澈底的懒之实行;他的理论,在他能产生热血之游嬉,而在我们,将产生长眠之活剧!

《灰色马》能激起俄罗斯人的纯洁的勇行吗? ——它将作为支那青年的催眠歌;

为我们的懒睡,增加一重新解!

一九二四年,一,六

(原载《晨报副镌》1924 年 3 月 21 日第 29 期)

之二　左舜生不忘杨没累　恨不相逢未嫁时

枕　育

现在以青年党领袖参政中枢的左舜生,他是湖南人,曾一度留法,先后服务于中华书局,有十余年之久。有谈其早岁的恋爱史者,称左氏因王光祈的介绍,而认识了湖南同乡女子杨没累。这杨女士赋性乖僻,虽在豆蔻之年,喜读庄老之书。当时与左获见,芳心一片,顿为倾折,两情缱绻,相约以礼。因为在那时的左氏,已是为有妇的使君了。但是杨女士时赴左寓,教授左夫人的书,情好如一家人。左氏虽爱杨没累,也无法再输其爱,惟有"恨不相逢未嫁时"的叹息。

后来杨女士北走幽燕,由友人介绍,又获识了浙江人朱谦之。朱是北大学生,亦且乖僻,二性相投,于是同向恋爱途径前进,一帆风顺,论定嫁娶。结褵以后,相携南归,在民国十八年因病逝世。谦之营奠营葬,埋香骨于西湖烟霞洞畔。某年,左氏挈携其子作杭州之游,竟赴没累坟前,徘徊半日,这是左氏未忘旧情,曾赋诗纪事,有"此是故人杨没累,呼儿展拜莫喧哗"之句,诗为其友所见,乃调以诗云:"凄凉湖上伴愁眠,卿自飘零我自怜。往事如烟谁想得,一轮明月照当年。"

(原载《秋海棠》1946 年第 12 期)

之三　北大的初期女生①

西　夷②

北大是开放女禁最早的一个学府。大概在"五四运动"以后就准许女生旁听。第一位女同学是谁,我不能道其名,而在我入学的时候则已有奚浈和杨寿璧二人。奚小姐身材高大,戴着一副近视镜子,彬彬然有女学士之风。杨小姐身材瘦削,短褂长裙,面上充满书卷气。她俩的班级都比我早好几年,而在她们与我们中间的科系里则似乎女生极少。直到我们那一年才正式招收了五六位女生。

我们同年级甲部(理预)女同学较少,其中何肇华是成绩最好的一位,每试必列前茅。乙部(文预)女同学较多,最漂亮的是韩权华,长身玉立,洒然出尘。与韩分到一班的是张挹兰,两人上下课几乎是形影不离,宛然姐妹。分到另一班的则为徐闰瑞、张瑞瑛,此外则记不起姓名了。

何肇华、徐闰瑞都读完北大本科,张挹兰则于十五年春因李大钊一案被捕,作了政治的牺牲。韩权华未久即转入女师大,一件"厕所文学"公案,使她来不及完成北大的学程。当时《东方时报》有一张半新不旧的副刊,北大同学经常投稿。现在已成名的地质学家裴文中以"明华"的笔名写了一篇"报告文学",在《东方》副刊上发表,男主角是北大教授杨栋林,女主角就是韩小姐,文章刊出后在校内颇引起一些骚动,大家都在交头接耳地谈论那件事情。韩小姐有点受不了,便

---

①　该文作者与杨没累同年入北大读书,文中提及徐闰瑞、谭慕愚(惕吾)、周敦祜等,皆杨没累的同学、好友。

②　西夷,本名许君远(1902—1962),现代作家、著名报人、翻译家。1922年考入北京大学预科,后入英文系就读,1928年毕业于北京大学英国文学系,与废名、梁遇春、石民、张友松等同学。

由她的姐丈写了一篇义正词严攻击杨栋林的文章,"压迫"孙伏园在北京《晨报》副刊发表。结果把杨栋林赶出北大,韩权华后来也到女师大读书,从文学转入音乐系。毕业之后,即由河北教育厅保送官费留美。在美居住了七八年,曾与一位总领事谈恋爱,因为使君有妇,回国后才嫁了卫立煌将军。这次他们出洋考察,我看到他俩在码头上的合影,一别二十年,无情的流光把一位少女刻划上衰老的线纹。然而她体会到另一方面的人生,谁也不能说她妄把青春作践!

前年在陪都见到了徐闿瑞,远远望去,样子很像是一位老祖母。她恒以诗词自娱,刊物常有她的作品发表,在学校她的国文成绩就是很好的。

我们英文系里有一位名叫周敦祜的旁听生,她似乎很得风气之先,在民国十五六年就大胆把头发剪得很短,丝丝下垂,长达眉际,正像今天初小的女生。她读了两年,不轻易和人谈一句话,大家只是在上课时目迎之而来,下课时目送之而去而已。

我们下一班的女同学的数目便大见加增,目前活跃于社会的有谭慕愚(惕吾)、彭道贞等。其他如谢佐茝、钱卓升、刘尊一等,久已不知消息了。

当时社交尚未公开,男女同学的来往被认为多所禁忌。五斋(女生宿舍)划成一个与世隔绝的瀛台,而一二三四斋似乎也不成文的规定:不许女生自由出入。到葛天民案发生以后,男生宿舍更绝对禁止接见女客。其结果"利权外溢",北大女生嫁男同学的为数极微。如数学系的石法仁之娶同班高扬芝,乃是非常珍贵的一个例外。

许多女同学都到哪里去了? 诵 Charles Lamb 的"The Old Familiar Faces"之章,为黯然神伤,怃然有间。

(原载《人人周报》1947 年第 1 卷第 4 期)

之四　北大附设音乐传习所第一次学生演奏会

（传习所成立一周年纪念）

秩　序　单

（《北京大学日刊》1923 年 12 月 11 日）

附 杨没累生平简谱

1 岁 1898 年 1 月 22 日（农历正月初一）生于湖南长沙官宦人家。祖籍湘乡,曾祖父杨昌浚曾任陕甘总督十余年,至其父,三代为官。父亲长年在外,杨没累与母亲相依为命。

约 9 岁 其父自日本归,送她入日本人开办的幼稚园。不到一个月,其母听信老妈子的话,"好人家的孩子,天天送到那群野孩子窝巢去,乱跑乱嚷,一点儿规矩也没有",就不许她去了。但她每次回想着学校的情景,哭闹了半年要回去。

约 10 岁 母亲经不起她哭闹,于 1908 年春间送她入周南女学初小三年级,读了一学期。暑假大病几死,从此又被关在家里。

约 16 岁 1914 年秋复学,入高小二年级。春,离家六年在外做官的父亲,忽然归来娶妾,其母深受打击,觉悟到女子自立的重要,故应允女儿入学的请求,并勉励她求好学问,自强自立。母亲的遭遇,让杨没累也受到了极大刺激,她从此不但努力学习,而且得到了一个深切的暗示,"男子都是薄幸无良心的人",自此坚持独身主义。

17 岁 1915 年秋父母迁广州,要求她同行。她假装回校探望同学,执意留校读书。

18 岁 1916 年暑假高小毕业,赴粤省亲。

19 岁 1917 年春,前往上海入读南洋女子师范学校。

19—21 岁 1917 年春至 1919 年春,在南洋女子师范学校读书。

21 岁 1919 年五四运动前夕毕业,获得师范本科文凭。毕业后回粤。为了弥补英语学习的缺憾,她要求父亲请了一位名叫 Mrs W. R. 的美国妇女,每周三小时,教了她 4 个月的英文,之后保持通信联系。从此,她的英文有了很大进步。从她与朱谦之的"西湖—广州通讯"之四中可知,她曾就学于广州圣希里达学校,指的大概就是这 4 个月的英文学习。因她的国文主任老师认为,她是吸收新思想能力很强的学生,所以凭着传播思想的热诚,对她特别注意。杨没累去广东之后,他还常给她寄《新青年》《新潮》《星期评论》《自由录》《少年中国》等。受了新思潮的熏染,没累仇视男子的心,一变而为部分的了。她觉得那些为恶欺侮女子的,只是一部分礼学先生们,因此她对父亲天经地义的"后嗣主义",不免常起反感。此时,没累写了两封信给"少年中国学会会员"讨论妇女问题,即《论妇女问题书一》,10月发表于《少年中国》1919 年第 1 卷第 4 期,署名 M. R. ;随后又写《论妇女问题书二》,11月发表于《少年中国》1919 年第 1 卷第 6 期,署名 A. Y. G. 。两次都得到了王光祈的回复。

22 岁　1920 年,大概随父母又回上海住了一年。王光祈于 4 月出国留学前,在上海逗留两个月,她因光祈结识左舜生。据说她后来"时赴左寓,教授左夫人的书"(枕育《左舜生不忘杨没累　恨不相逢未嫁时》)。《青青女郎》中说:她从邻居——一个已婚的校友那里借阅了不少言情小说,指的大概就是这段经历。8 月,新诗《看海》发表于《少年中国》1920 年第 2 卷第 2 期,署名 M. R. 。

23 岁　1921 年春,又随父母回了家乡,再入母校周南女中。10月,该校发生风潮,校长迫着中学部全体退学。她们出校门后,当然天天聚集,讨论善后办法。没累代作了些文字,有时往校董或报馆等处跑了些脚步,结果周敦祜和她两人被开除。11月,她由周南女中转入岳云中学,成为该中学首批招收的七名女生之一。那时她讲独身主义很热烈,同时主张人类绝灭,并谓造物主是玩弄人类的罪魁。创作剧本《三个时期的女子》。

24 岁　1922 年秋,入北京大学音乐传习所师范科学习,成为北大音乐专业首届学生。

25 岁　1923 年春,经朋友陈德荣、周敦祜的介绍,在福州养病的朱谦之开始与没累通信,两人很快于 5 月 18 日定情并进入热恋状态,自乐自进而为终身伴侣。在《民铎》杂志 1923 年第 4 卷第 4 号共同发表《虚无主义者的再生》。

7—8月,没累回长沙省亲;冬天,朱谦之前往南京建业大学讲学,两人仍以通信联系。年底,两人将北京—福州、北京—长沙、北京—南京的通信,编成《荷心》。另还有一些诗歌以及戏剧《王娇》,都是在热恋期间创作完成的。

26 岁 1924年3月,(郭)增恺在《文学旬刊》上发表《〈灰色马〉的运气》,里面提及朱谦之("想休息")、杨没累("文学是玩艺儿"),暗讥他们沉湎于风花雪月的恋爱,对革命不再满怀热情,血与泪的革命文学已得不到昔日五四青年的响应,激不起他们的勇气和斗志。

1924年5月,上海新中国书局出版朱谦之、杨没累《荷心——爱情书信集》。8月,在《晨报副镌》发表《看了淦女士的〈淘沙〉之后》,回应淦女士(冯沅君)的批评;后又在同刊发表《读了〈沟沿通讯〉之后》,回应开明(周作人)的批评,为华林《情波记》辩护。

同年3月,朱谦之往济南第一师范学校讲学(三周)。回京后不久,谦之接厦门大学聘书,经长沙(逗留一周),到厦门任教,没累随同。期间,她常往《民钟报》投稿。

27 岁 1925年5月,朱谦之辞去厦门大学教职,两人偕隐杭州西湖,门对林和靖先生故居,看梅望鹤,以完成宿愿。在此时期,她除专心研究"中国乐律学史"外,并从古琴家学,颇有心得。五卅事件发生后,在《民钟报》上发表《告同胞书》。

28 岁 1926年,发表《淮南子的乐律学》(《民铎》杂志1926年第8卷第1期)。

29 岁 隐居西湖期间,贫穷亦随之而来。迫于生计,1927年8月,朱谦之前往广州黄埔军校任教,没累与母亲居杭州。12月,在广州公社起义之前,朱谦之经香港回沪,返浙。没累本有血虚症,加以撰中国乐律的著作,废寝忘食,身体渐渐不支。其时她已入肺病三期。发表《评王光祈论中国乐律并质田边尚雄》(《民铎》杂志1927年第8卷第4期)。因见女界之沉沦,发愤作《妇女革命宣言》。

30 岁 1928年4月24日,在肺病疗养院弃世,葬于西湖烟霞洞师复墓旁。同年 2 月至 5 月，丁玲、胡也频亦在西湖暂居，住在葛岭山上十四号，杨、朱住山下十四号，多有往来。杨没累逝后，两人曾助朱谦之办理丧事。

1929 年 5 月，朱谦之编《没累文存》在泰东图书局出版。收入有关乐律的论文 3 篇、诗歌 15 首、小说 2 篇、戏剧 3 篇、杂文 3 篇，书信若干（回应淦女士、开明的 2 篇杂文，未收入）。在厦门时，她曾译易卜生《黑玳加不勒》（Hedda Gabler）一剧，因未经校正，后已有潘家洵译本而未出版，已佚。

没累逝后某年，左舜生曾往杭州扫墓，留有"此是故人杨没累，呼儿展拜莫喧哗"之句（枕育《左舜生不忘杨没累 恨不相逢未嫁时》）。

（刘延玲整理）

后　记

　　2017年春，我的一篇论文思路为"情"所困，便从图书馆借了一本《朱谦之文集》（第一卷），准备读一下他的"唯情哲学"论。没想到，打开书的第一页，竟怔住了。正文的开始是一首情诗《荷心》，署名"没累"。接下来的文字显然是情书，是名为"没累""情牵""谦之"的通信。我读了半天，才弄明白三者之间的关系，"情牵"正是"谦之"的字，"没累"是他的恋人。一时间，对这些文字的兴趣，竟让我忘记了翻阅的初衷。一口气读完这些信件，心中对这个叫"没累"的女子充满好奇，她是谁？上网搜了一下，果然查到了朱谦之与杨没累的爱情传奇。没想到近代言情作家笔下放弃肉欲、追求灵魂伴侣的"纯洁"爱情理想，在现实生活中竟然真的有践行者，确实不能不让人惊叹！这更引发了我对杨没累身世和生平的好奇。

　　机缘很快就来了！杨子彦君推荐我参与张剑老师正在主持的"中国近现代稀见史料丛刊"出版项目。张老师建议我浏览相关材料，从拟整理出版图书的目录清单中挑选一种来做。在愉快的道别之际，他补充了一句，如果你有自己感兴趣的题目，也可以选择。转身离去的一刹那，我想起了杨没累。听了我的叙述，张老师爽快地说，若传世文字够量，便可做一本《杨没累集》，约定两年完成。于是我立刻着手查寻，很快找到了杨没累的遗著《没累文存》。本想利用业余时间来做，可是想尽快了解杨没累的欲望是如此强烈，每天阅读、录入她的著述，竟然占据了我的全部时间和精力。一个多月后，我已整理出了她的大半著述，除了超出理解能力的乐律学论文。接着，我陆续发现了她尚未被收录的文字，她与周作人、冯沅君的笔墨交锋；还有，写到她的文章，以及她读过的徐志摩译《涡底孩》，她译过的易卜生《海达·高布乐》，她读过的小说：张友鸾的《坟墓》、郭绍虞的《海角哀鸿》、许地山的《空山灵雨》、冰心的《烦闷》等，她读过和发表过文章的杂志《少年中国》《民铎》等，都成了我搜集和阅读的对象……

就这样，历时两年，文集编完，一篇长达5万字的导言也如命撰写完毕。交稿在即，心里仍放不下的是杨没累的母亲，本已遭夫抛弃，又眼见独生女的早逝，她将如何面对凄凉的晚景，如何绝望地活着又死去？杨没累的朋友谭惕吾（慕愚），这个女性传奇的一生，应该很可言说。她有长长的一生，始终坚持独身主义，却将一对孤儿，抚养成人；无心婚恋，却成为《顾颉刚日记》长达半个世纪相思的女主角。这个既有身份地位又有故事和写作能力的人物，在留给丁玲唯一的信里说，她在写回忆录，到底写成了没有？还有少年中国学会的那些少年英隽，比如王光祈，他的人格魅力何以在百年之后仍有感召的力量，即便对于不再年轻的我？黄仲苏，他早年译介了那么多诗歌，他写的纪念王光祈的文字，是那么令人动容！随后的他，是如何度过那些战乱和动荡岁月的？还有国家主义派的左舜生、曾琦们，他们的救国理想和行动，为什么会失败？客死他乡的他们又有怎样的不甘？还有杨没累的密友周敦祜，她经历了怎样的人生？她的那个大学男友陈德荣呢？帮助《荷心》出版的朱枕薪，又是个什么样的人物？……念念不忘的，还有一份未找到的《民钟报》和所知甚少的南洋女子师范学校……学无止境，太多的疑窦只能留待以后的时间来解答了。

此书完稿之际，距离"五四"刚好百年，能藉此感知"五四"一代先贤的精神世界，深以为幸。感谢张剑老师的信任并时时关注、指导！感谢王明鹃博士在赴台访学之际，帮忙查找长沙《大公报》里"周南女中风潮"的材料，并购买易君左的回忆录；感谢李沐春博士帮忙查找杨没累的相关资料。感谢路文彬，他既是我的生活伴侣，更是我在学术道路和精神成长上的良师益友。在整理、撰写过程中,能有人随时分享发见的快乐,不时探讨遇见的问题,是多么难得的幸事! 最后,怀念有女儿陪在身边的日子,她因此而熟知杨没累的名字。当有一天,听她脱口评论说:"一群厌女症患者"时,是多么令人开怀!

2019 年 5 月 10 日

《中国近现代稀见史料丛刊》已出书目